启真馆 出品

文学与影像
Literature & Image

管见之外

影像文化与文学研究

李有成　冯品佳　主编

Beyond Tunnel Vision:

Essays on Visual Culture

and Literature

ZHEJIANG UNIVERSITY PRESS
浙江大学出版社

献给
周英雄教授

目 录

映象风格与建筑特色
——沟口健二的《元禄忠臣藏》

郑树森

1919 年创刊的日本权威刊物《电影旬报》（Kinema junpo ／ キネマ旬報）有票选年度十大或十佳影片的传统。自 1926 年至 2006 年的 80 年间，沟口健二（Mizoguchi Kenji, 1898—1956）的作品入选 18 次，榜首仅居一次，总分是 99（郑树森、舒明，246）。相形之下，21 世纪的影史学者及一般观众已甚少注意的今井正（Imai Tadashi, 1912—1991）倒曾入选 22 次，榜首居 5 次之多，总分 136，仅次于总分最高的黑泽明（Kurosawa Akira, 1910—1996）及总分次高的小津安二郎（Ozu Yasujiro, 1903—1963）。以总分排名，八十年回顾，沟口健二只得第九，几乎是《电影旬报》十大导演之榜尾，幸好十大榜尾是晚近声誉极隆的成濑巳喜男（Naruse Mikio, 1905—1969）（郑树森、舒明，246）。但在欧洲，自 1951 年黑泽明以《罗生门》夺下威尼斯金狮奖（最佳电影），沟口健二连续三年得到威尼斯的肯定：1952 年以《西鹤一代女》获最佳导演奖，1953 年以《雨月物语》获银狮奖（即评审团奖），1954 年以《山椒大夫》与黑泽明的《七武士》同获银狮奖（キネマ旬報社编，238）。但在戛纳、柏林、莫斯科 3 个欧洲重要影展，仍是较长寿的黑泽明独领风骚，1956 年就去世的沟口健二自然无以为继。

2009 年《电影旬报》纪念创刊九十周年，举办大规模电影人、文化人票选日本电影史十大名作。因得分相同变成十二大的名单上，黑泽明以《七武士》、《罗生门》、《野良犬》入选，占四分之一，而沟口健二的代表作竟还不及深作欣二（Fukasaku Kinji, 1930—2003）的黑帮片《无仁义之战》、相光慎二（Somai Shinji, 1948—2001）的青春片《台风俱乐部》、森田芳光（Morita Yoshi-mitsu, 1950—2011）的家庭片《家族游戏》，未能进入十二强，出人意表之外，亦可管窥当前日本国内电影界及文化界对沟口健二的忽略（キネマ旬报特别编集，4–17）。反倒是日本的影迷没有遗忘沟口健二，在读者票选部分，《雨月物语》及《西鹤一代女》分别位列第十七及第十九位（キネマ旬报特别编集，132）。相形之下，1995 年电影诞生一百周年时，*Time Out Film Guide* 主持的纪念票选里，大西洋两岸的电影界及评论界就对沟口健二重视得多。在每份问卷只可用 40 分来点选十部"百年杰作"的特别设计下，黑泽明的《七武士》以 63 分位列第五，小津安二郎的《东京物语》以 50 分列第九，沟口健二的《山椒大夫》及《雨月物语》各以 11 分与另十八部电影（包括两部英格玛·伯格曼［Ingmar Bergman］的代表作）并列第八十八位（之后再无名次），算是与黑泽及小津鼎足而立。

在沟口健二起码十部的杰作（masterpiece）里，个人印象最深刻的，倒不是较受欧美评论界注意的作品，而是太平洋战争爆发后摄制的《元禄忠臣藏》。此片因太长而分《前篇》及《后篇》，分别在 1941 年及 1942 年上片，故两部应合并赏析。

从世界电影史的比较角度来看，《元禄忠臣藏》前后篇特色显著、贡献重大。沟口健二的电影向以长镜头（long take）见称，很有可能因此而备受法国影评界赞扬。因为法国电影理论大师安德烈·巴赞（André Bazin）一向认为，长镜头一镜直贯、没有剪接的拍摄，令电影模拟的现实（mimetic reality），在诠释上，比起大量剪接更让观众有自主的空间，又同时让观众看到空间的全貌及空间（背景或布景）与人物的互动（多透过深焦［deep focus］达成），亦进一步为观众保留自主分析的可能。至于时空的呈现较为完整统一（time and space in a unity），更不在话下。巴赞提出这套见解的时候，沟口已在影片中落实。1939 年的《残菊物语》几乎就是一场一镜的长镜头美学示范，终场前长达 10 分钟（一整卷胶片）的长镜头，更是令人叹为观止。

1941 年的《元禄忠臣藏》在长镜头方面的流丽，亦不遑多让。而这部电影的长镜头结合日本民族建筑特有风格，更构成独一无二的空间感及影机运作（camera movement）。日本传统大宅的中空石庭、绕庭走道、前厅、内厅等多重空间，除木制梁柱外，其他之分隔均用拉门（soshi），故全部拉开后可说是没有固定墙壁，镜头运动从外到内、从内到外，游走自如，流畅中又与人物活动、完整背景（布景）结合成一体，深焦的配合更一并统摄前景、中景及背景。好几场戏更利用这种较无区隔的空间，以极高的俯瞰角度缓慢下降，到达平视时再游动或重新拉高。个别场面又掌握日本式的局部空间分隔，利用诸如圆形大屏风或能剧（noh）演出的前伸舞台来布置镜头活动，均为世界影史上罕见之结合，既展示沟口的个人技艺，又呈现日本建筑的国族特色。因为有此独一无二之结合，全片特殊影像风格在沟口作品中亦难得一见。

忠臣藏的四十七武士复仇尽忠的故事在日本家喻户晓，日本电影界拍摄近百次，但国外较为熟悉的只有稻垣浩于 1962 年拍摄，三船敏郎、原节子演出的版本（年轻观众也许看过木村拓哉饰演四十七人中一位死节青年武士的电视片），复仇的大战场面很自然是重心，并将电影推向动作片的类型。沟口版本另一独特之处，是以书信简单叙述复仇大战，作暗场处理，是十足莎剧做法。长达四小时的故事均为文戏，甚至是心理戏，使这部电影极有可能是唯一一部没有打斗的忠臣藏电影。

近完场前死士演唱古典能剧，是乐、舞、诗之结合，又是世俗与神圣、戏剧与仪典（赴死、就义）在现实生活中最原始之互动重叠（即文化人类学家 Victor Turner 所说的 liminality）。而全片在快终结前又拖出一段爱情故事（过程倒叙出来），表面似"反高潮"，实际上是整个故事之最大平衡，以人间最寻常的情爱，来"人性化"这个因过度传诵而被刻板化成只求死节的单薄的尽忠形象。尽管此片是战时日本军政府委交沟口的作品，主旨是宣扬武士道，想要为侵略战争敲边鼓，但沟口最后的"人性"故事，未尝不可视为"主旋律"中的"大走私"，且是一个发人深省的尾声，类近音乐作品结束时相当独立的一段乐章（即 coda）。

《元禄忠臣藏》当年在日本评价不高。根据美国的日本电影专家 Keiko McDonald 的历史考据，票房上也很失败。更由于"忠臣藏"故事讲武士为主公效忠，被认为发扬武士精神，是用来配合军国主义。电影的确是军国主义时期的产品，但又可以说这是"蒙混过关"的片子。表现上讲武士故事，艺术上却容许导演发挥得淋漓尽致，建构其个人风格，在非常陈旧的故事中，反而开出新意。批评这部电影宣传军国主义，并因而对其评价极低，是长期以来对该片的误会，也无意中忽略了该片映像风格与日本民族建筑风格结合的一大特色。

参考文献

郑树森，舒明．日本电影十大．台北：印刻文学生活杂志出版有限公司，2009.

キネマ旬報社．知っておきたい映画監督 100 日本映画編．東京：キネマ旬報社，2009.

キネマ旬報社．オールタイム・ベスト映画遺産 200 日本映画篇．東京：キネマ旬報社，2009.

外文部分

Bazin, André. *What is Cinema?* Vol. 1. Trans. and ed. Hugh Gray. Berkeley: University of California Press, 1967.

McDonald, Keiko. *Mizoguchi.* New York: Twayne Pub, 1984.

Time Out Film Guide 2000. Eighth edition. Ed. John Pym. New York and London: Penguin, 1999.

Turner, Victor. *Dramas, Fields, and Metaphors: Symbolic Action in Human Society.* Ithaca: Cornell University Press, 1974.

摄影·叙事·介入
——析论萨义德的《最后的天空之后》[*]

单德兴

> 流亡是一连串没有名字、没有脉络的画像。
>
> ——萨义德，*After*, 12
>
> 但我不知道相片能否或是否道出事物的真相。有些东西已经消失了。而我们唯一拥有的就是再现。
>
> ——萨义德，*After*, 84

在萨义德等身的著作中，《最后的天空之后：巴勒斯坦众生相》（Edward W. Said, *After the Last Sky: Palestinian Lives*, 1986）可谓独

[*] 此文为"国科会"研究计划成果之一，曾先后宣讲于"中研院"欧美研究所文化研究重点计划（2002年10月15日）、中兴大学（2004年3月4日）以及周英雄教授荣退纪念研讨会（2004年6月11日），却因此书是笔者最喜爱的萨义德之作，一直想把这篇文章处理到让自己满意，以致延宕多时。此次利用编写这本文集的机会奋力写出，虽尚难称满意，但已尽力，谨此感谢主编李有成教授与冯品佳教授邀稿，洪敏秀博士提供相关的摄影理论与意见。笔者为引用书中相片煞费周章。首先联络目前出版此书的哥伦比亚大学出版社，对方告知并未拥有该书的相片权。接着联络摄影师本人，他立即回音表示"同意复制"，但因所有档案已交给以收藏摄影作品闻名的瑞士洛桑爱丽榭博物馆（the Musée de l'Elysée, Lausanne），所以自己已无权利。笔者再依摄影师的建议联络该博物馆，获知所费不赀，而且缓不济急，只得割爱，并请有兴趣的读者直接参阅原书或中译本。文中讨论相片之页码以斜线区隔，依序为原书、简体字版、繁体字版。

树一帜，最引人瞩目。[1] 首先，这本书的缘起颇为曲折，迥异于萨义德其他著作。1983 年萨义德担任联合国"巴勒斯坦问题国际会议"（International Conference on the Question of Palestine ［ICQP］）的顾问，建议联合国赞助德裔瑞士摄影师摩尔（Jean Mohr）拍摄巴勒斯坦难民的计划。[2] 然而相片正式展出时，在主办单位的压力下，除了标示国名或地名外，没有任何其他文字说明。正是由于这种压抑与噤声，让萨义德觉得不吐不快，反而促生了这本书，"代表了我们双方很个人的投入"（*Politics*, 123）。

其次，这本书的缘起虽然复杂，但置于萨义德本人的学思历程中却有脉络可循。萨义德曾多次表示，1967 年中东战争之前，学术与政治对他而言分属不同领域，但这次大战使得他的政治意识苏醒，之后两者相辅相成。因此，所谓的"中东研究三部曲"（《东方主义》［*Orientalism*, 1978］、《巴勒斯坦问题》、《采访伊斯兰》［又译《遮蔽的伊斯兰》，*Covering Islam*, 1981]），就是这种思路下的产物。《最后的天空之后》也不例外，试图以不同的方式结合学术和政治，为处于弱势、长期被压迫、遭国际漠视的族人发言。[3]

第三，这是萨义德众多作品中唯一的文字影像书，从人道摄影师摩尔数以千计有关巴勒斯坦人的相片中精挑细选出一百二十张，搭配萨义德兼具理性与感性的文字，细分为"巴勒斯坦众生相"、"状况"、"里面"、"冒现"、"过去与未来"、"贝鲁特的沦陷"（"Palestinian Lives," "States," "Interiors," "Emergence," "Past and Future,"

---

[1] 此书中译有金玥珏的简体字版《最后的天空之后：巴勒斯坦人的生活》与梁永安的繁体字版《萨义德的流亡者之书》，本文虽参考，但未完全遵照。

[2] 由萨义德担任此国际会议的顾问，以及会议主题与他的专著《巴勒斯坦问题》（*The Question of Palestine*, 1979）完全相同，便可看出他在将巴勒斯坦问题国际化／联合国化上所扮演的重要角色。

[3] 萨义德在此书出版时与拉什迪（Salman Rushdie）的对谈中提到，撰写本书的观点是试着联结英文教授和巴勒斯坦人的双重身份（*Politics*, 123）。

and "The Fall of Beirut"）等主题，书写并呈现流离失所的巴勒斯坦人，旨在提出迥异于西方主流媒体的另类再现，打破世人心目中"巴勒斯坦人不是难民就是恐怖分子"的刻板印象。

第四，萨义德编撰这本书时已去国多年（他于 1947 年离开耶路撒冷），由于当时担任巴勒斯坦民族议会独立议员（an independent member of the Palestinian National Council, 1977 年起任职，1991 年因病请辞），以色列当局不准他返回故土。因此，他在筹备会议、策划展览、挑选相片、撰写文稿期间是流亡在外的，完全不知何时、甚或此生能否返回故土，只得选择以这种特殊的方式介入。具体手法便是透过精挑细选的外籍摄影师的相片，仰赖自己惊人的记忆力、家族经验、民族历史、丰富学养，运用相当个人化、生活化、抒情式的笔触，重新建构出巴勒斯坦人的日常生活与艰难处境。这说明了为什么这本书的副标题为 "Palestinian Lives"（"巴勒斯坦众生相"），以示所呈现的是身为芸芸众生的巴勒斯坦人平常生活中的不同面向。

　　二

《最后的天空之后》具现了萨义德多年来的学术理念与政治坚持，其荦荦大者略举数端如下。首先便是"流亡（者）"（exile）的处境与发言位置。在本书 1999 年哥伦比亚大学版的新序中，萨义德开宗明义道出："《最后的天空之后》是一本流亡者之书（an exile's book），撰写于 20 世纪 80 年代中期，尝试在距离巴勒斯坦遥远的地方，以主观的方式来处理巴勒斯坦人的生活。"（vii）流亡（者）可说是萨义德的执念（obsession），他在数十年的作品中，对此一主题不但有理论的探讨（甚至 2000 年的文集便取名为《流亡的反思》[*Reflections on Exile and other Essays*]，在比较个人、抒情的著作中，也对这种处境有生动、感人的描述（如其回忆录《乡关何处》[*Out of Place: A Memoir*, 1999]）。这些当然与他的殖民地成长经验以及后来成为"巴勒斯坦裔美籍学者／知识分子"的身份密切相关。下面这段文字更具体而微地呈现了这种微妙位置及其效应：

> 大多数人主要知道一个文化、一个环境、一个家，流亡者至少知道两个；这个多重视野产生一种觉知：觉知同时并存的面向，而这种觉知——借用音乐的术语来说——是对位的（contrapuntal）……流亡是过着习以为常的秩序之外的生活。它是游牧的、去中心的（decentered）、对位的；每当一习惯了这种生活，它撼动的力量就再度爆发出来。（*Reflections*, 186）

由萨义德本人的学术志业与政治立场，皆可以看出他如何善用这种多重视野，做出独特的贡献。

流亡对于萨义德不仅具有字面上的意义及切身的领会，其隐喻的意义也发挥了很大的效用，最明显可见的便是他对知识分子的看法。萨义德一向甚为关切知识分子的议题，数十年如一日。[4]他在《知识分子论》（*Representations of the Intellectual*, 1994）一书中特辟专章《知识分子的流亡——放逐者与边缘人》（"Intellectual Exile: Expatriates and Marginals"），以流亡者的位置与意义来思考知识分子的角色与作用。因此，知识分子便如流亡者一般，与权力核心维持着批判的距离，从边缘的位置发声，彰显批判意识，提出有别于主流的看法，对权势说真话——不论面对的权势是政治的、宗教的

---

[4]　详见笔者《永远的知识分子萨义德》，尤其页 219-222。

还是学术的……而《最后的天空之后》则是流亡于美国的巴勒斯坦裔知识分子，继"中东研究三部曲"之后，转而由学术论述、媒体研究之外的日常生活与摄影切入，所呈现出的另类关怀。[5]

为了凸显他出入于多重文化之间的视角，萨义德在诸多论述中借助音乐的术语，拈出"对位"一词，以示重视同时并存的其他声音与另类看法。[6] 而他在接受笔者访问，谈到自己反复使用的一些重要用语之间的关系时，所提到的第一条主线就是："复杂性与同时性（complexity and simultaneity），那对我来说很重要。也就是说，当你听到一件事时，也听到另一件。这包括了'对位'、'另类'和'抗拒'。"（单，《论》，178。因此，《最后的天空之后》无疑是针对有关巴勒斯坦人的形象提出对位、另类的观点，以抗拒主流媒体所呈现的刻板印象。）

而与《东方主义》等书一脉相承的，就是对于再现的省思，尤其着眼于知识与权力的关系。尽管萨义德对福柯（Michel Foucault）有所不满与批评，但福柯对萨义德的影响却是显而易见的（就其中东研究三部曲而言，尤见于《东方主义》之首与《采访伊斯兰》之末）。[7] 如果说《东方主义》和《采访伊斯兰》是从知识与权力的关系，分别检视西方学术与媒体对于视为异己的东方（即中东）之再现，那么《巴勒斯坦问题》则是从巴勒斯坦人的角度，重新省视犹太复国主义（Zionism）及其结果，巴勒斯坦人的历史，提出有别于

---

[5]　拉什迪在与萨义德的对谈中指出，此书特殊之处在于前三本书"集中于东西文化之争辩，而《最后的天空之后》更集中于巴勒斯坦性（Palestinianness）的核心之内在争辩或辩证"（*Politics*, 122）。

[6]　萨义德对于对位的定义，可参阅《音乐的阐发》（*Musical Elaborations*, 1991），页 102 以及《文化与帝国主义》（*Culture and Imperialism*, 1993），页 51。

[7]　有关萨义德对于福柯的批评，详见《福柯，1927—1984》（"Michel Foucault, 1927—1984," *Reflections*, 173–186）与《福柯与权力之想象》（"Foucault and the Imagination of Power," *Reflections*, 239–245）二文。但他在后文结尾也以福柯的"学生"自居（245）。

西方主流社会对中东世界、巴以关系的另类诠释与历史。相较于萨义德以往的呈现，图文并茂的《最后的天空之后》也是一种另类。

　　在为族人请命、为族人进行抗争时，萨义德以普世人权、公理正义为诉求，反制西方主流世界的不公不义，批判其采取双重标准。他在不同场合中一再重申，返乡与自决是不可剥夺的基本人权，这也是西方世界一致肯定的权利。然而，西方世界一方面认定人权具有普世的价值与意义，因而相当关切与介入包括南非、萨尔瓦多等地在内的人权状况；另一方面在涉及巴勒斯坦人的人权问题时，却慑于以色列的因素而视若无睹或避而不谈。萨义德多次对此现象加以批判，认为不是伪善，便是双重标准。在他眼中，巴勒斯坦正是人权议题的试金石。他对以色列的长久批评也在于此。萨义德是最早公开主张巴以和平共存的巴勒斯坦人之一，呼吁双方都应认清且承认彼此的历史与苦难，甚至为此遭到死亡威胁也不改其志。在他看来，以色列的建国有其历史背景（尤其第二次世界大战时纳粹对犹太人的大屠杀使得西方人深怀内疚），但巴勒斯坦人多少世纪以来居住于该地也是不争的事实。他最不能接受的便是昔日的受害者在建国、掌权之后，摇身一变成为今日的加害者，使得世居该地的巴勒斯坦人成为受害者的受害者。

　　为了达到这个目的，再叙事化（re-narrativize）是必要的。因为若要对抗主流世界的历史观，就必须提出另一套历史观，即使不能取而代之，也要试图分庭抗礼，至少不被全盘抹杀。这正是巴勒斯坦人以往最弱的一环（After, 20）。拉什迪曾提到萨义德一直批评巴勒斯坦人"没有严肃地努力去使其故事建制化，给它一个客观的存在"，而萨义德也承认其说法："奇怪的是，在公认的杰作中，任何巴勒斯坦历史的叙事都不曾被建制化。"（Politics, 119）长此以往的结果就是世人听闻、接受、相信的，就是盛行的那套有利于犹太复国主义及 1948 年建国的以色列之说法，而视该土地上原先的住民如无物。因此，萨义德在许多场合中强调叙事、故事、历史的重要，呼吁巴勒斯坦人要发展出一套有关自己的历史的说法。先前的《巴勒斯坦问题》正是这方面的空前尝试，从历史、地缘、政治等角度切入，诉诸英文世界的读者。相对的，《最后的天空之后》除了透过生动的相片呈现巴勒斯坦人生活中的点点滴滴，更借由萨义德的文字增添了个人与集体记忆的面向，有血有肉的故事，既有日常的况味，又有历史的纵深，更令读者／观者动容。其叙事、诠释与批评充分发挥了位于世界与文本之间的批评家的角色，作用在于"提升生命"，"反对一切形式的暴政、宰制、虐待"，以达到他心目中"批评的社会目标：为了促进人类自由而产生的非强制性的知识"（*World*, 29）。[8]

以上分别针对萨义德一向关切的流亡、知识分子、对位与另类、知识与权力的再现、公理与正义以及再叙事化的必要等议题，指出《最后的天空之后》在这位巴勒斯坦裔美国公共知识分子的学思历程与毕生奋斗中所具有的意义。下文析论他有关摄影的看法，并据以解读《最后的天空之后》中的若干视觉文本与文字文本。

三

萨义德虽然自称在视觉方面的敏感与造诣不如听觉，[9] 但其相关见解依然颇具意义，有助于我们进一步了解《最后的天空之后》。

---

[8]　此处有关批评家的角色与作用，有意指涉萨义德的《世界、文本与批评家》（*The World, the Text, and the Critic*）以及他所强调的世俗批评（secularcriticism）。

[9]　参阅笔者《论知识分子：萨义德访谈录》，页 180–181。

萨义德在《意义的凸显》("Bursts of Meaning")一文中评论伯格
（John Berger）和摩尔合作的摄影集《另一种诉说方式》（*Another Way of Telling* ），[10] 并针对摄影提出若干观察：

> 其实，相片摘引现实（a quotation from reality），含纳历史
> 世界的痕迹，这种特殊状态使得它自身带有一种不那么轻易被
> 收编的暧昧……因此，每张相片都是选择（要被拍摄的那一瞬
> 间）的结果，虽然相片的意义端赖其观看者的能力来赋予它过
> 去和未来，将间断的瞬间重新插入持久的延续。（*Reflections*,
> 150–151）

这段文字言简意丰，可引申出如下一些看法：

（一）相片是节录、截取（甚至"劫掠"）自历史世界的痕迹，
是瞬间的切片，因而注定是选择性的、片面的；[11]

（二）既然是选择性的、片面的，相片本身便具有暧昧性，难
有统一的说法，抗拒被特定的立场收编而产生定于一尊的诠释；

（三）相片虽然是摄影者在特定瞬间的选择之产物，但摄影者
却无法垄断其意义，而"只是"提供视觉文本，时而附上一己的文
字说明（文本）；

（四）此视觉文本的意义（萨义德用的是复数形的"meanings"）
主要是由观看者建构出来的，而建构的方式是时间性的（而非空间
性的）：赋予被截取、孤立的那个时刻（历史的切片）过去与未来，
各自以叙事／故事将其贯串起来，仿佛具有前后、承启、因果；

---

[10] 此书有张世伦的中译本《另一种影像叙事》，书名中的"叙事"一词更接近前
　　文所说的"再叙事化"。
[11] 此一说法由中文的"'摄'影"一词也可看出。

（五）因此，相片固然是摄影者在特定时空下的瞬间产物，但其意义却是观看者从各自的立场与角度出发所建构出来的，不仅提供各种"观看的方式"，也企盼各尽所能，各取所需，提供"另一种诉说方式"或"另类的叙事／故事"，在此场域中竞逐诠释权[12]。

至于观看、解读、诉说、叙事的方式以及其所代表的意义，萨义德有进一步的阐释：阅读或诠释相片就是结合人类对协调的期盼和表象的语言。摘引的相片愈丰富，创意性诠释的范围就愈宽广，拍摄的瞬间也就愈能达到"另一种意义"。这种新意义诞生于当"面对事件（相片的主题）时，将它延伸并结合其他事件，因而拓展（相片的）范畴"。这一切就像水里的一颗石头，打破了连续叙事的单向之流，这种单向之流宣告了新闻从业人员、政府论述与科学专家所谓的"历史"，而私人的主观经验则否。因此，只要诠释相片的语言不像大多数的符号学论述那样变得"化约和反对"，相片就具有潜在的起义性质。（*Reflections*, 151）

换言之，解读或诠释相片出于人类对协调的期盼，其方式是透过结合这种人性需求与表象的语言；愈是丰富、精彩的相片，诠释的空间就愈宽广，也愈可能对摄影的当下一刻产生更繁复丰饶的另类意义——尤其是借由与其他事件的联系与引申——搅扰、打破主流社群那种单向的、连续性的大叙事与大历史，激起回流甚或逆流。相片——尤其是弱势者的相片——所呈现的正是不入（主）流的、隐晦的、多向的、断裂的、非连续性的私人主观经验和个人小

---

[12] 此处"观看的方式"有意指涉伯格的名作 *Ways of Seeing*，而"另一种诉说方式"或"另类的叙事／故事"则指涉其 *Another Way of Telling*。

故事，只要不诉诸化约或反对式的解读，就有可能产生对位的意义，另类的空间，具有起义或反抗的潜能与效应。

萨义德固然推许伯格和摩尔二人合作的《另一种诉说方式》，但也指出该书的两个问题：第一，"伯格未能如卢卡奇（György Lukács）和葛兰西（Antonio Gramsci）那般处理意识形态渗透文化的力量（the power of ideology to saturate culture）"；第二，伯格着重于往昔，认为"相片处理的是记忆与过去"，却未放眼于未来，然而萨义德关切的是"对立政治"（oppositional politics）的中心议题："做什么？（what to do?）"他并借箸代筹，期许伯格能结合"其美学和行动"（152）。其实，此处所指出的两个问题，正是以流亡者自居，从边缘发声的萨义德最关切之处。质言之，置身于当前处境中，在主流意识形态多方笼罩与渗透之下，如何在透过摄影来面对过去的同时，思索出行动纲领，并付诸具体作为，使美学和行动合而为一，交互为用，进而发挥平反、起义的效应，反制强势者与主流者无所不在的意识形态与渗透，并防患于未来。

若要针对《最后的天空之后》进行更理论性的铺陈，我们可以说此书所呈现的摄影观直指摄影作为再现的技术或工具，其承载过去的人、事、地、物，特别是时间的效应与负担，其中涉及的权力关系，以及相关的政治与伦理诉求与结果／效应。这种见解多少呼应了塔格在《再现的负担：论摄影与历史》（John Tagg, *The Burden of Representation: Essays on Photographies and Histories*）中的看法。塔格开宗明义指出再现的负担与困境。他修正"相机是采证的工具"（"The camera is an instrument of evidence"）一说，认为"证物"本身已不复存在，因为相机摄取的影像所代表的真实已"触摸不到"（1）。塔格同样受到福柯的启发，将摄影视为"论述实践"（"discursive practices," 119），强调摄影所创造出的不同场域（"sites"）与社会形构（"social formation"），指出："其作为技术的状态因投注的权力关系而异。其实践的性质依赖于定义及运用它的建制与能动者。（agents）"（118）因此，我们要研究的与其说是相片本身，不如说是摄影作为论述实践："它做了什么？其存在条件为何？它如何折射而不是反映其脉络？它如何启动而不是发现意义？我们必须如何自我定位以接受其为真实？这么做的后果如何？"（119）

与上述相关的就是"引用"之说，因为摄影是自一去不返的现实中所截取的片段／片断，其"引用特性"（"citational character," Cadava, xvii）至为明显，其与过去和未来的关系也值得注意。其实，伯格在《另一种诉说方式》中便已指出，"相片不是翻译表象，而是引用它们"（"Photographs do not translate from appearances. They quote from them." 96）。此外，摄影如同文字，也有其践行效应（performative effects）。卡达瓦（Eduardo Cadava）自本雅明（Walter Benjamin）有关"摄影与历史之引用结构"得到启发，强调"没有一个文字或影像是不受到历史萦绕缠扰的"（Cadava，xvii）。但另一方面他也指出，"影像是语言与历史之间的扣连原则"（"the image is a principle of articulation between language and history"），因此"影像本质上涉及意义生产的历史行动"（"Images are essentially involved in the historical acts of the production of meaning"），其结果也涉及"摄影结构之建构，而这些摄影结构产生并重新设定历史理解"（"the construction of photographic structures that both produce and reconfigure historical understanding," Cadava, 85）。[13]

对于一向缺乏叙事与论述的巴勒斯坦人而言，萨义德透过摩尔

---

[13] 这些让人联想到本雅明在《摄影小史》（"A Small History of Photography"）中有关观者如何从相片中联结过去、现在与未来的观点（Benjamin, "Small", 243）。

镜头所呈现的族人众生相，一方面据以建构并铺陈巴勒斯坦人的历史，另一方面希望借此达到平反与起义的效应，为族人争取到更美好的未来，其中的引用来自过去，于当今加以阐发，意图开创未来。萨义德运用自己的文字与论述将摩尔的相片加以再脉络化，这种行动具有创新之意，因为即使相片中的景物不再，人事全非，但透过作为现实之引用的相片，以及萨义德对于相片的引用与阐发，成就了另一层意义的再现。亦即，在摩尔的影像再现之外／之上，添加了文字再现，目标在于为长久以来销声匿迹的巴勒斯坦人创造一个更符合公理正义的未来。简言之，萨义德在本书中试图完成伯格与摩尔之书未竟之业，结合美学与行动，其中引用自过去的相片成为艺术品（art-wrok），此艺术品经由能动者的介入于未来发挥作用（art works）。[14]

因此，我们可借由萨义德上述的观察以及对摄影的反思，来省视他大力促成的与摩尔（同样是伯格的合作者）之合作成果——虽然笔者在进行图像文本及文字文本的解读时，必然是出于片面的摘引与挪用，并且试图在本文的脉络中建立起不同的联系与叙事。

四

由《最后的天空之后》的缘起可知，此书实为压抑下的反抗、平反或起义之作——所谓的"压抑"，就短期而言，是对该次摄影展的压抑；就中期而言，是自1948年以色列建国以来对巴勒斯坦人的压抑；就长期而言，是西方殖民主义数个世纪以来对中东民族的压抑。下文拟分就流亡、引用／摘述、介入、叙事与再现进一步讨论。

---

[14] 感谢洪敏秀博士提供有关摄影的相关理论以及对本文初稿的观察。

（一）流亡与游移／犹豫的身份

前文提及流亡对萨义德的特殊意义与重要性，简言之，流亡者处于异文化之间的位置，既出入于不同文化，却又不完全属于其中任何一个，因而显得格格不入，具有异质、繁复、对位、矛盾与混杂诸种特质。这种既入又出、既近又远、既亲又疏、既即又离的尴尬、暧昧位置，产生了"双重视界"（"double vision," *After*, 6），尤其显见于书中所使用的代名词。萨义德本人也觉察到这一点，特别在书前指出，在指涉巴勒斯坦人时，代名词因为不同的情境而出现了第一、第二、第三人称等不同的称谓："这些转换看似突兀，但我觉得它们复制了'我们'体验自己的方式，'你们'感受别人注视你们的方式，你们在孤寂中感觉到'你们'和'他们'置身之处的距离之方式。"（*After*, 6）

我们可以进一步指出，当萨义德以不同人称称呼巴勒斯坦人时，其实显示的是自己复杂、尴尬、暧昧的位置——在使用第一人称的"我们"时，他把自己和巴勒斯坦人视为同一族群，亦即"我们"是血脉相连、休戚与共的共同体；第二人称的"你们"是将族人视为相对于"我"的人，成为自己言说的对象（addressee）；第三人称的"他们"则把族人视为自己与当时言说对象（很可能是读者）之外的、被谈论或描述的第三者。这些不同的人称具现了萨义德飘忽不定的认同与游离状态，能使他维持远近不一的批判距离，针对眼前的情境与对象，灵活运用不同的心态与角度来观察、省视特定的现象。尤其是萨义德在撰写此书时依然被以色列当局蛮横无理地拒斥于故土之外，无法亲履其地，访视受难中的族人，只能凭恃自己的记忆、感情与想象，跨越时空的限制，以书写来再现族人，铭刻一位流亡者的心声。

然而，此处的记忆、感情与想象在相当程度上仰赖于摩尔相片中的人、事、物与情境的触发。对萨义德而言，撰写《最后的天空之后》时最主要的定位便是身为流亡美国的巴勒斯坦知识分子，面对自己大力促成的摄影任务所获致的具体成果，充分发挥自己的记忆、感情与想象，结合个人与集体的遭遇、经验与历史，赋予一张又一张的相片"过去和未来，将间断的瞬间重新插入持久的延续"，呈现出另类的巴勒斯坦形象，以正视听，呼喊正义，企盼达到平反与"起义"的效应。

（二）引用／摘述

若从引用／摘述的角度来看，又可引申出不少意义。首先，引用在本质上就注定是"断章取义"的，然而与其批评其"断章取义"，不如进一步探究是何人（who）在何时（when）、何地（where）、如何"断章取义"（how）？"断"的是什么"章"，"取"的是什么"义"（what）？用于何处？理由为何（why）？结果如何？换言之，引用本身就是去脉络化与再脉络化的结果，重要的是在"一出一入"之间造成什么"出入"（what's the difference）？这些出入有何意义或效应（is it a difference that really makes a difference?）？

就本书而言，引用主要在三方面：书名，相片，素描／随笔／叙事。书名《最后的天空之后》来自巴勒斯坦民族诗人达维希（Mahmoud Darwish）。在萨义德心目中，达维希是"具有多面向的诗人"，他既是"流亡诗人"，也是"最早的一位所谓反抗诗人"，"他当然是位公共诗人，却也是很个人的、抒情的诗人"，并有如下由衷的推崇："以今天世界的标准，他肯定是最佳的诗人之一。"（*Culture and Resistance*, 161–162）[15] 萨义德在扉页中引用达维希的《大地正向我们围拢》（"The Earth Is Closing on Us"）：

Where should we go after the last frontiers,

where should the birds fly after the last sky?

在最后的疆界之后，我们何去何从，

在最后的天空之后，鸟儿飞往何处？

对照此诗英译就会发现，这里连引用本身都不完全忠实，而是将原先三个问句中的两句（"Where should we go after the last frontiers? / Where should the birds fly after the last sky? / Where should the plants sleep after the last breath of air?"）化为一句。原诗的幽微精妙之处——如对铺天盖地而来的巨大磨难之具体描述，过去与未来的对比，在似乎没有明天的极大苦难中对未来依稀怀抱着些微的希望与憧憬——则在简短的引用中遁入了背景，等待有心人挖掘。这使得扉页的引用或摘录有若"天问"般的叩问与沉痛，透露出"叫天天不应，叫地地不灵"的悲惨处境。书名则是进一步浓缩，而且去除问号，颇引人寻思——既然已是"最后的天空"，如何还有"之后"？若是"最后"还有"之后"，巴勒斯坦人的悲惨处境伊于胡底？抑或，巴勒斯坦人的处境已沦入谷底，可望由剥而复，否极泰来？副标题"巴勒斯坦众生相"与正标题相互为用，点出全书的主旨，一方面指明陷于困境的是巴勒斯坦人，另一方面表示他

---

[15] 萨义德在一篇文章中曾提到，两人出席巴勒斯坦民族议会，"达维希撰写建国宣言（the Declaration of Statehood）"，萨义德则"协助重新草拟并翻译成英文"（*Reflections*, 326），由此可见两人之志同道合。

们依然（不得不）活着、过日子，在各式各样的磨难中坚忍，期盼在山穷水尽、"最后的疆界"、"最后的天空""之后"，能柳暗花明，缔造新生，打造出一片新天地。

虽然扉页的引用并不全然精确，书名更是精简，但阅读全书却又在相当程度上"还原"并"扩大"了达维希全诗给人的感受。《最后的天空之后》透过摩尔的相片与萨义德的文字之中介，使得精练的诗思再现为一帧帧生动的相片和一篇篇深刻、动人的短文，透过图与文的互动，充分发挥了萨义德在其他地方所强调的"细节的训练"（"discipline of detail"）以及"阐发"（"elaborations"）。[16]质言之，原先引用的诗作在去脉络化与再脉络化之后，与摩尔的相片和萨义德的散文三者交互为用，呈现了"巴勒斯坦众生相"，并发挥了"画龙点睛"的效用。

仔细寻思便会发现，书中的相片不但是引用，而且是"双重引用"。第一重引用如萨义德所说，相片是来自现实的引用，也就是摄影师身临其境，瞬间截取、拍摄的结果。即使如此，这些相片依然有其特殊之处。因为有别于其他对巴勒斯坦人的呈现，此处是巴勒斯坦裔美国学者萨义德积极介入，邀请德裔瑞士人道主义摄影师摩尔，深入当地居民的日常生活所拍摄的结果，其动机、心态、过程、结果迥然有异于西方主流媒体的呈现。[17]第二重引用则是萨义德从摩尔拍摄的数以千计的相片中精挑细选出一百二十张，加以分

---

[16] 萨义德多次提到巴勒斯坦人不注重细节与叙事，以致很难与以色列人争取历史和地理的诠释权，处处受制于人，因而倡议巴勒斯坦人要留意"细节的训练"。"阐发"则是以细致的工夫产生阐扬和发挥的作用，萨义德曾撰写《音乐的阐发》，将批评与文化理论引进乐评，提供独特的观点。

[17] 此处所谓的"介入"、"双重引用"可由"影像／辩证"的角度加以观察（参阅 Cadava, xvii, 43）。有关萨义德对于西方主流媒体的不满，由《采访伊斯兰》一书的副标题明显可见："媒体与专家如何决定我们观看世界其他地方。"（"How the Media and the Experts Determine How We See the Rest of the World"）

门别类，撰文阐释。[18] 此处的引用既涉及拣选，也涉及依照特定类别加以诠释和引申，形成相关视觉文本的去脉络化与再脉络化。

再者，萨义德的文字文本就某个意义而言也是引用。一向以流亡者自居的萨义德与故乡之间原本就有一段距离，而在引用并配合这些相片撰写短文时，由于未能获准回归故土、亲临其境，以致对这种空间、时间、心理上的距离感更是强烈。吊诡的是，萨义德在面对自己大力促成所拍得的族人日常生活相片时，却因为对相片中的地方与人物可望而不可即（他甚至能指认出一些相片中自己熟悉的人与物），反而产生更深切的感怀。在撰写这些文字时，流亡异域、不得返乡的他所能动用的主要就是记忆，以这些相片作为提示（prompt），借此检索、引用并重组自己记忆库中的相关信息，针对当时的情境及诉求对象，钩引并铺陈出恰切的文字。[19] 从萨义德的书写策略可以看出，基本上是以相片为出发点，用抒情的笔触、合理的论述来打动、说服读者，兼且记述、见证与平反，并结合民族的集体意识，达到"个人的便是集体的"（the personal is the collective）之效用。而由于巴勒斯坦人的地位特殊，涉及中东的地缘政治，又有"个人的便是政治的"（the personal is the political）之效用。[20]

---

[18]　萨义德在与米歇尔（W. J. T. Mitchell）的访谈中提到，摩尔寡言而谦虚，这些相片是他费时数周从摩尔众多档案相片中挑选的，摩尔只是偶尔表示不同意见，但并未反对（"不是他的选择，是我的选择"，Mitchell, 39）。但摩尔本人在接受张泉访谈时则说，为了选取此书中的相片，他在萨义德的纽约公寓住了大约十天，"在进展顺利的同时，也互相作了妥协：他选出的照片更知性、更残酷，与文字的联系也更直接；我则倾向于不那么激烈或者更理想化的照片"（张，24）。

[19]　如笔者询问他如何为此书撰文时，他回答："我让自己——我不知道成不成功——我让直觉、记忆、联想来引导自己，而不是让形象与形式的抽象力量来引导。因此对我而言，这些形象中的每一个都暗示了我记忆中的某件事、某个经验。"（单，《论》，181）

[20]　此处"个人的"既可指相片中呈现的个人，也可指萨义德本人。

（三）叙事与再现

与萨义德的书写密切相关的，便是其中的叙事，而这又涉及引用、摄影、文字、诠释与历史（个人的或集体的）。伯格对此提供了相当精辟的见解：

> 所有的相片都是暧昧的。所有的相片都是取自连续（continuity）中。如果那个事件是公共事件，这个连续就是历史；如果是个人事件，那么被打破的连续就是人生故事……断裂（discontinuity）总是产生暧昧。然而这种暧昧经常是不明显的，因为只要相片与文字并用，就共同产生了确定的效应，甚至教条式肯定般的效应。（*Another*, 91）

在他看来，相片与文字的相辅相成在于相片"是无可辩驳的证据，但意义却薄弱"，须由文字来诠释与补充；而文字本身往往过于空泛，须由无可辩驳的相片来赋予"特定的真确性"（specitic authenticity），"两者合并就变得很有力"（92）。

因此，《最后的天空之后》中不管述说的是个人的故事或族人的历史，大抵由相关的相片所激发、促生，进而将这些自现实中引用、截取以致孤悬于时间之流之外的相片，依据各自的情境及个人的感受与记忆，赋予过去与未来，重新插入时间之流。因此，这些相片本身固然凝结、捕捉自特定的瞬间——否则这些瞬间稍纵即逝、一去不返、渺无踪影——但文字却赋予它们时间的面向、历史的纵深以及个人与集体的感受、意识与叙事。也正因为如此，全书的再现是图文互补、互证的（不仅是"一图抵千言"，而且是"一图须千言"），有别于萨义德其他的纯文本论述，更吸引读者的目光。就再现的方式和效用而言，这种相片与文字交相为用的方式，一方面有别于纯文本的表现，另一方面也与纯影像或（新闻）影片的呈现不同，而是介于两者之间：固然比纯文本的表现更为生动、具有临场感（有图为证），也不似观看纯影像般脱离脉络，或影片般难以掌控，而允许观者随着自己的兴趣、关注与速度，或快或慢地观看、阅读、思索与消化，不仅着重图文之间的互动，甚至由此引申并建构出自己的观感与意义。

五

摄影师摩尔与中东的渊源远早于与萨义德合作的这个计划，而一般读者之所以认识他，主要源自他与著名文化评论家／作家伯格合作、出版的《另一种诉说方式》。他在《最后的天空之后》的三页短序中（*After*, 7–9）——严格说来只有两页，因为第一页直接接续萨义德之文——附上自己的简要年表，从这种"自我再现"中我们可以看出摩尔如何看待自己与中东，尤其是巴勒斯坦，长久以来的关系。早在 1949 年，大学刚毕业、年方 24 岁的摩尔便被国际红十字会派往中东处理巴勒斯坦难民问题。次年红十字会援助结束后，他继而担任联合国的"地区官员"（"area officer"）。1967 年，赴以色列和西岸两周。1979 年，在传译陪同下再度前往以色列和西岸占领区一个月，发现巴勒斯坦人的处境比三十年前更恶劣（8）。由此可见，摩尔与中东的渊源甚深，曾经执行过人道任务，对巴勒斯坦人的关怀数十年如一日——短序中提到巴勒斯坦人"很贴近其心"（"something very close to my heart," *After*, 7）。这种人道关切、民胞物与之心表现在他斥责以色列海关官员视阿拉伯人如无物的狂妄心态（*After*, 9）。

全书相片主要拍摄于 1979、1983 和 1984 年，前者出自摩尔的一个月之旅，后者则与萨义德密切相关，此外尚有 1967、1978 和 1980 年的作品，最早的一张甚至摄于 1950 年（92/84/150），"属于那种我寄给父亲的日常作品"（张，23）。摄影作品前后历时三十余年，显示了摩尔对巴勒斯坦人的长期关注。萨义德在与米歇尔的访谈中提到《最后的天空之后》的编排过程：先将挑选出的相片摊在地板上数星期，区分为系列；再区分为含纳系列的四组，把书分为四部，每部加上标题；最后在不同的位置以不同的方式安插相片（Mitchell, 35–36）。这种分类或权宜之计其实已是摘引／引用（去脉络化）与插入（再脉络化）了。萨义德搭配长短不一的文字，以个人与集体的故事与历史加以铺陈、诠解，以期凸显这些相片在新脉络中的意义，达到忠实再现苦难族人之目标。特别的是，这些文字的长度介于一般相片图说与专文之间，比图说详细（书中的相片已附图说），却又不像专文般长篇大论，令人望而生畏。此外，这种看似驳杂不一的写作方式，反而为书写者提供更大的弹性，长短由之，以尽兴／尽性为要——有话便长，无话便短，既求尽作者之兴，又期尽相片之性。因此，段段文字有如 vignette（小文／小图），不仅各有特色，而且共同烘托出"最后的天空之后"的氛围，为相片提供了感情的厚重与历史的纵深。

全书除了极少数名人的相片之外（如巴解领袖阿拉法特［Yasir Arafat, 121/113/190］、民族诗人达维希［158/150/243］），基本上是关于巴勒斯坦人的日常生活百态，尤其是在漂泊离散的艰厄困苦中所展现的生命韧性。这些巴勒斯坦人在自己的家园内、外都是流亡者（"[e]xiles at home as well as abroad," 11），尽管被视为异己，遭受苛刻的待遇，他们仍努力维持生命的传承与尊严。全书的相片以婚礼开始（10/10/33），以示即使在苦难中，人生大事也不因而中断；第二张相片中的母子（13/3/36）显示虽然身处流亡、家徒四壁，但生命依然延续，世代相传。书中不同年龄人士的相片，呈现了不同生命阶段的巴勒斯坦人之面貌与多样性，各行各业的相片更深入日常生活细节，让人得窥他们的维生之道及个中甘苦。一些流亡海外人士的相片则呈现了巴勒斯坦漂泊离散社群（Palestinian diasporic community）。若干相片更见证了巴勒斯坦人如何勇敢面对人生、苦中作乐，在个人与民族的命运低潮中依然怀抱希望。

　　面对这些相片时，萨义德对于自己、摄影者、被摄者的状况了然于心，其中透露出相当程度的无奈。他说："流亡是一连串没有名字、没有脉络的画像；大都是没有解释的、无名的、沉默的形象。我注视着它们，却没有精确的逸闻知识（'without precise anec-dotal knowledge'），但它们写实之精确比单纯的信息更令人印象深刻。"（12）暌违故土数十载的萨义德因为以色列当局的禁令，"无法接触到被拍摄到的真人，只能透过一位欧洲摄影者来为我看看他们。而我想象他也透过口译者与他们交谈"（13−14）。至于摄影者与被摄者之间的关系则有些纠葛复杂。一方面他们秉持待客之道，任凭手持相机的摩尔穿梭于他们之间拍照，并未严加拒绝；另一方面让一位明显的外来人如此来拍摄身处苦难困厄中的巴勒斯坦人，而被摄者浑然不知拍摄的相片将如何被再现，这种情况难免让被摄者"存在着一种尴尬，不确定为什么他们被注意和记录——却无力阻止"（14）。所幸的是，摄影者是对巴勒斯坦民族怀抱长期人道关切的摩尔，而整个计划的筹划者是流亡在外的族人萨义德，目的在于透过国际组织向世人争取对巴勒斯坦人的了解与支持。简言之，礼貌、尴尬、犹豫而无力阻止被拍摄的巴勒斯坦人，透过口译沟通及对话的欧洲摄影者摩尔，以及透过摄影者来观看自己族人的萨义德，三者的合作尽管与常态的纪实摄影相较不免有所缺憾，但在当时情境之下已属难得。严格说来，相片中的巴勒斯坦人难逃萨义德名著《东方主义》扉言所引述并暗批的"他们不能再现自己；他们必须被人再现"（"They cannot represent themselves; they must be represented"），但至少当时他们自己欠缺发声的管道，再现他们的是有着多年渊源的摄影师和流亡在外的族人，而再现的成果不仅在当时发挥了纪实、见证甚至某种平反、起义的作用，而且借由出版进一步传扬。

萨义德在书中提到自己与摩尔的计划时说道："我们绝不是欢乐的非实体（cheerful nonentities），在不特定的地方从事某个小计划；我们代表的是一股具体的力量，而其散布的、非中心化的力道甚至连我们自己都未能轻易辨识。但那赋予我们所做的事一种破碎的尊严（a fragmented dignity）。比方说，摩尔一整个系列有关工作或学习中的巴勒斯坦人的相片所呈现的强度与严肃，就与相片的插曲式、无故事的性质（the episodic and storyless nature）冲突。"他接着列举一些相片，并指出"这些是安静却有力的相片，其共同主题是传递出专注和警觉"。在他看来，"摩尔的风格是透明的（transparent）：他让我们看到巴勒斯坦人自我维生的过程，甚至也许再现他们超脱了真实情境的残酷限制，其临即感强得惊人"（145）。

摩尔的风格是否透明，也许见仁见智，对于经历过后结构主义洗礼的人来说尤其如此。然而值得注意的是，对于后结构主义了如指掌的萨义德，竟选择以"透明的"一词来形容摩尔的风格，也称赞其中的临即感，可见他对摩尔的写实／纪实功力之肯定——至少该说摩尔的相片符合这位流亡海外者心目中的族人形象。至于他所撰写的文字，就相当程度而言是提供这些具有插曲式、无故事性质的相片更多的真切感、叙事性与历史感。最明显的就是萨义德以一页三栏（阶段、时期、特征）的图表，简要地将巴勒斯坦的历史与趋势分为四个阶段（1948 年之前，1948 年至 1967 年，1967 年至今，未来趋势），并扼要说明各个阶段的特征（111）。

第一阶段的双重社会（Dual society）因为英国与犹太复国主义相对于巴勒斯坦的不对等势力，导致犹太复国主义霸权（Zionist hegemony）和巴勒斯坦人的屈从与离散。第二阶段则分为两方面：在以色列境内由于政治操控与社经政策，造成巴勒斯坦人地位低落，形同一国两制的内在殖民主义（internal colonialism）；西岸和加沙走廊则仰赖约旦和埃及，不时遭到收编与压迫。第三阶段为 1967 年中东战争至撰写此书时，以色列占领西岸和加沙走廊，致使两地转而仰赖以色列，而原先以色列境内的内在殖民现象益形恶化。最后阶段则是萨义德对于巴勒斯坦前景的预测，他非常悲观地认为"终极目标是历史上的巴勒斯坦被犹太化"（Zionization of historical Palestine），甚至族人会被驱赶到其他阿拉伯国家（111）。[21] 这大抵就是萨义德当时对于巴勒斯坦人的历史叙事与未来预测，据此可以看出巴勒斯坦虽然早在英国殖民和以色列占领之前便已存在，但在近代却一再遭到外来势力的欺压与统治，使得他们在自己的祖居地沦为次等人民，受到压迫、排挤与驱逐，而未来的命运更是堪忧。

全书的相片（除了一张之外）虽然来自第三阶段，但由于萨义德所提供的宏伟架构，让相片内容得以向过去与未来延伸，增加其历史纵深与未来向度。由于篇幅所限，本文只能挑选几张相片加以解读，如此说来又是摘述的摘述，引用的引用……其情况多少类

---

[21] 萨义德有关巴勒斯坦的历史叙事与未来展望，详见《巴勒斯坦问题》。拉什迪在与他的对谈中肯定此二书"针对犹太复国主义这个历史现象，提供了很有用、不感情用事的批判"，而萨义德也强调，"在讨论犹太复国主义对巴勒斯坦人代表什么时，必须集中于犹太复国主义特殊的历史与脉络"（*Politics*, 121）。

似书中的一张相片：摄影者自两位妇人背后拍摄她们正在看相簿（61/53/缺）。原先的相簿已是自众多相片（"现实的摘述"）中挑选、排列、组合而成，两位手持相簿的妇人是观看者，自她们背后拍摄的摩尔又从后摄／后设的角度呈现观看者同时是被观看者；我们身为《最后的天空之后》的观者／读者又透过摩尔的镜头及萨义德的挑选，同时观看相簿中的相片、相簿本身和正在观看相簿的两位妇人，并且想象正在用相机拍摄、记录并造成这种多重观看效果的摩尔，以及萨义德挑选这张相片，再排列、组合成这本书时所欲达成的效果，有如一层层向外扩散的涟漪效应。

此书既为"巴勒斯坦众生相"，使大都为日常生活中的男女老少，较正式的是类似肖像之作，尤其是单人（近）照，其中有知名人士（如前述的阿拉法特［121/113/190］、达维希［158/150/243］和政治人物、大学教授、银行家、编辑、文学人物［113/105/176，116/108/181, 117/109/182, 118/110/183, 159/151/245］），但更多的是不知名人士。而正是由于不知名，反倒（吊诡地）因其独特性与代表性而被选入——独特性主要来自相片本身的美学价值或特定的历史意义，代表性则来自影中人背后往往隐藏着一群遭遇和命运相似之人。如1983年拍摄于阿曼巴喀（Baqa'a）难民营的男子侧照（90/82/148），便让人从这张满布皱纹却没有表情的脸孔上，读出了岁月的沧桑和生活的沉重。关于这位戴着头巾、蓄着短髭的农夫，萨义德如此写道："对于过去、历史知识、个人观看方式的任何觉知，必然影响一个人观看农夫相片的方式。"萨义德从这张脸孔上所读出来的不只是他的身份与背景，也不只是"原型农夫的深刻、沉默、坚忍的悲哀，没有政治或历史细节或发展"，更能够从中辨识出"不同的东西：自漫长、紧实的历史中所建立储备起来的力量，对现在感到挫折与愤怒，对未来绝望地担忧"（91）。

相反，另一张同样摄自难民营的男子相片则透露出迥然不同的讯息（128/120/201）。这张戴着头巾、正视镜头的脸庞上，最醒目的就是右眼上裂成米字般星纹的镜片和盈盈笑容。相较于前一张相片，这里的破裂与不完美跃然纸上。尽管米字星纹挡住了此人的右眼，但衬托着左眼和底下一张温和、满怀笑意的脸孔，让人不禁想象到底需要多大的心量才能让他如此苦中作乐，乐天知命，带着这种"无法压抑的欢乐"（128）。萨义德认为这张相片有如"我们生活中挥之不去的矛盾的象征：难民与恐怖分子，受难者与加害人，等等"，但他也对自己这种想法不满，毕竟相片中的男子未曾流露出任何"悲情或软弱，他的面孔坚强而温和；微笑的表情显然是真诚的……而他散发出欢迎、略带首肯的态度，很吸引人。斑痕是在他的镜片，不是在他；他的另一只眼睛似乎很堪用，即使视线有些模糊，但该看到的多少都能看到"（128）。破损的镜片非但无损于此人的形象，以盈盈的笑脸迎面正视镜头更凸显出他的坦荡与自信，尽管他的儿子遭到麻烦，他依然能笑脸面对镜头与人生。[22]

萨义德对这张相片的引申也值得思索："不管他看（或被看）得多清楚，在视线上总是会有某种妨碍，对任何注视他的人总是会有某种小小的困扰。任何美好、完整的事物，都不会美好、完整到否决不好的，反之亦然。因此，每当你重新省视这张相片时，这种古怪地平衡的不平衡（this curiously balanced imbalance）会以某种方式一直搅扰你。"（129）此处萨义德似乎必须借助强调的矛盾语法（"'古怪地''平衡的不平衡'"）才能形容他对这张相片的观感。而他进一步指出其效应为"意识上的不平衡（an imbalance in consciousness），仿佛我们在世界上承担起巴勒斯坦人的身份时，未能

---

[22] 萨义德在与拉什迪的对谈中，对此相片中的人物提供了更明确的信息：此人一只眼睛被子弹击中而失明，其子因故被判无期徒刑（*Politics*, 123）。

完全调和我们历史的狂野、无组织以及我们宣称而且显然谐调的政治、社会、文化个性"（129）。换言之，从这张相片（及其予人的平衡／不平衡感）引申的矛盾象征涉及巴勒斯坦人的身份，以及巴勒斯坦人观看和被看的方式。或许因为观看与被看的缘故，这张相片曾被当成此书封面，不禁让人寻思，透过一个完好的镜片和另一个满是裂痕的镜片，所看到的究竟是什么样的人和世界？而其他观者又从这张相片中看到了什么？

相对于知名与无名人士的相片，另一张由不知名而到"知"名的相片更引人思索萨义德对于"精确的逸闻知识"的说法，以及相片、指认／命名、记忆的关系。他初看到一张老妇的相片时（85/77/138，1984 年摄于阿曼），认为那是"一张属于我们家居生活的面孔"（84）。但 6 个月后萨义德偶然出示这张相片给妹妹看时，妹妹认出相片中的老妇是法拉吉太太（Mrs. Farraj），这个指认顿时让萨义德回忆起与她的渊源：初识于 1946 年的婚礼，双方因此结为姻亲，而她女儿／新娘是当时年方 11 岁的萨义德在"真实人生中遇到的第一位美女"；再见于 20 世纪 50 年代；如今再次在摩尔的相片中见到，几乎让他"惊呼热中肠"。[23] 他接着写道：

> 她的相片联结到我、我妹妹、我朋友、她的亲人、她的旧识、她曾去过的一些地方，仿佛像一张地图般将我们全都聚拢……但所有这些联结之得以浮现，是在我看过相片之后、我们决定采用它之后、我把它排序之后。我认出她是法拉吉太

---

[23] 萨义德在与米歇尔谈到这张相片由未知（the unknowable）到知道（the knowable）的过程时，表示这个发现让他吃惊，却同时感到有些怅然若失，而"在这两种感受之间则是这张十分真实的脸孔，在这张脸孔上有我无法描述的东西"（Mitchell, 37）。

太之际，相片表面所暗示的亲密立即变成少有秘密的明白。她是一个真实的人物——巴勒斯坦人——拥有我们内部的真正历史。但我不知道相片能否或是否道出事物的真相。有些东西已经消失了。而我们唯一拥有的就是再现。（*After*, 84）

换言之，相片有如多重记忆之钥，透过它能开启不同的记忆之门。法拉吉太太的相片，对萨义德而言，虽然最初开启的只是一般的记忆库，但透过同样由它开启的萨义德妹妹的记忆库，让萨义德得以重启尘封数十年的记忆，串连起一则则轶闻知识，明确的"重新插入"，与影中人建立起私密的联结，让一切关系各就各位，而这些不仅仅是在萨义德看到相片、决定采用以及排序之后，更是在"一位倾听的摄影者"（"a listening photographer," 84）精彩记录以及一位写作的流亡者解读之后，使得"一生的插曲"（"a lifetime of episodes," 84）得以重见天日。即使"有些东西已经消失了"，而"我们唯一拥有的就是再现"，这些再现也足以重建起相当程度的个人、家族、民族的轶事、插曲、关系与意义，呈现出相对于宰制者的另类叙事与历史。

如果说法拉吉太太的相片以个别的、特定的名称与方式让萨义德得以推陈出新，重拾记忆，重新诉说，那么第四部"过去与未来"中连续四张无名女子的相片（161-63/153-55/248-50［缺第三张］）则是以普遍性隐喻了女性的一生，并再度联结上巴勒斯坦人的经验。值得注意的是，此处萨义德结合了文学典故与政治现实，并认为爱尔兰的民族诗人叶芝的两首诗具有"一套始料未及的参考"（"an unexpected set of references," 157）。他先以叶芝的名诗《丽达与天鹅》（W. B. Yeats, "Leda and the Swan"）一诗中天神宙斯化身天鹅强暴凡间女子丽达的神话典故，隐喻以色列的占领——"外在势力强力且蛮横地介入平民百姓的生活"(157)。萨义德提到"我们需要一种新意识"(159),而他自己在把有关族人的存在之想法整理成"连贯的散文"时,感受到这些不同的存在形成"多重、几乎绝望的戏剧之对位(counterpoint)——如果不是杂音(cacophony)——而我们每人都知道这些与自己的存在同时发生"(159–160)。他感叹"没有足够强大的民族权威来团结我们",并痛斥美国外交政策的伪善与不公不义,对巴、以采取双重标准(160)。为此,他特地挑选了四张相片,显示女子一生的四个阶段——在难民营中不知愁滋味的微笑少女,豆蔻年华、笑容明媚的女学生,于纽约针对支持以色列游行的反示威蒙面女子,以及在难民营中历尽沧桑、饱经忧患的白发老妪。萨义德语带义愤地说:"我要对这些伪善者说,瞧,真正仔细地瞧瞧这系列代表普遍的老化过程的相片……此过程由童年的快乐期待,来到欢乐青少年的奔放,再到身为被围攻的巴勒斯坦人的强烈防卫意识,最后成为现代受害者饱含忧思与磨难的象征。"(161–162)萨义德敦促观者从这几张相片中观看到的不是非我族类的巴勒斯坦人,而是人生的过程与人类的通性,以期激发观者的同情心与同理心。

年幼—青春—老年这个动态过程也引发了萨义德对变迁、无常的省思以及对本质的质疑。他引用叶芝的《在学童之中》("Among School Children")一诗,指出"我们也受制于时间、发展、变迁和衰退,而这个事实必然打消把巴勒斯坦人视为一种永恒的无助与恐怖的本质化典范之任何观念"(162)。换言之,巴勒斯坦人当前的困境和外界对他们的刻板印象,有可能随着时间的流转和主客观条件的更迭而变化,不致长远陷于无助的深渊,永无翻身之日。萨义德将这种"认知与责任"相提并论,并沿用叶芝的诗句及说法,主张巴勒斯坦人与自己历史的结合,应该"有如舞者和舞蹈,借此能够不把自己视为**哀伤**或**无家可归**的不具体现存（disembodied presences of Sorrow or Homelessness），而是如同我们的诗人和作家所看待我们的：由于我们奋斗和失败的历史（以及其他事物）之结果，具体存在于我们经验的整体"（163–164）。由以上的讨论可以看出，萨义德如何出入于相片、国际政治、文学、巴勒斯坦族历史之间，巧妙而有力地结合了表面上看似无关的领域，在控诉强权与不公的同时，提出自己对文学的解读、对人生的体会、对历史的领悟以及对族人的期盼。

　　巴勒斯坦人的困境与期盼也具现于书中所呈现的内外之别，而这个内外之别主要来自以色列的高压统治与迫害，其中最明显的就是各地的难民营。萨义德想方设法运用联合国这个国际势力，让摩尔得以突破封锁与限制，进入探索内情，让巴勒斯坦人的处境可以公诸于世。其中最具象征意义的一张就是站在微开的难民营入口的幼童（50/42/85）。这张相片被编排在第二章"里面"之前，其意义不言而喻。萨义德在该章伊始对于"来自里面"（min al-dakhil）一词的解释更扩大了其意义："在 1967 年之前，它指的是住在以色列境内的巴勒斯坦人；1967 年之后，这个词语扩大为包含约旦河西岸、加沙以及戈兰高地的居民；而自从 1982 年以来，它也指居住在黎巴嫩南部的巴勒斯坦人（以及黎巴嫩人）。"（51）换言之，"里面"所指涉的范围随着以色列的武力扩张而不断延伸。此外，萨义德也提到此词意涵的转变，相对于流亡在外的族人，这些在"里面"的巴勒斯坦人，原先因为受到帝国主义和犹太复国主义的宰制，而带有"某种令人轻蔑的意义"。但随着在外的族人地位日益低落，这些"生活在边缘上、枪管下、围栏和特殊区块的巴勒斯坦人，因而获得了我们其他人所没有的某种荣耀"（51）。这种说法令人神伤。然而，果真如此？

　　这张相片——扩大地说，全书中的相片——明显地与这个说法形成强烈的对比。其中的幼童大概才三四岁，很可能从一生下来就是"生活在边缘上、枪管下、围栏和特殊区块的巴勒斯坦人"，然而观者从这张相片中实在难以得到他"因而获得了我们其他人所没有的某种荣耀"的结论，反而是一种截然不同的感受。小孩站在难民营入口微开的门缝，眼光看向左方某处，深色的大门上布满了白色的涂鸦，予人残破无序之感。一侧的围墙与另一侧的波浪板更增添了这种氛围。至于"里面"的情况如何，观者只能越过围墙与大门的上沿窥视。涂鸦的入口与破败的围墙之后——更正确的说法是"之内"——支架的藤蔓、简陋的楼层以及屋顶四处可见的天线，让人不难想象在"里面"的巴勒斯坦人过的是什么样的日子。

　　这种内外之隔在另两张相片中得到进一步的阐发。在一张摄于1967年六月战争之后几天的相片中（42/34/75），前景是一位戴着军帽的以色列军官，从窗外向内窥视的是靠近拉马拉的卡兰迪亚（Kalandia）的一个年幼村民。以色列军官脸上丝毫看不出胜利的喜悦，他的左手介于托腮与掩面之间，仿佛陷入沉思，额头上的皱纹、低垂的眼神以及眼眶下的眼袋与横纹，都予人岁月的沧桑与深沉感，盖顶的则是象征着责任与战争的军帽。一层玻璃之隔的男孩右手巴在窗户上，额头紧贴着玻璃，以致鼻头被挤压得略微扁平，好奇的他看似要竭力窥视另一个（在相片中）内在、其实对他而言是外在、陌生的入侵者的世界。屋内的军官陷入幽微沉郁的内心世界，窗外的男孩则亟欲一探外来者——不仅这位以色列军官，也包括了由他直视镜头所暗示出的摄影者——的世界，这一切都由透明的玻璃窗分隔成内外两个截然不同的世界，而挤压的鼻头仿佛有意突破这个内外之别，却因未能成功更强调了此界限之牢不可破。

　　同样隔成内外两个世界的则是之前的一张。如果说男孩与军官之照展现的是内与外、朝内与向外、年轻与世故之隔，那么两位老妇与黎巴嫩官员之照所呈现的则是另一种向往与期盼（41/33/74）。这张相片的前景或"之内"依然是身负公职的男性，车窗之外的则是两位老妇。观者由图片说明得知此照拍摄于 1983 年黎巴嫩南部的拉希戴（Rashidyé）难民营，当地官员正在为国际红十字会收集难民家属的信件。男子的目光没看镜头，而是向着车外的老妇。他的右手拿着文件／信件，左臂搁在车窗全开的窗沿上，有如在解释，但也可能是表示爱莫能助，而竖起的左手掌也有加强内外之隔的意味。两位老妇都戴着白色头巾，左边的一位双眼眯着，眼巴巴地在与男子询问或交涉，她的左手腕自然地伸入车窗内，在男子文件／信件底下露出无名指上的大戒指，暗示了家人的存在。右边稍后方的老妇带着一脸祈求的笑容，似乎希望透过这位官员／信差得到好消息。这张相片本身显示出的内外之隔，实则来自另一个更大的内外之隔：相片中的老妇与命运相同的难民，急着透过官员／信差与难民营外、在战火中生死未卜的家人取得联系，而这个更大的内外之隔来自以色列部队的武力攻击，以致这些难民不仅无法与家人在一起，甚至生死两不知。

　　总之，这三张相片显示的是不同的内外之别／之隔，幼童所显示的是不识愁滋味的内外之别，只是站在难民营入口，好奇地望着外面的世界；男孩多少感受到外在势力闯进他的世界，并且极力窥探看似在内、实则是外的大人及武装世界；两位老妇则饱经世故，备受战争的苦难，亟盼透过坐在车内穿梭于难民营与国际组织之间的信差与外面的亲人取得联系。三张相片各以不同年龄与背景的人物来呈现大历史环境之下卑微的个人的遭遇：老妇固然殷切盼望与在战乱中失散的亲人联系；男孩的好奇与幼童的天真更反衬出情境之可悲、可悯、难以突破；信差的任务是协助在内与在外的人传递讯息，期盼能为战乱中的受困者纾解苦难；而以色列军官一脸肃穆的神情似乎也暗示了相当程度的身不由己，以及在战争中没有任何人是真正的赢家。

至于战争的伤痕，以及其荒谬与反讽，在书中屡屡浮现，构成全书最重要的主题。尤其是当中的"战废品"（war trash）更是直击（"直接目击／攻击"）战争的残酷与人性的愚痴。[24] 广义而言，书中的各个难民营及其中的难民都是战废品，因为他们的家园毁于无情的战火，流离失所，有些与家人亲友失去联系，甚至生死不明。全书最名副其实的战废品就是沙喀先生（Mr. Shaqa'a, 114/106/178［图说有误］），相片摄于 1980 年的日内瓦，穿西装、打领带的他与身边穿着正式服饰的男女显示这是一个社交场合。脸上带着笑意的沙喀先生比周遭男女矮了一截，身体斜倚着，手拄拐杖，身上的西装超过了半身，西裤底下露出两个有如铁锤般的义肢，原来他是在一次袭击中失去了双腿。相对于这个正式的场合与满脸的笑容，铁锤般的义肢重击着观者的心。

家园的毁损也是一种战废品。1983 年摄于黎巴嫩南部埃纳尔希尔维（Ein-el-Hilwé）难民营的一张相片中（39/31/71），前方是一位戴着头巾、足蹬拖鞋的女子，在行进中转过头来看向左方的镜头。她的另一侧则是断残壁垣，让人想见战火的猛烈无情，数根依然耸立的天线暗示这里曾经是住家，抚今思昔，不由得令人神伤。然而，这并不是单一事件，因为图说除了标明时地之外并写道："时间流逝：毁灭，重建，再毁灭。"有如陷于一再循环的噩梦，不知何时才能终结。此张相片后来被选作萨义德与希金斯（Christopher Hitchens）合编的《责怪受害者：虚伪的学术与巴勒斯坦问题》

---

[24] 此处挪用哈金有关朝鲜战争的长篇小说之名《战废品》（*War Trash*），他笔下的朝鲜战争战俘有如在战争中报废的物品，遭人贱弃。

（*Blaming the Victim: Spurious Scholarship and the Palestinian Question*）的书籍封面，形成另一种去脉络化与再脉络化，并用于反击媒体与学界混淆事实，罔顾是非，对受害者进行二度伤害。

财产的毁损则是另一种战废品。1983 年 5 月摄于黎巴嫩南部布尔杰－舍马里（Bourj el-Shemali）难民营的一张相片中（21/13/49），"开膛破肚"的汽车足以让人想象当时冲突之惨烈（很可能有人伤亡）。这个战废品虽已不堪用，却成了孩童们难得的游乐器材，右侧的小男孩双手撑在引擎盖旁咧嘴而笑，车内的小女孩扶着已无玻璃的前窗探出头好奇地望着镜头，两人身上的时髦衣着"几乎肯定是来自慈善捐赠"，背景的低矮房舍应是他们的住家，车前的草地上盛开着朵朵小花，显得遍地生机，处处形成强烈的对比：孩童／成人（天真无邪／残酷无情，不识哀愁／满怀愁苦）；自然／人为（自然景观／机械文明［甚至暗示杀人机器］，好生之德／嗜杀之性）。即使是生机盎然的春天，依然笼罩着肃杀之气。这些孩童既已生活在冲突的后果中——"他们是难民——难民的孩子"——却又不知一再的冲突可有休止的一天，甚至自己将来会不会被卷入其中，成为人类自作孽的战争中的一员。

在笔者看来最能显示战争的荒谬与反讽的，反而是一张没有人物的相片（27/19/55）。这张相片 1979 年摄于贝尔席巴（Bersheeba）的一处贝都因人营地，画面的中心是一处小菜园里用木柱套上破衣拼凑而成的"稻草人"（scarecrow）。背后几条横越的带刺铁丝散发出隔离／隔绝甚至些许肃杀之气。此处的"稻草人"产生两种截然不同的联想：一为吓阻鸟雀前来啄食的稻草人，只不过它的装饰（躯干上的衣饰和用透明塑料袋凑合的双手）过于因陋就简，让人怀疑是否真能发挥作用，或只是聊备一格，敷衍了事；一为在战场上纪念阵亡将士的十字架，因为垂直的木柱和水平的双肩的确引发这种联想，出人意表的是，顶端套的不是阵亡者的钢盔，而是一只旧鞋。尽管这两个联想相距甚远，却巧妙地结合在这张相片中：一方面延续着稻草人本有的"虚张声势"以及可能的些许实用价值；另一方面又传递着国殇的壮烈情怀——十字架本身原有的宗教、牺牲甚至代罪羔羊的意味也已早在其中了。最唐突且令人忍俊不禁的，当然就是以旧鞋当头，把原先戴在头上的钢盔，换为踩在脚下的皮鞋，皮鞋也可能同样是阵亡者的遗物（"战废品"甚至"战废品的战废品"，即"国殇的旧鞋"）。南辕北辙的联想被十字架型的稻草人强力结合在一块，却又向上下左右发散，以鞋为头既是废物利用，又暗示了人类的颠倒愚痴，本末倒置。即使画面中没有任何人，却透过单纯的构图传达出丰富的意涵，尤其是对人性的荒谬错乱与战争的残酷无情提出了有力的反讽与控诉。这些无不反映了摄影者敏锐的观察、高超的技巧与人道的胸怀。

然而，尽管摩尔拍摄身为弱势的巴勒斯坦人，致力于呈现他们的众生相，却不乏对摄影的后设反思，先前两位妇人观看相簿就是一例。此外，被拍摄者也未必那么被动，而是有可能响应，甚至反应／反击，这些也引人深思。全书中最明显的两个例证都与小孩有关。1979 年摄于泰勒舍瓦（Tel-Sheva）的相片中（64/56/106），一个赤脚小男孩面带笑容，在中距离对着镜头丢掷石块（空中的那颗石块清晰可见），与书中其他被拍摄的人物相较，男孩表现出了积极主动与活泼好玩的个性，在满脸的笑意与天真中看不出任何恶意或攻击之意。然而，置于以色列／巴勒斯坦的脉络中，这张相片似乎预示了后来的"因地发打"（Intifada），也就是 1987 年起为了反抗以色列的统治，手无寸铁的巴勒斯坦人——其中许多是青少年——只得就地取材，捡拾地上的石块丢向以色列军队，宣泄心中长期的不满、失望、挫折与愤怒。类似活动以后也多次爆发。

最具反思性的相片特意安排在全书之末、后记之前。相片的前景是两个穿着夹脚拖鞋、摆出半蹲姿势的耶路撒冷小女孩，右边一位直视镜头，左边一位被她扶住的女孩则模仿摄影师的动作在拍摄摩尔，底下的说明文字是："摄影师被拍摄。"（"The photographer photographed," 167/159/255）小女孩可能只是好玩地模仿，但无意的动作却引人深思，并被摄入摩尔的镜头，入选本书，而且成为压卷之作。萨义德在搭配的文字中刻意打消巴勒斯坦人的被动性，强调他们的主体性，指出他们之所以陷入如今的困境，责任不完全在于巴勒斯坦人本身，也在观者。他在最后一段中说：

> 然而，我愿意认为，这样一本书不仅向读者讲述了我们，也透过某种方式讲述了读者自己。我愿意认为，我们并不只是这些相片中被人看见和观察的人：我们也注视着我们的观察者。我们巴勒斯坦人经常遗忘这一点——在一个接一个国家中，对巴勒斯坦人的监视、限制和研究，正是削弱我们地位和阻止我们民族成就的政治过程的一部分，只是作为相反和不平等的"他者"，我们也总是处于防卫——我们也在观看、细察、衡量和判断。我们并不仅仅是某人的目标。我们也不仅仅是被动地站在那里，让任何人因为任何理由来观察我们。如果你最终无法了解这一点，那么我们绝不会允许自己去相信，这完全是我们自己的失败。再也不会了。（166）

萨义德以这些文字结束，其中的意义不仅在为巴勒斯坦人申诉，也鼓励他们去拥有自主性和主动权，更深自反省，积极介入，进行反击，因为他们"不仅仅是被动地站在那里"，"也在观看、细察、衡量和判断"，这种反观和反视，具体而微地呈现在最后这张相片。而且，就整体观之，全书的缘起与作用也是某种意义的反省、反观、反击与因地发打（抵抗与起义），比萨义德其他的论述更抒情、更个人化，虽然看似片断，但配合上相片和图说却更动人，发挥着更大的效应。

六

萨义德在全书之末提到，即使在《最后的天空之后》即将付梓时，返乡之梦依然遥不可及。[25] 尽管如此，此摄影计划的孕育、成形乃至成书的过程中，萨义德始终扮演着积极介入的角色。其中摩尔的相片对他而言已经不只是单纯的美学成品，更是糅杂了个人记忆、集体经验、种族苦难、政治诉求、呼吁人权、伸张正义等兼具美学、人道与意识形态之作，配合上他的文字，一再试图向世人呈现有关巴勒斯坦人的另类观点。透过摄影与叙事，萨义德积极介入，在为族人做见证的同时并赋予力量（empowerment），冀望族人在飞越了"最后的天空之后"，依然能找到一片栖身之地。

这个对于和平的憧憬，出现于全书倒数第二张相片（165/157/254）。相片中有四个孩童面对镜头，位于下方与右侧的小孩都不完整，左侧的即使露出整张脸孔，也只是陪衬，真正凸显的是正中间的男孩。绽放着笑容的他眼睛微眯，张开的嘴巴里露出两排白牙，他的左手拇指向上，其余四指略弯，食指上站着一只小鸟，双爪紧抓着，似乎有些畏缩，却又仿佛在等待机会振翅高飞。这张相片拍摄于1979

---

[25] 萨义德于1991年被诊断出罹患白血病，并因与阿拉法特理念不合，辞去巴勒斯坦民族议会议员。次年他才得以带着家人重访巴勒斯坦，一践多年的未竟之旅，踏上阔别四十五年的故乡，亲眼目睹留居当地的亲友与族人。当时距离此书出版已有六年。

年靠近拉马拉的塞尼尔村（Senjel），旁边的说明是"获救的小鸟"（"Rescued bird"）。小鸟是否在战火中受伤，我们不得而知，但男孩与小鸟的默契与亲密却很明显，而即使生活在困境中的小孩依然有能力照顾更弱小的生物，为它提供庇护，维护一线生机。这张相片也曾用作《最后的天空之后》的封面，其象征意味不言而喻。

萨义德在为这张相片撰文时，也提到摩尔的相片之特殊，并把这些相片连接上自己族人的命运："我们是自己置身的任何情境中的移民（migrants），也可能是混种（hybrids），却不属于任何情境。这是我们身为在流亡中、一直在迁徙中的民族，生活里的最深的延续性。"（164）萨义德认为族人置身于这种情况已久，以致有时未能察觉，但"摩尔一些相片中所捕捉的瞬间，偶尔提供了这种可能性"，其中"鼓舞、能量和喜悦持续升高并直接对你诉说，但带着一种优雅的直接，提醒你迁徙并不一定若非逃跑，就是流亡"（164-165）。他并进一步从男孩的相片中看出，"在他那欢乐却脆弱的胜利中，能看到暗示着一时的成功和短暂的潇洒，而这些是我们中许多人在人生中发展出来的：身为巴勒斯坦人经常就代表着能主掌而不去宰制，欢乐而不伤害他人"（165）。

手托小鸟的男孩，灿烂明朗的笑容中充满了爱意与生机，正是这种掌而不宰、乐而不伤的最佳写照。诗人问道："在最后的天空之后，鸟儿飞往何处？"但愿一只经过将养生息的小鸟，能振翅飞向光明的曙光，为下一代带来欢颜、希望与和平。

参考文献

伯格（John Berger）、摩尔（Jean Mohr）. 张世伦译. 另一种影像叙事. 台北：三言社，2007.

张泉．Jean Mohr 重返耶路撒冷．生活［上海］34（2008 年 8 月）：22－24．

单德兴．永远的知识分子萨义德．知识分子论增订版．萨义德著，单德兴编译．台北：麦田出版社，2004．

＿＿＿．论知识分子：萨义德访谈录．知识分子论增订版．

萨义德（Edward W. Said）．梁永安译．萨义德的流亡者之书：最后一片天空消失之后的巴勒斯坦．台北：立绪文化事业有限公司，2010．

＿＿＿．金玥珏译．最后的天空之后：巴勒斯坦人的生活．北京：新星出版社，2006．

Benjamin, Walter. "A Small History of Photography."*One-Way Street and Other Writings*. Trans. Edmund Jephcott and Kingsley Shorter. London: New Left, 1979.

＿＿＿. "Theoretics of Knowledge; Theory of Progress." Trans. Leigh Hafrey and Richard Sieburth. Benjamin: *Philosophy, History, Aesthetics*. Ed. Gary Smith. Chicago: University of Chicago Press, 1989.

Berger, John, and Jean Mohr. *Another Way of Telling.* New York: Pantheon Books, 1982.

Cadava, Eduardo. *Words of Light: Theses on the Photography of History*. Princeton, NJ: Princeton University Press, 1997.

Darwish, Mahmoud. "The Earth Is Closing on Us." *Victims of a Map*. Trans. Abdullah al-Udhari. London: al-Saqi Books, 1984.

Mitchell, W. J. T. "The Panic of the Visual: A Conversation with Edward W. Said." *Edward Said and the Work of the Critic: Speaking Truth to Power*. Ed., Paul A. Bové. Durham and London: Duke University Press, 2000.

Said, Edward W. *Orientalism: Western Conceptions of the Orient.*
New York: Pantheon Books, 1978.

____. *The Question of Palestine.* New York: New York Times
Books, 1979.

____. Covering Islam: How the Media and the experts Determine
How we see the *Rest of the World.* New York: Pantheon Books, 1981.

____. *The World,the Text, and the Critic.* Cambridge, Mass.:
Harvard University Press, 1983.

____. *After the Last Sky: Palestinian Lives.* Text by Edward W.
Said. Photographs by Jean Mohr. New York: Pantheon Books, 1986.

____. *Musical Elaborations.* New York: Columbia University
Press, 1991.

____. *Culture and Imperialism.* New York: Knopf, 1993.

____. *The Politics of Dispossession: The Struggle for Palestinian
Self-Determination, 1969—1994.* New York: Pantheon Books, 1994.

____. *Representations of the Intellectual: The 1993 Reith Lec-
tures.* New York: Pantheon Books, 1994.

____. *Out of Place: A Memoir.* New York: Knopf, 1999.

____. *Reflections on Exile and Other Essays.* Cambridge, Mass.:
Harvard University Press, 2000.

____, and Christopher Hitchens, eds. *Blaming the Victims: Spu-
rious Scholarship and the Palestinian Question.* London and New
York: Verso Books, 1988.

____, and David Barsamian. *Culture and Resistance: Conversa-
tions with Edward W. Said.* Cambridge, Mass. : South End, 2002.

Tagg, John. *The Burden of Representation: Essays on Photographies and Histories.* Minneapolis: University of Minnesota Press, 1988.

爱的不可能任务：
《色｜戒》中的性—政治—历史

张小虹

《色｜戒》中的这句话是谁说的？

一群岭南大学话剧社的学生，在寄居的香港大学礼堂成功演出抗日爱国剧激励人心，亢奋之余，由领头的学生邝裕民提议，以刺杀"日本人走狗"汪精卫手下特务头子易某为目标，进行下一出真实人生的"爱国行动"。此计一出，众人茫然，担忧只会演戏不会杀人的他们，一不小心就把玩票弄成了玩命。邝便以一句"引刀成一快，不负少年头"的话语，激励士气，于是众人叠手为盟，成功形塑了"爱国"话剧社的"想象共同体"。

但眼尖的电影评论者立即指出此电影桥段的"历史引证失误"，按此句话语典出"慷慨歌燕市，从容做楚囚。引刀成一快，不负少年头"，乃是反清志士汪精卫在刺杀摄政王载沣失败被捕入狱后的狱中赋诗，而《色｜戒》片中这群爱国大学生慷慨激昂的预谋刺杀对象，正是他们眼中卖国贼汪精卫阵营里的特务头子，为何反倒引用汪精卫的诗句来壮胆（李怡）？但这显然并非《色｜戒》编导的"历史无知"，以致忘记这句话乃典出汪精卫的狱中赋诗，那么为何《色｜戒》编导决定以大汉奸的诗句当成爱国行动的口号？是为了刻意呈现片中爱国大学生的"历史无知"？抑或是意欲呈现昔日刺杀清廷重臣的爱国志士、今日已成亲日联日的卖国贼走狗之"历史反讽"？[1] 然而这些意图揣测并非本文所拟进一步探究的方向，而此"误引"的深藏玄机，也绝非表面上的"历史无知"或"历史反讽"所能处理。因而本文将以此"误引"作为切入《色｜戒》爱国谍报片之出发点，尝试将以上的疑问句变成推动思考、发想理论的修辞问句，让问题变成问题意识，以展开本文对《色｜戒》爱国主义（patriotism）与政治潜意识"迂回路径"（detour）的理论化企图。换言之，我们不是在为这句"误引"找寻答案，拨乱反正，而是将错就错把这句"误引"当成电影的"文本征候"去建构、发展、折叠出新的理论概念，让此处的"误引"像"误读"（misreading）或"误识"（misrecognition, méconnaissance）一样，成为对／错、真知／无知二元对立之外开展创造性思考的契机。

　　首先，让我们先就文字层面来解读一下这句从抗日到保钓等爱国运动中一再被重复引述的话语。"引刀成一快"强烈表达出不惜为国族抛头颅、洒热血的果断刚烈，"不负少年头"则是将青春与死亡欲力做紧密结合。而此话语所蕴蓄出的强大能量，正在于将爱国、青春、肉体、死亡做贴挤，激越出"民族情感"（national

---

[1]　汪精卫为中国近现代史中最受争议的人物之一，曾为孙中山先生的革命左右手，亦为"孙中山遗嘱"的起草人，后与蒋介石不合，引爆国民党内的"宁汉分裂"。1937 年汪出任国民党副总裁，主张"和平运动"（和平建设国家），1940 年在南京成立由日本扶持的"中央政府"，并出席由日本主导的"大东亚会议"，1944 年病逝日本。汪精卫从"辛亥革命英雄"到"亲日大汉奸"的历史定位，一直颇受争议，而以汪伪政权为主要场景设定的电影《色｜戒》，亦被部分批评家读成带有为汪翻案的政治企图。本文并不拟直接处理此历史定位的争议，亦不认为《色｜戒》复杂幽微的爱国主义与政治潜意识可以简化为"翻案"一词。有关《色｜戒》片中"爱国"、"卖国"的迂回路径与汪精卫和国民党的内在纠葛，将在本文第四部分详加处理。

affect）与"情感民族主义"（affective nationalism）相互建构的强度。[2] 若将这句话语放在《色｜戒》的情节发展上观察，它乃提喻式也同时"一语成谶"地标示了这群爱国学生刺杀汉奸行动的功败垂成，最后全体都在上海南郊石矿场"慷慨赴义"了。但若将这句话语放在当前"国族建构论"的文化批判脉络下观察，它则丰富展现了在"民族乃民族主义之发明"（Hobsbawn）、"民族国家乃想象共同体"（Anderson）等"虚构论述"之外的践履性、肉身性与情感性之重要，提供了在 21 世纪当下时空重新思考"爱国主义"、"国族主义"、"跨国主义"（transnationalism）、"世界主义"（cosmopolitanism）与"全球主义"（globalism）的一个理论转折点。

但在进入到电影文本分析之前，让我们先就"爱国主义"一词在西方语境与中文语境中的可能差异做一番说明。西方语境中的 patriotism 与 nationalism 多被当成同义词，可交换使用，前者的拉丁字源 patria 指向"父土"（fatherland）、"家乡"或"故土"，后者的拉丁字源 natie 则与"出生地"、"血脉"、"民族"、"族裔"相连。但就西方政治哲学的发展脉络而言，"爱国主义"与"民族主义"之间仍有细致的历史演变差异，像霍布斯鲍姆（Eric J. Hobsbawn）

---

[2] "情感民族主义"乃德国理论家施密特（Carl Schmitt）之用语，强调民族主义真正具有摧毁力的乃其"情感能量"（如纳粹政权），并将"政治"（the political）重新界定为投注在单一认同（例如国族主义神话）上情感能量的聚集与消散，而此集体能量的汇集将"挖空"实体，成为一纯粹的强度，于是此"政治认同"将超越平凡无奇的日常生活，将个体从惯习与常规中抽离，进入存有威胁下的"例外状况"，一个暴力与法律无法分辨的区域。就当前论述国族主义的文化批判理论而言，国族主义多被视为"想象体"、"发明体"的虚构，而施密特的"情感民族主义"乃是强烈凸显民族主义作为"虚构神话"之外，其作为"情感能量"的重要面向，故本文对此"情感民族主义"的援引，将试图结合民族主义的建构论与情感论：先有民族主义再有民族，先有"爱"再有"国"，"国"在每次的"爱"中出现（"爱国"作为一种"情感践履"），让所爱之"国"既是"想象共同体"，也是"情感共同体"。

在《民族与民族主义》（*Nations and Nationalism Since 1780*）一书中的说法：

> 根据 1726 年版的《西班牙皇家学院辞典》（这是其首版），"patria"（家乡）或另一个更通用的词汇 "tierra"（故土）意谓"某人出生的地方、乡镇或地区"，有时也意指"庄园或国家的领地或省份"。以往对"patria"的解释，跟"patriachica"（祖国）所广涉的涵义比较起来，前者的意义是相当狭隘的。但这样的解释在 19 世纪之前非常流行，尤其是在熟谙古罗马史的学者之间。到了 1884 年之后，"tierra"一词的概念才跟国家连在一起。1925 年后，我们才对崛起于现代的爱国主义（patriotism）寄以情感上的联系，因为爱国主义将"patria"的定义又重新改写成是"我们的国家，综其物质与非物质的资源，无论在过去、现在及将来，都能享有爱国者的忠诚"。（22-23）

此说法清楚指出西方随着 19 世纪民族国家的历史发展，"爱国主义"由原先狭隘定义下小规模的"爱乡"、"爱土"，开展成广延定义下大规模的"国家"情感联系。换言之，"爱国"的对象由父土、家乡延展到祖国、国家，"爱国主义"由"父土之爱"、"乡土之爱"转换成"祖国之爱"、"国家之爱"，而其中的关键正在于 19 世纪兴起的欧洲民族国家如何将"民族主义"成功地融入国家爱国主义："姑不论民族主义跟 19 世纪的欧洲国家之间到底具有什么关系，在当时，国家都是把民族主义视为独立的政治力量，完全不同于国家爱国主义，而且必须与它取得妥协的势力。一旦国家能顺利将民族主义融入爱国主义当中，能够使民族主义成为爱国主义的

中心情感，那么，它将成为政府最强有力的武器。"（霍布斯鲍姆，121）[3]

　　此以国家之名的情感总动员，便是让以族裔作为血缘亲族团体的民族主义，与原本强调捍卫国家领土完整、政府主权的爱国主义相互交融。

　　但在中文语境的历史脉络中，"爱国主义"一词字面上直接标示所爱的对象即"国"（国家），而较无"父"、"父祖"、"父土"的字源联想，反倒是"民族主义"较有"民族"、"族裔"血缘相连、文化传承的联想。像强调"中华民族"、"炎黄子孙"一脉相传的反清革命，乃是以"民族主义"为号召；强调抵抗日本军国主义武力犯华（侵犯国家主权与国土完整）的抗日战争，则是以捍卫国家的"爱国主义"为号召，然而此抗日"爱国主义"却也同时融合了民族存续的深沉焦虑，国亡族亦灭、族灭家亦毁，故亦是民族主义的情感动员。[4]因而本文对"爱国主义"一词的运用，并不严格区分其与"民族主义"的差异，但却将特意凸显"爱国主

---

[3]　此种将爱放在 nationalism 而非 patriotism 的西方语境表达，明显与中文语境中将"爱"放在"爱国主义"的字面表达有异。当代政治学者倾向将"爱国主义"与"国家"连在一起（对领土国家的效忠，对国旗、国歌等国家政治符号的坚持，既理性又符合公民社会的运作），而"民族主义"则与"族裔""种族"连在一起（民族乃血缘、宗族相连的亲属团体，而"民族主义"，亦即其所谓的"族裔—民族主义"[ethno-nationalism] 之爱），前者理性，而后者感性。例如，将爱国主义视为理性认知的"政治认同"："爱国心（patriotism）就其字义之根源而言则指祖国（patria; fatherland）之爱，可定义为一种对自己所属的共同体之政治认同，愿意增进公共福祉，并且在共同体危急之时牺牲个人利益甚至生命加以挽救的情感。爱国心因而是政治共同体不可或缺的构成基础"（萧高彦，271），延续理性"爱国主义"与感性"民族主义"的区分。但本文有关"爱国主义"的讨论，则是将"情感性"放在"爱国主义"作为"祖国之爱"的脉络之中观察，既欲凸显"爱国主义"中文字面上的"爱"作为血缘、宗族、土地的连结，也欲强调"爱国主义"中政治共同体"国家"与情感共同体"祖国"的连结。

[4]　有关清代末年中华民族、炎黄子孙的"国族建构"，可参见沈松桥的《我以我血荐轩辕》一文。

义"中"爱"与"民族"的联结方式,让"爱国主义"所爱之国,
并不只是政治共同体的"主权国家",而是"国家"与"民族"相
连的"国族"或"族国"(the nation-state),更是血缘文化连结想
象中的"祖国",而"祖"国中的"祖"(其象形字源演变可溯及
男性阳具、原始灵石与父权宗法社会的祖宗牌位、祠堂宗庙),正
结合了西方"爱国主义"词源中原本蕴含的"父祖"、"父系"与
"民族主义"中有关血缘、家族、亲属和土地的想象,让"爱国主
义"在本文的使用脉络中,不仅是"民族主义"的情感基础与动
员表现方式,亦是缅怀先祖、一脉相传的"国族"之爱、"祖"国
之爱。

而对此"爱国主义"作为"祖国之爱"的探讨,将围绕在电
影《色 | 戒》一片中有关"爱"的"召唤"(interpellation)与
"影像机制"(cinematic apparatus),依次展开两组中心议题的提
问。[5] 第一组提问:爱国主义作为一种"影像再现"与爱国主义作
为一种"影像机制"有何不同?如果《色 | 戒》所铺陈的不只是
一个爱国学生杀汉奸的故事情节,那该片的镜头剪接与场景调度

---

[5] 出自马克思主义理论家阿尔都塞(Louis Althusser)的理论概念"召唤",强
   调意识形态对主体的形构,而最明显的例子便是主体转身回头(严格说乃是
   在转身回头的瞬间成为主体),响应(接受)警察的呼叫。在阿尔都塞的原始
   版本中,并没有特意凸显情感的面向(即便早已有批评家指出此"转身回头"
   响应警察呼叫本身所预设的"罪恶感"),但本文在"召唤"概念上的援引,
   却正在于开展其情感面向的可能理论化空间,而在正文接下来的分析讨论
   中,不仅将铺展爱国主义如何召唤爱国主体(其存在并不先于爱国主义的召
   唤,主体乃与召唤同时产生),并特意凸显"爱"的情感强度,如何透过"社
   会性"与"关系性"进行反复接触与建构(情感持续的运动与依附,亦即情
   感作为语言行动的反复引述,不是一次召唤就可完成),以挖空任何爱国主义
   "内在性"、"本质性"的预设。而本文对"影像机制"概念的使用,既包括电
   影的各种镜头运动与剪接,也包括此镜头运动、剪接与意识形态的构连,亦
   即把"影像机制"视为另一种阿尔都塞式的"意识形态国家机器"(Ideologi-
   cal State Apparatus, ISA),而就本文具体开展的论述焦点而言,亦即爱国主义
   "情感召唤"与"影像机制"间的构连。

如何爱国、如何杀汉奸？第二组提问："爱国"的"爱"与"爱人"的"爱"究竟是不是同一种"爱"、同一种"精神机制"（psychic mechanism）？而"爱国"与"爱人"之间又可以有什么样的连结与悖反？会因爱国而爱人、因爱人而爱国，抑或因卖国而爱人、因爱人而卖国，还是彻底打散其中所默认的因果关系与次第等级？以下便将就这些（修辞）问句与问题（意识），分别从"爱"的声音召唤、"爱"的视觉缝合、"性"的身体政治与"历史"的内在皱褶等四个方向，展开对《色｜戒》"爱国主义"的探讨。

一、爱的召唤：台上、台下；楼上、楼下

在当代的情感政治（the politics of emotion）研究中，"爱"一直被当成最具"粘黏性"的情感符号，不论是透过浪漫爱或同胞爱等形式，皆能顺利将不同的个体粘黏在一起（Ahmed，204）。正如弗洛伊德在《群体心理学与自我分析》（*Group Psychology and the Analysis of the Ego*）中指出的，"爱"对群体认同的建构至为关键，各种形式的"爱"，即使不导向性的结合，也享有同样的"力比多能量"，能将主体强力推向所爱对象（1922, 38）。而此社会结盟（social bond）之所以成形，正在于每一个单独的个体"将他们的自我理想（ego ideal）置换成相同单一的对象，并循此在他们的自我中相互彼此认同"（1922, 80，原文为斜体）。而弗洛伊德亦强调，不同形式的"爱"彼此之间可以相互转换，并在身份认同与对象选择之间开展出十分繁复纠结的关系（1922, 64）。以下我们将从《色｜戒》的电影文本切入，看"国族"作为一种群体认同，如何透过"祖国之爱"的召

唤而成形，而"祖国之爱"又如何与"男女之爱"做情感形式的"传会"（transference），成功形构出由小我到大我的"情感共同体"。[6]

首先，让我们回到《色｜戒》一片中最明显的爱国主义场景：以邝裕民为首的一群大学生，在礼堂舞台上演出爱国剧为抗战募款。此"戏中戏"爱国剧的情节内容相当简单，村女（大一女学生王佳芝饰演）搭救受伤的抗日军官（邝裕民饰演），恳求其为她死去的哥哥报仇，然而此"戏中戏"爱国剧的"镜头语言"却相当细腻，成功缝合出爱国情感的集体认同。其中关键的剪接逻辑，乃出现在村女最后的一句台词："我向你磕头，为国家，为我死去的哥哥，为民族的万世万代，中国不能亡！"此时镜头立即掉转一百八十度切换到台前的一名白发老人，他起身举起右手高喊"中国不能亡"；接着镜头再掉转一百八十度切回台上，由台后往台前取镜，从舞台演员的背面框进舞台前观众纷纷起身，此起彼落地高喊"中国不能亡"；接着再掉转一百八十度由台下往台上拍，将激动跪地的舞台演员与激动起身的观众框在一起，然后切换到幕后学生噙泪感动的中景，观众起身高喊的中景与一名女性观众高喊的近景；最后再带回舞台前方，再次将激动的演员正面与观众背面放入同一景框。

此段蒙太奇剪接之所以精彩细致，正在于其影像运作的剪接逻辑，完全是跟随"中国不能亡"这一句台词的重复叠句来开展。台

---

[6]　在当代精神分析的用语中，"传会"乃指情感由一表象到另一表象的移置过程（Freud, 1900, 562），后来延伸至精神分析医师与病人在治疗过程中的关系。而后在拉康的相关理论中，"传会"的情感面向逐渐遭到否定，以凸显"传会"在象征秩序的结构与辩证。本文对"传会"一词的运用，仍着重于其情感移置的面向，但也同时关注"爱国"与"爱人"的"传会"在想象层与象征层的可能连结与转换。

上台下之所以可以打成一片，形成视觉景框上的"爱国共同体"，正是透过"中国不能亡"的"声音缝合"（acoustic suture），不仅缝合了台上台下、男女老幼，一同为濒临死亡的"中国"而同感悲愤，更缝合了"中国"作为一种政治共同体的"象征符号"与"中国"作为一种情感共同体的"所爱对象"，让"爱国情绪"成为所爱对象即将失落、即将灭亡时的哀悼与悲愤，并进一步将此哀悼与悲愤转化为抗日救中国的力量。[7] 而此段爱国剧的声音蒙太奇与影像剪接，也同时标示了"情感"的运作不在外，亦不在内，而在于人与人之间的关系接触。因而此处"中国不能亡"的群情激动，不是已然存在的"内在"爱国情感被激发，也不是已然存在的"外在"爱国情感在流动，而是"中国"作为一个情感召唤的对象，在台上台下、台前台后传递，在个体与个体的关系之间被相互建构、相互加强。正如女性主义文化研究学者艾哈迈德（Sara Ahmed）所言，"情感"（emotion）的拉丁字源 emovere，乃指"移动、移出"，情感不是"心理"或"内在性"的表达，情感乃"社会性"（sociality）与"关系性"（relationality）的接触与建构，而情感的"运动"（movement）与"依附"（attachment）更是相互辩证："移动我们，让我们有感觉的，也是将我们聚集在同一地点，或给

---

[7] "缝合"为当代精神分析电影理论的重要术语之一，强调古典叙事电影如何透过正／反拍的连续剪接，让观众对角色产生想象认同而成为观视主体，亦即进入特定角色的观视位置或与特定影像机制连接，以便能"天衣无缝"地同时进入影像的表意过程与主流意识形态的运作。虽然在当前的电影研究中"缝合"多被运用在观视过程或观视主体之探讨，但《色｜戒》作为某种程度的"后设文本"（爱国话剧的"戏中戏"，电影中的电影与电影院，学生"扮"演员、"扮"观众、"扮"间谍等），让"叙事—世界"（diegesis）之中便已有所谓的观视主体（爱国主体）的形构过程可供探讨，而此"后设文本"之"中"而非之"外"的"观众"（包括电影中大礼堂里的观众，电影里电影院中的观众以及杀汉奸如"儿戏"的演员即观众，等等），正是本文在援引"缝合"理论时最主要的分析对象。

予我们一个居住之所。"（11）[8]此段爱国剧正见证了爱国情感如何经由"运动"而"依附"在"祖国"之上，而"祖国"作为所爱对象，亦持续在群众中"运动"。而更重要的是，此"爱国剧"的"运动"乃是同时经由摄影机的"运动"与剪接的"运动"，完美结合景框与音轨来达成"爱国共同体"的缝合，让此"爱国剧"不仅只是在"再现的情节内容"上爱国，更是在"再现的影像机制"上爱国。

与此同时，我们也不能忽略此"爱国剧"场景所凸显的情感"践履性"（performativity）。"中国不能亡"作为此场景中最主要的"语言行动"（speech act），有效地以"中国"为语言符号，将家、国、民族粘黏在一起，成功地鼓动观众起身高喊并进行后续解囊捐献等具体爱国行为；亦激发了这群在舞台上表演的学生演员，进行后续舞台下抗日爱国杀汉奸的真实行动。此"语言行动"再次凸显"情感"能施为，能做事，具有能动性与身体强度的特质，而非仅为生理或心理的强烈情绪反应。《色｜戒》透过爱国剧的演出与爱国行动的实践，再次成功印证"爱国"作为一种情感，不是与生俱来，也不是内在于心、根深蒂固，更不是一次召唤就可一劳永逸，而是必须在日常生活实践中不断被召唤，不断被引述，不断被践履。学生们之所以要"表演"（perform）爱国剧唤起民心，正因爱国情感乃是一种"践履"（performative），必须一而再、再而三

---

[8]　艾哈迈德在此处的论点，成功地透过追溯字源，将"情感"由传统内在于个人心理的固定样态，开放成为人与人关系之中的动态流动，更进一步解构动态／静态、进行／停止之间的二元对立："运动"即"依附"，因"运动"而"依附"，因"依附"而持续"运动"。但其对"依附"作为"地点"、"居住之所"的表达，仍充满"空间想象"的固着，而本文在论及爱国主义"祖国之爱"时所意欲解构的，正是"祖国"作为一种"空间想象"的存在。在本文的第四部分，将针对爱国主义启动的迂回复杂的历史路径，来解构"祖国"作为单一地点的"空间想象"。

地被召唤、被重复、被实践。因而《色｜戒》一片透过"爱国剧"对"爱国主义"的最大建构与解构，不仅在于反讽地经由拙劣夸张的舞台妆，矫揉造作的文艺腔与话剧腔，一方面凸显学生剧团的因陋就简与40年代话剧表演的套式，一方面拉出时代距离感，展开"深情的疏离"与"疏离的深情"之间的摆荡（但似乎更反讽的是，该片在让人看到这些"破绽"的同时，又无碍于爱国召唤的"缝合"），更在于《色｜戒》透过戏中戏"爱国剧"的呈现，后设地让"爱国"作为一种情感的重复引述、一种语言行动重复践履之动态过程曝光，让过程中隐而不见的"常模重复"（the repetition of norms）曝光，解构了"爱国"作为与生俱来、天经地义或根深蒂固的本质化倾向。[9]

接下来就让我们进入电影另一个"爱的召唤"场景。成功演出"爱国剧"激励人心并彻夜狂欢庆功后，第二日清晨王佳芝重新回到演出的舞台，看着假树假云，流连于昨日精彩的演出。此时镜头照向王的背面，传来画外音"王佳芝"（邝裕民的声音），配合着王转身回看的正面特写（非常阿尔都塞式的主体"召唤"），镜头再切到礼堂二楼其他同学的身影（邝与另一名女同学赖秀金立于前方），并由赖秀金对舞台上的王喊出"你上来啊"。而此"王佳芝"、"你上来啊"紧密相连的声音召唤与镜头切换，更以"倒叙"的方式，再次出现在片尾王佳芝被围困在封锁线内，暗自抽出预藏在风衣衣领中的毒药，却陷入犹豫的刹那。此段召唤之所以如此重要，正在于它决定了王佳芝由大学生到女间谍、由生到死的命运：此召唤的前半段"王佳芝"乃由王所心仪暗恋的男同学邝裕民所发出（浪漫

---

[9] 有关《色｜戒》演戏与爱国主义的关联，可参见彭小妍精彩的会议论文"Wo-man as Metaphor: How Lust / Caution Re / Deconstructs History"（中文版：《女人作为隐喻：〈色｜戒〉的历史建构与解构》）。

爱情想象的召唤），此召唤的后半段"你上来啊"则是由王的寝室
好友赖秀金所发出（同侪之爱的召唤）；而上楼后的王佳芝，即便
没有切身的国仇家恨，却在"爱的传会"中（由爱人而爱国，因爱
友而爱国），做出"我愿意和大家一起"的决定，于是让学生话剧
社共赴国难的"想象共同体"与杀汉奸的"爱国行动"得以顺利
成形。

　　而此处"爱的传会"早在影片的前半段就埋下多处伏笔。当王
佳芝与赖秀金等一群女大学生在岭南大学撤往香港的卡车上相遇
时，青春浪漫热情的赖秀金朝着往大后方撤退的国军士兵队伍队
激动大喊"打胜仗回来就嫁给你"，这句作为激励士气的"语言行
动"，成功揭露了"由爱国而爱人"的传会方式以及此方式中特殊
的性别制码：女人"为国献身"的最佳方式，不是抛头颅洒热血，
而是以身相许。不论是此处想要嫁给爱国士兵的冲动或是日后情节
发展中王佳芝扮女间谍色诱汉奸的戏码，女人的爱国总与女人的
性、身体相连。而后赖秀金、王佳芝与邝裕民在香港大学的回廊相
遇，王对邝的好感乃是透过赖对邝的好感之"模拟欲望"（mimetic
desire）。而王不仅在话剧试镜选角时，在幕后偷偷凝望着邝裕民在
舞台上的侧影，接下来的镜头更立即切换到王独自一人，在电影院
里观看好莱坞浪漫通俗剧《寒夜情挑》（*Intermezzo*, 1939）痛哭流
涕的画面，以说明电影"爱情戏"和后来的舞台"爱国剧"一样，
都是爱的召唤、爱的练习、爱的传会，在屏幕上与屏幕下、舞台上
与舞台下深情流转，让"男女之爱"与"祖国之爱"相互传会，更
让后来"王佳芝"、"你上来啊"这"爱的召唤"成为可能。

　　当然我们也不要忘记，正是在这一段楼上楼下"爱的召唤"场
景中，学生领袖邝裕民"误引"了汪精卫"引刀成一快，不负少年
头"的诗句。这句话语作为一种"语言行动"，和"中国不能亡"、

"王佳芝"、"你上来啊"一样，都有多重的"行动"意涵：第一层的行动最显而易见，直接指向语言所启动的实际行为，坐而言起而行（加入团体、捐款救国或刺杀汉奸）。第二层的行动则较隐而不显，指向发话当下"存有"（being）与"感情"（feeling）的连结，"爱国主体"与"爱国共同体"的形成，亦即发话当下所造成的语言形构效应，即使是在任何实际明显的外在行动发生之前。第三层的行动则最具解构力，指向行动作为一种重复引述，必须不断进行，像爱情电影不断召唤感动流泪的女人，爱国戏不断召唤激动起身的观众，团体组织不断召唤愿意为国为爱献身的女学生。《色｜戒》中的"爱国行动"之所以复杂幽微，不仅只是因为爱国而采取行动（演话剧，慷慨解囊或杀汉奸），也不仅只是因为此行动造成主体的重新建构（Schamus, xii-xiii），而是爱国必须是一种不断重复加强、重复引述的践履行动。而也只有在这多层次的"爱国行动"中，我们才有可能将所谓的"误引"做第一回合的创造性阅读："引刀成一快，不负少年头"乃是爱国作为一种语言践履行动的"再次引述"，该诗句作为"民族主义"、"爱国主义"的"常模"（为国牺牲生命的理想典范），必须不断被引述（以便师出有名，以便接续正统）；而每次对该诗句的引述（不论是在抗日战争、保钓运动或其他爱国运动），都是回返"民族主义"、"爱国主义"正统精神传承的重复冲动，其所凸显的正是"践履的历史性"（the historicity of performativity）、爱国行动的历史性传承。

二、爱的回视：断裂与缝合

然而《色｜戒》在如上所述的爱国主体召唤与爱国共同体形构外，另外还有一种平行发展的"爱的回视"，展现另一种爱的影像语言机制：透过"视觉往复"（visual reciprocity）达到爱的想象缝合。论文第一部分所着重的"爱的召唤"与此部分所欲发展的"爱的回视"将有所不同，前者主要透过声音进行缝合（"中国不能亡"，"王佳芝"、"你上来啊"），后者主要透过视觉进行缝合（我看你你看我）；前者在众人之间传递，而后者则在两人之间形成回路。

但若要了解此"爱的回视"之所以迥异于片中的其他观看模式，我们必须先针对《色｜戒》作为谍报片类型的影像机制进行解析。其开场的第一个镜头，乃狼犬的脸部特写，接着再由狼犬精锐的双眼往左斜上方拉起，带到牵狼犬特务警卫的脸，以及脸上警觉地先看左再看向斜前的一双眼睛。下一个镜头则切换到二楼阳台持枪警卫的背影（观看者亦被观看），踱步到尽头再转身成正面。接着再切换到另一阳台，除一名持枪警卫巡逻外，还有另一名警卫用望远镜眺望前方。此时镜头再快速向左拉摇，带进另一名也用望远镜眺望的士兵。接下来镜头带回地面上的士兵们与买菜的妇人们，再往前拉进四名抽烟聊天的便衣警卫，他们貌似随意，但却不忘用眼角余光搜寻。这一系列的镜头剪接，没有正反拍的主观镜头，所有的看都只有出去、没有回来，既没有确切的主体，也没有特别锁定的客体，只是一连串看、又看、再看的切换传递，让画面的前后左右四面八方皆为可疑，创造出在特务警卫的监视、被监视与相互监视外，仿佛还有一个与摄影机同样隐形的视点，在看不见的地方看、在不被监视的地方监视而充满悬疑。

因此从开场的第一组蒙太奇镜头开始，《色｜戒》就呈现了"螳螂捕蝉，黄雀在后"的视觉监控接力，作为其谍报片类型的基本观看模式。而此"螳螂捕蝉，黄雀在后"的影像机制，更进一步与电影叙事的伏笔相互呼应：像是话剧社大学生在混乱之中杀死易先生手下的曹副官，而后才发现他们的所作所为，在他们完全不知情的情况下，早已被某情报单位所掌控，后来此情报单位不仅出面帮他们收拾了烂摊子，更吸收了他们加入组织（此乃邝裕民与王佳芝在上海重聚时邝所做的陈述）。或是像片尾张秘书向易先生报告逮捕爱国话剧社成员的经过，间接暗示易先生作为情报头子本身的一举一动也都受到监视与掌控，捕蝉的螳螂之后，永远有不现身、仿佛全知全能的黄雀在伺机而动。

而这种视觉监控接力也同时出现在王佳芝进入凯司令咖啡馆的系列镜头中。戴帽穿风衣的女间谍王佳芝过街，先是警觉回头张望，镜头切到路另一端的神秘男子（我方？敌方？还是纯粹路人甲，身份不明）也在张望；镜头再切回王的脸部，完成第一组正反拍的主观镜头（王佳芝的主观镜头）。但接下来的镜头剪接，起初像是重复前面的正反拍主观镜头，却在最后出现大逆转：先拍王的脸部张望，再拍对街的男子，再拍另一处的男子；此时若再切回"预期中"（已有前一组镜头做准备）王佳芝的正面，则又是同样的正反拍主观镜头的建立，但此时屏幕上切回的却是王佳芝的背面，王佳芝已从观看的主体，变成被监视的客体，而此监视的视点却来路不明、敌我难分。换言之，《色｜戒》的镜头不仅是在拍间谍，《色｜戒》的镜头本身也必须成为间谍。而片中时时警觉戒备、无片刻松懈的氛围，正是由"间谍—镜头"（镜头如何再现高度警戒状态下的男女谍报员）与"镜头—间谍"（镜头的切换与剪接如何创造悬疑紧张氛围、如何让观视点诡谲莫测）相互完美搭配而成。

有了对《色｜戒》中这种特有谍报片影像机制的理解后，我们便可进入王佳芝与易先生共赴珠宝店的场景，亦是该片所谓"放走汉奸"的情节高潮，观看此"螳螂捕蝉，黄雀在后"的视觉监控与焦虑恐惧，如何在短暂的片刻转化成爱的想象融合、爱的深情回视。首先我们看到易先生拥着"麦太太"王佳芝过街，王先回头观看，镜头快速带过五个街景一隅，再接回王的主观镜头，王再回头，再前视；接着用慢动作续拍易、王过街的背侧影，到了珠宝店门口，与陌生男子擦肩而过；进门后又有一组王观看店内两名陌生男子的正反拍主观镜头，再经由走位滑过带进易的主观镜头（此场景中易的唯一主观镜头，且不甚完整，带回的乃是易的侧后背影）。在这一系列的镜头转换中，王佳芝有两次完整的主观镜头，易先生有一次不完整的主观镜头，而所有被王与易观看的人，也都在观看彼此与环境，营造出敌我不分，无处不是间谍、杀手的危机意识与紧张氛围。

而当两人上楼坐定，印度老板取出已镶嵌完成的六克拉粉红钻戒交给王佳芝时，镜头便进入到一个独特的时刻：王与易二人相视而望，虽有第三者印度老板在场，却只以简短的画外音处理，镜头前只有王在右、易在左；王戴上钻戒又欲取下而被易制止，并看着王说出"你跟我在一起"的允诺，王感动地看着易迷惘迟疑，终于说出"快走"的警告，易一怔却顿时领悟，飞箭般冲出店外，终结了此短暂时刻中他和王之间"爱的回视"。对此场景的批评分析，那颗六克拉粉红色钻戒当然是重要的，它不仅响应到《色｜戒》片名暧昧多义性中的（粉红）"色戒"，更是将钻石作为"欲望的转喻"与钻石作为"爱情的隐喻"相互叠合。在影片的前半段，王佳芝扮演的香港"麦太太"周旋于易太太与其他汪伪政府的官太太之间，演练各种华衣美服、佳肴珍馔的奢华消费模式，而一群官太太在麻将桌上最主要的"炫耀式消费"，便是钻戒的大小与光头。此处钻石作为物质欲望的符号，成功地与其他"象征秩序"中的阶级物质符号相互转换。但在此珠宝店的场景中，钻石更进一步由"象征秩序"中物质的转喻，成为"想象秩序"中爱情的隐喻。而此刻让钻石的爱情／欲望、想象／象征、隐喻／转喻相互塌陷的关键，就在易先生那句爱的话语"你跟我在一起"。它不仅让钻石变成了爱情的信物，更是以"你跟我在一起"置换了王佳芝当初加入杀汉奸爱国行动的关键话语"我愿意和大家一起"。"一起"所允诺的亲密联结，正是"孤"苦无依的王佳芝（父亲携弟远赴英国，舅母私自卖掉王父亲留给王的上海房子）、"孤"立无援的王佳芝（无动于衷的上级指导员老吴，只会暗地烧毁王的家书，只会当面要求王绝对忠诚、强制王少安毋躁，让王求助无门；而昔日心仪的对象邝裕民亦只能在旁束手无策）所最渴望、所最需求的。昔日她为了要和同学"一起"而成为执行杀汉奸计划的爱国者，今日她为了要和易先生"一起"而成为放走汉奸的叛国者。

而更重要的是，此句作为叙事发展的关键台词，亦成功转换为电影语言：当易先生说"你跟我在一起"的同时，摄影机也在说"你跟我在一起"，不仅用景框将此二人框在一起，更用定镜捕捉两人的目光交流，看似王佳芝的主观镜头，又似两人"世界即视界"的相互凝望。过去王佳芝所经历的"爱的召唤"都只有"召唤"而无"回应"，都只有去爱的感觉而没有被爱的感觉（爱人、爱友、爱国家到头来还是一样孤苦无依、孤立无援），连最早对邝裕民的情愫，也因羞怯而闪躲回避了四目深情相视的机缘。但在王与易的关系发展中，却是蕴蓄出越来越多视觉的亲密互动，尤其是前一场在日本酒馆王为易唱《天涯歌女》一曲，透过歌词营造出"患难之交恩爱深"的乱世儿女情感，再加上王的空间走位与王、易身体姿势交缠拥吻的安排，不断进行目光的交换，最终易亦因感动而落泪。而此场景中"爱"作为"视觉往复"的呈现，不仅让我们看到了易先生因爱而多情而脆弱，也看到了王佳芝因被爱而感动而动摇。也许《色｜戒》在电影叙事的部分，未能透过独白、对话或心理活动成功"解释"爱国大学生王佳芝为何放走汉奸易先生，但在电影影像机制的部分，却已用镜头语言大声宣告了王佳芝的"易"乱情迷，既是爱情想象的"一起"，也是视觉往复机制的"一起"，王与易瞬间被封锁在爱的回视之中，幸福且迷惘。而谍报片中的爱之所以如此惊心动魄，正在于一时之间的情感脆弱，便足以致命。

于是《色｜戒》让我们看到了爱的任务，也让我们同时看到了爱的不可能任务：爱让间谍任务成为可能（因爱人、爱友而爱国而抗日而杀汉奸），爱也让间谍任务成为不可能（因爱人而放走汉奸，因爱人而叛国）。在当代精神分析理论中，有所谓"爱的不可能"，所有爱的阻难障碍，都成功维系了"爱成为可能"的幻象，让爱的可能正来自于爱的不可能。[10] 而在当代的政治哲学理论中，亦有所谓"爱国的不可能"，将爱国主义中的理性与非理性因素相对立，视其为自由民主国家的"存有僵局"。[11] 而本文所谓"爱的不可能任务"，亦是在此思考脉络之下，将"不可能"做精神机制上

---

[10] 其中最著名的莫过于拉康对"宫廷之爱"（courtly love）的讨论，可参见其 *Femine Sexuality* 一书。对拉康而言，爱的不可能亦来自于爱作为自恋的欺瞒与幻影，爱乃是给予自身所不拥有的（"to give what one does not have"）。而此精神分析"爱的不可能"，也被成功推展到"国族之爱的不可能"：国族之爱原本允诺了响应，但此响应却一再悬宕；而此响应的迟迟无法实现，反倒强化了个人对国族情感的持续投注，将此"理想自我"朝向未来不断后延（Ahmed, 131）。而这种论述模式，也被批评家部分移转成对《色｜戒》的解读方式之一："正是因为他怀疑她，所以他欲望她。就此而言，他的欲望与她的欲望相同：他想要知道她。在张的作品中，色与戒便成为彼此的功能，不是因为我们欲望危险之物，而是因为我们的爱是一种行动，以至于不论如何真诚，爱总是一个可疑的对象。"（Schamus, xii）

[11] 可参见 Alasdaire MacIntyre 所著 *After Virtue* 一书。书中强调爱国主义为一种"豁免伦理"（豁免于理性批判之外），能让人为了公共福祉、国家利益而"无条件"牺牲个人利益，违反以自我意识与理性批判作为现代性国家的本质。换言之，爱国心这种非中介、非反省的情感行为，无法由现代性国家的理性自由主义所证成，却成为现代性国家作为政治共同体的最大（非理性）凝聚力。

的探讨，而非仅仅是外在环境险恶而任务无法达成，或业余玩票女间谍的所托非人等"变动"因素的"不可能"。因而《色｜戒》用电影镜头讲述了一个爱国主义的故事，也同时用电影镜头讲述了一个爱国主义不可能的故事：爱国主义之所以可能，在于"爱"作为"自我理想认同"的可能，而爱国的大我之爱与爱人的小我之爱，并不存在"爱"作为"自我理想认同"上任何本质上的差异，那么有爱国主义的爱，就有爱上汉奸的爱，爱上敌人的爱。从"中国不能亡"，"王佳芝"、"你上来啊"的声音召唤与情感共同体缝合，到"你跟我在一起"的视觉往复与情感回路，《色｜戒》中可以载舟亦可覆舟的爱，让爱国成为可能，也终于让爱国成为不可能。

三、性的谍对谍：肉体与国体

论文的前两部分，分别就声音缝合与视觉缝合的角度，探讨国族之爱与浪漫之爱在《色｜戒》一片中吊诡的依存关系，但此爱的召唤、爱的回视究竟与《色｜戒》上映至今引发最多争议的大胆床戏有何关联？性与爱有何不同？性的影像机制与爱的影像机制又有何不同？若如上所述《色｜戒》中"爱的任务"乃不可能，那"性的任务"呢？究竟是性的攻防戒备较难，还是爱的攻防戒备较难？而在目前有关《色｜戒》床戏的批评论述中，似乎都倾向将"国体"与"肉体"相对立，并依此对号入座出"集体"与"个体"的对立、"大我"与"小我"的对立、"文明"与"自然"的对立。而此二元对立模式更发展出两个截然不同的批评取径。一个是强调《色｜戒》一片中男欢女爱的"肉体"打败了民族大义的"国体"，"以赤裸卑污的色情凌辱，强暴抗日烈士的志行与名节"，乃是篡改历史、污蔑爱国女英雄的卖国行径，值得全力挞伐。[12] 另一个更为主流的读法，则是强调《色｜戒》一片中赤裸真实的"肉体"打败了抽象虚无的"国体"，开展出由色到情、由欲生爱、由压抑到解放、由被动到主动的（女性）情欲觉醒过程。[13] 虽然此二批评取径乃朝完全相反的方向发展（前者将性当成炼狱，后者将性当成启蒙；前者将性当成堕落，后者将性视为救赎），但"肉体"与"国体"作为论述发展的二元对立模式，却是完全一致、口径相同。

但在本文以下针对《色｜戒》"床戏性政治"的探讨中，第一个要打破的正是"肉体"与"国体"的二元对立，以强调"肉体"不在国家民族大义之外（不论是作为堕落的炼狱或浪漫的乌托邦），"肉体"总已是"国体"的一部分，没有跳脱权力身体部署、权力欲望机制之外的纯粹"肉体"，亦不存在以此"肉体"作为绝地大反攻"国体"的可能。就某种程度而言，《色｜戒》的床戏之所以必须采取有如施虐／受虐（S／M, Sadomasochism）的身体强度，正在于凸显被"国体"穿透的"肉体"如何成为"性无感"的"肉体"，而此"肉体"的"性无感"又如何必须透过 S／M 的身体强度来重新找回属于身体的官能感觉。

《色｜戒》片中易先生的"性无感"明显来自其作为汪伪政府情报特务头子的身份。虽然片中并无任何直接呈现他严刑拷打犯人

---

[12] 此类阅读倾向将张爱玲小说与李安电影里的王佳芝，读成对抗日爱国女英雄郑苹如的影射，故愤而怒斥此美化汉奸、丑化（性欲化）女英雄的电影乃"汉奸电影"。相关的讨论可参见乌有之乡网刊中黄纪苏《中国已然站着，李安他们依然跪着》、《就〈色｜戒〉事件致海内外华人的联署公开信》等文。

[13] 可参见彭小妍与陈相因的精彩分析。《色｜戒》上映之初，笔者亦曾撰文《大开色戒：从李安到张爱玲》，探讨该片性、性别与身体情欲的纠葛，彼时的分析较为强调该片"致命性"的性爱不仅彻底摧毁既定的道德体系与价值系统，更反讽点出"到女人心里的路通过阴道"，用镜头逼搏出乱世中身体暴乱情欲的最高强度，彻底凸显"性"的颠覆性。而本篇论文则是回到"爱"与"爱国主义"的角度，重新审视《色｜戒》中"性"与"爱"的张力与交织，凸显"性"本身可能的制约性与工具性而非绝对的基进性。

的画面，但却间接带出此非人性的刑求暴力如何"扭曲"了他的身体感官，而此行尸走肉的无感身体，更在性交过程中转化为以"刑房"为"行房"的"施虐"主体。正如王佳芝对上级指导员老吴的告白中指出，"每次他都要让我痛苦得流血哭喊，他才能够满意，他才能够感觉到他自己是活着的"，此处易的"施虐"已不再指向性欲过强或兽性大发，此处易的"施虐"乃被呈现为过度刑求暴力所造成的性障碍，被"国体"彻底"扭曲"的无感"肉体"。而王佳芝的部分也甚为明显，她为爱国而决定"牺牲"自己的"贞操"，先是在香港和同学中最窝囊的梁润生上床，三年后又在上海和大汉奸易先生上床。王佳芝的"性"从开始就是一心一意为"爱国"服务，她的第一次性经验是为国"献身"，完全没有身体的感觉，只为迅速解决她作为"处女"的身份（以免已婚"麦太太"的假身份被拆穿）；而在后来她与梁的"性的彩排练习"中，越来越有感觉的王佳芝也越来越清楚，此身体感觉乃是爱国的试炼，必须严格被界定在"为国献身"的范畴之中，严格被监控在"性"与"爱"的分离状态之下（她与同学梁润生性交，却绝不与梁润生发生任何暧昧情愫，甚至梁润生乃是她最看不起的人）。王为了爱国，必须将自己卑微地放到"妓女"般的位置，不仅是因为梁的性经验来自嫖妓，同时也是因为此有性无爱的交易、此没有名分却有违社会价值的决定、此在密室发生却为全屋同学所默许的关系，都让王自觉有如妓女般被歧视，而后更因易突然离港而让王自觉白白牺牲了贞操，遂带着此"性的创伤"失意离开香港回到上海。

因而当易与王在上海重聚时性交场景所呈现的 S／M 强度，与其说是"性压抑"或"性变态"的身体如何做爱，还不如说是因"国体"而"性无感"的"肉体"该如何做爱来得更为准确，而《色｜戒》床戏之所以精彩，正在于此超高难度的尝试：因"卖国"

而 "性无能" 的情报特务头子与因 "爱国" 而 "性冷感" 的女谍报员，如何在激越的床戏之中 "谍对谍"。有了这层基本的了解，我们便可对《色｜戒》片中三场重要床戏进行分析，以凸显其中性、权力、性别与身体戒备之间的紧张复杂关系。第一场床戏具体展现施虐与被虐的突如其来。原本拿了钥匙上楼的王佳芝，正在好整以暇观察环境，突然被躲在房间暗角的易先生吓到，本想刻意表演一场宽衣解带的戏码反客为主，却被易先生接下来启动的性暴力行为再次吓到。易先生像严刑拷打犯人一般，将王双手用皮带捆绑，推在床上。然而此段 S / M 床戏的真正高潮，不出现在易先生从后方强行进入王身体的刹那，而出现在完事之后易先生离去，衣衫不整却丝毫没有委屈哭泣的王佳芝，躺在床上一动不动，镜头接着带到此时王嘴边突然出现的一抹笑容便戛然而止。一再想要反客为主的王佳芝，表面上是被易的施虐强势一再攻破、一再反主为客，但此时的笑容，却是印证了王自觉终于攻破易的心防而初次达阵。就算王的笑容不是反客为主的胜利笑容，至少也是高深莫测的神秘笑容，第一回合的谍对谍，鹿死谁手尚未分晓。

第二场床戏发生在易先生家中给 "麦太太" 王佳芝居住的客房。在简短交谈后（王对易表达恨，而易对王表达信任）两人再度陷入身体的强度交缠，易尝试用双手端着王的脸，强迫她直视自己的眼睛，王却努力闪躲，避开易的侦测目光，几个两人身体交缠却脸面相背的镜头，呈现两人在欲仙欲死的当下，如何还能各怀鬼胎（他怀疑她？她算计他？）。而就在王的身体高潮后，镜头切到王脆弱激动的面容，说出 "给我一间公寓"，再切到易 "诡异" 的笑容。（是因 "征服" 了王而笑？还是以性满足了王而笑？还是性的强度让他终于松懈而笑？）但真正最诡异的，不是易的笑容，而是王的要求。

在到达身体高潮的刹那，王的要求像是"爱的要求"（demand for love），仿佛是王不敌易的性攻势而俯首称臣，决意要当他的情妇，与他长相厮守。诡异的是，当下王在最真实、最无法伪装的身体高潮反应中所做的要求，也正是王在间谍美人计中下一步所将肩负的任务（向易要求一固定的公寓，以便事先安排杀手埋伏）。如果尼采的名言是"女人在到达性高潮的同时，也能伪装性高潮"（以男性憎女的方式强调女人善于伪装），那王佳芝作为玩票性质的女大学生间谍，在菜鸟与高手、表演与真实间，反倒让人更难以捉摸。用尼采的话改写，难不成王佳芝"性的任务"正是在"女间谍在伪装性高潮的同时，也能到达性高潮"或"女间谍在到达性高潮的同时，也能不忘记自己身为间谍的任务"？

而更重要的是，此段床戏中"国体即肉体"性政治的关键，不在广为媒体所炒作的"回形针体位"，而在镜头剪接。正当王与易在床上翻云覆雨时，镜头切换到易寓所外侦查巡逻的狼犬，此狼犬的特写出现在《色｜戒》全片开场的第一个镜头，而此时再度出现，自是寓意深长。[14] 片头的狼犬特写，带出了《色｜戒》作为谍报片类型的戒备紧张氛围，而此处穿插在性爱镜头之间的狼犬镜头，再次以画龙点睛的方式，提喻《色｜戒》一片中所有的"色"都是在"戒"备状态之下进行。此"戒"备状态不仅指向外在环境的警戒森严，也同时指向人物角色内在生理与心理的戒慎恐惧。"戒"慎恐惧乃为《色｜戒》一片的情感基调，爱在"戒"中发生，性在"戒"中进行，既有乱世的风声鹤唳、战争的暴力恐惧，也有偷情怕被拆穿的东遮西掩，更有床第之间谍对谍的步步为营。

而第三场床戏则是将此谍对谍的戒慎恐惧，继续往濒临崩溃的

---

[14] 有关此狼犬的剪接镜头如何进一步与爱森斯坦的蒙太奇理论相联结，请参见叶月瑜的精彩会议论文 "Montage of Attractions: Juxtaposing Lust, Caution"。

临界点推进，让"性"与"爱"分离的努力充满挣扎，让"死亡的阴影还从床边的手枪折射出来"（李欧梵，60）。此段的灯光、取镜、音乐与剪接节奏越加呈现此"黑色床戏"的深沉抑郁与内在恐惧，没有色情挑逗的偷窥，只有戒备中的攻防张力与脆弱疲惫。而此"肉搏战"越来越辛苦，越来越难以掌控攻防优势，越来越逼近"身体失守即任务失手"的临界点。[15] 在此场景中王甚至用枕头蒙住易的眼睛，让怕黑、失去视觉掌控力而倍感脆弱无助的易达到高潮，而王亦因此而无助哭泣。此时"肉体即国体"的"性压抑"，不是压抑性欲而不去从事性行为，也不是极度压抑之后的极度解放，而是如何在"性"之中而非"性"之外去压抑，如何在最赤裸的肉体交缠、最销魂蚀骨的性高潮欢愉中，还能自持不被攻陷，还能继续从事间谍行动。此段床戏与前两段床戏的相同之处，在于没有来自声音或影像的任何缝合：床戏中的眼神没有爱的传会，只有窥探与对窥探的闪躲；床戏中只有身体的呻吟，没有交谈，没有召唤。但此段床戏之前与之后的伏笔，却使得此段床戏的份量更为举足轻重。前一场景交代了易在黑头包车内边用手爱抚王的身体，边讲述在牢里审讯犯人的过程，再次将行刑与行房做平行推展，将刑求暴力的施虐受虐，转化为性爱场景的施虐受虐，让性无感身体达到性高潮的亢奋强度。而此床戏的后一场景，则是王焦虑地向上级指导员老吴求救，哀求组织早点动手，并不顾颜面地向老吴与邝裕民激动告白身体即将失守，她说易像蛇一样往她身子里钻，就越往她心里钻，越钻越深。她说她被迫必须"忠诚"地待在她的角色里，"像奴隶一样让他进来"，精疲力竭，濒临崩溃，只希望组织能在此时冲进来，朝易的后脑勺开枪，让易的脑浆喷溅她全身，一切才能宣告结束。

---

[15] 有关《色 | 戒》作为"黑色电影"（film noir）的精彩探讨，可参见林建国的会议论文。

《色｜戒》一片花了整整十一天一百五十六个小时专心拍摄这三场床戏之用心，不仅在于彻底放大所有谍报片最难以启齿、最难以铺陈、也最难以把持的"床上任务"，更在于凸显王佳芝作为女谍报员"性的任务"之艰难。但就此"性的任务"而言，她并没有失败，她仍尽所有的努力将"性"与"爱"分离，她在与易的高强度肉体交媾后，仍敦促组织快点行动，并在咖啡店打电话通报，她并没有因为"性"而放走了易。但王佳芝"爱的任务"却失败了，最后真正"钻"到她心里去的是"钻石"而不是男人的阳具也不是性，乃是透过眼睛（爱的视觉往复）而非阴道（性交）。而成功"钻"到王佳芝心里的"钻石"，乃是由炫目耀眼的奢华物质消费符号，变成了让人情生意动的爱情隐喻，一心一意只戒备了性的女大学生间谍，对爱却无设防，也无法设防。如果如前所述，爱人与爱国乃是同一种爱的想象认同机制，那《色｜戒》一片便是如此反讽地再次告诉我们，爱国主义最大的罩门是爱而不是性。

四、爱的皱褶：祖国之爱与情感动力

本文在前面有关爱的召唤与性的对谍之讨论，多将焦点集中在女主角王佳芝的身上，说明其如何在"戒"色的同时，却对爱缴了械。但另外一方的"汉奸"易先生呢？《色｜戒》难道真的如一些批评家所言，乃是"美化汉奸"易先生的无耻之作吗？导演李安透过对易先生作为"汉奸"的另类陈述，究竟讲了一个如何不一样的爱国故事呢？"汉奸"易先生"卖国"之余，也有可能"爱国"吗？本文的最后一部分，便是将讨论焦点由"女人的故事"转到"男人的故事"，看看《色｜戒》中易先生的人物刻画与影像再现，究竟对中国近代史有何颠覆；也同时看看《色｜戒》导演李安如何在解构爱国主义的同时，开展出另一种迂回曲折的"祖国之爱"。

有关易先生作为"汉奸"的角色刻画，自《色｜戒》上映以来便引起极大的争议。他作为亲日汪政权的高官，却从影片一开始和张秘书的对话（内容是神秘失踪的军火），就已呈现易对日本上级可能的阳奉阴违与对日本统治的暧昧忠诚（就算不是直接双面谍的暗示）。于是观众看不到日本军人侵华的血腥暴行，也看不到特工总部内刑求的血腥暴行，反倒是看到香港演技派忧郁小生梁朝伟的"明星文本"，看到外表冷漠无情、内心脆弱无助的易先生"角色文本"，以及片中一再凸显的战争动乱大时代下的无力感与边缘性。尤其是在日本酒馆中易先生听王唱《天涯歌女》的动情场景，他不仅将日本军国主义的执行者比作丧家之犬，更慨叹自己"为虎作伥／娼"，比任何人都还懂"怎么做娼妓"。莫怪乎正反双方的批评家，皆一致认为此乃"人性化"汉奸的处理，只是赞成的一方强调此角色刻画让原本多为扁平的"汉奸"角色呈现人性的心理复杂度，而反对的一方则凸显此角色刻画"美化"了汉奸的走狗性格。[16]

但《色｜戒》对汉奸真正幽微复杂的处理，恐怕并非在于表面上被肯定或被攻讦的"人性化"问题。特务情报头子易先生，确实不是刻板印象中无人性的卖国贼，而他"为虎作伥／娼"的政治情境，也确实展现大时代中个人的无奈与渺小，但若我们张大眼睛观察银幕上易先生所处的公私领域与穿着打扮，恐怕会发觉《色｜戒》一片对汪伪政权、对抗日战争、对爱国行动有比"人性化"更为激进的处理模式。从影片一开头的特工总部大厅起，国旗（中华民国青天白日满地红旗被汪伪政府沿用，仅在国旗上缘加上"和平

---

[16] 此"伥"与"娼"的双关语联想，出自李安在《色｜戒》英文电影书的前言（viii）。有关易先生作为汪伪政府特务头子的历史原型考据，可参见余斌与蔡登山的文章。

反共救国"的小黄带）、党旗（中国国民党青天白日旗）、孙中山遗像与其遗嘱就出现在大厅正中央的位置。当镜头拉到总部外的建筑立面时，也可由大远景看见悬挂的国旗与镶嵌在建筑物屋顶中央的中国国民党党徽。而在易先生寓所的书房，不仅墙上挂着孙中山的照片、墨宝，就连书桌前放置的也是他的照片（镜头虽未就这些历史符号做特写，但却透过人物角色的走位与场景调度，一一带到）。而在片尾出现特工总部内易先生的办公室，墙上一左一右挂着日本国旗与中华民国国旗，中间则又是孙中山肖像与照片下方由易恭录"自由、平等、博爱"的孙中山遗教。更夸张的是，就连易先生与王佳芝第一次秘密幽会时，司机交给王一个内装有公寓钥匙的信封，信封的中央写着 2B 的房号，但信封的右上角又是孙中山肖像。

我们当然可以解释此信封或许原本乃公务之用，而易先生周遭国旗的无所不在、孙中山的无所不在，都是为了一再强调汪伪政府与国民党的渊源以及汪伪政府努力营造出其传承孙中山遗志的正统性。但当这些政治符号一而再、再而三地出现（甚至出现在偷情的信封上），那这些政治符号就不仅是历史的"背景"，而成为历史的"征候"（symptom）、历史符号"过溢"的"征候"。《色｜戒》一片中国旗与孙中山作为"符号的过溢"（the surplus of signs），溢出原本作为时代背景的符号功能，而隐含了《色｜戒》一片对易先生"汉奸"角色最大的改写可能："汉奸"或许也曾是或也正是"爱国青年"（或"爱国中年"），让一心要杀汉奸的"爱国青年"邝裕民与"汉奸"易先生、让蒋介石重庆政府的特务领导老吴与汪精卫南京政府的特务头子易先生，产生本质上忠／奸、爱国／卖国的不可辨识性。当然对高举民族主义大旗、历史必须黑白分明的批评家而言，这绝对是比"人性化"汉奸更值得大诛特诛的罪行。

而易先生与国民党的历史传承，也同时以转喻的方式出现在易先生中山装的穿着打扮上。除了穿西装以外，易先生在特工总部与自家寓所，都曾以中山装亮相，而其以中山装亮相的场景，更多搭配着满溢国旗、孙中山政治符号的室内布置。而此中山装的视觉符号，不仅出现在汪伪南京政府易先生与张秘书的藏青色中山装（当时中华民国的文官制服），也同样出现在蒋重庆政府特务领导老吴的土黄色中山装，让"本是同根生"的"两个国民党"既敌对又相似，既誓不两立又充满太多暧昧的雷同，既须以暴力来强加区分又让暴力之中满溢手足相残的痛苦与挣扎。正如易先生对在黑头包车中等候他多时的"麦太太"王佳芝描述他上车前一刻在特工总部内的刑求过程："其中一个已经死了，眼珠也打出来！我认得另外一个是以前党校的同学，我不能和他说话，可是他瞪着我……脑子里竟然想就这样压在你身上……那个混账东西，竟然喷我一鞋子的血，我出来前还得把它擦掉，你懂不懂？"此段的叙事模式非常眼熟，它再次重复了《色｜戒》一片对刑求的血腥暴力采叙事呈现而非视觉呈现的方式，并在叙事口吻中加入叙事者亦即施暴者本人的内在痛苦挣扎，亦再次重复了易与王之间刑房与行房、性与刑求暴力的结合方式（此结合不仅出现在刑房之内暴力与性幻想场景的结合，更出现在叙事框架之中，易在黑头包车里边描述刑求过程边不断用手爱抚挑逗王的身体），更再次重复了片中性与政治符号的"诡异"结合。偷情的信封上可以出现孙中山的肖像，而在充满刑求暴力与性幻想的牢房描绘中，却可以间接幽微地带出易先生黄埔军校（党校）出身的正宗传承。

诚如李欧梵在《睇色，戒》一书中所言，"《色，戒》中所'再现'的政治，与其说是日据时期的汪伪政权人物，不如说是两种国民党的类型：一种是与日本共谋的国民党特工，如易先生；一种是重庆指使的'中统'间谍。这两种人物，在外表上也如出一

辙，甚至都信奉总理孙中山（可见之于易先生办公室中墙上挂的孙
中山像），但政治主张截然相反。目前因档案尚未公开，有待证实
的是：这两个政权在抗战初期是否有秘密管道联系（看来是有的）。
而夹在中间的就像是像王佳芝和邝裕民式的爱国学生。"（45-47）
或许正是因为此民国史中相关档案资料的未被公开解密（在现有国
民党与共产党的历史中，汪精卫政权都是不折不扣的汉奸政权），
才让《色｜戒》成为一部历史评断如此混淆、民族身份如此暧昧
的"爱国片"，与传统敌我分明、爱憎分明的"爱国片"大异其趣。
但本文想要强调的，却不是以此"历史未定论"来定论《色｜戒》
（以"历史未定论"当成《色｜戒》作为另类"爱国片"的原因或
结果），而是试图铺陈此"历史未定论"如何作用于《色｜戒》的
创作，而《色｜戒》的创作如何回向作用于此"历史未定论"，以
及此持续变动作用中所引发、所牵动的情感反应，让"历史未定
论"成为《色｜戒》一片情感动力的施为而非因果。而也只有在此
"历史未定论"的情感动力之中，我们才可理解为何《色｜戒》或
许不是如批评家所言的一部"去政治化"的电影（逃避日本军国主
义的侵华血腥暴行，逃避汪伪特务机构刑求抗日爱国同志的血腥暴
行），而是一部"另类政治化"的电影，专注处理"爱国主义"的
内在皱褶（国民党内部"本是同根生，相煎何太急"的手足相残），
而非"外在"的抗日或联共、反共的复杂历史情境。日本的存而不
论（仅有上海街头盘查行人的日本兵与酒馆之内如丧家之犬的日本
军官），共产党的存而不论（国、共之间的联合与分裂在片中几乎
彻底隐形），确实让《色｜戒》对上海沦陷区的"再现"出现重大
的历史残缺与盲点，但或许正在于此残缺与盲点，才得以集中放大
国民党的"内部分裂"（一方以抗日为爱国，一方以联日为救国），
并皱褶出"爱国主义"的复杂纹路，不仅让浪漫爱与祖国爱相互交

生解构,更让汉奸与爱国青年彼此暧昧相连、同根而生。而也只有在此"爱国主义"的复杂迁回中,我们才有可能再次回到本文开头所谈论的"历史引证错误",尝试做出另一回合的诠释:"引刀成一快,不负少年头"作为国族主义的"语言行动",表面上是混淆了"爱国阵营"与"卖国阵营"(爱国大学生"误引"卖国贼汪精卫的诗句),却也因此同时带出本文第一部分结尾所处理爱国行动的历史传承,爱国作为行动"践履的历史性"(必须一而再、再而三地引述常模),以及此处"爱国"本是同根生的"内在皱褶",亦即国民党之内抗日爱国与联日救国的"内在皱褶",汉奸也曾是或正是爱国青年的"内在皱褶"。[17]

而经过此层层推演,本文最后所要做的提问,便是这爱国主义的"内在皱褶"究竟与《色 | 戒》一片的导演李安有何关联?一向被当成"光宗耀祖"、"台湾之光"的李安,为何因此片被一些批评家斥为汉奸、国耻?李安在透过《色 | 戒》解构爱国主义的同时,究竟偷渡了什么样的情感,而此情感又与《色 | 戒》所呈现的20世纪40年代中国有何历史与政治的纠葛?张爱玲的汉奸故事如何迁回曲折地成为李安"爱国主义的召唤"?什么是属于国际知名导演李安的"情感国族主义",而此"情感国族主义"又如何响应当下的文化全球化论述?在张爱玲的原著小说中,张对爱国主义保持极端疏远嘲讽的距离(一只钻戒就能让一个涉世未深的爱国女大学生意乱情迷,以呈现爱国主义的不堪一击),而李安在改编过程中亦用心保留了对爱国主义的反思:从拙劣化妆、夸张文艺腔的"戏

---

[17] 《色 | 戒》一片对汪精卫政府所倡导的"和平运动"略有着墨,先是在上海街头让原本在租界里趾高气扬的外国人沦落到排队领面包,带出汪配合日本"收回租界"的号召,而后电影院里短暂出现的政治宣传片,亦喊出"亚细亚正要回到亚细亚人的手里",以"大东亚共荣"号召所有亚洲人团结合作,挣脱西方帝国主义的枷锁。

中戏"爱国剧，到一群大学生以爱国行动当暑假作业（"王佳芝要穿金戴银，你要扮抗日英雄"，"我们有枪，干吗不先杀两个容易的，再不杀要开学了"）再到杀曹副官的荒唐无措。但在《色｜戒》经由这群爱国大学生解构爱国主义的同时，李安却也对这群血气方刚、幼稚浪漫的话剧社爱国青年，展现同情式的理解或投射（年轻时演戏的经验），并给予他／她们足够的时间进行"成长仪式"，更在片尾南郊石矿场的处决场景，透过大远景一字排开的渺小身影与深不可测黑暗坑洞的悲凉氛围，带出"引刀成一快，不负少年头"的大时代感慨。

这当然不只是李安个人的人本主义或温情主义而已。李安不严格批判汉奸的同时，也不严格批判爱国学生，除了因为历史的皱褶过多而无法斩钉截铁、黑白敌我是非分明，除了借此以便呈现动乱大时代中个人的渺小彷徨外，李安对"爱国主义"的暧昧处理，不正也是以曲折迂回的形式，具体展现了其所处无国可"爱"却无国不"暖"的历史与情感处境："在现实的世界里，我一辈子都是外人。何处是家我已难以归属，不像有些人那么的清楚。在台湾我是外省人，到美国是外国人，回大陆做台胞，其中有身不由己，也有自我的选择，命中注定，我这辈子就是做外人。这里面有台湾情，有中国结，有美国梦，但都没有落实。久而久之，竟然心生'天涯住稳归心懒'之感，反而在电影的想象世界里面，我觅得暂时的安身之地。"（张靓蓓，298）。时间流变与地理迁徙造成了李安无处是家的忧戚，在两岸、美国之间流离失所，但这种美其名"全球公民"、究其实"离散主体"的处境，不正是造就李安电影《色｜戒》的复杂深刻之处？首先，李安作为无所归属的"外人"处境，直接牵动《色｜戒》无所归属的"外片"处境，出现一系列参与国际影展里外不是"本国片"的尴尬：在威尼斯影展一度被当成美国—中国片，而后以台湾"本地片"的身份报名美国奥斯卡影展"外片"

奖项却遭退件，质疑来自台湾地区的参与人员过少而不足以为代表。其次，李安作为"外人"的处境，更让《色｜戒》一片充满对正统承继的焦虑与对爱国主义的偏执关注。台湾地区作为一个实质存在的政治共同体，却有极端分裂的身份认同处境，或许让成长其中的李安有着最深刻的爱国主义挫折：身为外省第二代，其原本的国族认同亦不断受到无情的质疑、挑战与摧毁；移民美国后却成为坚持保有原国籍的外国人，而到大陆拍片却被当成台胞或更糟糕的台奸……这都让一心想要爱国的李安无国可爱。于是《色｜戒》爱国主义的最终吊诡，正在于为无法名正言顺、顺理成章爱国的导演李安提供了一个名正言顺、顺理成章的爱国情感投注：爱"一个中国"，亦即 1949 年分裂之前的"一个中国"（即使那时的中国四分五裂，既有日本的入侵，又有国共的分裂，更有伪南京政府与伪满洲国的相继成立）。而此爱一个中国的情感投注，更来自于一种特有的"认祖归宗"的情感复杂模式。此处的"祖"既指向父祖（李安声称《色｜戒》乃是拍父亲的年代、父亲的城市，而《色｜戒》一片中亦有如前所述"国父孙中山"符号的过溢）；亦指向去政治实体化、去地理空间化的"祖国"，而此"祖国"乃是经由父祖传承、血缘文化的想象去构连，经由爱国情感的历史践履去召唤，将国族身份认同由政治实体、地理空间、身体记忆导向另一种时间性与情感性强度链接的迂回路径，以爱国情感"认祖归宗"，不再仅是单纯时间性的怀旧或空间性的回归。[18] 而此处的"宗"既是一个中国的"中"之同音字，也是祖宗、宗法、正宗与正统的想象连结，从

---

[18] 史书美（Shu-mei Shih）在《视觉性与认同》（*Visuality and Identity*）一书中亦强调在当代华文研究中"去地点化"的重要："根源"作为"祖先"的连结而非以地点为基准，而"路径"（routes）则是游荡与无家可归，而非指向任何以地点为基准的家、家园或家国。她更进一步强调"路径成为根源"、落地生根的移动可能，让移居之地成为原初之地（189–190）。

血缘到象征秩序的一以贯之，让《色｜戒》中的爱国主义，又重新回头呼应西方 patriotism 与中文"祖国之爱"字源中的"父土"（fatherland）与"父祖"想象，既是导演李安"情感国族主义"的"认祖归宗"，也是爱国主义一词翻译字源学上的"认祖归宗"。

诚如李安所言，"台湾外省人在中国历史上是个比较特殊的文化现象，对于中原文化，他有一种延续。"（李安，3）。但在过去有关"文化中国"花果飘零的讨论中，却往往忽略了"情感中国"所能展现超越中心／边缘地理空间想象的复杂面向。大家只看到《色｜戒》所呈现的"旧中国"以及 20 世纪 40 年代上海的"年代剧"（period drama），"好似离散多年的'旧时王谢'，如今归来，似曾相识"（李安，3），却忘了"旧中国"文化怀旧之中另一层更形重要"救中国"的爱国主义情感出口，让"国族身份认同"脱离了政治实体、地理空间的圈限，而成为时间性与情感性的强度连结，让《色｜戒》中的爱国主义创造出新的情感回路，以"祖国之爱"的方式"认祖归宗"。换言之，《色｜戒》作为一部至为独特的"爱国片"，乃在于它凸显出一种特殊历史地理情境下至为独特的"没有国家的爱国主义"（patriotism without the state），并以其至为独特的"情感政治"介入当前"没有民族主义的民族"（nations without nationalism）[19] 或"没有国家的世界主义"（cosmopolitanism without the state）等"后国族"论述模式，亦同时响应昔日历史纠葛、今日台海复杂政治情势与全

---

[19] 此乃克里丝蒂娃（Julia Kristeva）的概念（发展此概念的专书亦以此为名）。她在书中爬梳启蒙主义法国式的"民族"可能，强调其契约性、暂时性与象征性的特质，而唯有此"过渡"民族才能"提供其认同（以至于再保证）的空间，为了对当代主体有益，它是移转的，一如它是暂时的（以至于开放，无禁制以及具创造性）"（42）。而其他"后国族"的相关论述，亦以打破国族认同的稳固，打破疆域国界的确定为目标，以强调各种穿国流动、"悦纳异己"（Jacques Derrida）、"解构共同体"（Jean-Luc Nancy）的可能。而在过去有关李安电影的相关评论中，亦倾向于以"没有国家的世界主义"来凸显李安作为全球导演、弹性公民、离散主体的跨国文化流动性。

球后冷战结构的政治文化布局。而"爱国主义"作为一个所谓早有解构共识的"老话题"，之所以可以"旧话新说"或直捣当前（后）国族论述之黄龙，正在于其"情感强度"所不断开展出的新迂回路径，而《色｜戒》中具历史文化殊异性与情感政治幽微度的"没有国家的爱国主义"，正是本文所努力铺陈此新迂回路径的核心案例。而这种"没有国家的爱国主义"，更进一步让李安作为"外人"与《色｜戒》作为"外片"的暧昧身份（无法被当前既有全球电影、华语跨国电影与离散论述编排收束的暧昧尴尬），彻底展现了最大强度的理论潜力，让"外"不再只是内／外、容纳／排拒，而是内／外、容纳／排拒二元对立之外更为基进的"域外"（the radical outside outside the inside/outside），同时松动爱国主义作为国家爱国主义的预设与当前"后国族"（postnationality）与"世界主义"的欧洲模式默认，以其历史文化的殊异性与情感政治的幽微度，成功凸显了当前"国族主义"、"穿国主义"、"离散论述"、"全球主义"的论述局限。

在号称"后国族"全球化时代的当下，"爱国主义"却如历史的幽灵般无所不在。《色｜戒》的难能可贵正在于呈现爱国无知、浪漫、冲动的同时，亦开展出以"祖国之爱"认祖归宗的情感模式，前者解构了爱国主义的崇高伟大，后者却在解构之中重新建构了爱的强度与爱的路径。爱让《色｜戒》成为一部探讨爱国主义可能的电影，兼具历史的厚度与政治的复杂敏感度；爱也让《色｜戒》成为一部揭露爱国主义不可能的电影，在暧昧的时空流变中，一切的再现都无法斩钉截铁、敌我分明。而这在解构与建构之间不断持续暧昧摆荡的"暧"国主义，或许正是《色｜戒》以其特有迂回的"情感政治"介入当代强调国家想象、民族虚构的"国族论"与"后国族论"之真正力道与强度之所在。

参考文献

埃里克·霍布斯鲍姆（Eric J. Hobsbawn）. 李金梅译. 民族与民族主义（*Nations and Nationalism Since 1780*）. 台北：麦田出版社，1997.

张靓蓓编著. 十年一觉电影梦：李安传简体中文版序. 北京：人民大学出版社，2007.

李怡.《色，戒》的败笔. 苹果日报 2007 年 10 月 2 日.

李欧梵. 睇色，戒：文学·电影·历史. 香港：牛津大学出版社，2008.

余斌.《色，戒》"考". 印刻文学生活志 2007 年 8 月.

沈松桥. 我以我血荐轩辕：黄帝神话与晚清的国族建构. 台湾社会研究季刊第 28 期（2000）.

陈相因."色"，戒了没有？思想第 8 期（2008 年 2 月）.

张小虹. 大开色戒：从李安到张爱玲."中国时报"人间副刊 2007 年 9 月 28–29 日.

张靓蓓编著. 十年一觉电影梦：李安传. 北京：人民大学出版社，2007.

彭小妍. 女人作为隐喻：《色 | 戒》的历史建构与解构."《色 | 戒》历史、叙事与电影语言"国际学术研讨会，"中研院"中国文哲研究所主办，2008 年 8 月 12–13 日.

蔡登山. 色戒爱玲. 印刻文学生活志 2007 年 8 月.

萧高彦. 爱国心与共同体政治认同之构成. 政治社群. 陈秀容、江宜桦主编. 台北："中研院"中山人文社会科学研究所，1995.

Ahmed, Sara. *The Cultural Politics of Emotion*. New York: Routledge, 2004.

Anderson, Benedict. *Imagined Communities:Reflections on the Origin and Spread of* Nationalism. London: Verso, 1991.

Freud, Sigmund. *Group Psychology and the Analysis of the Ego.* Trans. J. Strachey. London: The International Psycho-Analytical Press, 1922.

_____. *The Interpretation of Dreams.* 1900 *The Standard Edition of the Complete. Psychological Works of Sigmund Freud.* Ed. James Strachey. Vol. 5. London: Hogarth Press, 1990.

Kristeva, Julia. *Nations without Nationalism.* Trans. Leon S. Roudiez. New York Columbia University Press, 1993.

Lacan, Jacques. *Feminine Sexuality.* Ed. Juliet Mitchell. Trans. Jacqueline Rose. New York: W. W. Norton & Company, 1984.

Lee, Ang. "Preface."*Lust, Caution: The Story, the Screenplay, and the Making of the Film.* New York: Pantheon Books, 2007.

Lim, Kien Ket. "Becoming Noir."Conference paper presented at International Conference on "Lust/Caution: History, Narrative, and Movie Language."Academia Sinica, Taipei, Taiwan. August 12 – 13, 2008.

MacIntyre, Alasdaire. *After Virtue: A Study in Moral Theory.* Notre Dame, Indiana: University of Notre Dame Press, 1984.

Peng, Hsiao-Yen. "Woman as Metaphor: How Lust / Caution Re / Deconstructs History."International Conference on "Lust / Caution: History, Narrative, and Movie Language. Academia Sinica, Taipei, Taiwan. August 12 – 13, 2008.

Schamus, James. "Introduction."*Lust, Caution: The Story, the Screenplay, and the Making of the Film.* New York: Pantheon Books,

2007.

Schmitt, Carl. *The Concept of the Political*. Trans. G. Schwab. New Brunswick: Rutgers University Press, 1988.

Shih, Shu-mei. *Visuality and Identity: Sinophone Articulations across the Pacific*. Berkeley and Los Angeles: University of California Press, 2007.

Yeh, Emilie Yueh-yu. "Montage of Attractions: Juxtaposing Lust, Caution."Conference paper presented at International Conference on "Lust / Caution: History, Narrative, and Movie Language."Academia Sinica, Taipei, Taiwan. August 12−13, 2008.

温哥华女儿：沈小艾的华裔加拿大女性电影

冯品佳

华裔加拿大籍导演沈小艾（Mina Shum）是当前加拿大电影工业中最出色的华裔女性导演。她创作与执导的作品包括《我、妈，还有梦娜》（*Me, Mom and Mona*, 1993）、《双囍》（*Double Happiness*, 1994）、《娜娜向前冲》（*Drive, She Said*, 1997）与《福禄寿》（*Long Life, Happiness and Prosperity*, 2002）。其中《我、妈，还有梦娜》、《双囍》与《福禄寿》三部是以温哥华的华裔加拿大社群为主题，特别是前两部半自传的影片，对于华裔加拿大女性生命经验的再现格外出色，深刻表达出华裔加拿大女性坚韧的生命力。本论文将借由解读《我、妈，还有梦娜》与《双囍》这两部"自传系列"影片，讨论沈小艾如何借由转化自己生命的经验，再现华裔加拿大离散女性的认同危机，以及追求突破限制与自求多福（happiness）的挣扎与努力。

沈小艾的创作脉络：加拿大的华裔历史与多元文化主义

在讨论沈小艾的影片之前，首先必须对于华裔加拿大移民历史做一简述，以便了解沈小艾的创作背景。华裔历史学家黎全恩（David Chuenyan Lai）在《华埠发展史》（*Chinatowns: Towns within Cities in Canada*）中，根据加拿大的移民政策，将加拿大的华裔移民历史大致分为四个时期：自由入境时期（1858—1884）；限制入境时期（1885—1923）；排华时期（1924—1947）；以及 1948 年以后选择性允许入境时期（8）。黎全恩指出，虽然早自 18 世纪华人已经现身于加拿大领土，但是直到 1858 年不列颠哥伦比亚省（British Columbia）发现金矿开始才正式有华人移民加拿大。1885 年规定华人必须付费方可入境的人头税（head tax）剥夺了华人任意进出加拿大的自由。1923 年的移民法案（the Immigration Act）或是排华法案（the Exclusion Act）基本上更是禁止华裔移民进入加拿大，华裔人口因此日益减少。虽然加拿大政府在 1947 年终止了排华法案，但是对于华裔移民仍然有所限制。而 1967 年的新移民法案则是着眼于吸引新形态的华裔移民与投资者（8-9）。沈小艾 1966 年出生于香港而成长于温哥华，所以沈家应该是属于 1967 年之后的新移民，而且其家族迁移的路线是先从中国内地移居香港，再由香港移民加拿大。对于她的父母而言，虽然最后定居加拿大，但是他们的生命经验已经是累积了多次迁徙所遗留下的种种痕迹，甚至包括了移民之后社会阶级被迫下修的不堪。对于生于亚洲却成长于北美的沈小艾而言，身为 1.5 世代（1.5G）的华裔女儿，夹杂在第一代的移民父母与第二代的妹妹之间，在试图厘清自我认同与定位之时，也必定需要面对不同层次而且复杂的迁移经验对于家族成员所带来的冲击。

除了必须面对饱受歧视的华裔移民历史与复杂的家族历史之外，沈小艾的电影创作也深受主流社会与政治脉络的影响。班宁（Kass Banning）就曾论及弱势族裔导演在多元文化主义（multiculturalism）

的国家政策征召下所遭遇的两难，借由分析沈小艾的《双囍》及
梅塔（Deepa Mehta）的《山姆与我》（*Sam and Me*, 1991）说明了
"少数族裔"（minoritarian）影片所处的复杂位置。班宁指出，这些
影片一方面挑战加拿大以白人为主的文化认同观念，拆解了以往固
着化、中心化的加拿大认同的论述；另一方面，它们也和国家机器
关系密切，因为"加拿大需要它们为自我定位"，在某种程度上加
拿大电影甚至是被用以反映不断演变的国家政策，因此加拿大电影
对于国家的政治需求而言是"再现了渴望的文化理想"。自从 1988
年颁布多元文化主义法（Multiculturalism Act）以来，种族和谐的
豪语早已经被国族、认同乃至于进步的修辞术语所取代，也难怪现
在在加拿大多元文化主义早就被商品化，甚至可以说"多元文化主
义就是商机"（292）。华裔加拿大学者郑绮宁（Eleanor Ty）则提出
"可见性的政治"（the politics of the visible）这个观念来讨论北美
亚裔人民如何因为面貌、肤色等显而易见的外在不同，成为她所谓
的"可见的象形文字"（"visible hieroglyphs", 3）。吊诡的是，"可
见性的政治"也于源自于亚裔人民在北美地区的隐而不见。加拿大
在 20 世纪 60 年代至 70 年代在特鲁多（Pierre Trudeau）[1] 的自由
主义政权领导之下，提出"可见性的弱势族裔"（visible minorities）
作为非白种人或原住民族裔人民的标签。这个原本想要推动平权与
多样性的分类标签，却使得所有隶属这个标签之下的弱势族裔文
化遭到边缘化（Ty, 4–6）。郑绮宁对于亚裔之可见性 / 不可见性的
反思，结合了文化理论对于东方主义意识形态的批判与电影理论对
于"视觉愉悦"（scopophila）的探讨。她指出对于某些北美亚裔作
者而言，如何再现差异同时又不落入西方视觉愉悦的幻梦之中，这

---

[1]　编注：加拿大第 15 任总理，任期为 1968—1979, 1980—1984。

是相当大的压力，也让创作者立场尴尬，成为她们自我再现（self-representation）的最大挑战（10）。换言之，沈小艾所面临的"再现负担"（burden of representation），是如何一方面能为华裔社群争取自我再现的权力，另一方面又能抗拒官方式与商业化的多元文化主义对于华裔影像再现的规范与召唤。

因此，作为一位开疆辟土的华裔加拿大女性电影工作者，沈小艾所要面对不仅仅是复杂的家族移民历史，更有加拿大国家政策所带来的冲击与挑战。综观沈小艾的电影创作脉络，基本上也都在试图寻找突破这些困境的动力与出口。她为了鼓励亚裔女性影艺工作者，也曾经在接受访谈时自道其创作的动机："总是要试着找到勇气，走出你自己的神经衰弱、不安全感与认为自己不够好——或者是被人家认为不够好的自卑，要能够破除这些，告诉自己：'我要做什么样的人就会成为什么样的人'。"（Takeuchi）这样的自我激励支持着沈小艾在多重困境之下走出自己的路径。笔者以为《我、妈，还有梦娜》片尾的华语歌曲《静心等》可以说是沈小艾影片相当贴切的辞喻（trope），也提供解读她影片极佳的路径。[2] 这首《静心等》不仅在语言上迥异于影片中所使用英语及广东话，使得电影音轨显得杂化多音，更有意义的是其歌词开宗明义就提到"何必要说苦"，而要快步向前"找寻生路"，最后才能到达"安乐土"。虽然歌词鼓励人做"大丈夫"，但就沈小艾

---

[2] 《静心等》是由老牌上海女歌星张露唱红的歌曲，其歌词如下："你何必要说苦，何必要说苦。快向前走找寻你的生路，找寻生路。要跨稳步，要跨稳着步才到安乐土。你要静心等，振作精神，要一步又一步振作你的精神。要快快撒开大步难关渡，要求幸福必须挨尽辛苦。你要做大丈夫，要做大丈夫。快抬起头还要高声欢呼，撒开大步，就没拦阻，要撒开大步才到安乐土。你要静心等，振作精神，要一步又一步振作你的精神。要快快撒开大步难关渡，要求幸福必须挨尽辛苦。"巧合的是蔡明亮的《天边一朵云》也使用了这首歌曲，但是另有寓意。

电影文本的脉络而言，应当是做耐心渡过难关、迈向女性的"安乐土"更为恰当。或许沈小艾目前仍在寻找她电影创作的"安乐土"，但是在早期作品中，她就已经设想了自我激励、持续前行的策略，也可以为身受族裔与性别等多重压迫的亚裔女性规划出一条可行之道。以下就其两部"自传系列"的影片分别探讨华裔加拿大女性如何突破父权、社会与种族等多重压迫，完成自我实现的目标。

"你何必要说苦"：《我、妈，还有梦娜》的生存策略

沈小艾从电影系毕业之后执导的第二部短片《我、妈，还有梦娜》就获得 1993 年多伦多国际影展最佳加拿大短片评审特别奖，为她的电影生涯奠定良好的基础。这部片子另一个重要之处在于短短约二十分钟的影片，却已包含沈小艾日后影片许多重要的主题，像是女性在父权传统中的求生求存与寻求突破、家庭关系与个人发展之间的张力，等等，借着模仿谈话性节目的八卦性质，道出华裔女性的生命经验与生存策略。

就拍摄手法而言，《我、妈，还有梦娜》是一部相当具有实验性质的纪录短片，由不同影像元素拼贴而成，包括她自己以及母亲、妹妹座谈会式的现身说法，穿插重复出现的洗拧毛巾动作、好莱坞电影如《花鼓歌》（*Flower Drum Song*）或主流电视之片段以及一些照片或家庭影片（home movie）的剪影。以影片的整体呈现手法而言，这是不折不扣的女性电影，而且强调女性社群与空间的建构，特别是片尾以母女三人的合照结束，以三张面貌相似、穿着一致的静止女性影像，强烈显示母女之间紧密的连接。沈小艾特别以影片创造出有别于日常生活经验的福柯式的"异质空间"（Foucauldian heterotopia），[3] 因此她在片中也指出三人同坐畅谈的机会难得，只有借由拍摄电影，才能让父亲暂时消失在她们的日常生活之中。谈话的场景以蓝色为底的三面屏风作为背景，上面绘有绽放的大片花朵，在素雅的东方风格与沉稳的寒冷色调中融入花卉开放的生气。三个女人讨论的主题主要是如何应付观念保守传统的父亲，以及女性在亚洲与加拿大不同的遭遇及愿景。全片的步调看似轻松，以类似谈话节目的场景呈现母女三人围桌畅谈，不时穿插亲密的嬉笑。特别是一开始两个女儿模仿母亲欺骗父亲时惯做的鬼脸，表达出父亲在影片中的缺席为三位女性开辟了可以安全而又倾心畅谈的女性空间。

然而，影片最反讽之处在于即使父亲不在现场，影片的场面调度（mise-en-scène）上却也象征性地充斥着父亲的身影与父权的监管。不论是小女儿梦娜与华裔男友尼尔森（Nelson）要搬往蒙特利尔同居，还是以往小艾与男友同居、结婚乃至于离婚的往事，甚或是父亲对于哥哥斯图尔特（Stewart）的排斥，在母女笑语不断的言谈之间，隐然可见沈家女性与父亲相处的模式，除了容忍，就是欺骗，甚至尼尔森的父亲也会为之感染，自动撒谎隐藏事实。这样集体欺瞒父亲的主要原因就是要求和平共存。就如小艾母亲所言，"不说谎就不知道该如何活下去"，欺骗也因而成为母女的生存之道。似乎沈家大小除了儿子之外，无人胆敢正面与父亲对话／对抗。而抗争的代价就是疏离，沈小艾提到父亲始终不容斯图尔特靠近他的一段话即可佐证。因此在母女看似轻松对话的女性空间中，

---

[3] 福柯的"异质空间"定义基本上是"相对着于纯属想象的"乌托邦"（utopia），是真实存在的空间，也是对抗场域（counter-sites）；但异质空间也是一种在现实世界成形的"乌托邦"，其间所有真实场域都同时被再现、抗争及反转（Foucault, 24）"（冯品佳，431）。有关福柯的"异质地志学"（heterotopology）请见其原文。

其实一直平行存在着另一个隐形却又充满压迫性的父权空间，以"缺席性的在场"默默地监控着三位在座与谈的女性以及她们交换生命经验的过程。[4] 难怪片中沈小艾半开玩笑地说，要替父亲剪辑一个特殊版本以供他观赏。

另一方面，沈小艾也相当有意识地呈现沈家女性坚强与自我成就的一面。她借由穿插自己毕业典礼的影片，说出她是沈家第一个大学毕业的后代，表达女性也能光宗耀祖之意。而妹妹梦娜也能对于自己未来在生物科技领域的研究愿景侃侃而谈，甚至面对镜头说出有自信要做什么都能成功。小艾也提到，从小母亲的教育就是让她相信自己可以心想事成，她对于做女人或是自己的事业都信心满满。显然母亲在传输中国传统对女性的压迫之余，也给予女儿正面的自我肯定教育，使得她们都能独立成熟。实际上沈母自身就是一个女性奋斗的典范。她早年生长在广东乡下，到了香港又受到父亲小妾的欺负，看着自己的母亲默默抚养七个孩子，在学会简单读写之后就失学在家处理家务，最后随夫漂洋过海在加拿大的土地上建立新的家庭，可谓饱受颠沛流离之苦。因此她一再鼓励女儿要独立自主，不要重蹈覆辙，复制母亲委曲求全的生活。影片结束前梦娜、母亲、小艾轮流喊"卡"，决断地通知观众影片到此为止，为这部母女合作的作品画下句点，展现三人的果断与自信。沈小艾不讳言这样对于女性独立自主的礼赞，也造成影片最大的矛盾：这三个独立自信的女性却仍然对不在场的父亲可能的负面反应十分畏惧。但她也强调这种矛盾仅只存在于表面，因为女性是这个家庭善体人意的一群，因此对于父亲的固执更能包容。更重要的是，她们

---

[4]　拉维庭（Jacqueline Levitin）也指出本片母女的亲密对谈大部分在谈论不在场的父亲以及如何应对父亲的策略。但是拉维庭也认为父亲的缺席或许是一种保留面子、免于伤害自己的方式（280）。

使用迂回之道一样可以达到自己设定的目的。

从迂回策略的角度或许也可以解释片中重复出现的洗毛巾镜头。这个聚焦于女性的清洗、拧毛巾的手部特写镜头在短片中反复出现四次。乍看之下出现在母女对谈的纪录片中显得相当突兀，但是这个清洗的镜头，巧妙地将女性在操持家务时经常进行的行动带入了这部女性电影。这个镜头与从《花鼓歌》所剪出的片段相辅相成，都有呈现传统亚洲女性的意义。然而这个洗毛巾的镜头同时也是对早期好莱坞的华埠刻板印象暗中加以嘲讽，经由洗涤动作在片中反复出现，表达出女性日常生活的一面，也象征性地带出清洗家族"污垢"的寓意。如果暴露家族秘辛被认为是"公开曝晒脏衣服"（airing dirty laundry），那么沈小艾的纪录片中一直要"清洗"的则是家族中男女不对等的关系，以及女性如何求生求存的努力。片尾歌曲《静心等》出现正是以声音呼应这个女性求生存的影像脉络。明快的旋律配合鼓励人静心等待苦尽甘来的歌词，借此回应短片轻快的节奏以及烘托出片中女性在父权社会寻求生存的主题。

以华语歌曲作为片尾曲也再次强调片中难以磨灭的族裔性。母亲素仪（Su Yee，音译）与小艾交谈时不时以广东话夹杂英文发表己见，小艾则以附加英文字幕的方式呈现母亲的语言与文化背景。双语言的使用鲜明地标记了影片与主流媒体的异质性。小艾也以旁白（voice-over）的方式提及在移民加拿大之后，沈家父母双双试图改名为鲍比与苏珊（Bobby and Susan），而令七八岁的小艾十分困惑，因为"他们长得完全不像电视上的鲍比与苏珊"。改名的动作因为父母记不起自己的英文名字无疾而终，但是父母试图与主流文化"同化"的努力以及少数族裔在主流媒体上的缺席却由此可见。小艾在片中坦承自己心目中的理想父亲其实是温柔、不具性别化的手风琴演奏明星奥利佛（Oliver），这也再度证明主流媒的感召力。对照着短片中穿插好几段剪辑自《花鼓歌》中极度东方主义式的亚裔影像，更加凸显族裔性及亚裔与主流媒体的差异。在《我、妈，还有梦娜》中，沈小艾运用实验性的手法叙述的亚裔女性所经历的文化张力与拉扯，不但使之成为一个女性电影的"对抗论述"（counter-discourse），也为她日后的电影之路标志出一条路径。

"快向前走找寻你的生路"：《双囍》的女儿之道[5]

《我、妈，还有梦娜》中两代华裔女性现身说法对于性别及族裔性所做的反思颇受好评，也提供给沈小艾许多继续创作的素材。推出这部短片一年之后，沈小艾完成了主题类似而且带有自传性色彩的剧情片《双囍》。这是她自编自导的第一部剧情片；同时，《双囍》也是第一部由华裔加拿大女性所执导的剧情片，不仅对于沈小艾的导演生涯有重大影响，对于突破电影工业中的"隐形界限"（glass ceiling）更具有重大意义，因此也是沈小艾的作品中最受到批评家青睐的一部影片。班宁强调《双囍》呈现出离散生活中必须不断协商的本质，而且以夸张的方式将中国独特性推到极致（299）。笔者相当赞同郑绮宁对于本片的解读。她认为《双囍》以介入卡普兰（Ann Kaplan）所谓的"宰制性的观看关系"（"the dominant looking relations"），来挑战主流好莱坞影片的视觉动力（scopic drive），相当自觉地玩弄北美观众对于电影凝视（cinematic gaze）、叙事声音、主体性以及种族刻板印象的期待（69）。拉维庭（Jacqueline Levitin）的分析则讨论本片的"双囍"源自何处，认为其一是取悦父权社会的喜，其二才是个人快乐的喜。她更透露沈

---

[5]　此节有关《双囍》的分析有一部分曾经刊载于《电影欣赏》的加拿大电影专刊。

小艾说过"双囍"原有的片名是"香蕉船"（Banana Split），"在 20 世纪 90 年代的温哥华，'香蕉'被有钱又有自信的新华裔移民用以描述旧华裔移民"（"Mina Shum"，275）。因此"香蕉"是对于亚裔人民黄色皮肤、白种认同的一种充满谴责性、贬抑性的称谓；而香蕉船更混杂了多种食材，强调出亚裔认同的"杂化"。"香蕉船"英文原文中的"分裂"（split）更喻指属性认同上的分歧。笔者认为片名从"香蕉船"变成"双囍"，可以看出沈小艾对于本片的期待其实已经有所转变，从原先主要凸显女主角生存在不同族裔身份夹缝之间的尴尬与挣扎，转而追求脱离双重生活（double life），觅得自我发展之道的"福气"。[6] 下文将就女性追求自我主题对本片做一分析。

《双囍》讲的是年轻华裔女演员李玉（Jade Li）周旋于传统中国父权家庭及主流社会之间的两难，以喜剧手法描写一个在温哥华工业区域长大的华裔加拿大女性所面临的家庭、婚姻、职业、种族意识、文化认同等问题。其中华裔家庭的世代冲突及移民的社会边缘位置为《双囍》情节之主轴。片首沈小艾立即切入主题，让阿玉以独白方式介绍家人，自道李家是非常"中国的"家庭，但是仍要求观众视李家为一般白人家庭。然而镜头随即切入李府晚餐时刻，以"圆桌转盘式镜头"（lazy Susan shot）拍摄出家人围桌而坐的场景，突显出华裔家庭不同于西式长桌的用餐习惯，以镜头建构出李家的"中国性"（Chineseness）。饭桌上自香港移民温哥华的父母说广东话，而第二代的女儿们却以英语回应。父亲并因英文能力，一再误解小女儿口出秽言。镜头转回独白时，阿玉只得自我解嘲李家不是妙家庭（the Brady Bunch），因为"妙家庭"电视节目，不需

---

[6]　《双囍》卡通化的片头，呈现一碗白饭上以双喜为配料，再次带出原本"香蕉船"所带有的食物意象。郑绮宁则强调"囍"喻指双重生活（70）。

英文字幕翻译。[7] 而且诚如拉维庭指出，加拿大的电视上也鲜少有亚裔面孔（"Mina Shum"，279）。此处沈小艾利用独特的镜头以及翻译字幕的视觉效果，标示华裔家庭为白人主导社会之"异类"。言语之隔阂与差异，代表移民家庭两代之间认知的落差与沟通的不良。而李家与代表白人中产阶级主流的"妙家庭"之间的差距，更加凸显弱势族裔遭到边缘化的命运。

相对于父母开通、子女活泼的乌托邦式白人妙家庭，固守父系威权的李家却暗潮汹涌，家庭面临分裂危机。在剧情的推展上，沈小艾巧妙地以重复性的情节来表达这个家庭危机。遭父亲逐出的哥哥温斯顿（Winston）早已成为家族之禁忌，却也是家人内心之最痛。母女三人用尽心力以免温斯顿的悲剧再次发生，如小妹阿珠（Pearl）为掩护隔夜未归的阿玉惊慌不已，生怕阿玉像哥哥一样被父亲逐出家门。片中阿珠与母亲的独白，最能直接反映断裂的家庭关系对于女性造成的心理创伤。阿珠的独白借着描述哥哥以往送的圣诞礼物，表达出对于大哥的思念。母亲的独白则以家乡小妾生下的女儿横遭家族溺毙，因而永远失声的故事，抒发失去子女之悲痛。母亲愫仪（So Yee）甚至认为自己的处境较那一生暗哑的小妾更为悲惨，因为她必须反复承受失去儿女的痛苦。阿玉为了不重蹈覆辙，更是屈意承欢。沈小艾并重复使用阿玉侍候父亲食用红豆面包的场景，表达阿玉为求父亲认可而限制自我意识的压抑。特别是父女对于面包种类的重复问答，几乎类似天主教的教义口试，显示父权在李家享有近乎宗教形式的崇高地位，只容许完全信服，没有遭到质疑的空间。李父在独白时一再重申"阿爸永远是对的"这

---

[7] 郑绮宁认为影片中的字幕以及翻译行动暗示对于文化与艺术再现（re-presentation）的关切，而且沈小艾以强调性别与族裔认同的表演性来表达同化的痛苦高价（69）。

句台词，也再度显示第一代移民墨守家乡陋规、坚信父权的意识
形态。

　　然而影片也同时表达了重复的不可能，更提供了破解重复之道。
父亲的儿时同伴阿鸿（Ah Hung）的出现，显示父亲的墨守成规其实
是个人的固执，而非全然是上一世代的常态。班宁指出，阿鸿流利
的英语以及对小辈开放的态度，颠覆了任何对于"中国性"做单一
定义的可能（302）。诚如郑绮宁所言，"中国性"在离散情境中早已
被重新型塑与重新制造（72）。阿鸿违反传统娶了年轻婢女为妻，也
说出在这个"新国家"要成为"新人"的愿望。拉维庭认为阿鸿也
是阿玉的"替代父亲"（surrogate father），较诸亲生父亲更为开通达
理，并且能够鼓励她"寻找自己的路"（"Mina Shum"，282）。笔者
认为对于阿玉而言，阿鸿来访的最大意义，在于促使她领悟到违背
父亲所必须付出的惨痛代价，是成为不被家族认可、因而被视为不
存在的"鬼"。李父之前曾告诫阿玉，没有家庭的支持就会像白人
"鬼佬"；阿玉所言之鬼，则是被家族除名的生存情态。[8] 阿玉必须
能够看清对抗父权的代价，并且坦然接受后果，才能真正走上自我
独立的道路。阿鸿虽然对老友隐瞒了自己有违传统的家庭选择，但
是他对于阿玉相当坦白：一方面呈现违背传统所必须承受的巨大压
力；另一方面则是"以身作则"地告诉阿玉应当另辟蹊径，为自己
而活。李父一直说阿鸿的来访会让李家改运。除了股票飞涨之外，
其实阿鸿为李家带来的真正"鸿运"，应该是鼓励阿玉从双重生活
之中解放。

---

[8]　影片中挥之不去的"鬼"也可以是对过去的眷恋，郑绮宁称之为固执于中国
　　性"志异鬼魅"（Gothic spectres）。而李父在片中独白时手持工具的形象是谐
　　讽伍德（Grant Wood）的"美国志异"（American Gothic）一画，也呼应原画
　　作对于美国中西部过时的清教徒价值观之批判。他对于阿玉的监控也正有如
　　志异小说中经常出现的父辈暴君角色（80）。

透过阿玉的夹缝生活，沈小艾很清楚地指出，华裔女儿想要寻得解放之道必须反求诸己。郑绮宁对此提出福柯式的解读，指出阿玉生命中的危机来自于她虽然行为叛逆，但是因为无法完全挣脱父母所灌输的价值体系，所以总是会陷入"权力与监控、欺骗与逾越的网中"（73）。阿玉一路坎坷才寻找到自己的自由之道。她不仅处于传统父权及主流歧视夹缝之中，22 岁的她更面临婚姻的压力。[9]片首李家四口围桌吃饭时不断讨论婚礼与适婚年龄的问题，紧接着李家宴会三姑六婆的窃窃私语，都点出家人与周遭社群对于阿玉终身大事的关切。沈小艾以幽默方式表现阿玉的尴尬。例如阿玉与华裔才俊安德鲁（Andrew）约会时，除了被打扮成宗毓华（Connie Chong）的翻版，全家更是列队欢送、卡通化地一致挥手（慢动作），以夸张造成强烈喜剧效果。更反讽的是，父母心中的乘龙快婿却是同性恋者，挖苦了传统中国家庭"强制异性恋"（compulsory heterosexuality）的思维。

同时，沈小艾也以阿玉与白人男友马克（Mark）之异族恋情，探讨男女关系受到种族界域制约的困境，以及阿玉陷在双重身份中的痛苦。虽然片中跨种族的恋情极可能引发亚裔女性对于白人男性情有独钟的争议，但是沈小艾早在影片开始，就透过阿玉之口嘲讽其同为华裔的闺中好友莉萨（Lisa）与极度"哈亚裔"的白人男友（rice king）如何共筑"东方爱巢"（Oriental love den），直接批判了充满种族主义的跨种族关系。此外，马克在片中被刻画为对阿玉情有独钟的新好男人。他的出现不但平衡了影片中过于强势的父权，也让观众看到阿玉为了保全家庭和谐所一直压抑的身体欲望。

阿玉演艺生涯也同样苦陷瓶颈。她独自在家中排演时，仿佛踏

---

[9] "囍"字原本就是婚礼上为了祈求双喜临门所常出现的象征（Ty, 70）。

入另一个世界而身处想象舞台，而她所扮演之角色，不是《欲望街车》中的布兰奇（Blanche），就是圣女贞德（Joan of Arc）。但是在"现实"生活中她的演艺生涯却处处受挫。不但在家中排练时不断遭到家人打断，亚裔面孔更局限她的戏剧生命，无法演出具有挑战性的角色。阿玉试镜时，白人导演要求她将标准英文加入中国腔调，以及阿玉初试啼声的电视演出在播出时只闻其声、不见脸孔的几幕场景，其实都是来自沈小艾及扮演阿玉的韩裔演员吴珊卓（Sandra Oh，音译）之亲身经验，演来笑中含泪，实际同时彰显了白人主导社会挪用弱势族裔语言能力、分割弱势族裔身体的恶行。其父母更以中国传统轻视"戏子"之心态，对于她受挫的艺术生涯反倒称庆，告诫她应当往商管方面发展，以使生活更有保障。父母充满现实考虑的殷殷教诲，更加深阿玉四面楚歌之感。

阿玉所面临的最尖锐的认同危机，是被一位香港女导演斥责不识中国字、不是中国人。沈小艾现身说法，亲自扮演这位尖刻的女导演，严词苛责其化身（alter ego）的女主角，充分显示华裔女性文化认同的困难。阿玉第二次与华裔医生相亲时忍不住逃走。在此场景中阿玉从快走到狂奔，以哑剧般式的肢体语言，表达出身受多重压力之下爆发的状态。这场极长的奔跑场景，也直接引导到阿玉离家、父女决裂的结局。

片尾阿玉在等待粉刷的新居将以往藏在床下的哥哥照片公开展示，并扯下保守的碎花窗帘，换上鲜蓝色印有裸女梦露图案的印花布，暗示她终于超越父权礼教束缚。也因此标示片名本身之反讽性：阿玉试图既当乖顺女儿，又发展演艺事业，游走双重身份、保有双份"福气"之追求终将难以如愿。沈小艾以自身经验为本，似乎暗示华裔女性终究必须做出抉择。唯有坦然接受独立之代价，方可拥有自己的天空。换窗帘的一幕镜头由室内移至室外，透过玻璃展现阿玉果决地拉上窗帘，隔绝观众继续观看她的生活，暗示阿玉终于拥有可以发展自我的私人空间，不会再遭受到以往的干扰与打断。[10]

尽管《双囍》取材及演出皆极为写实，影片却穿插极具剧场效果之场景。例如李家父母、女儿面对镜头各自独白之场景，不但令角色抒发内心对于家庭问题的焦虑，更以相当自觉性的方式标示出电影之戏剧化及与现实生活的疏离感。沈小艾更是相当擅长运用颜色烘托角色的性格并建构出不同空间与氛围。她在《福禄寿》的导演评论旁白提道这是一种"色彩戏剧手法"（color dramaturgy），经由各种色彩营造情绪、脉络以及心理状态。《双囍》中基本单纯色彩之应用类似舞台效果，也反映出沈小艾在求学时期所受到的剧场训练。如家庭聚餐时以黄澄色调制造出古老泛黄的氛围，借之暗示传统之制约。而阿玉与男友初遇时所使用的蓝色灯光，也造成一种夜间的静谧及神秘感，暗示此一异族恋情是滋生于暗夜，遇到白昼就必须面临现实挑战。整体而言，在此部低成本、高水平的半自传性影片中，沈小艾成功地以直接轻快的诙谐手法，处理复杂凝重的主题。吴珊卓角色诠释细致，悲喜情绪转化自然，更使得《双囍》几乎成为她展露演技之橱窗。吴珊卓也因此部影片获得 1995 年加拿大影后荣衔，奠定了她日后在好莱坞的发展星路。才华洋溢的导演及主角可谓本片真正之"双囍"，为华裔加拿大电影开辟出一条新路。

---

[10] 郑绮宁认为本片直到结束都充满了双重含义。梦露窗帘也具有双重意义，一方面影射阿玉的演员生涯，一方面以梦露的一生暗示阿玉前途仍然困难重重。片尾拉上窗帘也是一方面邀请观众加入她的生活，另一方面阻绝观众的凝视（81）。

结语：魔法不再与"安乐土"何在

　　虽然沈小艾的自传性影片帮助她在加拿大电影界开辟一片天地，然而其后她的电影之路并不顺遂。《双囍》之后的第二部剧情片《娜娜向前冲》以绑匪与被绑架者一场逾越正常生活规范的疯狂旅程为主题，虽然插入一节在华人经营的汽车旅馆用餐的奇幻桥段，但是完全偏离沈小艾擅长的华裔主题，结果相当令人失望。在这次失败经验之后，沈小艾又回到"中国主题"，并再次使用吴珊卓为主角所拍摄的《福禄寿》也是票房与评论双双失利。《福禄寿》失败之后，沈小艾在电影界沉寂许久，甚至转而拍摄电视剧。她在与拉维庭的访谈中提及下一部影片《谪仙记》（*The Immortals*）仍然回到所谓的中国主题，采用中国传统神话中的八仙故事，描写仙人在经过累世被恶神追逐之后搬到温哥华的唐人街。对沈小艾而言，这样强迫移徙的经验正可作为移民的寓言。而其中神仙女儿的角色就像李玉一样无法得到父亲的尊重，最后决定放弃神仙身份而成为真正的凡人（"Your Secret", 57–58）。虽然新片仍在拍摄之中，显然沈小艾在电影创作上必须另辟蹊径，一方面寻求自我突破，一方面重新赢得电影工业与观众的注目。[11]

　　沈小艾近期作品失败的原因很多，拉维庭认为《福禄寿》不得人心的原因是族裔性的限制，"一般观众与影评家似乎都期待族裔电影工作者能够以活泼、熟悉的形式提供某些可以暴露住在多元种族与多元文化社会——特别符合加拿大现况——的个人故事"（"Mina Shum", 272）。实际上，在沈小艾拍摄《福禄寿》时，温哥华的华裔人口已经占全市的 30%（273），但是对于主流白人社会而

---

[11]　编注：沈小艾并未完成这部电影。《福禄寿》之后她除拍摄一些电视剧，还拍有三部短片，暂时未再有长篇电影问世。

言，他们对于华裔文化的认知还停留在一个"化石般的进口文化"阶段（274），总是固着停留在新移民进入加拿大的那一刹那，完全没有进化的可能。沈小艾坦承《福禄寿》是有意识地对于父母以及她所成长的工人阶级小区致意，而片中的华人小区在城市空间自在存在，几乎自成村落（"Mina Shum", 283）。这种时间似乎静止的空间呈现的是一种"华裔加拿大生活的愿景，两极——中国与加拿大——相互拉扯的张力已然消除，因为与加拿大那一极相关的瓜葛纠缠已不复存在……一个非华裔的加拿大几乎不存在"（284）。也就是说沈小艾已经在片中排除了白人的元素，在她自己搭建的神话式的华裔空间中寻找她理想的"安乐土"。

然而，这样的"安乐土"就某种程度而言，是一种文化排他主义（cultural exclusionism），具有孤芳自赏、甚至自我孤立的危险性。例如她在《福禄寿》中特意让其中一对面临空巢期的华裔夫妇以上海话交谈，企图表现华裔小区的不同组成，但是在加上英语字幕之后，广东话或是上海话的对白，其实早已不再具有任何异质性。以沈小艾在《双囍》中对于英文字幕的高度自觉性，她似乎不应该忽略中国方言在经过翻译之后可能遭到同质化的可能性。而这个企图以"杂音"来活化华裔社群的失败，代表沈小艾必须重新检视她自己的拍片策略。相对而言，有鉴于沈小艾的创作困境，加拿大的官方文化机制也应该深切反省，正视弱势族裔在文化创意产业生存的问题，不能只停顿于口号上宣扬多元文化主义。

文化批评家胡克斯[12]（bell hooks）认为电影是介绍某些成长仪式（rites of passage）的最佳载具，这些成长仪式代表了人类生命中跨越疆界的基本经验；电影使得想要感受这些越界经验的人能

---

[12] 编注：胡克斯是一名美籍非裔女性作家、女权主义者、社会活动家。bell hooks 这个名字字首小写是她刻意为之。

够看到不同的世界与差异性，却又不用真正变成"她者"。电影也具有教化的功能，不但能够提供独特的种族、性别与阶级论述一个叙事的空间，也提供了共享的经验，一个共同的出发点，让不同的观众可以跟种族、性别与阶级这些议题进行对话（2）。对笔者而言，沈小艾在《我、妈，还有梦娜》与《双囍》这两部自传性的影片中，所提供的正是具有种族、性别与阶级独特性的越界经验。它们能够打动不同族群观众之处，在于独特性之中具有共通性，提供了替代性的成长仪式，不但让"她者"得到再现的机会，也提醒观众"正视"这些议题的机会。虽然其后沈小艾的创作似乎无法达到《我、妈，还有梦娜》与《双囍》那种打动人心的力道，可贵的是她仍然持续不断地努力。回文前文《静心等》的辞喻脉络，沈小艾电影事业的"安乐土"尚待她去努力开创，重新为华裔加拿大电影寻求多福。

参考文献

冯品佳. 双囍. 影响 73（May 1996）.

____. 创造异质空间：《无礼》的抗拒与归属政治. 他者之域：文化身份与再现策略. 刘纪蕙主编. 台北：麦田出版社，2001.

Banning, Kass. "Playing in the Light: Canadianizing Race and Nation."*Gendering the Nation: Canadian Women's Cinema*. Ed. Kay Armatage, Kass Banning, Brenda Longfellow, and Janine Marches-sault. Toronto: University of Toronto Press, 1999.

Hooks, Bell. *Reel to Real: Race, Sex, and Class at the Movies*. New York: Routledge, 1996.

Lai, David Chuenyan（黎全恩）. *Chinatowns: Towns within Cit-*

ies in Canada. （华埠发展史）. Vancouver: University of British Co-lumbia Press, 1988.

Levitin, Jacqueline. "Mina Shum: The 'Chinese' Films and Identities." *Great Canadian Film Directors*. Ed. George Melnyk. Ed-monton: University of Alberta Press, 2007.

_____. "'Your secret shouldn't be so secret': Mina Shum inter-viewed by Jacqueline Levitin." *The Young, the Restless and the Dead: Interviews with Canadian Filmmakers*. Ed. George Melnyk. Toronto: Wilfrid Laurier University Press, 2008.

Takeuchi, Craig. "Make Your Own Happiness."Straight. com. 24 May 2007. 10 April 2009 < http: //www. straight. com/article-92210/ make-your-own-happiness >.

Ty, Eleanor（郑绮宁）. *The Politics of the Visible in Asian North American Narratives*. Toronto: University of Toronto Press, 2004.

冷面、黑色况味、观赏乐趣：
独行男杀手电影初探

余君伟

以职业杀手为主题的电影，在过去数十年世界电影舞台上颇为盛行。回顾历史，自 20 世纪 30 代末至 40 年代连串受黑帮聘用的杀手在美国法院受审，杀手的特殊身份日受关注，也逐渐成为好莱坞电影常见的角色。及至 50 年代，黑帮电影配角更常常出现杀手（Hughes, 231）。40 年代初改编自格雷厄姆·格林（Graham Greene）小说的《合约杀手》（*This Gun for Hire*, 1942），也许是第一部以职业杀手为主角而且颇受重视的电影。[1]法国影评家雷蒙德·博尔德（Raymond Borde）和艾蒂安·肖默东（Etienne Chaumeton）所撰第一本黑色电影专著，即奉本片为经典，说男主角艾伦·赖德（Alan Ladd）外貌俊俏，"如天使般的杀手"（angelic killer）形象自此成为黑色电影神话的一部分（38）。被誉为"法国新浪潮之父"的让－

---

[1] 格林的小说题为"A Gun for Sale"，1936 年首次出版。有余国芳和张时的繁体中文译本，译名是《职业杀手》，台北市皇冠出版社 1998 年出版。另有傅惟慈翻译的简体中文版，译名是《合约杀手》，上海译文出版社 2010 年出版。弗兰克·塔特尔（Frank Tuttle）导演的 *This Gun for Hire* 另一译名是《刽子手》。此外还有卢·安东尼奥（Lou Antonio）于 1991 年翻拍的美国电视剧版，剧情改动更多。

皮埃尔·梅尔维尔（Jean-Pierre Melville）1967年拍的《独行杀手》（*Le Samourai*），不仅在法国极为卖座，后来在香港上映也深受欢迎。[2]

据说吴宇森在高中初次接触本片就连看了7次（Jostar, 2），后来甚至一改嬉皮士形象，改为模仿片中男主角阿兰·德龙（Alain Delon）的优雅打扮（Woo, 2005b: 11）；他又说年轻时很迷梅尔维尔，爱"读存在主义，老是感觉自己就是一个'独行杀手'"（吴宇森，35）。阿兰·德龙20世纪60年代至80年代初主演的一系列杀手片，曾令身穿风衣（trench coat）、枪法如神、独来独往、沉默寡言的杀手形象风行一时。80年代香港新浪潮作品中有好几部出色的杀手片，如许鞍华的《胡越的故事》（1981）、唐基明的《杀出西营盘》（1982）和谭家明的《杀手蝴蝶梦》（1989）。吴宇森闻名海外的《喋血双雄》（1989），更直接得到《独行杀手》的启发。法国导演吕克·贝松（Luc Besson）的《尼基塔》（*Nikita*, 1990）和《这个杀手不太冷》（*Léon*, 1994），[3]还有美国"鬼才"导演罗

---

[2]　《独行杀手》于1967年10月在法国上映，全国入场人次近200万。梅尔维尔导演、阿兰·德龙主演的另外两部电影《红圈》（*Le Cercle rouge*, 1970）和《大黎明》（*Un Flic*, 1972）更是卖座。见Vincendeau书末附录1（无页码）。阿兰·德龙的名字港译为"阿伦狄龙"。罗卡说当时邵氏"当家小生"狄龙的名字，也是因为"阿伦狄龙"而起的（62）。但梅尔维尔在美国的名声，似乎远比不上让·吕克·戈达尔（Jean-Luc Godard）和弗朗索瓦·特吕弗（Franois Truffaut）等年轻一辈"新浪潮"导演。据说吴宇森和马丁·斯科塞斯（Martin Scorsese）初次见面时曾谈论各自曾受哪些导演影响，发现当时斯科塞斯竟从未看过梅尔维尔的电影（Hall, 9）。又说在美国宣传《喋血双雄》时，很惊讶几乎没有人听过梅尔维尔的名字或者知道《独行杀手》这部影片（Woo, 2005b, 14—15）。《独行杀手》是香港译名，该片曾在台上映两次，第一次的译名是"午后七点零七分"，第二次则是"冷面杀手"（PromLin）。

[3]　*Léon*又名"The Professional"，亦即是"职业杀手"的意思。《尼基塔》是吕克·贝松在好莱坞走红前的作品。当时香港很快便有冼杞然模仿之作，名为《黑猫》（1991），由"打女"梁铮和任达华主演。在北美后来又有美国和加拿大合作的电视剧集*La Femme Nikita*（1997—2001）的出现。至于罗伯特·罗德里格斯的"墨西哥三部曲"，严格来说第一部《杀手悲歌》（*El Mariarchi*）算不上职业杀手电影，因为主角本是乐手，只因被误会是杀手才身陷"江湖"。第二部曲《杀人三部曲》（*Desperado*）里"吉他杀手"的形象，后来也在高

伯特·罗德里格斯（Robert Rodriguez）的"墨西哥三部曲"系列
（1992, 1995, 2003），都是过去十多年间不胜枚举的西方杀手片中
佼佼者。近年亚洲杀手片亦源源不绝，在王家卫亮眼之作《堕落天
使》（1995）后，计有彭氏兄弟成名泰语作品《无声杀手》（1999）、
三池崇史的《杀手阿一》（2001）、杜琪峰和韦家辉的《全职杀手》
（2001）、韩国导演张镇的《杀手公司》（2001）、刘伟强导演的韩语
片《爱无间》（原名《雏菊》，2006），等等。2007 年则有中川阳介
执导、王力宏主演的日语片《日正当中的星空》。2008 年，彭氏兄
弟在好莱坞拍了尼古拉斯·凯奇（Nicolas Cage）主演的《曼谷杀
手》（*Bangkok Dangerous*）。较早前尚有哈萨克裔导演提莫·贝克曼
贝托夫（Timur Bekmambetov）为环球所拍的卖座电影《刺客联盟》
（*Wanted*, 2008）。据说因为女主角安吉丽娜·朱莉（Angelina Jolie）
辞演，该片的续集也许遥遥无期。但全球观众对杀手片的兴趣与期
待，看来不会在短期内消退。

　　到底杀手片是否可算一种特殊类型？为何这些有关冷血谋杀
的电影吸引力竟然经久不衰？这都是笔者一直关心的问题。西
方学者极少会说杀手片是一种电影类型。史蒂夫·尼尔（Steve
Neale）几年前发表一篇回顾 20 世纪 70 年代以降西部片和黑帮片
的文章，谈到以杀手为中心的作品时只用"杀手主题"（the hit-
man theme）一词（2002: 38），似乎并不认为杀手电影足以像"抢
劫电影"（the heist film）那般可视作黑帮片里较鲜明的"次类型"

飞导演、钟淑慧主演的港片《杀人曲》（2002）里重现。最后值得一提的是西
班牙导演胡安玛·巴乔·乌略亚（Juanma Bajo Ulloa）的作品《杀手·蝴蝶·梦》
（又名《死去的母亲》，*La Madre Muerta*）（1993），该片从未在北美等地上映，
但近年在网络上流传亦甚获好评。

（sub-genre）。[4] 弗兰·梅森（Fran Mason）的专著《美国黑帮电影》
（*American Gangster Cinema*）倒是两度提及 "杀手类型"（the hit-
man or assassin genre），并强调 90 年代一些好莱坞杀手片深受存
在主义和日本及香港地区电影影响，代表着 "极端的电影和文化
杂交"，甚至已变成一种 "全球化黑帮片"（a global gangster film）
（141，162）。梅森谈论《这个杀手不太冷》和《鬼狗杀手》（*Ghost
Dog: The Way of the Samurai*, 1999）等作品的男主角，指出这些为
黑帮卖命的杀手既奉行孤独清修的生活模式，也因为独来独往、无
所牵绊，令谋杀任务得以有效执行，而且前者的坚持似乎远超职
业所需（162）。其实这种疏离与 "专业精神"，明显有着梅尔维
尔《独行杀手》的影子，《独》片的法文片名就是（日本）武士的
意思。而吉内特·范桑杜（Ginette Vincendeau）等研究梅尔维尔的
专家，又总是将《独行杀手》跟《合约杀手》相提并论，认为前者
是后者的法式 "改造品"（remake）。讨论《喋血双雄》者，无论
吴宇森本人还是肯尼斯·E. 霍尔（Kenneth E. Hall）等学者，都
强调它是向《独行杀手》致意之作。某种所谓 "孤独的狼"（lone
wolf）般的男性 "约聘杀手"（contract killer）冷面形象，似乎贯
穿了《合约杀手》、《独行杀手》、《喋血双雄》、《这个杀手不太冷》
和《鬼狗杀手》等不同时地制作的一系列杀手片。这些强调男杀手
孤单刻苦却又仿佛甘之如饴之作，跟侧重杀手团队成员间互动的电
影，如杜琪峰的《放逐》（2006）又或者《刺客联盟》，实在不难

---

[4] "Gangster films" 一般中译为 "警匪片"，例如廖金凤编的《电影指南》里，
便将 "gangster and crime" 等同于 "警匪犯罪" 片，见目录及页 15。李亚梅
译的托马斯·沙茨（Thomas Schatz）名著《好莱坞类型电影》，将第四章的
标题 "the gangsteràlm" 译为 "警匪片"，见页 8, 129。但在好莱坞电影研究
的脉络中，"匪徒片"（gangster films）和 "警察片"（police films）显然有所
区别。本文依循郑树森的先例，宁取 "黑帮片" 的译法（郑树森，96），建议
"警匪片" 留作 "gangsterand detective films" 的中译。

区分。也和罗德里格斯那种"吉他杀手"式洋溢着浪漫拉丁情调
的影片，在风格上有所差异。[5] 除了独自行动的杀手男主角，在情
节元素和人物关系等方面，上述影片间也有不少互相联结之处。当
然这些相似和重复并不意味着相关作品同构型极高。有些元素的雷
同大概是路德维希·维特根斯坦（Ludwig Wittgenstein）说的"家
族相似性"（family resemblance），错综复杂地出现在独行男杀手
电影"家族"成员身上，而不是共通的类型特征。[6] 例如早期《合
约杀手》和《独行杀手》等西方杀手片，都被认定属于"黑色电
影"（film noir）。但在《喋血双雄》等港片里，异化的主题和黑色
电影特殊的视觉效果，似乎很大程度上已被"义气"的阳刚主题和
暴力美学所取代，原本浓烈的黑色况味几乎荡然无存。而在《爱无
间》里透过女性得到救赎的母题，或可上溯至《合约杀手》，可是
在《独行杀手》等影片中却被刻意压抑。就导演个人认知而言，独
行男杀手作品之间并无简单的线性传承，譬如说吴宇森在拍《喋血
双雄》时，似乎不晓得其"前身"《合约杀手》的存在；吕克·贝松

---

[5]　我们也可除去那些时常孤身犯险，却受国家训练、为政府机关服务的特工，
　　如"007"邦德系列和《伯恩的身份》（*The Bourne Identity*）系列，因为这些
　　作品基本上属于"间谍探险故事"（spy thrillers）。至于亚洲女杀手电影，早
　　在 20 世纪 60 年代香港邵氏便曾推出由莫康时导演、陈宝珠主演的"女杀手"
　　系列，似乎是在"邦德热潮"（Bondmania）中投机之作，跟倪匡的流行小
　　说《女黑侠木兰花》系列不无呼应之处。第一部《女杀手》的英文名称正是
　　"Lady Bond"。稍后邵氏的另一制作，由麦志和执导、何莉莉担纲演出的《女
　　杀手》（1971）大概亦属于这种"女邦德"的余绪。日本影坛除了铃木清顺的
　　"cult 片"《杀之烙印》（1967）外，还有 70 年代近于女性"剥削电影"，由藤
　　田敏八导演，梶芽衣子主演的《修罗雪姬》系列。昆汀·塔伦蒂诺（Quentin
　　Tarantino）的《杀死比尔》第一集（*Kill Bill*, Vol. 1）（2003）背景音乐用了
　　两首梶芽衣子的歌，第二集（2004）涉及刘玉玲的场景似乎也有《修罗雪姬》
　　的影子。有关梶芽衣子"复仇毒蝎子"形象的简介，见 Chris D.（62-64）。
　　此外日本和台港地区等地尚有一些古装女杀手电影。看来亚洲女杀手电影系
　　谱相当复杂。

[6]　维特根斯坦用"游戏"作为例子讨论所谓"家族相似性"，见 Wittgenstein
　　（67-77）。

的《尼基塔》比《喋血双雄》晚了好几年拍摄，但未尝直接受惠于后者。至于吉姆·贾木许（Jim Jarmusch）的《鬼狗杀手》在片末字幕上不忘向梅尔维尔、铃木清顺、黑泽明等前辈致敬，却没有提及吕克·贝松和吴宇森，更不用说《合约杀手》导演弗兰克·塔特尔（Frank Tuttle）了。[7]

独行男杀手电影的基本元素和黑色况味

先此声明，本文绝不是一个详尽的"系谱式"（genealogical）研究，用意并非爬网所有相关影片间千丝万缕的文本互涉，更不是要建立起井然有序的系统作分类之用，而是希望借着初步整理出一些基本"类型特征"（generic features），权充重要主题和美学特质比较研究的起点。限于篇幅，以下的分析以《合约杀手》、《独行杀手》和《喋血双雄》为主轴。挑选这三部影片除了因为其经典地位早已被确立，也因为它们之间既有明显的共通处，也有前述交错相似性。而且由于涉及不同文化和年代，一些有趣的差异性亦显而易见。电影类型的定义包括多个面向，如叙事结构、主要人物形象及角色关系、主题学和视觉风格（含所谓"图像学"[iconography]，如背景常出现的对象、人物的衣着打扮，还有场面调度和运镜所营造的视觉效果），等等。让我们先从黑帮片的情节惯例出发，回顾罗伯特·瓦索（Robert Warshow）"作为悲剧英雄的匪徒"（"The Gangster as Tragic Hero"）这篇著名论文以审视独行男杀手"次类型"特色。瓦索说典型的黑帮片讲述的是身为匪徒的主角"持续向上攀爬然后猛然倒下"的故事（147）。这种"先兴后亡"（rise

---

[7]　有关《鬼狗杀手》的电影指涉，可参考 Suarez（127–129）。

and fall）的安排，虽然是经典黑帮片如《小恺撒》（*Little Caesar*, 1930）乃至最近重拍、由约翰尼·德普（Johnny Depp）主演的《公众之敌》（*Public Enemy*, 2009）等不少犯罪片沿用的惯例，却不是杀手片的典范。固然绝大部分黑帮片的主角，不管是曾呼风唤雨的老大还是处于犯罪集团边缘的雇佣杀手，结尾不免难逃一死。这是意识形态上的必然，因为电影审查制度的执行者和一般观众，都不接受犯重罪者永远逍遥法外这种"离经叛道"的结局。但杀手情节大多只有"必亡"而没有"先兴"。无论《合约杀手》的雷文（Raven）、《独行杀手》的杰夫（Jeff），还是《喋血双雄》的小庄，都从未展示其风光一面。雷文住的是小旅馆狭窄的房间，杰夫的家也非常简陋，小庄的住宅亦并不奢华。观众看不到他们如何白手兴家，曾经享受富裕的物质生活、远播的名声抑或令人钦羡的权势，只见到他们"人在江湖"不得不杀人和最终被杀。

再者，由于独行杀手的边缘地位，他们的败亡过程跟角头式人物不一样。通常杀手是被聘用者和中间人出卖，被这些人追杀，也因犯下杀人罪同时被警方通缉，不容于黑白二道。[8] 这些独行杀手不像海明威（Ernest Hemingway）的短篇小说《杀手》（*The Killers*）里的安德生（Anderson）那般坐以待毙，反而会主动反扑，向聘用者追讨应得的酬劳，甚至杀死出卖他的坏蛋作为报复，这种对金钱或者"正义"的执着令他更快身陷险境。独行杀手的身份跟黑帮老大的手下（所谓"henchmen"）有很大分别，通常他完全不知道受聘于何人，也不问为何要杀害某人，只需向中间人效忠和遵行某种"职业伦理"，以约聘方式逐次提供"专业服务"。对付他的

---

[8]　《合约杀手》里的坏人是个勾结外敌的企业家，雷文的"经纪人"也非黑帮成员。但除了警方外，企业家的手下也要对付雷文，故此独行杀手"两面受敌"的情况跟黑帮片没有很大分别。

帮派分子却大多是犯罪集团层阶结构里的固定成员，直接听命于上级，而且常常成群出动。独行杀手的边缘身份跟港片极流行的卧底不无相似之处，但卧底其实同时是两个敌对组织的正式成员，虽然身份尴尬，随时有杀身之祸，但理论上最终仍有回复正常身份的可能性。相比之下，杀手则因为其极端不道德的谋杀行为而注定不得善终。综合上述三部独行杀手片经典，我们可归纳出以下这条有关男主角命运的情节发展主线：

执行杀人任务→被出卖→同时被坏人及警方迫害或追捕→复仇→被杀

至于为何男主角被出卖，最少有两种原因：其一是聘用者或中间人本就无意付酬金；其二是聘用者或中间人为了自身安全不惜杀人灭口，尤其是当主角被警方调查，恐怕被他牵连。更重要的是主角虽身经百战，该项任务本属"例行公事"，却在完成后惊觉自己被出卖，突然陷入无法自拔的困境，这正是独行杀手电影情节"悲剧性"之所在。往后的焦点除了是他如何挣扎求存和复仇外，或多或少涉及底谁出卖他、谁可信任的悬疑。在这方面中间人和女主角便颇为重要，因为主角既被凸显为孤立、被威胁的个体，他如何跟较为亲近的人互动便关乎"异化"（alienation）这个主题的处理，也是影片"黑色况味"（noirness）的一个指标。其实何谓"黑色电影"（film noir）本是个棘手问题。巴里·基斯·格兰特（Barry Keith Grant）说黑色电影是"奇怪的个案"（strange case），因为它并非电影工业发明和一般观众沿用的分类名称，而是源于法国影评人对 20 世纪四五十年代一些主题阴郁、具表现主义色彩好莱坞巨影的称呼（24）。[9] 作为评论家的术语，黑色电影的定义迄今仍未完全尘埃落定，有论者认为"黑色"不该是类型指涉而是指一种"风格"（style）。如果我们暂不讨论黑色电影产生的历史文化背景，而只是从个体异化或者"存在焦虑"（existential angst）和"祸水红颜"（la femme fatale）这两个跟男女主角息息相关的主题及特殊的视觉特征着手，探视杀手片中的黑色电影风格，也许不至于引来太多争议。

就人物关系而言，男主角日常生活和工作上的孤单，他跟其他人物的疏离，已经戏剧性地表现出现代大城市里人际关系的冷漠。男主角以冷血谋杀为业，还有聘用者及其手下对他的无情追杀，更有力渲染资本主义社会麻木不仁的一面。中间人甚或女主角出卖他，令他踏上穷途，又再给人"雪上加霜"的压迫感。以上有关基本叙事结构和人物关系的元素，都令独行杀手电影蕴含着某种主题上的黑色倾向。有趣的是，在这些影片里，中间人不见得一定是简单地出卖杀手的"平面"歹角，女主角更不必是祸水红颜。他们本身的形象和跟男主角的关系，有时候反而跟影片的黑色步调相左。如《喋血双雄》里朱江饰演的接头人，虽然出卖了周润发演的杀手小庄，甚至想开枪杀死他，后来却感激他不杀之恩，不惜牺牲自我代他追讨酬金。吴宇森透过两人惺惺相惜来歌颂男性情谊，这种源于武侠片的"义气"，又在小庄和李修贤饰演的警探李鹰之间重现，跟以自我为中心的"存在焦虑"背道而驰。片中小庄跟女歌手诚挚的爱情，也在某种程度上消弭了他身为职业杀手本有的冷酷。而《独行杀手》中莱尔德·克里加尔（Laird Cregar）扮演的经纪人身材魁梧，竟偏好薄荷糖，又常常表现出贪生怕死的模样，则颠覆了传统硬汉形象，为该片悲剧情节插入"喜剧性纾解"（comic relief）。

---

[9] 有关"黑色电影"这个名词在法国出现的特殊背景，可参考 Vernet（4–6）。

在独行男杀手影片里女主角的形象不一而足，仅就我们集中讨论这三部片来考察，最简单的也许是《喋血双雄》中叶倩文演的女歌手，她基本上只是"爱情副情节"（romance subplot）里男主角爱恋的对象（love interest），不过她的柔弱无助诱发了杀手潜藏的同情心，提供了某种救赎的可能。但她绝非男主角败亡这条主线不可或缺的一部分，这种爱情"副线"也是近年不少动作片爱用的方程式，并无独特之处。而《独行杀手》里阿兰·德龙前妻娜塔莉·德龙（Nathalie Delon）演的女友，一厢情愿地爱杰夫，她无怨无悔的爱，倒跟"英雄片"里重义轻生的手足情遥相呼应。只有在卡蒂·罗西耶（Caty Rosier）演的黑人钢琴师身上，我们才可瞥见近乎蛇蝎美人的神秘。她故意在警察局说杰夫不是杀手，原来并不是因为被这位美男子迷倒，而是受老板／情夫所命借此防止自己聘请杀手的秘密被发现。她跟杰夫温存后似乎决定要告诉他老板的行踪，最后却没有实践诺言。她是否真的喜欢过杰夫？还是一心出卖他？观众无从知晓。在被归类为黑色电影经典的《合约杀手》里，维罗妮卡·雷克（Veronica Lake）饰演的魔术师，却一点也不像《双重保险》（*Double Indemnity*, 1944）等影片中的蛇蝎美女。虽然她曾向警方泄露雷文的行踪，但后来感激他救命之恩，向他晓以国家大义，帮他避开警察追捕，让他可以枪杀出卖他的经纪人，又令勾结外敌的企业家临死前招供。雷文最终虽然难逃一死，但最少他确定魔术师没有出卖他，带着一丝微笑离开人间，仿佛已经得到解脱。其实较早前两人被困在火车厂的晚上，她已经充当过雷文的倾诉对象（conàdante），让他讲出源于童年心理创伤的梦魇，自多年自我压抑中得到纾解，也改变了先前彻底仇视女性的态度。最后我想指出有两幕以雷克为焦点的夜总会场景，跟影片普遍的黑色风格颇不搭调。第一幕她一边唱着有关"爱情魔法"略带挑逗性的情歌，一边在男观众面前令对象忽然出现或者消失，看得他们目瞪口呆。在另一幕里她拿着钓竿施展魔法，所唱的歌词意味着可将男人玩弄于股掌之间。这种令人赏心悦目的场面凸显的并不是女主角的神秘深沉，反而是她作为当众表演者的才华和魅力。而且这个角色不惜瞒着未婚夫为国家利益当临时特工，又感化、"收编"了代表极端个人主义的独行杀手，形象比黑色电影里典型的祸水红颜正面得多。

让我们从情节和人物转移到视觉元素。据说在《合约杀手》制作期间，派拉蒙著名的美术指导汉斯·戴瑞尔（Hans Dreier）为了省钱，建议多用镜像、古怪的拍摄角度、低调照明和雾中风景，以遮掩布景道具的短绌。摄影师约翰·塞兹（John Seitz）在拍雷文逃亡的段落时，交替使用大远景镜头和人物紧挤在镜头内的近景镜头。塞兹又使用娴熟的明暗对比法拍雷文的静止镜头，常常让他的身体一半隐没在黑暗中，一半呈现在明亮处，又或者将栅状阴影投射到他身上，造成室闷、受困的气氛（Spicer, 50）。至于《独行杀手》的影像黑色风格，柯林·麦克阿瑟（Colin McArthur）曾作非常细致的分析，说该片虽然引用了许多好莱坞黑帮片图像，如"汽车、枪支、电话、雨中街景"、夜总会、爵士乐、呢帽和风衣等（2000: 196），但跟当时同样是彩色摄制的《雌雄大盗》（*Bonnie and Clyde*, 1967）等美国黑帮片在色彩运用上有很大差别。20 世纪 60 年代美国片充分利用整个色谱，《独行杀手》却局限于灰蓝的冷色调（Vincendeau, 186），也因此更接近黑白拍摄的经典黑色电影。尤有甚者，在片头拍摄杰夫空旷的房间那一幕，梅尔维尔故意不完全用真实色彩，房中的钞票、烟包和矿泉水瓶上标签原来都不是真品而是黑白影印本。而且在这段用远景拍摄、长达十分钟的片段里，房间本来就很昏暗，躺在床上的杰夫几乎没有动作，大部分时间也没有配乐，只有汽车经过的背景声音和笼里金丝雀的啁啾，中间还有一小段突兀的摄影机运动，同时用拉远（track out）和变焦放大（zoom in），造成不安的感觉。杀手的孤单也在一些拍杰夫在大街或长廊上孑然独行的镜头里呈现（2000: 196）。借着这些黑色视像特色，影片深刻地描画出独行杀手的寂寥和所谓"风格化的镇静和冷漠"（stylised impassivity）（McArthur, 1972: 169）。

保罗·施拉德（Paul Schrader）曾对黑色电影的动作处理有精辟见解，强调运镜构图远比演员的身体行动重要。他将好莱坞四五十年代的黑色片跟30年代黑帮经典和60年代黑帮片相比，发现典型黑色电影总是节奏较慢，演员喜怒之色表现得较为收敛，更不会刻意设计激烈的打斗场面，反而侧重摄影技巧营造的微妙压迫感（153）。如果施拉德尔所言不虚，《喋血双雄》中连串的火爆动作，跟黑色视觉风格简直是南辕北辙。《喋血双雄》里拍杀手交谈的室内片段也有些高反差特写镜头，但整体而言本片并没有用上如烟雾、大块影子和格栅状投影、暗调照明或者日间拍室内景物故意遮挡自然光等技巧。教堂里的几段虽然是夜间拍摄，但效果颇为明亮，有些逆光镜头甚至给人曝光过度的感觉。片中偶尔也有捕捉周润发极其激动的面部大特写，逾越了典型黑色电影收敛的要求。日间室外片段没有特别安排在阴天和浓雾中拍摄，也没有广泛采用冷色调。吴宇森说《喋血双雄》开始时小庄杀人这幕深受《独行杀手》中杰夫进入夜总会的片段所影响。我们的确可以看到不少相关指涉，如杀手的风衣、呢帽和手套、夜总会、将帽子存放在衣帽间、音乐和女歌手、目标人物处于内室、杀手经过走廊和与歌女相遇，等等。但《喋血双雄》对枪杀场面的处理远不如《独行杀手》、《合约杀手》两片克制，《合约杀手》片里雷文只是直接杀了三个人，其中女秘书是隔着门开枪所杀，镜头里完全看不到无辜女子中枪倒地的情形，这种节制多少是拜当时电影业严格的审查制度所赐。至于《独行杀手》里两幕杰夫执行任务的场面，用的都是明快利落的剪接，先拍被害人先拔枪，然后镜头接到杀手竟然比他更快开枪，再接回被害人中枪身亡。这种拍法也许是得到"意大利面西部片"的启示，但省却塞尔吉奥·莱昂内（Sergio Leone）那种拔枪前连串敌意对望的蒙太奇镜头，调子也更趋沉郁。反观《喋血双雄》那一幕，在某程度上是《英雄本色》（1986）里同样由周润发演的小马哥在台湾夜店手握双枪杀死角头那幕的翻版，最大分别也许是周在《英雄本色》开始时一边含笑搂着陌生女子、一边偷偷将手枪藏在花盆里，杀人后叼着一根火柴、脸上带点轻佻。《喋血双雄》中小庄弹尽后将双枪丢在地上，跟着踢起桌上的手枪继续开火，或可视为《英雄本色》里弃枪后自花盆取枪还击的变奏。然而小庄从步出教堂直到完成任务负伤返回教堂，一直没有说过半句话或者露出笑意，表情比小马哥更为内敛。他刚进夜总会时先看着女歌手，赴内室杀人前还先趋近她，仿佛暗示早已对她有意。在动作方面，《独行杀手》中一对一的安排，在《喋血双雄》中被换成以一敌众，连串厮杀后杀手自己亦受了伤，更在最后教堂里被围攻的一幕壮烈身亡。片末小庄穿着白色西装，大部分匪徒也是一身白衣，第二男主角李鹰的衬衣亦是白色的，受伤后血迹红白对比极为显眼。而身中多枪鲜血四溅的景况甚至用慢镜头来夸大其残酷，[10]

---

[10] 郑树森指出吴宇森拍这些枪战场面所用的慢镜头，"即60年代法国导演克劳德·勒鲁什（Claude Lelouch）大量运用的慢镜头"（30）。当然张彻也曾自阿瑟·佩恩（Arthur Penn）《雌雄大盗》片末得到启发，在武侠片里加入慢镜头呈示身穿白衣的英雄负伤奋战至死的壮烈牺牲场面，可参考记录片《刀光剑影》。在一次访问中吴导自己则说用慢镜头是学萨姆·佩金帕（Sam Peckinpah）的（Woo, 2005a: 74），大概是指《日落黄沙》（The Wild Bunch, 1969）那场有名的机关枪厮杀场面吧。

这种场面调度似乎是从张彻的阳刚电影演变出来的，令人想起如六七十年代王羽和姜大卫等人主演的邵氏经典武侠片。[11] 不管是否直接受到吴宇森的影响，近年来许多杀手片都有极端暴力化的倾向，即使不见得血流成河，但总喜欢渲染武器强大的杀伤力和杀戮快感，也因此破坏了含蓄克制的黑色况味，跟一般以激烈打斗为卖点或者武器膜拜式动作片合流。

冷面、专业性、观赏乐趣

最后我想就"独行"、"冷面"和"专业性"（professionalism）来探讨独行男杀手电影的一些魅力所在。《喋血双雄》里有明显的爱情副线和过多"英雄片"兄弟情谊的描绘，中文片名强调的是小庄和李鹰"双雄"间的义气和共同"喋血"的悲壮故事，毕竟偏离了独行杀手"独"与"冷"的旨趣，故此我们将焦点放在《合约杀手》、《独行杀手》两片。[12] "冷面杀手"这个词语很有意思，"冷面"的"面"字暗示杀手的"冷"不是一种固定不变的男性内在"本质"（essence），而是一种"假面"或者暗含可变性的"表演"

---

[11] 可参考 Hall（5–9）及 Desser 有关张彻阳刚美学的介绍。

[12] 《喋血双雄》所受另一影响是石井辉男导演的《亡命之徒》（"ならず者"，1964）。片中高仓健饰演的杀手来港澳执行任务，被丹波哲郎饰演的警探追捕，但二人产生了惺惺相惜之情，可谓《喋血双雄》片中小庄和李鹰一匪一警间友谊关系的"前身"。由雅克·德雷（Jacques Deray）导演、阿兰·德龙和让-保罗·贝尔蒙多（Jean-Paul Belmondo）合演的《江湖龙虎》（*Borsalino,* 1970），据说当年在港上映也很轰动，也许是《喋血双雄》片另一启蒙之作。王琛说吴宇森的英雄片"提出了男人最为关注的义气、地位、信心、尊严等四大问题，创造了人人向往的男性友情神话，从而颇具诱惑力"（引自罗卡，72）。当中的"义气"显然跟《独行杀手》等片强调杀手的孤单或者现代大都会个体异化等主题相去甚远，因为义气建基于双向的社会关系，甚至包含不惜为他人牺牲的利他道德情操，不是存在主义式的焦虑和空虚。

（performance）。[13] 从这个角度，我们可审视杀手片男主角如何透过外貌、表情、语言、衣饰、武器乃至于更抽象的"工作伦理"或者"专业精神"的修持，再加上演员表演以外的元素，例如电影叙事等安排，来展示出"硬"与"冷"的吸引力，向观众"耍酷／cool"，将极不道德的谋杀犯变成另一意义的"杀手"，亦即所谓"lady-killer"和"师奶杀手"等流行用语里"难以抗拒的男子汉"。当然，这些杀手除了硬与冷，尚流露出柔弱的一面。其"阳刚气"（masculinity）不仅可被钦羡和"自恋式"（narcissistic）认同（想象自己变成他那么硬朗和被其他人喜爱），其"阴柔性"（femininity）也许亦暗示他不至于完全自足自闭，即使不可亵玩仍堪爱恋甚或"怜惜"，跟"魔鬼阿诺"（Arnold Schwarzenegger）扮演的"终结者"（terminator）那种机器无情的冷酷（sheer cruelty）迥异。[14]

　　论者往往强调艾伦·拉德和阿兰·德龙外表俊俏非凡，而且还常常提及他们的"阴柔美"。让我们从凭《合约杀手》一炮而红的拉德银幕形象说起。拉德身材瘦小，身高只有 163 厘米上下，却长着一头金发，拥有盖林·斯塔德勒（Gaylyn Studlar）所说"几乎像女人的美貌"（131）。[15] 这种略带"脂粉味"的气质却跟警匪片传统的阳刚气巧妙地结合，拉德用所谓男中音般的"电台广播声音"（radio voice）和冰冷的语调来说话，演技极为收敛，往往一脸木然，甚至缺乏著名好莱坞硬汉亨弗莱·鲍嘉（Humphrey Bogart）

---

[13] 《冷面杀手》是 Le Samouraï 在台的另一译名。"冷面"或者借用自"冷面笑匠"（The Great Stone Face）这个巴斯特·基顿（Buster Keaton）的绰号。本文有关阳刚性是一种"表演"的观点，跟朱迪斯·巴特勒（Judith Butler）强调性别"表演性"（performativity）的精神相通。但她强调透过重新符号化颠覆传统性别定义，却非本文旨趣，故文中并没有引用其"酷儿"理论。

[14] 当然这种机器人式极端阳刚形象也大有其"死忠粉丝"。

[15] Studlar 的用语是"almost feminine good looks"，当中"feminine"的意思应该是"女人"，所谓生物性别（biological sex）上的，而不是所谓"阴柔"气质。跟拉德相比，亨弗莱·鲍嘉身高约为 173 厘米。

那种愤世嫉俗的招牌表情，的确是不折不扣的"冷面"。在服饰方面，《合约杀手》片中他一身风衣和呢帽，"引用"了经典黑帮片和"硬汉侦探片"（the hard-boiled detective àlm）里代表男性阳刚气的惯用符号。[16] 职业所需必须冷血杀人的情节安排外，拉德演的雷文在整部电影里，除了最后对雷克演的魔术师较为亲切一点，对其他人都表现得很冷漠，充满怀疑和敌意。他平日话不多说，偶尔跟经纪人交谈，就是那种黑色电影常见的针锋性连珠对话（rapid-fire dialogue），从中表现出雄性强悍。他的"硬"也见诸厌弃、恶待女人（misogynist）的时刻，尤其是向整理房间的年轻女子动粗那一幕。有趣的是，派拉蒙当时的《合约杀手》宣传小册子，口号是"当拉德看着你，女孩子不禁为之神魂颠倒"，又说他"吻你然后杀死你"。[17] 可见这部片并非只针对喜欢警匪冒险故事的男观众，也刻意迎合第二次世界大战期间某种女性观众对传统阳刚气又爱又怕的观赏乐趣，在这脉络中过度的歧视女性倾向不可能备受欢迎。杀手之"可欲"（desirability）似乎不是演员展示出极端刚强加上俊俏的脸就足够，尚涉及角色一些"补偿／救赎性特质"（redeeming qualities），也许是某种德性，或者是被深深压抑的柔情，乃至于足以破坏其男性权势的弱点。

　　"必亡"的悲剧性结局正是杀手可被观众接纳"怜爱"的一个重要元素，在叙事上《合约杀手》故意呈现雷文对流浪猫的爱护，还有他在执行任务时遇上天真小女孩，不但没有伤害她，反而帮她捡起玩具。后来雷文主动向女魔术师讲出缠绕他多年的梦魇，也

---

[16] 斯黛拉·布鲁齐（Stella Bruzzi）说黑帮片里服饰已经代替了人物塑造，而在银幕上匪徒形象的"军火库"里，最重要的男性权力象征就是呢帽（76—77）。

[17] 原文分别是"When he looks at you, a girl just can't call her heart her own"和"the 'KISS and KILL'"（转引自 Studlar, 131），在此取意译。

让观众知道他并非天生的恶魔，只是因为幼年受虐才变成冷血杀手，终究本身也是受害者。影片最终更让他忘却个人利益，即使坏人要付钱收买他也不为所动，宁愿为国家卖力和为女魔术师这位唯一红颜知己报仇。雷文为了达成女主角的期许、将卖国贼绳之以法，不惜孤身犯险，证明对她怀着真挚的情意，足见"这个杀手不太冷"。[18]影片最后一幕颇为暧昧，我们看到雷文被警员开枪打伤行将死去，这时女主角才跟她当警探的未婚夫解释她和雷文间的秘密，让他知道她并没有如传闻那般成为雷文女友、协助他逃亡，反而是请他为国家出力。这时垂死的雷文问她是不是没有向警方告密，又问她觉得他事情办得好不好。女主角站在未婚夫身旁，只是轻轻向雷文点头，用眼神跟他作亲密的情感交流。雷文知道她没有出卖自己而且感激自己为她立下大功，便心满意足地闭上眼睛离开人世。看到雷文"为她而死"，女主角表露出很不忍心的样子，要未婚夫拥抱安慰她，影片就在两人相拥这一刻完结。在意识形态的层次，女主角返回警探／未婚夫身畔而杀手难逃一死的结局，当然完全符合道德标准，但也有论者觉得末段三人的互动很突兀。女主角似乎要彻底否认跟杀手间有任何感情瓜葛，以"报国"的宏大理念作为协助他逃跑并成为他"密友"的合理解释，然而她"欲盖弥彰"地否认（disavow）他俩曾共度患难之情，却仿佛被闪着泪光的四目相投所出卖。这个有点奇怪的结尾，也许亦关乎女观众看本片"罪疚的快感"（guilty pleasure）里焦虑的成分最终被消除。她们在观赏本片时可尽情投入爱慕这个独行杀手，不只是因为他长得帅，也许更因为他的杀手身份包含着强烈的阳刚威胁性，他的极端不道德职业又比警探或者私家侦探更具传奇色彩，可提供逾越

---

[18] "这个杀手不太冷"是吕克·贝松导演、让·雷诺主演的著名杀手片 *Léon* 香港译名。

道德律的快感想象。他的孤独、冷酷和仇视女人的情结，本来坚固得像铁壁铜墙那样令人没法接近，但在带有女性阴柔美的"冷面"之下，原来真的隐藏着善良柔弱的一面，最终可让女主角亲近了解他，甚至帮助和改变了他。于是杀手的"硬"和"冷"好像只是临时的阻碍，正因为他不易接近却不是完全自我封锁，反而更激起女观众代入女主角的位置，想象可亲近甚至拯救他。男杀手在女性帮助下最终得到救赎的情况，跟马克·D. 鲁宾费德（Mark D. Rubinfeld）所说爱情片典型的"无情（男子）被救赎情节"（the cold hearted redemption plot）不无相通之处。[19] 但毕竟爱上这种没有明天的杀人犯意味着道德秩序被威胁，故此女主角还是必须回到警探／未婚夫怀里。最终"归位"的安排，或可令女观众离开电影院回到现实时，不再感到任何罪恶感。杀人犯不得好死的"教训"，亦削弱"男人不坏，女人不爱"的观赏乐趣潜在的道德颠覆性。

　　不过电影中的杀手角色归角色，明星归明星，在现实中女粉丝迷上既刚且柔像艾伦·拉德般的男明星，倒不见得个中欲望投射必须如此迂回。而这种在某意义上的"雌雄同体"（androgyny），看来也不致威胁到异性恋的规范。借用康奈尔（R. W. Connell）的用语，这种刚中带柔的模式或许只是众多阳刚气模式里非"主导"（hegemonic）的一种，甚至算不上是被贬抑或者"边缘化"。[20] 如果"阳刚"和"阴柔"乃是"文化建构"（cultural construct），具

---

[19] 可参考 Rubinfeld（13-26）。

[20] 康耐尔（Connell）认为同一社会中有不同的阳刚气定义，有些是"主导的"，有些是"从属的"甚至被"边缘化"的（参 76-81）。"Hegemony/hegemonic"借用自安东尼奥·葛兰西（Antonio Gramsci）的文化霸权论，一般译成"霸权／霸权性"。我想在此译成"主导"（也是"dominant"的其中一种译法）亦无不可。

有可变和相对性，那么何谓"阴柔美"自然没有定论，似乎跟观众对演员的面貌、身材、打扮、个人背景甚至先前演的角色所塑造的银幕形象都有关系。譬如阿兰·德龙身高近 183 厘米，曾在海军服役，虽然不算非常健硕，但脱下衣服也绝不像瘦弱男子。[21] 就生活背景而言，他年轻时极为反叛，不但被几间学校退学，在军中也曾因不守规矩而被囚禁，据说跟黑帮亦过从甚密。这些因素大概只会令人联想到他"阳刚"一面。我猜当人们提及他的"阴柔美"，着眼点该是他纤秀的五官和衣着品味。周润发演《胡越的故事》里的杀手时，年纪尚轻，给人稚嫩的感觉，片中角色较为内敛且充满柔情，也许亦会有观众觉得他具备"阴柔美"。但后来演了连串"英雄片"中的硬汉，表情时而咬牙切齿，时而颇为轻浮。当他在《喋血双雄》中演杀手，似乎再也没有影评人提及他"阴柔"一面。

无论如何，上述有关杀手"不太冷"和女性观赏乐趣的读法大致上亦可用于《独行杀手》。阿兰·德龙也是著名的"冷面"小生，米开朗基罗·安东尼奥尼（Michelangelo Antonioni）请他演《蚀》（*L'Eclisse*, 1962）的主角，据说就是因为他的脸冷酷无情（McArthur, 1972: 170）。然而在《独行杀手》里，杰夫的角色在寻求女性的帮助方面其实比雷文更主动。首先他要求前女友珍（Jane）为他作不在场假证供，后来又为了查探出卖他的聘用者下落而跟女琴师相好。但向她们有所求便暴露了自己弱点，因为这两位女子都可能出卖他，令他陷入险境。幸好珍在警探威迫下仍不肯说出真相，也

---

[21] 布鲁齐（Bruzzi）说当杰夫受伤后被迫脱下平日杀手的"战衣"、露出衣服下的身体，便展示了他的柔弱，代表其"神话性阳刚气"开始崩溃，这显然忽视了男性肉体本身也是性别"表演"的一种手段。德龙身体的肌肉也可以是"阳刚"的符号和观众观赏、羡慕的对象。见 Bruzzi（81–82）。

因此可能失去了目前的男友。即使杰夫对她爱理不理，似乎根本不爱她，但她仍死心塌地说只要能帮助他已经很满足。透过珍的角色，女观众可以找到一种比《合约杀手》中女魔术师爱雷文直接得多的爱恋位置。女琴师和杰夫的关系却扑朔迷离。她正是聘用杰夫者的情妇，如果是邦德（James Bond）式电影，男主角一定能征服她，令她义无反顾地投向自己怀抱，但《独行杀手》里的女琴师却始终没有背叛幕后坏蛋。梅尔维尔说她代表死神，杰夫爱上她所以首次变得脆弱（McArthur, 2000: 197），却没有交代这个冷面杀手为何最终甘愿寻死。有一种比较流行的诠释是杰夫"为爱轻生"，因为他深爱着女琴师但发觉被出卖，所以一心求死，返回夜总会佯装要杀她，让埋伏的警员开枪杀死自己。由此引申，杰夫的冷漠只是假面，内心暗藏无限温情，甚至可说是不难被女观众怜惜爱恋的"情圣"。

然而不少评论家和观众完全不接受强调"爱情魔力"的罗曼史式读法。如果本片的主旨是杀手的孤独，借此表达现代人"存在焦虑"和人际关系疏离，意味着要爱别人或者被爱皆殊不容易，"为爱轻生"的简单解释便跟这种"现代主义"思潮格格不入。就角色心理而言，杰夫在片中一直那么沉默和自我保护，即使在女琴师家里也没有表现出热情或者很享受跟她相聚，又怎会轻易爱上这个可能出卖他的陌生女子？如果他的孤僻是因为深谙爱路艰辛，更不可能甘愿堕入情网作茧自缚。再者，先前有关黑色况味的讨论，已经指出本片如何借着色调、运镜和场面调度等技巧，凸显杰夫在大都会里的孤独和人际关系冷漠。麦克阿瑟更强调相关拍摄风格的节度或所谓"形式上的静止"（formal stasis），完全配合"人的孤立"（human isolation）这个主题（McArthur, 1972: 169）。而每次杰夫出门前对着镜子弄一下呢帽的经典镜头，也颇有那喀索斯（Narcissus）顾影自赏的味道。故此范桑杜说杰夫其实极度自恋和自闭（autistic），认为他跟两位女子短暂相好只不过是为了利用她们（Vincendeau, 181–182）。最后他选择的似乎是武士式自尽，在这意义上是"殉道"而非殉情（Vincendeau, 184–185）。[22] 所谓"道"亦带出了杀手忠于"职业伦理"或者"专业性"的主题。杰夫在执行任务时几乎相同的"工作程序"，如穿上"战衣"出门、偷车、买枪、戴手套、跟目标人物四目对视、特定的开枪姿势等，拍摄时因为用了相同手法令这种重复性更突出，有论者视这些重复的行动为一种"仪式"（ritual）。无论是理解为杀手的"职业伦理"、"专业性"还是宗教般的"仪式"，这些涉及熟练技巧的重复动作，并未在《合约杀手》里被刻意经营，却在后来如《这个杀手不太冷》和《鬼狗杀手》等影片里极为显著。范桑杜借用精神分析有关忧郁症的学说，指出患者总是无意识重复没有实际功用的动作，而推论说杰夫其实是个忧郁症患者，只能自恋、无法爱别人，甚至有自杀倾向，于是他最后故意被警探枪杀也很合理。范桑杜又说他死前看着女琴师的忧郁眼神，并不是要表达对她的爱意，反而是哀悼自己无法爱她或者任何人（184–185）。费伊和涅兰（Fay and Nieland）则借用麦克阿瑟有关梅尔维尔"过程电影"（cinema of process）（McArthur, 2000: 197）的有趣论点，来重新解释范桑杜所讲的"仪式"，说片中程序的重复性也见诸警察的工作，标志着警匪间"专业性"的相似，二者皆包含冷静和熟悉到不必反思的动作重复，他们又更进一步说呈现这些动作的"延长时间感"（temporal dilation）场面

---

[22] 其实有关杰夫之死，范桑杜没有直接说是因为他忠于杀手"职业伦理"，接受了酬金必须执行杀死女琴师的任务却无法下手，于是甘愿受死。只是强调他患了忧郁症，没办法去爱别人，最后作好安排主动寻死，而这种自杀式行为也符合武士道精神。但字里行间其实同时提出两个互相矛盾的解释。

提供的乐趣，透过动作的"平庸、缓慢和多余"，让观众沉迷于场面调度细节，"谋杀时间"（Fay and Nieland, 207）。

费伊和涅兰的诠释，的确比罗曼史读法精辟。他们有关工作程序精确重复即意味着"专业性"的见解，似乎更接近不少男观众欣赏本片的原因。但我怀疑观众喜爱的不见得就是"平庸、缓慢和多余"造成的迟缓时间感（durée），而是那种不假思索的娴熟习惯所暗示的职业杀手对其"技艺"（technê）及个人情绪的操控驾驭。有时候以缓慢的镜头拍摄重复性动作不一定造成冗余的无聊感，反而让观众可细意欣赏阿兰·德龙这位美男子独自工作时的外貌神态、衣饰品味、冷静机智和一些不凡的"专业技巧"，例如偷车、发现窃听器、摆脱警方在地下铁布下的天罗地网，等等。而且有时候拍这些重复性程序所用的分明不是长镜头，特别是开枪杀人那两段，用的都是明快的剪接。故此麦克阿瑟形容本片特色的用语"stylised impassivity"中所谓"风格化"（McArthur, 1972: 169），我想指的绝非费伊和涅兰所说的"平庸"（banality），而是杀手"阳刚"的专业性加上略带"阴柔美"的外表营造出来的特殊"酷"态。至于"impassivity"也不（完全）是指"缺乏感情"（即个体异化或者范桑杜所说的"忧郁症"病征），亦意味着当敌人用枪指着脑袋仍保持冷静，一派置生死于度外且早有准备伺机反扑的职业杀手独有冷酷。其实麦克阿瑟分析梅尔维尔电影里的男性角色，曾强调他们共有的"顶尖专业性"（superb professionalism）和"无上的尊严与能耐"（remarkable dignity and strength）（1972: 169, 168）。晚近本片在台重映，有论者在网志上歌颂杰夫以下几个可能令不少观众仰慕的优点："'冷酷'（calme）、'坚持'（exigence）[sic]、'优雅'

（*élégance*）、'精明'（*subtilité*）"（Jostar, 2）。[23] 由此可见一些观众欣赏的，正是这种意味着强悍和坚毅的阳刚气和较为阴柔的"优雅"微妙的结合。

本片名为"武士"，开始时字幕上出现引自所谓《武士道》一书这段话："没有比武士更孤独的，除了森林中的老虎……也许……"这个杜撰的指涉让我们联想到杀手的"专业性"，而有杰夫在片末像武士剖腹般"自杀殉道"的读法。到了《鬼狗杀手》，那位黑人杀手更真的热衷于有关武士道修为的经典《叶隐闻书》。然而《独行杀手》中"孤独"一词和那房中长达十分钟近似"空镜头"的片段，加上典型"必亡"情节，还有杰夫必须仰赖女子帮忙等安排，令观众不可能无视其柔弱、"悲剧性"一面，而意识到这个职业杀手所代表的"神话性阳刚气"（mythic masculinity）绝非完美无瑕的"理想自我"（ego ideal），[24] 这就是本片最大的模棱性（ambivalence）之所在，让观众可作完全相反的解读。不过话说回来，即使同一观众看本片，也不必只用单一不变的观赏模式。我们在看杰夫工作的片段时，可能仰慕他专业性表现的"酷"，想象自己变成职业杀手，超越日常生活的平凡庸俗，这可谓"want to be"的"自恋"式认同。但我们亦可保持更大的彼我心理距离，不必想象"变成他"，而在见到他受伤或表现出柔弱一面时"怜惜"他，幻想亲近甚至"拥有"（"want to have"）他，回到先前提出女观众比较可能采用的理解模式。也可能杰夫的孤独令我们更深刻体会到现代社会的疏离，对"存在焦虑"产生共鸣，认同时涉及"自怜"（self-pity）心态。晚近性别研究强调欲望的多元与流动，重性别"表演"多于"本质"。也许我们不必拘泥于男女观众看独行杀

---

[23] 笔者怀疑"坚持"的法文也许是 *la insistance* 或者 *la persévérance*。

手电影时，哪些是最可能采用或者"正常"的观赏模式。尼尔曾以"意大利面西部片"对决场面为例，宣称主流电影总是压抑（男）同性恋的"恋物式"（fetishistic）凝视，故此当男性身体被呈现为可供爱恋的"奇观"（spectacle）时，往往会有某种涉及否定心理的镜头安排，例如开枪前角色间的对望，让观众可透过敌对者带着恐惧和仇恨的角度来看男主角，仿佛自己并非在"偷窥"、垂涎男主角的"美色"（Neale, 1983: 14）。塔德勒却指出《合约杀手》虽然基本上属于男性电影类型，却不乏捕捉艾伦·拉德具"阴柔"美态的镜头，提供更直接的"同性恋观赏乐趣"（homoerotic viewer pleasure）（Studlar, 131），而没有尼尔所讲的中介和遮掩。我们也可说《独行杀手》片中警察局里一众嫌疑犯站在台上供人辨认的那场戏，简直就像男模特的"时装秀"，毫无忌讳地展示男性身体作为"奇观"。由于《独行杀手》著名的"极简主义"（minimalism），让我们只见到阿兰·德龙不断"耍酷"，却对他演的那个没有过去、沉默寡言的角色内心世界几乎一无所知，仿佛只停留于其俊美"冷面"上，也难怪一些评论家批评本片意义空洞。斯黛拉·布鲁齐[24]（Stella Bruzzi）甚至宣称"（杰夫的）形象就是其身份"（his image is his identity），代表着完全脱离历史和社会现实的"神话性阳刚气"（79）。吊诡的是，这位终极杀手的"空无"正是其"深度"的根源，因为看不透的"冷面"可引发无限想象，水仙花的自封更能激起观众强烈的欲望投射。以下这段对阿兰·德龙银幕形象的描述，颇能道出某种观赏本片男杀手形象的乐趣：他"深得 cool 态三昧……双眉深锁、不发一言……可远观不可亵玩，内心有无限抑郁情意，一发不可收拾，却又极力保持镇定含蓄的模样"（罗卡，

---

[24] 所谓"a mythic masculinity"是布鲁齐（Stella Bruzzi）讨论本片时的用语，见 Bruzzi（79）。

61 ）。[25] "冷面"杀手可能散发的魅力在此可见一斑。限于篇幅，本文对独行男杀手电影的初步分析就此结束。其实女杀手电影可能涉及的分类问题和多元观赏乐趣，也许更复杂和富挑战性，期盼有同仁在此尚待开垦的领域展开探索。

参考文献

吴宇森 . 我的成长路 . 吴宇森电影讲座 . 卓伯棠主编 . 台北：印刻文学生活杂志出版有限公司，2006.

廖金凤（编）. 电影指南：警匪犯罪、恐怖惊悚、歌舞音乐、文艺爱情 . 台北：远流出版事业股份有限公司，2001.

郑树森 . 电影类型与类型电影 . 台北：洪范书店，2005.

罗卡 . 吴宇森 . 香港电影类型论 . 罗卡、吴昊、卓伯棠合著 . 香港：牛津大学出版社，1997.

Borde, Raymond, and Etienne Chaumeton. *A Panorama of American Film Noir 1941—1953*. Trans. Paul Hammond. Sand Francisco: City Lights, 2002.

Bruzzi, Stella. *Undressing Cinema.* London: Routledge, 1997.

Chris D. *Outlaw Masters of Japanese Film.* London: Tauris, 2005.

Connell, R. W. *Masculinities*. 2nd ed. Cambridge: Polity, 1995.

Desser, David. "Making Movies Male: Zhang Che and the Shaw Brothers Martial Arts Movies, 1965—1975." *Masculinities and Hong Kong Cinema*. Ed. Laikwan Pang and Day Wong. Hong Kong: Hong Kong University Press, 2005.

---

[25] 笔者删去了引言中不完全符合《独行杀手》的部分，如提到德龙 "时而……嘴角冷然微笑，时而不修边幅" 等。

Fay, Jennifer, and Justus Nieland. *Film Noir: Hard-Boiled Modernity and the Cultures of Globalization*. London: Routledge, 2010.

Grant, Barry Keith. *Film Genre: From Iconography to Ideology*. London: Wall flower, 2007.

Hall, Kenneth E. *John Woo's The Killer*. Hong Kong: Hong Kong University Press, 2009.

Hughes, Lloyd. *The Rough Guide to Gangster Movies*. London: Rough Guides, 2005.

Mason, Fran. *American Gangster Cinema: From Little Caesar to Pulp Fiction*. New York: Macmillan, 2002.

McArthur, Colin. "*Mis-en-scène* Degree Zero: Jean-Pierre Melville's Le Samouraï(1967)."*French film Texts and Contexts*. 2nd. ed. Ed. Susan Hayward and Ginette Vincendeau. London: Routledge, 2000.

_____. *Underworld U. S. A*. London: BFI, 1972.

Neale, Steve. "Westerns and Gangster Films Since the 1970s." *Genre and Contemporary Hollywood*. Ed. Steve Neale. London: BFI, 2002.

_____. "Masculinity as Spectacle: Reflections on Men and Mainstream Cinema." *Screen* 24. 6(1983).

Rubinfeld, Mark D. *Bound to Bond: Gender, Genre, and the Hollywood Romantic Comedy*. Westport, Conn. : Praeger, 2001.

Schatz, Thomas. *Hollywood Genres: Formulas, Filmmaking, and the Studio System*. Philadelphia: Temple University Press, 1981. 好莱坞类型电影：公式、电影制作与片厂制度 . 李亚梅译 . 台北：远流出版事业有限公司，1999.

Schrader, Paul. "Notes on Film Noir." *Film Theory: Critical Concept in Media and Cultural Studies*. Vol. 2. Ed. Philip Simpson et al. London: Routledge, 2004.

Spicer, Andrew. *Film Noir*. Harlow, England: Longman, 2002.

Studlar, Gaylyn. "A Gunsel Is Being Beaten: Gangster Masculinity and the Homoerotics of the Crime Film, 1941—1942." *Mob Culture: Hidden Histories of the American Gangster Film*. Ed. Lee Grieveson et al. New Brunswick: Rutgers University Press, 2005.

Suarez, Juan A. *Jim Jarmusch*. Urbana: University of Illinois Press, 2007.

Vernet, Marc. "Film Noir On the Edge of Doom." Trans. J. Swenson. *Shades of Noir: A Reader*. Ed. Joan Copjec. London: Verso, 1993.

Vincendeau, Ginette. *Jean-Pierre Melville: 'An American in Paris'*. London: BFI, 2003.

Warshow, Robert. "The Gangster as Tragic Hero." *Film Theory: Critical Concept in Media and Cultural Studies*. Vol. 2. Ed. Philip Simpson et al. London: Routledge, 2004.

Wittgenstein, Ludwig. *Philosophical Investigations*. Trans. G. E. M. Anscombe et al. Chichester: Blackwell, 2009.

Woo, John. *John Woo Interviews*. Ed. Robert K. Elder. Jackson, MS: University Press of Mississippi, 2005a.

_____. "The Melville Style." *Le Samouraï*. (booklet accompanying The Criterion Collection DVD). New York: The Criterion Collection, 2005b.

非图书部分

刀光剑影（电影香江纪录片系列）．天映娱乐，2004. DVD.

吴宇森（导演）．喋血双雄（*The Killer*）．周润发、叶倩文、李修贤主演．电影工作室，1989. 寰宇，出版年份不详．DVD.

Jostar2. "金马影展致敬专题是梅尔维尔"．

Cinema-critique 周星星电影评论．2008 年 9 月 4 日发表．< http: //blog. yam. com/jostar2/article/17114462>. 2010 年 3 月 25 日浏览．

Melville, Jean-Pierre, dir. *Le Samouraï*. Perf. Alain Delon, Franois Périer, and Nathalie Delon. CICC, 1967. Criterion Collection, 2005. DVD.

PromLin. 观影札记：《午后七点零七分》（Le Samouraï）—贯彻武士道精神的冷面杀手．2005 年 11 月 10 日发表．< http: //prom-lin. pixnet. net/blog/ post/16746794 >. 2010 年 3 月 25 日浏览．

Tuttle, Frank, dir. *This Gun for Hire*. Perf. Alan Ladd and Veronica Lake. Paramount, 1942. Universal, 2004. DVD.

离散与家国

李有成

"……为了解释我们为什么依恋出生地，我们装作是树木来谈论树根。看看你的脚下，你不会看见根须穿过鞋底生长出来。有时候我想，根，是一种保守的神话，旨在使我们不会四处移动。"

——拉什迪，《羞耻》（Salman Rushdie, *Shame*）

"我到哪儿都是个外乡人。"——聂华苓，《桑青与桃红》

一

在英国、美国、加拿大、澳大利亚、新西兰、南非等国以外，有不少作家以英文写作，因此有英语语系文学（Anglophone Literature）之说。同样的情形也发生在法语、西班牙语与葡萄牙语的世界里，因此另有所谓的法语语系（Francophone）、西语语系（Hispanophone）与葡语语系（Lusophone）的文学体系。近年来华人学术界也有人参照这些语系文学，提出华语语系文学（Sinophone

Literature）一词，尝试以之涵盖世界各地以华文为创作媒介的文学；用王德威的话说，华语语系文学的"版图始自海外，却理应扩及大陆中国文学，并由此形成对话"（王德威，2006）。王德威似乎有意借华语语系文学的概念泯除海内、海外的界限，使之成为一个文学的想象共同体。这个用词已有被广泛使用之势（王德威，2006；史书美，2004；Shan, 2007）。只不过从历史经验的角度来看，华语语系文学恐怕不能与英、法、西、葡等语系文学同日而语，这些语系文学毕竟是殖民遗绪，其中血泪，书不尽书，因此有作家如恩古基（Ngũgĩ. wa Thiong'o）者，在以英文创作扬名立万之后，痛定思痛，毅然改以其肯尼亚母语吉库尤文（Gikũyũ）与斯瓦希里文（Kiswahili）写作（Ngũgĩ. wa Thiong'o, 1986: 27–28）。这种例子虽然不多，但是失语之痛也是无法否认的事实。对于这种历史创伤，王德威说得很好："这些语系文学带有强烈的殖民和后殖民辩证色彩，都反映了19世纪以来帝国主义和资本主义力量占据某一海外地区后，所形成的语言霸权及后果。因为外来势力的强力介入，本土的文化必然产生绝大变动。而语言，以及语言的精粹表现——文学——的高下异位，往往是最明白的表征。多少年后，即使殖民势力撤退，这些地区所承受的宗主国语言影响已经根深蒂固，由此产生的文学成为帝国文化的遗蜕。"（王德威，2006）

华语语系文学的历史经验显然与此截然不同。华语语系文学是百年来华人海外移民的产物，其根源与殖民主义无直接关系，[1] 反而与离散经验密切相关，是真正的离散文学。王德威尝以马华文学

---

[1] 当然或许有人会认为，百年来华人移民海外，导因于帝国主义者对中国的侵略，因为自清末以降，中国多次受到东、西帝国的凌辱，战祸连连，生灵涂炭，民不聊生，人民不得不远走海外，谋求生存。移民的原因复杂多样，包括政治、经济、教育等方面的因素，这里无意也无法臆测。本文所指殖民经验仅限于直接而实质的殖民统治，如英国之对印度、法国之对阿尔及利亚的殖民。

为例，以为"从国家立场而言，这是不折不扣的外国文学，但马华作家的精彩表现却无不显示域外华文的香火，仍然传递不辍"（王德威，2006）。[2] 这种以薪火相传、不绝如缕为文化使命的文学传统，与强制移植，且殖民色彩浓厚的其他语系文学自然有其扞格，很难同日而语。此外，华语语系文学与其他语系文学尚有不同之处：前者的创作者主要为散居世界各地的华人；后者则各色人种都有（包括华人），其中固然不乏离散作家，但更多的恐怕是以这些语言创作的当地作家。[3]

---

[2] 因为政治因素的介入，马华文学的属性相当复杂。就马华作家而言，马华文学既为华裔马来西亚公民创作的文学，理所当然属于马来西亚的文学，也就是国家文学的一环，只是这种期望未必获得马来人强势种族的认同。他们主张，只有以马来西亚文（即马来文）创作的文学才能纳为国家文学。在这种马来人文化民族主义支配下的国家文学观中，以华文、英文及泰米尔文创作的马来西亚文学都不属于国家文学，因此在我看来，排除了这些语文所创作的文学，所剩下的马来西亚文学只是残缺不全的国家文学。不过对马来人文化民族主义者而言，马华文学可能尚不至于被驱逐出境，成为外国文学，因为实在无外国可以接收（他们也知道马华文学不是中国文学的旁支），所以他们还不得不承认马华文学为族裔文学，毕竟马华文学是华裔公民创作的文学。不过也不是所有马来人都赞同现存的马来西亚国家文学观，赛夫·纳兹里·瓦希德（Shaiful Naszri Wahid）就认为："我们应该学习新加坡，承认马来文学、华文文学、泰米尔文学、英文文学为国家文学的组成部分。语文的差异不应成为非巫裔作家参与'马来西亚文学'的障碍。纵使他们的创作媒介语不是马来文，然而他们的作品集中且与多元的马来西亚社会文化的问题关系紧密。"（赛夫·纳兹里·瓦希德，2006：84）。黄锦树将在台马华文学归为无国籍文学，这个颇为生动的描述也可以反映马华文学所面对的政治现实：即非本国，亦非外国，只好以无国籍的身份继续在文学的国度流浪。马华文学有一个文化政治上的功能，那就是不断提醒马来人文化民族主义者，他们心目中的马来西亚国家文学其实只是一个残缺不全的文学。有关在台马华文学的进一步讨论，请参考张锦忠的论文（2010）。

[3] 为描述存在于世界各地的华文文学现象，过去也有人提出中华国协文学的观念，显然受大英国协文学（Commonwealth Literature）的启发。只不过依拉什迪（Salman Rushdie）的说法，尽管所谓大英国协文学并不包括英国文学在内，英国文学却一向自居中心，而将世界各地的英文文学一概贬为边陲。拉什迪曾经语带调侃表示："我猜想'大英国协文学'看来是那一批由非白种英国人、爱尔兰人或美国公民创作的文学。我不知道美国黑人算不算是这个怪异国协的公民。"（Rushdie, 1991: 62–63）中华国协文学的观念背后隐然也存在着中心与边陲的二元关系。此外，大英国协文学也是殖民余绪，与世界各地的华文文学事实上难以相提并论。

华语语系文学的概念似乎尚无定论，其范畴更在摸索之中。王德威固然认为华语语系文学"理应扩及大陆中国文学"，史书美则是将华语语系文学与中国文学区分开来。她说：我所指的中国文学，（是）来自中国大陆的作家（创作的文学）；华语语系文学，则（是）来自中国本土以外，在世界各地以华文写作的华语作家（创作的文学）。华语语系文学的最主要产地是台湾地区以及 1997 年之前的香港，不过值得注意的是，东南亚各地在 20 世纪也出现了许多旺盛的华语语系文学传统及实践。在美国、加拿大、欧洲各地，采用华文写作的作家也不少；2000 年诺贝尔文学奖得主高行健正是其中的佼佼者。我认为，我们有必要创造出"华语语系文学"这个新词，以便抵抗中文文学界的不公平现况：在中国大陆之外发表的华文文学被漠视，被边陲化；这些在中国大陆之外的华文文学是否被文学史认可，都被不公平的、意识形态作祟的、专断的因素所决定。（史书美，2004：8）

史书美的说法有几点值得注意。一、华语语系文学必须将大陆的中国文学排除在外，专指大陆以外，"在世界各地以华文写作的"华文作家所创造的文学。这是为华语语系文学划定范畴，而这个范畴，不管我们愿不愿意，隐然投射着中央与边陲的二元关系。二、在史书美的构思中，华语语系文学俨然被模塑为一种对立论述，其用意在"抵抗中文文学界的不公平现况"，以避免"被漠视，被边陲化"。在这种情形之下，华语语系文学显然具有正本清源，抗拒任何形式的宰制与收编的文化政治意义。

我猜想晚近有关华语语系文学的讨论，目的之一也是为了解决国家文学这个概念所衍生的困扰，暴露出国家文学作为一个规范性概念的局限与不足之处，让某些文学事实可以避开国家文学意识形态的纠葛。这么说并不是在否定某些情况下国家文学的存在，只是在一个全球流动日益频繁的世界中，国家文学的概念往往显得缺少启发性与生产性。严格说，许多文学事实与文学实践根本在国家文学的定义与疆界之外，不受国家文学管辖，也质疑国家文学所能扮演的角色与发挥的功能。

上文提到的马华文学是个很好的例证。这个有百年历史的文学自成体系，自成传统，虽然不为官方文学论述所承认，而且被拒于马来西亚国家文学之外，但它历史久远，上溯中国新文学运动；马来（西）亚独立后，更设法变换体质，调整关怀，努力响应马来西亚的现实，百年来不仅香火不断，更是维系华族文化命脉的重要文学实践（李有成，2005: 106）。这是个因政治考虑而未被国家文学所含纳的文学。面对马华文学，国家文学反而变成了一个排外的霸权建制，武断地将其组成分子之一的文学事实阻拒在外。显然，对马华文学而言，国家文学只是一个用处不大，排他性强，且具有区分你我与宰制作用的概念。

其他地区的华文文学——如大陆与台湾地区新移民所构成的欧华文学、美华文学、澳华文学等——也必须面对无国家文学可属的尴尬处境。美华文学也许最后可能被纳为美国多语文文学（LOWINUS ["Languages of What Is Now the United States"] literature）的大家庭成员之一，[4]但其他地区的华文文学则只能望国家文

---

[4] "'多语文的美国文学'计划简称为 LOWINUS Project，为索勒斯（Werner Sollors）和谢尔（Marc Shell）二人所共同主持的长期计划，意图从多语文的观点来重新省视美国文学，挖掘在美国以英文之外的语文所出版的文学作品。该计划将出版多种双语甚至三语的文选（如中英对照等），将美国文学的研究从多族裔的（multiethnic）层次推展到多语文（multilingual）的层次。"（单德兴，2000: 175−176）

学而兴叹。对这些地区的华文文学而言，国家文学因此可能只是个聊备一格的概念，其实缺少实质的意义。

这些离散华人的文学生产顺理成章即属于离散的华文文学。在没有国家文学可属的情形之下，离散恐怕是更适宜的归属。离散不仅是散居世界许多地方的华文作家的共同经验，同时也是这些作家思考的立足点，他们一方面与移居国的文化与现实对话，另一方面则必须面对自身族群或家国的文化与现实。离散因此可以是一个具有创造性的对话空间。我曾经在别的地方指出，"各地华文文学所面对的社会、政治与文化环境既不相同，文学系统内部的要求也不一样，作家看待其文学生产的态度更是大相径庭"（李有成，105）。在排除中心的情况下，离散于是成为一种网络。就华文文学而言，离散的经验繁复多样，不论从历时或共时的角度来看，都无法强加统摄与划一，但许多地区的华文文学充满了离散感性则是不争的事实，要将这些地区的华文文学联结在一起，离散作为一种网络是很重要的体认。

二

对散居世界各地的华文作家而言，离散无疑是个饶富包容性与生产性的概念与现实，但离散并非华人独有的经验。离散其实是个古老的现象，古希腊与罗马时代战祸不断，有时候整个城邦在战争中被毁，大批人民或沦为奴隶，或流离失所，散离于是成为相当普遍的现象。离散的英文 diaspora 一词的词根即源于希腊文 *diasperien* ——*dia*- 表示"跨越"，–sperien 则意指"散播种子"。离散因此在历史上指的就是离乡背井，散居各地的族群。据一般的说法，早在公元前 300 年左右，这个字眼就可见于希伯来文《旧约》的希腊文译本（the Septuagiant），这个译本主要是为了满足亚历山大城已希腊化的犹太社群的需要。到了中世纪，在犹太教士的著作中，这个单词就专指被逐出巴勒斯坦、流落各地的犹太社群。就犹太人的历史命运而言，离散最早是隐含宗教意义的。《旧约·创世纪》最重要的情节是亚当与夏娃因背叛上帝而被逐出伊甸园，他们的出走在象征意义上似乎也预示了人类的命运从此与离散纠葛难分。《旧约·出埃及记》叙述摩西如何解放犹太人，如何带领犹太人离开埃及去寻找上帝应许之地，这是一次离散社群回归故土的史诗历程。离散的意义在《申命记》中说得相当具体。《申命记》所录为出埃及四十年后摩西在约旦河东的旷野对以色列人晓谕耶和华律法的内容，有赏有罚，爱憎分明。其中有关悖逆上帝的惩罚之一就是离散的命运：

> ……你若不听从耶和华你神的话，不谨守遵行他的一切诚命律例……你必在天下万国中抛来抛去……耶和华必将你和你所立的王领到你和你列祖素不认识的国去，在那里你必侍奉木头石头的神。你在耶和华领你到的各国中，要令人惊骇、笑谈、讥诮……耶和华必使你们分散在万民中，从地这边到地那边，你必在那里侍奉你和列祖素不认识木头石头的神。在那些国中，你必不得安逸，也不得落脚之地，耶和华却使你在那里心中跳动，眼目失明，精神消耗。你的性命必悬悬无定，你昼夜恐惧，自料性命难保。你因心里所恐惧的，眼中所看见的，早晨必说："巴不得到晚上才好"；晚上必说："巴不得到早晨才好。"（28:15-67）[5]

---

[5]　编注：作者在本文中所引用的《圣经》中译本原来自不同版本，出自便于查找、参考的考量，编辑时改为中国基督教协会 1998 年译本。

摩西的警告透露了若干信息：一、离散本身即是个惩罚，是背离耶和华律法所必须付出的代价；二、离散的意义是负面的，对个人、家族或对整个民族都是灾难，其实际状况是居无定所，"从地这边到地那边"，饱受惊吓，被人讥笑，毫无安全感，甚至"眼目失明，精神消耗"，严重的话，可能"性命难保"。换言之，离散的下场相当悲惨。再看《新约》。《希伯来书》的重要主题是对上帝的信心，书中即曾提到"寄居者"："这些人都怀是在着信心死的，并没有得着所应许的，却从远望见，且双喜迎接又承认自己在世上是客旅，是寄居的。"（11: 13）此外，《彼得前书》一开头也这么写道："耶稣基督的使徒彼得写信给那分散在本部、加拉太，加帕多家、亚细亚、庇推尼寄居的，就是照父神的先见被拣选的人。"

《希伯来书》与《彼得前书》中所提到的"寄居者"指的就是散居各地的犹太人离散社群。其实自公元前586年亚述王尼布甲尼撒（Nebuchadnezzar）攻陷耶路撒冷，所罗门王的圣殿被毁，犹太人——包括他们惨遭目盲的领袖西底家（Zedekiah）——被掳至巴比伦之后，离散就是犹太人历史命运中最重要且无法分割的一部分。而对犹太人而言，巴比伦则成为他们的命运中亡国之痛与失根之苦的象征。《旧约·诗篇》第137首是一首充满复仇意识的诗，吟唱的正是耶路撒冷城破之后，圣殿毁弃，犹太人沦亡巴比伦的哀歌：

> 我们曾在巴比伦的河边坐下，
> 一追想锡安就哭了。
> 我们把琴挂在那里的柳树上，
> ……
> 我们怎能在外邦唱耶和华的歌呢？

> 耶路撒冷啊，我若忘记你，
> 情愿我的右手忘记技巧。
> 我若不纪念你，
> 若不看耶路撒冷过于我最喜乐的，
> 情愿我的舌头贴于上膛。

简单言之，至少自公元前 586 年至 1948 年以色列建国之前，离散无疑是犹太人的整个历史叙事中最重要的部分。这也是 19 世纪之后犹太复国主义（zionism）的意识形态基础。即使到了今天，以色列建国已经超过 60 年，散居世界各地的犹太人数目也远远超过以色列的国民人口。[6]

西方有关犹太离散历史与想象的著作可说汗牛充栋，早已形成一个庞大的学术传统（Gruen, 2002; Dufoix, 2008: 5-10）。经历了第二次世界大战的大屠杀之后，犹太人的生存与建国变成了西方人的良心问题，这个问题也有意无意间让西方人忽略了巴勒斯坦人的生存权利，以至于以、巴之间 60 年来的纷争与战事至今仍然无解。近年来另一个日受重视的相关领域则是非洲人的离散命运。与犹太人的情形不同的是，以离散描述散居非洲之外的黑人命运是 20 世纪之后的事，其主要指涉是非洲黑人在欧洲与美国沦为奴隶的命

---

[6] 严歌苓最新的小说《寄居者》开头有一段文字，叙述第二次世界大战时大批犹太难民抵达上海的场景，作者并简略追述历史上犹太人流徙世界各地的情形。小说家言，不必讲究史实的细节，抄录于下以供参考："一船接一船的犹太佬靠上了上海的岸。偌大的地球，上海是唯一让他们靠的岸。场面相当壮阔，不难想象这个以迁移和放逐著名的民族的每一次大迁移：2 世纪犹太种族全体从耶路撒冷被逐出，地图被抹煞，首都被更名。13、15 世纪从英格兰、从西班牙和西西里被赶尽杀绝。一船接一船靠岸的犹太佬们站在甲板上，趴在栏杆上，陌生的上海扑面而来。你不难想象 19 世纪末和 20 世纪初，两百万他们的同胞被逐出俄国国境，就带着跟他们一模一样的憔悴和疲惫，向世界各个角落四散。"（严歌苓，2009: 2）

运。其实整个非洲离散的观念与历史上的贩奴和蓄奴制度是分不开的。贩奴与蓄奴虽然古已有之，但是要到 7 世纪之后，伊斯兰世界与欧洲社会才逐渐出现相当规模的奴隶制度。依美国历史学者摩根（Philip D. Morgan）的说法，1453 年土耳其的奥斯曼帝国征服君士坦丁堡之后，东欧与中亚原先供应奴隶给基督教欧洲诸国的路线被切断了，取而代之的就是次撒哈拉非洲的黑人，大西洋的奴隶贸易开始兴盛。摩根指出，在 17 世纪初叶，仅葡萄牙的里斯本一地就有非洲黑奴 1.5 万人，占当时里斯本人口的 15%（Morgan, 39）。在欧洲强权扩大对美洲殖民之后，数以千万计的非洲黑人在 18、19世纪经由跨大西洋贸易，被贩卖到欧洲各国的美洲殖民地，沦为农奴与家奴，棉花田、甘蔗田、烟草田等处处可见黑奴的劳动身影，他们是维系新世界园坵生产与经济制度的主要动力。从 1500 年到1820 年之间，大约有 900 万非洲黑奴被贩卖到新世界来，而同一段时间自欧洲移民北美洲的白人也不过 300 万人（Morgan, 41；Shammas, 3-4）。这些非洲黑奴不仅被剥夺人身自由，而且在失去土地、亲人、姓名、宗教、语言、文化的情形下，其离散命运之悲惨实不下于犹太人的遭遇（Dufoix, 10-15；Morgan, 2008）。法农在《大地哀鸿》（*The Wretched of the Earth*）一书中提到非洲文化社会（the African Cultural Society）的概念；在他看来，这个社会就应该包含"黑人的离散社群，即千千万万散布在美洲大陆的黑人"（Fanon, 215）。美国黑人灵歌《下去，摩西》（"Go Down, Moses"）袭用《出埃及记》的寓意，[7] 词义浅显，因为是《旧约》里世人耳熟能详的故事，其歌词固然道尽黑奴失去家园的悲痛，对奴隶主无情的欺压与剥削也有沉痛的控诉：

---

[7]　据《黑诗人》（*The Black Poets*）选集版本（Randall, 23），中文译诗为本人自译。

下去，摩西，
走下埃及地
告诉昏老的法老王
让我的同胞离去。

当以色列仍在埃及地
让我的同胞离去
他们受尽压迫，无法站立
让我的同胞离去。

下去，摩西
走下埃及地
告诉昏老的法老王
"让我的同胞离去。"

"主如是说，"勇敢的摩西说道，
"让我的同胞离去；
否则我会将你们的头胎婴儿击毙
让我的同胞离去。"

"他们不可再被监禁受苦
让我的同胞离去；
让他们带着埃及的财物离去，
让我的同胞离去。"

主告诉摩西怎么做

让我的同胞离去；

带领以色列的子孙离去

让我的同胞离去。

下去，摩西，

走下埃及地，

告诉昏老的法老王

"让我的同胞离去！"

这首灵歌既紧扣《旧约》中犹太奴隶抗暴与追求解放的大叙事，同时也反映了非洲黑人悲惨的离散命运。非洲黑人在阿拉伯世界、加勒比海、美洲及欧洲诸国的离散历史绵远流长，近年来更有学者在考察非洲黑人与加勒比海、欧洲及北美洲的历史纠葛之余，提出黑色大西洋（the Black Atlantic）的说法，尝试厘清其中的政治、文化与经济关系。在后殖民时期，前非洲与加勒比海殖民地的黑人向欧洲殖民宗主国大量移民，这些关系也因此变得更为复杂。黑色大西洋观念最重要的阐释者是吉尔罗伊（Paul Gilroy）。他的《黑色大西洋：现代性与双重意识》（*The Black Atlantic: Modernity and Double Consciousness*）一书的主要关怀是非洲离散社群的政治文化，他将黑色大西洋与非洲现代性部署为西方现代性的对立文化，并借以问题化非洲离散社群与西方的复杂关系。吉尔罗伊在书中一再批判他所谓的族群绝对主义（ethnic absolutism）或文化圈内人主义（cultural insiderism）——这些都是修辞策略，其目的在于展现族群之间绝对的差异。这个现象一旦发挥到极致，就会形成族群之间彼此区隔的准则，"同时在他们的社会与历史经验、文化和身份属性的各个层面取得无可挑战的优先性"（Gilroy, 3）。黑色大西洋是基于历史经验与当下现状的另一种选择；吉尔罗伊表示，他的计划有意"超越国族国家的结构与族群性和民族独特性的束缚"（19），这显然也是吉尔罗伊有关非洲离散社群的计划。吉尔罗伊在书中指证历历，一百多年来，多少黑人艺术家与知识分子是在跨国与离散的框架下思考与工作——他特别以杜布埃斯（W. E. B. Du Bois）的双重意识论（double consciousness）为基础，[8] 申论非洲现代性与黑色大西洋知识史的特色。

如果说一直要到 20 世纪之后，离散这个用词才被用来描述非洲黑人散居黑色大陆之外的事实与经验，华人与离散这个概念有任何联系则是近年来的事。即使到了 2000 年前后，历史学家王赓武对以离散指涉散居华人的社群还是心存疑惑的。王赓武的著作多以英文发表，我们所说的"离散"在他的著作的中译中多作"散居者"。在《单一的华人散居者》这篇演讲中，他坦率地说出他的疑虑：

> 我的保留意见来自华人由于华侨（sojourner）这个概念以及中国和敌对国政府从政治上利用这个词而遇到的问题……在华人少数民族数量较多的国家，这个词是怀疑华人少数民族永远不会效忠于居住国的主要根源。经历大约 30 年的争论，如今华侨一词已经不再包括那些持外国护照的华人，逐渐取而代之的是其他词，如（海外）华人和华裔，这些词否认与中国的

---

[8] 杜布埃斯的双重意识论主要见他的《黑人的灵魂》(The Souls of Black Folk)一书。杜布埃斯指出，美国黑人身上隐含"双重性（twoness）——一个美国人，一个黑人；两个灵魂，两个思想，两个无法协调的抗争；一个黑色躯体里两个互相倾轧的理想"（Du Bois, 17）。这种双重意识也可以稍加调整，用来描述许多离散主体——既在家国之外，却又怀抱家国之思；或者既身在居留之地，又心存家国想象。

正式联系。我心中挥之不去的问题是：散居者（离散）一词是否会被用于复活单一的华人群体的思想，而令人记起旧的华侨一词？这是否是那些赞同这个用词的华人所蓄谋的？倘若这个词广泛地付诸使用，是否可能继续将其作为社会科学的一个技术性用词？它是否会获得将实际改变我们关于各种海外华人社群性质的观点的感情力量？（王赓武，2002: 4）[9]

王赓武的一连串疑虑有相当自传的成分，[10] 可以反映若干东南亚地区华人的心境。王赓武身处于对种族或族群议题非常敏感的环境，他的忧惧，一言以蔽之，主要是出于政治考虑。他担心离散一词会像旧有的华侨一词一样，引起华人居住国强势民族的猜疑，甚至进一步挑战在这个用词底下华人的政治认同与国家效忠。北美洲与东南亚地区的排华与歧视华人的历史血泪斑斑，西方世界"黄祸"之说更是如幽灵般永恒复现，王赓武的疑虑是有历史依据的，绝非无的放矢。[11] 因此在提到这个用词时他总是小心翼翼，生怕这个用词可能引发的负面政治效应：

---

[9]　原文"A Single Chinese Diaspora?"为 1999 年 2 月王赓武在澳大利亚国立大学华南离散中心（Chinese Southern Diaspora Centre）成立仪式上的演讲词。

[10]　王赓武出生于英属马来亚，1947 年 10 月至 1948 年 12 月间曾经短暂到南京中央大学求学。国民政府在淮海战役兵败之后，他回到马来亚进入当时设于新加坡的马来亚大学就读。王赓武大半生的学术生涯都在亚太地区度过，是东南亚华人史方面卓然有成的专家，因此对该地区华人面对的困境——特别是政治困境——了然于心。

[11]　即使认同与效忠只是假议题，也会有政客故意操弄这个议题，召唤族群意识制造矛盾，以获取政治利益。不久前（2008 年 8 月）在马来西亚槟城的一场国会补选记者招待会的造势活动中，执政党巫统区部领导人艾哈迈德·伊思玛仪（Ahmad Ismail）即指称华人为寄居者（squatters），华人因此不能要求与马来人平等分享美国权力，甚至警告华人不要学美国的犹太人，在经济上有所成就后还要插手政治。这种充满种族歧视、贬抑华人的公民权利的话一出，当然引起轩然大波。详见林友顺的报道与评论（2008）。

　　当代市场技巧的进步以及信用金融服务的性质已经模糊了早期的差别。政治认同日益被认为是不相干的，陈旧的词汇受到了挑战。如今许多社会科学家准备使用散居者一词阐明华人现象的新层面，这同样不会令我们感到奇怪。令人迷惑的是，这是否会再次鼓励中国政府遵循早期所有海外华人乃是华侨——侨居者的观念思路，确认单一的华人散居者的思想？使用散居者是否还会导致中国以外的作者，特别是以华文写作的作者，复活更加熟悉的词汇——华侨？华侨这个词是东南亚各国政府及华人在过去四十年花费大量时间和精力试图加以摒弃的。（王赓武，15-16）

　　在我看来，王赓武的疑问似乎有些过虑了。华侨早已是过时的用词，现在散居世界各地的华文作家鲜少有人会以这个用词描述自己的身份与现状；至于中国政府是否具有将离散视为"单一的华人散居者的思想"——一如早年的华侨——则不是我所能回答的，不过中国政府早已无意介入华人对其居留国的政治认同应属事实。

　　随着中国大陆在改革开放政策下的经济发展，再加上在经济上原已表现亮丽的台港地区、新加坡，因此有所谓华人资本主义（Redding，1990）或大中华经济圈的说法。王赓武忧虑类似的概念在有意无意间支持了单一华人离散社群的思想（王赓武，16），他对此深不以为然。他说："单一的华人一词可能越来越难于表达日益多元的现实。我们需要更多的词，每个词需要形容词来修饰和确认我们描绘的对象。我们需要它们来捕捉如今可以看到的数以百计的华人社群的丰富性和多样性。"（王赓武，19）

　　王赓武的意见很值得重视，不过今天我们使用离散一词——即使是单数——并不意味着我们忽略了此词背后"日益多元的现实"。我在本文上一节结束时即特别强调离散经验的繁复性与多元性，将离散经验强加统摄与划一是不符事实的。这里无法详述华人移民海外的历史。自有明一代应该就有华人在海外活动的记载；不过，华人急速地大量移民海外则是在 19 世纪中叶之后，这一切要拜西方资本主义与殖民主义蓬勃发展之所赐。清廷日衰，往后百年，经历了辛亥革命、对日抗战、国共内战、改朝换代，加上各种政治运动，中国人以各种因素，自愿地或非自愿地移居海外，有些最后落叶归根，有些则在海外开花结果。从早期的苦力、华工，乃至于"猪仔"，到最近数十年或因政治，或因教育，或因专业等因素移民海外，不论移居何处，中国人移民的动机大概不脱已故亚裔美国历史学家罗纳德·高木（Ronald Takaki）所说的希望。高木在他的亚裔美国史的皇皇巨著中指出，沃勒斯坦（Immanuel Wallerstein）的现代世界体系（modern world-system）理论与其经济动力之说只能局部解释亚洲移民何以愿意去国离乡。他借用汤亭亭（Maxim Hong Kingston）在《女战士》（*The Woman Warrior*）中的话说，除了必要（Necessity），有些还出于奢华（Extravagance）。[12] 换言之，在高木看来，除了生存的迫切需要外，这些移民不少还怀抱着巨大的梦想与希望（Takaki, 1989: 31），离乡背井，漂洋过海就是为了

[12] 汤亭亭在《女战士》第一篇《无名女》（"No Name Woman"）中提到她母亲所引述的家族秘密：她的一位无名姑姑在丈夫远渡重洋后却身怀六甲，此事当然无法见容于保守的乡里，她最后选择投井自尽。对作者的母亲而言，年头不好，如何存活下去乃属"必要"的硬道理，除此之外，不论出于自愿或非自愿，通奸乃至于婚外生子就近乎奢华了（Kingston, 6-7）。用作者的话说："在好年头，通奸也许只是个过错，在村里缺粮时却是大罪一桩。"（Kingston, 15）黄秀玲（Sau-ling Cynthia Wong）后来借用汤亭亭这两个辞喻说明亚裔美国文学生产的处境："'必要'与'奢华'这两个用词意味着生存与行事的两种对比形态，一个是从容自制，以生活为考虑，且倾向保守；另一个则偏向自由，缺少节制、情感流露与创作的自主存在。"（Wong, 1993: 13）黄秀玲相关的观念最早见于她对《女战士》一书的诠释（Wong, 1988）。

实现自己的梦想与希望。

即使有王赓武的疑虑，以离散来形容或描述华人散居世界各地的情形已经日趋普遍（譬如：Wang and Wang, 1998；Chen, 2004；Mung, 2004；Cohen, 2008）。世界各地华人的离散情形当然各有差异，不仅历史不同，在各个区域的境遇也不一样，断然不可能只有王赓武所质疑的单一的华人离散社群。不仅华人离散社群如此，上文提到的犹太人与非洲人的离散社群也是一样。

三

世界上许多种族都有自己的离散叙事，以上三个简略的离散叙事只是较广为人知的例子。我的叙述有意突出这些离散叙事独特的历史经验与其所牵涉的问题，这些叙事中每一个其实都远比我的叙述要复杂得多；而即使在个别的离散叙事里，不同时代或不同地区的叙事也不尽相同，我们不能将这些叙事同质化或一体化。我希望以上的简述能够提供若干线索，让我们想象离散社群的复杂性、多样性及差异性。离散的当代意义也显然必须超越寂寞、悲情、苦难、怨怼等传统上离散经验所造成的心理或情感反应。中文有几个相当生动的成语，颇能表达离散意义的延伸与变动：从"花果飘零"到"开花结果"，或者从"落叶归根"到"落地生根"到"开枝散叶"，我们看到离散意义所反映的不同生存态度。有趣的是，这几个成语都隐含离散的希腊字本意："散播种子"，虽然最后的结局大异其趣。顺便一提，也许是出于希腊字的原始意义，许多与离散有关的经验或现象习惯上似乎都与植栽或园艺有关：播散、移植、失根、混种、开花、结果等不一而足，从这些隐喻可以看出，离散主体其实是具有生命的生产性与创造性的。

英国历史学家霍布斯鲍姆（Eric Hobsbawm）在《离散的好处》（"Benefits of Diaspora"）一文中提到，在 20 世纪所开拓或建立的学术领域中，如社会学和心理分析，特别在欧陆若干地区，犹太人参与的人数比例极高，因为这些领域"没有固定性，可以导向创新"（Hobsbawm, 2005: 18–19）。霍布斯鲍姆话中有话，明显是以缺少固定性的学科模拟离散的创造性。他甚至引《希特勒的流亡者》（*The Hitler Emigrés*）一书的作者斯诺曼（Daniel Snowman）的话指出，从中欧出亡的犹太人，对英国造成最大的冲击主要展现在"较新的、较跨领域的学门（艺术史、心理学、社会学、犯罪学、核物理、生物化学），以及变革速度最快的行业（电影、摄影、建筑、广播）上面，而非那些早已定型的领域与行业"。霍布斯鲍姆甚至举诺贝尔奖为例，进一步说明离散犹太人的贡献：在 74 位英国诺贝尔奖得主当中，11 位是犹太人，其中 10 位出生在英国以外；而俄国的 11 位得主当中，有 6 或 7 位是犹太人，这些犹太人都在俄国出生，而非生在犹太人的故土。相反，以色列要到 2004 年之后才有两位科学家获得诺贝尔奖，其中一位生于以色列，另一位则在匈牙利出生（Hobsbawm, 19）。霍布斯鲍姆举证历历，只是为了证明"离散的好处"。离散的环境或经验似乎有助于刺激人的创造力与创新性。他当然不可能反对以色列建国，但他认为大屠杀悲剧的后果之一是以色列建国，而以色列建国却造成犹太人离散社群的萎缩。

就像我在前文所说的，离散应该是个饶富生产性的空间，环绕着离散所开展的许多观念，诸如越界、民族主义、家园、国族国家、文化认同、种族、族群性、公民权、混杂等，对当代文学理论与文化研究具有丰富的启发意义。在这个脉络之下，今天的离散研究显然无法再拘泥于古典的离散定义或早期犹太人的离散传统。用克利福德（James Clifford）的话说，"不管好坏，离散论述正被广泛挪用。其用法宽松，与去殖民、剧增的移民、全球通信及交通等理由有关——这一连串的现象鼓励（人们）在国内或跨国的多地点联系、居住和旅行"（Clifford, 1997: 249）。因此我们有必要采取较宽松的意义来理解离散。在《离散》（*Diaspora: A Journal of Transnational Studies*）这份期刊的主编杜洛燕（Khachig T. l. lyan）看来，离散其实包含了移民、流亡者、难民、外劳、侨民与族裔社群，因此属于"跨国主义的用语"（T. l. lyan, 1991: 4-5）。《建立离散理论》（*Theorizing Diaspora*）一书的编者布拉齐耶尔（Jana Evans Braziel）和曼努尔（Anita Mannur）也认为，晚近离散一词"日渐被人类学家、文学理论家及文化批评家用来描述20世纪下半叶的大规模移民与错置现象"（Braziel and Mannur, 2003: 4）。诚然，过去数十年或因天灾人祸，或因后殖民时代被殖民者大量移居前宗主国，或因全球资本主义之下不同层级的国际分工，人口的跨国流动使得离散成为相当普遍的现象与经验。杜洛燕认为，离散是跨国主义的象征，因为离散质疑疆界的问题。国族国家一向将自身想象与再现为一片土地，一块领土，一个同质、融合的地方，差异难免会在这样的领土上被同化，摧毁，或被忽略（T. l. lyan, 6）。离散正好与这一切相反。离散经验各有差异，总体化或同质化不同地区或现实的离散经验是很危险的事，反映在文学与文化生产上，离散文学与文化因此有其内部的异质性与差异性。异质性与差异性不仅构成离散的特性，同时也解构了中心的概念。

离散固然是跨国主义的象征，但离散并不等同于跨国主义，两者实质上不尽相同。诚然，必须要有跨国移民，必须跨越疆界，离散才有可能。离散主要指人的"跨越地理、历史、语言、文化与国家疆界的流动"，而跨国主义则广义地用来描述人员之外，包括资本、金融、贸易、文化、物资等的跨国流动，这样的流动迫使国族国家产生新的意义，主权国家的基础也随之多少松动（Braziel，27）。有一种所谓超全球化（hyperglobalization）的说法，以为在跨国主义之下，国族国家已经全然失效。这种想法恐怕过于一厢情愿，不尽合乎事实。国族国家的权力尽管屡遭跨国主义的挑战，甚至有时面临萎缩，但是这并不表示国族国家从此退位，从此失去治理的各种主权功能。即使哈特（Michael Hardt）和奈格里（Antonio Negri）在他们那部批判全球化的巨著《帝国》（*Empire*）中也开章明义指出，"在当代种种转变中，政治控制、政府功能与管控机制继续统治经济和社会的生产与交换"，只不过在他们看来，传统所谓的主权已经换了一个新的形式，也就是他们所说的帝国（Hardt and Negri, 2000：xii）。

人类学家阿帕杜莱（Arjun Appadurai）尝试以其著名的五种"景象"（–scapes）描述全球文化流动的现象，即族群景象（ethnoscapes）、媒体景象（mediascapes）、技术景象（technoscapes）、金融景象（ànancescapes）及意识景象（ideoscapes）。[13] 阿帕杜莱特别强调这些景象所呈现的"流动、不规律的状态"（Appadurai, 31）。更重要的是，他扩大安德森（Benedict Anderson）有关想象共同体的理念，认为这些景象其实是构成他所说的想象世界（imagined worlds）的砖石，也就是散布在全球各地的众多个人与群体，基于历史的想象所建构的想象世界。阿帕杜莱强调这些想象世界是建基于历史的想象，显然是为了避免将这些全球流动的主体推进非

---

[13] 写这篇论文时，新型流感（H1N1）正在全球肆虐，台湾地区也无法自外于这一波的流感，与数年前 SARS 病毒流行的情形没有两样，因此也许在五种"景象"之外，还应该加上病毒景象（viruscapes）。疾病或病毒的侵袭与蔓延完全在国族国家的权力运作之外，很多情况已经不是单一国家可以处理的了。

历史的虚幻境地。全球流动确有其事，而散布在全球各地的众多个人与群体是当代历史现实的一部分。因此阿帕杜莱指出，"今天我们生存的世界有一个重要的事实，即地球上有很多人是生活在这样的想象世界中"（Appadurai, 31）。

在阿帕杜莱的论述中，想象（imagination）一词向来别有含义。他通常将想象与幻想（fantasy）加以区隔。幻想纯属隐私与个人，不涉计划与行动，因此往往船过水无痕。想象则仿若计划或行动前的序曲。幻想可能是种逃避，想象则是行动的基础。阿帕杜莱心目中的想象多半非关艾略特（T. S. Eliot）所说的个人才具，而偏于集体属性。阿帕杜莱其实看到，在全球流动的时代，安德森的理论已经无法充分解释国族国家所面对的尴尬处境。他于是借力使力，借修正安德森的印刷资本主义（print capitalism）与国族国家的理论表示，在全球流动之下，电子媒介与大规模移民更带动了去畛域化的想象。各种形式的电子资本主义（electronic capitalism）也可以激发印刷资本主义"类似的，甚至更强烈的效应，因为这些形式的电子资本主义不只在国族国家的层面运作而已"（Appadurai, 8）。电子资本主义的种种形式——大众媒体、影视文化、因特网等——形成集体交谊（sodalities）的现象，而"这些交谊往往是跨国的，甚至于是后国家的（postnational），经常在国家的疆界之外运作"（Appadurai, 8）。集体交谊的跨国性（transnationality）造就了阿帕杜莱所说的离散公共领域（diasporic public spheres）。拜电子媒介与大规模移民所赐，我们看到的"不再是小型的、边陲的、属于特例的"离散公共领域，"在大部分的国家与大陆，这些公共领域是都会生活文化动力（cultural dynamic）的一部分"（Appadurai, 10）。阿帕杜莱特别以米拉·奈尔（Mira Nair）的电影《密西西比风情画》（*Mississippi Masala*）为例，分析经乌干达种族关系改造与错置的印度人，在移居美国南方之后，面对治丝益棼的种族问题时如何自处，同时又如何能够时时不忘其变动不居的印度性。[14]这部电影所开拓的批判空间，依我看来，正是阿帕杜莱所规划的离散公共领域。同理，2008 年北京奥林匹克运动会举办前于世界各地传递圣火时遭遇的骚动，都是不同离散民族主义在夺占离散公共领域时所部署的对立与抗争，而这些对立与抗争又很微妙地牵动了离散与家国之间，以及离散与国族国家之间错综复杂的关系。

我之所以征引阿帕杜莱，主要想借助他的理论厘清当代全球流动之下离散与跨国主义的关系，同时也尝试勾勒阿帕杜莱所说的离散公共领域的形貌。换言之，迂回地透过阿帕杜莱，我有意让大家看到离散如何"对各种民族主义、各种帝国主义及全球资本主义的'主导'叙事，书写反全球化的叙事"（Braziel, 6）。此处的公共领域一词出自哈贝马斯（Jürgen Habermas）。简单言之，哈贝马斯认为公共领域源于 18 世纪初英国的布尔乔亚社会，一个私人的领域逐渐演变成公众群体之后，"以各种力量诉诸批判性的群体，企图影响政府当局的决策，以便在公共领域这个新的论坛取得合法的要求"（Habermas, 1993: 56）。相对而言，公共领域是政府绝对权力的对立力量，在社会与政府之间扮演中介的角色，为政府提供民意，透过自由媒体、自由言论、自由集会乃至于民选议会，向政府争取布尔乔亚的利益。不过哈贝马斯也承认，这样的公共领域其实饶富乌托邦的色彩，在资本主义发展的支配下，市场经济高于一切，政府介入各种社会冲突，各方利益形成不同压力团体，自主而理性的公共领域恐怕不可能实现。

这里当然无法深究哈贝马斯理论的得失。今天谈公共领域，当

---

[14] 有关讨论《密西西比风情画》的中文文献，请参考李有成（2006）与傅士珍（2009）。

然也无须受缚于这个论述空间原先的布尔乔亚意识形态，我们毋宁取其公共性与批判性。我想指出的是，将离散视为公共领域正好可以彰显离散的生产性——特别是富于批判意识的生产性。离散之所以为离散是因为存在着两个"中心"。一个是离散的始源，也就是本文题目中提到的家国，包括了家园、部族、国家或国族国家等（参考 Clifford, 250）；另一个则是居留地，也就是离散社群赖以依附并形成网络的地方。[15]离散介于这两个"中心"，摆荡在克利福德所说的"根"（roots）与"路"（routes）之间——"根"属于家国，属于过去与记忆，属于有朝一日可望回归的地方；"路"则属于居留地，属于未来，导向未知。在"根"与"路"之间，离散不时与上述两个"中心"对话。

哈金在其小说《自由生活》（*A Free Life*）第六部分的第二十一章中，叙述男主角武男（Nan Wu）参加亚特兰大华人小区中心一个研讨会的经过。武男已经申请入籍美国，但却因此面临道德与伦理上的挣扎，他"不能确定一旦中美开战自己会站在哪一边"。换言之，他内心的挣扎显然主要涉及所谓背叛与忠诚的问题，这也是离散者在面对家国时深受困扰的问题。[16]武男之所以参加这个研讨会，无非希望研讨会有助于厘清他在道德与伦理上的困境。这个研

---

[15] 王赓武在讨论海外华人作家的困境时，也有类似两个或多个"中心"的说法。他认为每一位海外华人作家都是一个自我（self），"他在自己的小区中有离他最近的他者。同时，每一个小区在它所入籍的国家都可能有一个其他族群的他者，这个他者尤其可能是占主导地位的多数族群。此外，不同的海外小区在他们的中国想象中有一个额外的他者以及全球化大进程中的另一个他者"（王赓武，2007: 251）。

[16] 哈金在他的评论集《在他乡写作》（*The Writer as Migrant*）第二章中对这个议题有相当精彩的讨论。这一章的重点在讨论所谓背叛与离散作家的非母语写作的问题。关于离散作家采用非母语写作的背叛，哈金这样反问："在人类历史上，个体总是被指责为背叛了国家。为什么不能颠倒过来，指控国家背叛了个人呢？反正大多数国家已经习惯性地成为其公民的叛徒。国家犯下的最大罪行是不允许他的作家用诚实和艺术准则来写作。"（Ha, 2008: 31-32；哈金，2010: 61。第一个页码指英文原著，第二个页码为中译本。以下相同。）

讨会的目的主要是为了探讨《中国可以说不》这本畅销一时的书，结果却演变成各说各话，各种立场与各方利益互相颉颃角力的场域，最后竟沦为互揭疮疤，人身攻击的闹剧。显然，离散公共领域虽然形成于去国离乡的集体交谊，但是并不表示就此泯除离散主体彼此之间的差异；既是公共领域，就不免众声喧哗，在面对家国与居留地的现实当中，我们看到国家认同或离散属性的纠葛难解。在研讨会中武男最后发言表示："中国是我们的出生地，美国是我们后代的家乡——也就是说，是我们未来的地方。"（Ha, 2007: 495；哈金，2009: 468）武男的话非常贴切地道尽离散社群如何徘徊在"根"与"路"之间，如何面对过去与未来，在记忆与未知之间踟蹰彷徨。

在"根"与"路"、过去与未来、记忆与未知之间，离散者置身离散情境时，也可能对家国采取决裂的态度，将"根"拔除，与过去断裂，并将记忆压制。在哈金的短篇小说《临时爱情》中，住在法拉盛（Flushing）的男主角潘斌，在婚姻与爱情两失之余，终于痛定思痛，铁下心来，要与过去一刀两断，一心一意寻求只有未来的生活。他对曾经与他有露水夫妻关系的丽娜说：

> ……每个中国人都背着那么重的过去，这行李太沉了，我不愿分担。我要寻求跟过去没有关系的生活。"
>
> "没有过去，你怎么能弄明白现在呢？"
>
> "我终于确信人必须抛掉过去才能活下去。扔掉你的过去、想都不要想它，就像它从来没存在过。"
>
> （哈金，2010b: 206）

　　这种身在离散，却执意与过去——特别是与有关中国的过去——决裂的例子，在白先勇的小说系列《纽约客》中俯拾皆是，虽然每个角色想要斩断过去的理由与方式不尽相同。在《谪仙怨》中，出身高官家庭的黄凤仪，原住在上海霞飞路一幢法国房子里，就像白先勇早期小说《台北人》中众多"飞入寻常百姓家"的没落王孙那样，国共内战后全家流亡台北。她成年后又辗转到美国求学，结果不出数年即沦落纽约，靠出卖灵肉为生。在给她留在台北的母亲写信时，她的信末附笔特别提醒母亲："以后不必再寄中国罐头来给我，我已经不做中国饭了。"黄凤仪——这个名字相当讽刺地典出成语"有凤来仪"——表面的理由是"太麻烦了"（白先勇，2007: 55），在象征意义上当然是要遗忘或挥别中国的过去。

　　《纽约客》里最能看出白先勇的创作野心的是《骨灰》这篇小说。白先勇让两位年老力衰、末路穷途的表兄弟——叙事者叙述中的大伯和表伯——在远离故国，流散旧金山之余，伤痛地追怀过去，其心境犹如宋人陈与义在《临江仙·夜登小楼，记洛中旧游》词中所说的，"二十余年成一梦，此身虽在堪惊"。两位表兄弟的过去与整个现代中国的命运纠葛难分，他们历经对日抗战、国共内战，就因为政治认同上的差异，主动或被动地卷入现代中国的历史洪流中，既支持不同的政权，但也在不同的政权下吃尽苦头。做表弟的加入中国民主同盟，支持共产党，后来的下场却不堪回首，尤其在 1957 年的反"右"斗争中被打成"右派"，日后只能装聋作哑，噤若寒蝉。做表哥的虽然抗日有功，却也因为不愿同流合污，受尽排挤，最后却流落异国，在旧金山"唐人街一家水果铺门口摆了一个书报摊"，靠卖香港杂志糊口。这两位表兄弟久别重逢，白先勇透过他们的对话，道尽命运的无奈与历史的反讽：

"鼎立，"大伯泪眼汪汪地注视着鼎立表伯，声音低哑地说道，"你骂我是'刽子手'，你表哥这一生确实杀了不少人。从前我奉了萧先生的命令去杀人，并没有觉得什么不对，为了国家嘛。可是现在想想，虽然杀的都是汉奸、共产党，可是到底都是中国人哪，而且还有不少青年男女呢。杀了那么<u>些</u>人，唉——我看也是白杀了。"

"表哥——"鼎立表伯叫了一声，他的嘴皮颤动了两下，好像要说什么似的。"鼎立——"大伯沉动地唤道，他伸出手去，拍了一下鼎立表伯高耸的肩胛，"我们大家辛苦了一场，都白费了——"（白先勇，2007: 116）

小说中大伯的最后一句话——"都白费了"——无疑是对过去的彻底否定。远离故土，在离散情境之下，表兄弟还真的如鲁迅诗中所描述的那样，"度尽劫波兄弟在，相逢一笑泯恩仇"。离散所带来的时空距离显然让过去在政治上对立的表兄弟看清了历史的荒谬，他们的喟叹其实是另一种形式的批判实践，更重要的是，两位表兄弟的对话也形塑了我在上文提到的离散公共领域。

四

有一个说法是，台湾是一个"移民"社会。这个说法当然是基于汉人的立场，少数民族大概是不能同意的。虽然迁徙原本就是少数民族传统部落生活经验的一部分，但是这样的迁徙与一般我们所熟知的移民社会并不相同。不过就历史事实而言，四百年来，汉人的确在不同历史阶段，以不同理由移居台湾。最近一二十年在全球人口的大规模流动之下，外来劳工与外来配偶更成为台湾的新"移民"。即使是少数民族，数百年来或因天灾，或因土地被汉人巧取豪夺，或因往都市就业而被迫搬迁，内部移民几乎成为各族的共同命运。面对数百年来血泪斑斑的迫迁与流徙，泰雅族作家瓦历斯·诺干一方面对"国民党政权恒常以'大中国'之尊，以中央对边陲的支配性来曲解历史现象"大加挞伐，另一方面对"民进党诸君……借着'蒙太奇'的手法，自居被政权压迫的'弱者'，无法正视原住民迁移史而自造台湾史"的做法也深感不齿，他认为"那只是跛脚历史，也无非是鸵鸟主义的再现"（瓦历斯·诺干，1992:149）。在汉人四百年来开台的垦拓与移民中，瓦历斯·诺干看到的是少数民族灭族失土的血泪史——他称之为原住民的"大撤退信史"。

　　这样的大撤退信史其实包含着克利福德所说的离散的成分。克利福德指出，离散社群经历的流离失所、错置、自我调适等历史经验，其实也是世界各地原住民普遍拥有的历史经验。离散社群将散落各处的人构筑成网络，第四世界——即各地原住民的社群——的人目前也逐渐结合起来建立跨国联盟，这些联盟其实即具有离散的成分。这些联盟团结在类似"还我土地"的吁求，以及沦亡与被边陲化的共同历史命运上，以"离散的视境"（diasporist visions）冀望有朝一日重回始源或祖先之地。四处流散的原住民在失去土地之后，被迫远离部落外出寻找工作，克利福德认为，这些原住民无疑具有离散的属性，我们也可以据此认定"当代部族生活的离散面向"（Clifford, 253）。在撰写本文的时候，台湾因莫拉克台风正遭逢百年未有的水患，地坍山崩，土石流造成高雄县甲仙乡（小林村）、那玛夏乡、六龟乡（新开部落）等地的少数民族（包括平埔族）或灭村，或数百人命伤亡的悲剧，若干村落已不适合住人，幸存者在家破人亡之余，新一波的迫迁与流徙已不可避免。此时此地思考离散的问题，内心倍觉沉痛。台湾地区内部的离散现象——少数民族、外来劳工、外来女佣、外来配偶、外流的农村人口等——
所在多是，而且这些离散现象的主体多为低层从属阶级（subaltern
class），政权起落兴替，并未能改变他们的命运；他们长期遭受歧
视、欺凌、剥削与边陲化，只能间歇地吟唱离散悲歌。此外数十年
来，基于政治、教育、经济、就业等种种理由，从台湾外移的人口
也不在少数，离散因此是台湾住民历史经验与社会现实的重要部
分，这也是离散研究在台湾经验中可以找到适切性与利基（niche）
的地方。

　　本文题目中的"家国"一词大致近于英文的 homeland。我之所
以采家国而不取国家，本文上一节已经约略提到，因为家国可以含
摄更多的类别，诸如家园、部族、国家、国族国家等。[17] 离散虽然
不在取代国家，却也是为了指证国家这个典范的不足，就像我在本
文第一节所一再指陈的，国家文学的概念已经无法统摄与描述所有
的文学生产。离散无疑在国家之外为繁复多元的文学与文化生产提
供了归属与栖身之地。尤其在跨国主义的脉络之下，传统国族国家
的意义正面临挑战，其面貌也并非永远那么清晰：在电影《密西西
比风情画》中，出生于乌干达的印度人从来未曾踏足印度，被逐出
乌干达之后，几经辗转，他们最后落脚在美国南方的密西西比州小
镇。这些印度人该如何认定他们的国家？甚至在提到家国时，不同
世代的思考显然也大异其趣。离散印度人的家国显然不一定是在印
度。出生在特立尼达和多巴哥的奈保尔（V. S. Naipaul）最后成了

---

[17] 哈金对家国（译文用"家园"）的看法与此颇为相近，值得参考。在哈金看
　　来，家国一词有两层意义："一是指故土，另一个是指家园。这两层含义曾
　　经很容易调和为'家'，即标志着'原居地'，因为过去和现在是不可分开
　　的。然而在我们的时代，这两层含义往往造成内在的歧义。"其实家国不只存
　　在于个人的过去，"而是与现在和将来也有关的地方"（Ha, 2008: 65；哈金，
　　2010: 109-10）。

英国女王的臣民，但他却以大量的心力与时间去考察，了解与批评他的祖先之国——印度这个他所说的受伤的文明（a wounded civilization）。他心中的家国究在何处？在古雷希（Hanif Kureishi）的短篇小说《我儿宗教狂》（"My Son the Fanatic"）中，男主角阿里（Ali）是英国土生土长的第二代巴基斯坦裔英国青年，可是当他脱口说出"我们的同胞在世界各地受尽迫害"时（Kureishi, 1997: 129），他话中的"我们的同胞"（"our people"）指的显然并非生活在他周遭的英国人，而是那些恐怕连他自己也不知身在何处——也许在伊拉克、在阿富汗、在巴基斯坦、在伊朗、在土耳其、在印度尼西亚，或者在马来西亚，甚至在车臣——的伊斯兰教徒。他的国家在那里？他要如何想象他的家国？

想象一词也需要进一步约略说明。就像阿帕杜莱的用法，在这个脉络里，想象一词并不隐含虚幻或不着边际的意义。想象是具体的，家国因此具有指涉性——家国既是始源，也是挥手告别之地，更是许多离散者魂梦所系，希望日后还能回归的地方。由于身在离散，由于时空的距离，或者由于政治、经济或其他理由，家国因此有时只能想象。想象是集体的，对离散社群而言，即使个人的想象往往也隐含集体的意志与意义。家国想象是乡愁的一部分，想象变成了另一种形式的回忆。王智明透过刘大任的《浮游群落》与张系国的《昨日之怒》反省面对保钓历史与政治的不同态度。刘大任和张系国大抵都是周蕾所谓的身在离散的离散者（Chow, 1993: 23），身老江湖，心怀家国——虽然有时候家国想象显得相当模糊。在王智明看来，20 世纪 70 年代海外（主要在美国）保钓运动所开拓的离散公共领域，让那些"不愿与资本合流、向威权妥协的知识分子"，最后"透过记忆，在叙述里留下一些历史的痕迹"（王智明，2007: 25）。王智明这里所说的记忆，都充满了离散意识，其实是

另一种形式的家国想象，是莫里森（Toni Morrison）所说的再记忆
（rememory）——包括历史记忆与回顾想象。

本文除了探讨离散的当代意义外，主要还是为了回答一个问
题：为什么要从事离散研究？上文已经指陈历历，离散不只是许多
个人与种族的历史经验，也是许多国家与社会长期存在的现实，更
是后殖民与全球化时代跨国流动之下的普遍现象。据联合国的统
计，至 2005 年为止，世界各地至少有 2.28 亿人是居留在其出生国
之外的（引自 Esman, 2009: 4）。微观而言，我在前文已经提到离散
研究对台本土经验的迫切意义。不同种族的离散展现繁复多样的面
向，对台湾地区——乃至于大陆与其他华人世界——的离散情境及
其文学与文化生产都有启发意义。我们可以透过他人的经验反躬自
省，并经此轨迹思考，模塑与发展自己的离散理论，或借此响应与
介入华人经验中的离散现实。他山之石可以攻玉，那是因为他山之
石提供我们自我反思与批判的机会。即使身不在离散，心存某种离
散意识也可以让我们设法跳脱自我，贴近与体会离散者可能的心境
与困境。这是理论与理论实践的淑世功能。

其次就宏观而论，由于离散是个具有历史意义与当代意义的普
世经验，离散提供了宽广的批判空间，让我们思考后殖民与全球化
时代环绕着与国族国家、文化属性、公民权等类别所开展的各种议
题。这一点上文已经约略说明。《建立离散理论》一书的编者布拉
齐耶尔和曼努尔也提出两大理由，说明离散研究的重要性：一、离
散迫使我们重新思考国家与民族主义的类别，并重新描绘公民与
国族国家之间的关系；二、离散开拓了无数异质多元的场域，对抗
全球化的霸权与同质化的力量（Braziel and Mannur, 7–12）。简单
言之，离散的政治在于这个典范所展现的新视野，一方面既暴露国
族国家与民族主义原有典范的褊狭与局限，另一方面则顺水推舟，

以跨国流动的力量形成哈特与奈格里所说的诸众（multitude，参考 Hardt and Negri, 2000; 2004），不断骚扰与挑战全球化的进程。

　　21 世纪的开始是个多事之秋。2001 年纽约世界贸易大楼与华盛顿五角大楼遭到恐怖攻击，随之而来的是笼天罩地的全球反恐战争；2003 年美、英强权更借口反恐对伊拉克与阿富汗发动侵略战争，人命伤亡无数，文明遭到浩劫，而侵略者至今仍深陷战争的泥沼而难以脱身——这些接二连三的血腥暴力事件为离散带来全新的意义。2008 年底源于美国的全球金融风暴与经济衰退，过去二三十年肆虐全球的新自由主义与市场基本教义派实在难辞其咎。再加上最近几年世界各地所发生的影响深远的灾变——东南亚的海啸、美国的卡特丽娜（Katrina）风灾、台湾地区莫拉克台风所引发的"八八"水灾等——无不说明从全球或跨国、跨地区的视角思考仍有不足之处。冷战结束，资本主义踌躇志满，福山（Francis Fukuyama）即视此为历史的终结。新自由主义与市场基本教义派所操弄的消费主义无止境地消耗地球的资源，几次大规模的自然灾难已经一再提醒人类必须学习尊重自然，爱护地球。全球资本主义的幽灵也许不会因为金融危机和经济萧条而挥手离去，可是我们已经不能不——其实是不得不——以后人类（posthuman）与后全球化（post-globa-lized）的思维面对我们的生存处境。新的思维恐怕必须建立在三好将夫（Masao Miyoshi）所说的地球主义（planetarianism）的理想上：

　　　　以地球主义为基础的离散意识会是怎样的面貌？离散社群之间如何在地球主义的逻辑之下互相链接，进一步质疑迪莫克（Wai-Chee Dimock）所说的"国族国家的时空疆界"（Dimock, 2006: 5）？离散文学与文化生产又如何在此国族国家的时空疆界之外响应地球主义的召唤？离散的边陲位置既在国族国家的时空疆界之外，我相信，身在离散使我们更能够体认地球主义的真正意义——不论身在何处，我们终究只是地球众多物种的一分子。我们并非地球唯一的物种，地球却是我们唯一的家。

参考文献

王智明 . 叙述七〇年代：离乡、祭国、资本化 . 文化研究第 5 期（2007）.

王赓武 . 单一的华人散居者? . 刘宏与黄坚立主编 . 海外华人研究的大视野与新方向：王赓武教授论文选 . River Edge, NJ: 八方文化，2002.

_____. 无以解脱的困境? . 读书杂志编 . 亚洲的病理 . 北京：生活·读书·新知三联书店，2007.

王德威 . 文学行旅与世界想象：华文作家在哈佛 . 联合报 . 联合副刊 . 2006 年 7 月 8–9 日 .

白先勇 . 纽约客 . 台北：尔雅出版社，2007.

史书美 . 全球的文学，认可的机制 . 纪大伟译 . 清华学报 . 新 34 卷 1 期（2004 年 6 月）.

瓦历斯·诺干 . 番刀出鞘 . 台北：稻香出版社，1992.

李有成 . 文学的多元文化轨迹 . 台北：书林出版有限公司，2005.

_____.《密西西比的马萨拉》[18]与离散美学 . 在理论的年代 . 台

---

[18] 编注：《密西西比的马萨拉》为《密西西比风情画》的台译名。

北：允晨文化实业股份有限公司，2006.

林友顺.马国种族言论酿政治风波.亚洲周刊,2008年9月21日.

哈金.自由生活.季思聪译.台北：时报文化出版企业股份有限公司，2009.

____.在他乡写作.明迪译.台北：联经出版事业股份有限公司，2010a.

____.落地.台北：时报文化出版企业股份有限公司，2010b.

张锦忠.文化回归、离散台湾与旅行跨国性："在台马华文学"的案例.李有成与张锦忠合编.离散与家国想象：文学与文化研究集稿.台北：允晨文化实业股份有限公司，2010.

傅士珍.迁移的家园：论《密西西比的马萨拉》之印度离散再现.中外文学.38卷2期（2009年6月）.

单德兴.铭刻与再现：华裔美国文学与文化论集.台北：麦田出版，2000.

赛夫·纳兹里·瓦希德."马来西亚文学"的概念不贴切.庄兴华编.国家文学：宰制与回应.吉隆坡：雪隆兴安会馆与大将出版社，2006.

聂华苓.桑青与桃红.台北：时报文化出版企业股份有限公司，1997.

严歌苓.寄居者.台北：三民书局股份有限公司，2009.

Appadurai, Arjun. *Modernity at Large: Cultural Dimension of Globalization.* Minneapolis and London: University of Minnesota Press, 1996.

Braziel, Jana Evans. *Diaspora: An Introduction.* Oxford: Blackwell, 2007.

Branziel, Jana Evans, and Anita Mannur. "Nation, Migration, Globalization: Points of Contention in Diaspora Studies." Jana Evans Braziel and Anita Mannur, eds. *Theorizing Diaspora*. Oxford: Blackwell, 2003.

Chen, Zhongping. "Building the Chinese Diaspora Across Canada: Chinese Diasporic Discourse and the Case of Peterborough, Ontario." *Diaspora: A Journal of Transnational Studies* 13. 2−3 (2004).

Chow, Rey. *Writing Diaspora: Tactics of Intervention in Contemporary Cultural Studies*. Bloomington and Indianapolis: Indiana University Press, 1993.

Clifford, James. *Routes: Travel and Translation in the Late Twentieth Century*. Cambridge, MA and London: Harvard University Press, 1997.

Cohen, Robin. *Global Diasporas: An Introduction.* 2nd ed. London and New York: Routledge, 2008.

Dimock, Wai-Chee. *Through Other Continents: American Literature Across Deep Time*. Princeton and Oxford: Princeton University Press, 2006.

Du Bois, W. E. B. *The Souls of Black Folk*. Greenwich, CT: Fawcett Pub. 1961 (1903).

Dufoix Stéphane. *Diasporas*. Trans. William Rodarmor. Berkeley, Los Angeles and London: University, of California Press, 2008.

Esman, Milton J. *Diasporas in the Contemporary World.* Cambridge: Polity, 2009.

Fanon, Frantz. *The Wretched of the Earth*. Trans. Constance Farrington. New York: Grove, 1963.

Gilroy, Paul. *The Black Atlantic: Modernity and Double Con-*

sciousness. London and New York: Verso, 1993.

Gruen, Erich S. *Diaspora: Jews amidst Greeks and Romans.* Cambridge, MA and London: Harvard University Press, 2002.

Ha, Jin. *A Free Life.* New York: Pantheon Books, 2007.

_____. *The Writer as Migrant.* Chicago: University of Chicago Press, 2008.

Habermas, Jürgen. *The Structural Transformation of the Public Sphere: An Inquiry Into a Category of Bourgeois Society.* Trans. Thomas Burger with the assistance of Frederick Lawrence. Cambridge, MA: MIT Press, 1993.

Hardt, Michael, and Antonio Negri. *Empire.* Cambridge, MA and London: Harvard University Press, 2000.

_____. *Multitude: War and Democracy in the Age of Empire.* New York: Penguin, 2004.

Hobsbawm, Eric. "Benifits of Diaspora."*London Review of Books.* 20 October 2005.

Kingston, Maxine Hong. *The Woman Warrior: Memoir of a Girlhood Among Ghosts.* New York: Vintage Books, 1977.

Kureishi, Hanif. "My Son the Fanatic."*Love in a Blue Time.* London and Boston: Faber and Faber, 1997.

Miyoshi, Masao. "Turn to the Planet: Literature, Diversity, and Totality." *Comparative Literature* 53. 4 (Fall 2001).

Morgan, Philip D. "Origins of American Slavery."*America on the World Stage: A Global Approach to U. S. History.* Urbana and Chicago: University of Illinois Press, 2008.

Mung, Emmanuel Ma. "Dispersal as a Resource."*Diaspora: A*

Journal of Transnational Studies 13. 2—3 (2004)

Ngũgĩ wa Thiong'o. *Decolonising the Mind: The Politics of Language in African Literature.* London: James Currey, 1986.

Randall, Dudley, ed. *The Black Poets.* New York and London: Bantam Books, 1971.

Redding, S. Gordon. *The Spirit of Chinese Capitalism.* Berlin: Walter de Guyter, 1990.

Rushdie, *Salman. Shame.* New York: Alfred A. Knoft, 1983.

_____. *Imaginary Homelands: Essays and Criticism, 1981—1991.* London: Granta Books, 1991.

Shammas, Carole. "America, the Atlantic, and Global Consumer Demand, 1500—1800." *America on the World Stage: A Global Approach to U. S. History.* Urbana and Chicago: University of Illinois Press, 2008.

Shan, Te-hsing. "What's in a Name? Some Reflections on Sinophone Literature." *Paper presented at Globalizing Modern Chinese Literature: Sinophone and Diasporic Writings,* Harvard University, 6—8 December 2007.

Takaki, Ronald. *Strangers from a Different Shore: A History of Asian Americans.* Boston, Toronto and London: Little, Brown & Co. , 1989.

T. l. lyan, Khachig. "The Nation-State and Its Others: In Lieu of a Preface." Diaspora: A Journal of Transnational Studies 1. 1 (1991).

Wang, Gungwu and Ling-chi Wang, eds. *The Chinese Diaspora: Selected Essays.* Volumes 1 and 2. Singapore: Times Academic Press, 1998.

Wong, Sau-ling Cynthia. "Necessity and Extravagance in Maxine Hong Kingston's The Woman Warrior: Art and the Ethnic Experience." *MELUS* 15: 1 (Spring 1988).

_____. *Reading Asian American Literature:Fram Necessity to Extravayance*. Princeton: Princeton University Press, 1993.

中国话剧的三种话语与戏剧形式的实验[1]

谭国根

　　"话语"（discourse）是社会科学和文化研究中常用的一个词语，泛指在思想史和文化史上形成规范和约束作用的各种"思想语言"。"话语"一词就包含了对话与互动的意思，可以用作分析主流思想语言与非主流思想语言之间的互涉和对抗关系。在福柯（Michel Foucault）的理论里，文化是以话语作为形式而具体地展现于社会。在文化和文化史的研究里，对"话语"的研究，可以看到"思想语言"及因之而形成的各种制度对个人行为所产生的意识形态制约作用（ideological subjection）。法律是一种话语，起着社会规范的作用。医学也是一种话语，因为医学不单是一门医治人体的学问，而且还可以在社会上产生一种判别个人行为是否正常（或非正常）的权威判断。在中国传统里，儒家思想所起的伦理规范作用，也是一种话语。"话语"本来是指涉"思想语言"与个人的关系，但在不同文化体系或不同历史时期里，"思想语言"会发生

---

[1]　这篇文章原名《中国话剧史上的三种话语与剧坛形式创新》，曾发表于我的旧著《主体建构政治与现代中国文学》，2000 年由牛津大学出版社（香港）以中文出版，页 135−148。现在再版，加以修订、补充和扩大。

变化，也会对个人有不同的论述。因之，研究思想史上和文化史上的各种话语以及话语转变的关系，就可以看到文化形成和转型的关系。例如性别观念在不同文化里就有不同的内涵和指涉，因而也是话语的产物，而不单单是生理所决定的。研究性别话语，就可以看到文化对个人或某个个体的性别论述，及这种论述的本质。

在文艺研究中，常常可以看到政治制度和文化政策如何影响作品的主题及形式风格，甚至人物角色的塑造。但是，政治制度和文化政策是要转化为各式各样的思想观念才可以影响文艺作品的。反过来，思想及各式各样的观念也必须实体化（制度化）为各式各样的思想观念，才可以产生最大的影响力。这个实体化（制度化）的过程会使得各式各样的思想观念变为意识形态。但研究者还可以问，究竟意识形态是如何对个人行为，或对作家的个人创作，产生影响，进而成为作品呢？具体地说，意识形态作为社会性的思维及观念，是怎样转化为个人思想及观念，然后产生行为呢？福柯的话语理论为此提供了答案。当意识形态转化作广为流通的观念，并且成为社会共同语言，它便可以成为个人思想及观念，影响个人行为。个人行为与个人语言集合起来，又可以起更大的波澜，因而话语可以对个人产生社会化效果。研究文艺创作中的话语，即可以看到文艺形式如何由意识形态转化而产生。研究文艺话语，可以循两个途径进行，一是研究话语如何规范文艺，二是研究文艺背后所隐藏的话语，因而解构作品背后的观念。

用中国观念说，"话语"就是文化上或生活中的各种"大语言"（或大我的语言）和"小语言"（或小我的语言）；"小语言"可以发展为"大语言"，而对原有的"大语言"产生对抗，并且取而代之。因而，各种"话语"之间会产生各种互涉与对抗的关系。这种关系，可以用作分析文化转变的机制。

"现实主义话语"与自我的个性建构

中国话剧史上最早出现的一种话语是"现实主义"话语。早在
1918 年,《新青年》就以专号介绍挪威戏剧家易卜生的思想及其剧
作。[2] 这一年胡适在《新青年》上发表《易卜生主义》一文,以文
学作品题材中的社会现实性作为特征去界定现实主义。这种定义
不以艺术的手法及形式去界定现实主义。1919 年,胡适又在《新
青年》发表其自称为"滑稽喜剧"的《终身大事》,写女主角在日
本念书,学成归国后要争取婚姻自主权,最后离家出走。《终身大
事》可说是较为完整的早期中国婚姻问题剧。虽然戏剧兴味不浓,
《终身大事》以角色的个人对立作为戏剧冲突的形式及以离家作为戏
剧冲突的结局,在当时来说,是一种创新的形式,为新式的剧本写
作提供了一个范本。20 世纪 20 年代,由于革命思潮的影响,也由
于社会的动荡,戏剧遂成为新思潮的传播媒介,文坛上涌现大批
戏剧家。

易卜生以《玩偶之家》(又译作《娜拉》)一剧及其对当世妇女
解放问题之关注,闻名于欧美以至日本,当然亦受到中国知识界的
重视,并加以介绍。易卜生的 26 种剧本,有 16 种在 20 世纪 50 年
代以前已译成中文,大部分登上过中国舞台。[3] 从 20 年代起,对中
国观众及剧作家最具感染力的要数《玩偶之家》、《群鬼》和《海上

---

[2]　《新青年》1918 年 6 月号专题介绍易卜生,载有胡适《易卜生主义》一文,
　　　详论易卜生思想及其对中国的启发。该期还有易卜生戏剧的中译,震撼了中
　　　国思想界。

[3]　见谭国根:《易卜生在中国:接受与影响》,英文原版:Kwok-Kan Tam, "Ibsen
　　　in China: Reception and Influence." 论文有专章统计和讨论易卜生作品的中译
　　　及舞台演出。又见 Kwok-Kan Tam, *Ibsen in China 1908—1997: A Critical-An-
　　　notated Bibliography of Criticism, Translation and Performance* (Hong Kong:
　　　Chinese University Press, 2001).

夫人》。在当时，三剧均被认为写出了对恋爱及婚姻的新看法。娜拉的出走成为青年男女对争取婚姻自由及家庭幸福的榜样。《玩偶之家》的中译本在当时轰动中国剧坛，大批年轻戏剧家因此起而效尤。1920 年，田汉在致郭沫若的信中就自称为"成长中的中国易卜生"。[4]1922 年，洪深从美国乘船回中国途中，被同船的朋友问及将来要成为著名演员还是成为像莎士比亚那样伟大的戏剧家，他毫不犹豫地回答希望成为另一个易卜生（洪深，109）。欧阳予倩在 20 年代所写的剧本就有易卜生社会问题剧的影子。曹禺亦认为他最初对戏剧的兴趣源自易卜生。"问题剧"（the problem play）作为一种戏剧文类，成为二三十年代话剧之主流。[5]

可是，当个人的自我问题变为社会问题时，"问题剧"也成了探讨社会问题的戏剧。在二三十年代出现的各种独幕剧都以题材的社会性去界定作品的现实主义，均以易卜生的《玩偶之家》及胡适的《终身大事》作为戏剧结构的摹本，而忽略其他艺术手法的尝试，剧情处理出现公式化。此时期的剧作和舞台演出，都集中于个人离家出走，寻求自我的建立。中国话剧从创始期开始即特别关注人的自我的个性建构，因而对"新女性"的讨论也特别多。在这个建构的过程中，20 年代有一个提法是把女性"男性化"，以达到两性平等。郭沫若和茅盾都是这个论点的倡导者。但各种以文学形式进行的"思想实验"，例如茅盾的长篇小说《虹》，均与女性的经验

---

[4]　田汉的信收在《三叶集》，田汉于信末自署 "A Budding Ibsen in China"。见田汉、宗白华、郭沫若（1920 年），页 81。

[5]　关于"问题剧"（the problem play）在中国的兴起，参看谭国根（1988）：《〈玩偶之家〉与中国 20 年代社会问题剧》，及我在美国期刊《中国现代文学》（*Modern Chinese Literature*）1986 年第 2 卷第 1 期发表的论文《易卜生与现代中国戏剧家：影响与平行》（"Ibsen and Modern Chinese Dramatists: Influences and Parallels"）。其他学者后来发表相同的研究，都根据我所建立的框架及发掘的材料，可惜他们都不加注出处。

不符合,而完全是男性作家一厢情愿的"虚构"。女性还是女性,天生与男性不一样。要求女性化成男性,就是漠视自然的区别和忽视女性应有的权利。

易卜生式的"问题剧"到了二三十年代由田汉、洪深、欧阳予倩、曹禺等戏剧家的努力推动,逐渐以中国化的面目登上舞台。只有天才如洪深和曹禺才有例外的突破。洪深在 20 年代发表的《赵阎王》,用了心理分析与意识流的表现主义手法处理人物的内心世界。但这种例外并不为当时的观众与剧评家所明白和接受,其舞台演出是一种"伟大的失败尝试"。曹禺在 1934 年发表的《雷雨》,原版中所采用的"序幕"与"尾声",都带有浓厚的宗教色彩和神秘主义,并为剧情的主文本提供一种语境,使家庭与个人的悲剧延伸为对"宇宙残酷"的探讨。之后发表的《日出》也有类似的尝试。这些天才的例外,本可以成为一种"对抗话语",如果得到发展,可以突破社会问题剧的现实主义话语。只可惜中日战争爆发,国防戏剧与抗日剧的抬头,叫洪深和曹禺所尝试过的"另类戏剧"无法得以发展。

"社会主义现实主义话语"与自我的阶级建构

中国话剧史上的第二种话语是五六十年代出现的"社会主义现实主义"话语。这种话语把戏剧的性质界定为"社会主义问题剧",以社会矛盾诠释戏剧冲突,并以 18 世纪法国戏剧理论家布吕内蒂埃(Ferdinand Brunetière)的"冲突说"和斯坦尼斯拉夫斯基(Constantin Stanislavski)的理论而完成其从剧本创作到演出的体系。首先提倡这种概念的是周扬,再由李健吾全面发展,而完成"社会主义问题剧"的模式。60 年代,在中国广泛讨论社会主义时期话剧的本质时，剧作家兼评论家李健吾提出"社会主义戏剧的本质在于反映社会矛盾"的新观念（李健吾，55）。这观念具体地把毛泽东的"社会矛盾论"应用在戏剧上，以诠释戏剧冲突是什么。这是在周扬的观点上再进一步以阶级分析法去说明戏剧的本质，并且把戏剧冲突等同于阶级冲突。李健吾同时认为悲剧不存在于社会主义社会，因为悲剧只能发生于封建和资本主义社会，社会主义社会只产生喜剧。在以社会主义为背景的戏剧里，英雄是不会死的，因为英雄是正面人物，必然能战胜反面人物。李健吾的戏剧观在 60 年代大陆普遍得到戏剧家的赞同，因而影响广泛。

暂不论社会真实是否存在和是否可以将之与戏剧真实等同起来，但是把戏剧冲突代之以社会阶级矛盾，戏剧就变为一种由意识形态主导的政治话语（political discourse），其政治作用远远超出其美学意义，甚或会走到美学意义的对立面。从 60 年代到 70 年代，中国发生的种种政治事件，已为戏剧作为政治论述所产生的后果作了有力的证明。也由于此，"文革"发难亦以对电影和戏剧的批判开始。总而言之，把政治家提出用以解决社会阶级矛盾的手段变为"公式"，再应用到戏剧冲突的处理上，是 60 年代中国戏剧家在新的政治环境、新的社会条件下，对戏剧的理解和对戏剧形式的探讨。基于此，李健吾认为社会主义话剧的情节结构应该包括"一个事件的开端、进展、高潮和结束在内"（李健吾，56）。在社会主义话剧里，"讨论情节"并不存在，因为社会主义的"优越性"并不会叫任何问题无从解决，所以李健吾说："社会主义制度保证他（笔者注：英雄人物）的最后胜利。"（李健吾，57）

本来，易卜生戏剧中的开放式结局和"讨论"情节是隐含着怀疑主义因素的，到了李健吾和周扬的戏剧和文艺观里，却变成封闭式的结局和实证主义的规律化、公式化。社会主义戏剧理论（尤其中国）之所以相信戏剧情节有规律，并且是人生和社会规律的反映，还是源于19世纪西方的实证主义戏剧理论。这种理论以法国戏剧理论家布吕内蒂埃为集大成者。布吕内蒂埃是文学进化论者，当然相信文学史和文学创作都有规律可凭据。他是文学史的达尔文主义者，曾以文类理论勾勒整个欧洲文学史的进化关系。在戏剧方面，他提出"冲突说"。他有以下的见解："戏剧情节（或动作）是平庸人生或神秘力量的冲突。戏剧要表现的是当人被推上舞台上生活而去和命运、社会戒律或别人作的对抗。这种对抗有时还是人与人之间在感情、野心、兴趣、偏见、愚行和恶意方面的冲突。"（Brunetiére, 152–153）

在社会主义话语之下，人物角色成为政治的图解，没有自我意识，并不是立体有血有肉的人，而是平面化了的阶级产物。在这种理论里，"五四"文艺中所建构的人的自我完全消失。社会主义话语所产生的戏剧，是对易卜生戏剧的否定。

后现代主义话语

中国话剧史上的第三种话语是"后现代主义话语"，肇端于70年代末、80年代初的一场有关"戏剧性"的全国性大辩论。在这场辩论中，中国戏剧家和评论家重新回顾西方各种戏剧理论，并重新界定戏剧性。1979年，中央戏剧学院教授徐晓钟导演的易卜生早年剧作《培尔·金特》（Peer Gynt），第一次尝试以荒诞的手法作舞台演出。之后，在中国舞台上又有对布莱希特的重新演出，打破了"社会主义现实主义"的话语，而提出一种新的思维、新的人生观和社会观。80年代初和中期的作家沙叶新和高行健的剧作，就用了布莱希特的手法、荒诞派的手法和阿尔托（Antonin Artaud）的舞台动作理论，作为一种新的语言、新的话语。这种新的话语，针对"社会主义现实主义"的政治论述话语，以反政治论述，反公式化，反统一性，而提出多样性、不协调性的剧作处理和演出，屡屡都指向一种以"分崩离析"和"怀疑主义"为特征的"非直线性"思维。之后所出现的实验剧和小剧场尝试，都运用了语言与语言之间、人物与语言之间和动作与语言之间的不协调手法，而增加了诠释空间。这种种尝试和拼贴的运用，已经成了一种新的话剧话语。这种话语不像前两种，并不以理论与体系的统一性和协调性作为特征。如果要说特征，这种话语的思想性在于其"破"的功能，并以"破"为"立"，对主流思想和主流艺术形式起着解构的作用。这种话语出现于中国的后现代主义觉醒中，强调形式即意义。

那么，应该怎样解释过去二十多年在中国剧坛上出现的转变和非现实主义手法呢？先谈另一个剧坛现象。20 世纪 80 年代以前，中国剧坛以演出为主，戏剧期刊不多。剧本创作不是为了阅读，而是为了演出。但 70 年代末以来，戏剧期刊多了，其他文学期刊和翻译期刊也刊登剧作。剧作家发表作品的机会多了，并且不必依赖由文化部管辖的剧团，也可使作品与读者见面。高等院校和戏剧专门学院都有小剧场，因而可以承担各种实验探索剧。翻译方面，从 1949 到 79 年，戏剧翻译 40% 是东欧和苏联的。[6]80 年代以来，英、美、日、西欧的剧作却得到较大的关注。1984 年，米勒（Arthur Miller）访问中国，亲自参与《推销员之死》的导演工作，因而在演出风格和戏剧题材方面，给中国观众和剧作家、剧评家扩阔眼界。1986 年和 1994 年上海的莎士比亚戏剧节，尝试用传统中国戏曲的手法排演莎士比亚剧。在思想和风格上，对话剧并没有带来多

---

[6] 据国家出版事业管理局版本图书馆（编）：《1949—1979 翻译出版外国古典文学著作目录》的统计数据。

大的启发，但在当年中国所产生的意义，却是打破了社会主义问题剧的垄断。1988 年的奥尼尔（Eugene O'Neill）戏剧节和国际学术研讨会，不但介绍了一位重要的英语剧作家，还引进了国际戏剧研究的视野。同年还上演了《推销员之死》、《哗变》和《欲望号街车》（天津人民艺术剧院）。1988 年在中国主要的大剧团上演剧目中有 40% 是外国翻译剧。而其中英美剧又占了 60%。从以上的数据可以看到，在中国每隔两三年便有一次大型外国戏剧节。这是否显示了一个多演外国戏剧作为补充中国剧作在数量上有所不足的趋势呢？

在大量评介、上演外国戏剧的同时，究竟中国剧坛本身又起了什么变化呢？非现实主义手法是怎样出现的，运用程度如何呢？在西方，布莱希特戏剧的出现是作为对亚里士多德的"幻象戏剧"（illusionistic drama）的反动。荒诞剧的出现源于怀疑主义和（宗教）信仰危机，在戏剧手法上承袭和发挥了易卜生戏剧的"开放式结局"处理所产生的"无答案"（或"无解决"）手法和契诃夫的"无动作"与"非方向"技巧及意念。但在中国，对布莱希特戏剧的尝试并不是导源于对亚里士多德戏剧（或易卜生戏剧）的反动。50 年代末期已由王佐临等介绍过布莱希特戏剧，但之后十多年则中断了，其原因是布莱希特戏剧的批判性和反幻象效果（间离效果）所产生的作用，与中国版本的社会主义现实主义正好唱对台戏。1979 年北京青年艺术剧院演出布莱希特的《伽利略传》，原意是借一个马克思主义剧作家的口，去参与当时的政治辩论"实践是检验真理的唯一标准"。但戏剧上演后，却令观众惊觉世间上原来也有另一种戏剧方式。擅用荒诞手法的剧作家高行健就说过："布莱希特正是第一个让我领悟到戏剧这门艺术的法则也还可以重新另立的戏剧家。"（高行健，1986a: 93）由此可以看到一个戏剧史的现象：新的形式的出现，有时不是作为对旧有形式的反动，而是旧有形式本身已陈腐自毁，才叫剧作家找寻别的可用的形式。布莱希特戏剧在中国的重新介绍，是一种横向的移植。到现在已有十多部布莱希特的剧作被译成中文，其中包括《卡拉尔大娘的枪》、《大胆妈妈和她的孩子们》、《潘第拉先生和他的男仆马狄》和《伽利略传》。他的戏剧论文和中国学者对他的研究都广泛流传。

同样，荒诞剧早在 1978 年就由朱虹在《世界文学》上作长文评介，并附以品特（Harold Pinter）的《生日会》的中译。1980 年上海还出版了荒诞剧选，包括《等待戈多》、《动物园的故事》和《哑侍者》。此后，在中国的主要戏剧期刊上都不断有荒诞剧的评介文章，例如 1986 年在《外国文学研究》上，就有郭继德的《艾伯塔与荒诞派戏剧》。

与布莱希特戏剧在中国的评介一样，荒诞剧也不是介绍了就马上产生影响的。这两个当代西洋戏剧流派在中国的介绍，只是在"社会主义问题剧"垮台之后，才得以生根，并且作为与新的现实主义（如谭霈生等评论家提倡的形式）剧作共存的另类形式（alternative）。现实主义的戏剧传统仍然存在，其所以不同于五六十年代或"五四"时期的现实主义（或称写实主义），就是现实主义只作为表现形式而非题材。中国荒诞剧或布莱希特戏剧并没有排斥现实主义，也没有取代其主流地位。正如"五四"时期一样，西洋式的现代话剧是另一个传统的移植，而没有取代原有的戏曲传统。话剧与戏曲平行发展，各有各的喜好者。在西方，却是从传统戏剧（亚里士多德式的戏剧）演变到现代戏剧（以易卜生戏剧为代表），再出现现代戏剧到当代戏剧（布莱希特戏剧和荒诞剧）的"纵"的承传更新和取代的发展。但在中国，却是现代形式与当代形式并存。当代中国戏剧的前景如何，就要看非现实主义形式如何发展，并且看中国剧作家和剧评家对现实主义的理解能否有进一步的突破。

当代非现实主义新形式的出现

1981 年《黑龙江戏剧》上发表了一篇综论文章，作者李春熹，题为《谈两年来话剧结构形式的新探索》，总结了 1979 至 1981 年在中国出现的非易卜生式的戏剧创作，指出其中特点是"散文式"的戏剧结构形式。从这篇文章开始，剧评家都普遍采用"探索剧"或"散文剧"这两个名称来概括 80 年代以来的非易卜生式（或称非现实主义）的戏剧尝试。

先谈布莱希特戏剧手法在中国剧作和舞台演出的应用。自王佐临与陈颙执导《伽利略传》以来，布莱希特手法的运用，特别是多场次和叙事成分，开始在中国舞台上出现。沙叶新的剧作《陈毅市长》、《假如我是真的》和《马克思秘史》，都是多场次、倒叙、非直线式的时空处理的运用。特别是《马克思秘史》（1983 年）中用了现代主义的拼贴手法（collage），以现代剧作家对马克思的访问，把 1852 年和 1863 年伦敦与曼彻斯特的不同地方连在一起，同时出现在舞台上。舞台以分区割切、灯光转换达至拼贴的分合效果。这种处理代表了新的时间和空间观念在剧作中的出现，也是一种新的思维方式。[7]

中央戏剧学院导演徐晓钟在 1983 年两次执导的《培尔·金特》，本来是易卜生的浪漫剧，但却用了布莱希特的演出手法。演员走出

---

[7]　参看谭国根：《当代中国与日本戏剧的后现代主义演出形式》，英文原版：Kwok-Kan Tam（1999），"Postmodernist Performance in Contemporary Chinese and Japanese Theatre."

角色变成叙事者，打破第四堵墙。剧中大量运用舞蹈、音乐和灯光转换，加强感观效果，刺激观众，但又叫观众与演员对话，或听演员向他们讲故事，叫人感到手法与布莱希特的《大胆妈妈和他的孩子们》的感观效果和叙事手法相近。在场景的转换上，整个演出就与主角培尔·金特的意识流向连在一起。换言之，是以场景转换去配合角色人物的意识流向，因而加强了人物内心世界的表达。这点可能是非现实主义手法最大的突破，把强调"外部动作"的现代中国戏剧带进"内部动作"的展现，而又以流动的手法去处理。这种手法的运用，在林兆华和刁光覃执导的《狗儿爷涅盘》中也可见到。一个农民之十多年经验所产生的思想意识，在一出戏里浓缩地表现为矛盾重重、疑虑多变的性格。这种以场景的变换表现人物内心和自私意识的流动的手法，当然也是借鉴《伽利略传》和洪深在20世纪20年代的剧作《赵阎王》。总的说来，布莱希特戏剧手法的应用，在舞台演出的影响比在剧本写作上更为广泛。有些剧本本来并不是布莱希特式的，但经导演的改编或重新演绎，就应用了布莱希特的手法，加强了观众的参与程度。

另一个非现实主义手法的趋势，是荒诞剧技巧的运用。1983年高行健发表了《车站》，以社会主义社会中的不合理现象为背景，以荒诞的手法，由现实主义的开端带入荒诞莫名的时空思想错置混淆的世界。拼贴、重复、并置的手法层出不穷，使人物、声响（和音乐）及舞台场景混淆与互相矛盾。最后，演员走出人物的角色，进入评论员的角色，而评论者也是一种角色。演员又必须走出评论者的角色，再重回原先的角色。这种角色的出出入入，把戏的结局变为自省的反思活动，叫观众参与其中，反思自身所处的世界。这个剧作的基调是荒诞剧的手法，但在结尾又引进了布莱希特的叙事评论成分。高行健的《野人》和《彼岸》则更明显地合并和交替使用荒诞剧与布莱希特戏剧的各种手法。在语言上，同一句说话分成多部分，由人物角色及其影子角色完成说话，更进而展现内心世界，着墨于内部动作。

从"政治工具话语"到"批判反思话语"

社会主义问题剧是一种政治论述的话语，其性质是价值判断，目的在于指示观众（或读者），以配合社会运动，形成主导意识形态，其社会效果比法律更大，因而起了道德、文化、政治上的规范作用，使主体意识的建构陷于话语的框框。80 年代以来出现的非现实主义戏剧尝试，在政治和意识形态上打破了思想价值的单一专制。代之而起的，是一种批评、反思、怀疑的论述话语。这种批评论述话语对原有的社会主义政治论述话语的主导性（dominant discourse）起了一种对立作用（counter-discourse）。舞台上角色与观众的对话，首先打破了英雄形象及其说话与判断的权威性。舞台上出现不完整、自相矛盾的人物性格，题材由人与人之间的外化动作的描述，转到人物心理和意识的内心动作的展现，把人从政治路线的附庸带回到自我和以主体自我意识作为中心。这种新的戏剧形式的出现，其实是基于对主体意识的新理解。布莱希特戏剧中对人性的多重性和多面性的展现，恰好为在中国大地上新觉醒的自我意识和对自我的疑问，提供了可借鉴的处理手法。这点可从沙叶新的剧作《假如我是真的》看到一二。

从对自我的探讨，进而踏入文化心态的反思，是 80 年代以降中国剧坛的突破。沙叶新的《孔子·耶稣·披头士列侬》，在形式上交叉处理了不同时空和文化的拼贴与碰撞，凸显文化的时空框框。《一个死者对生者的访问》和《寻找男子汉》则是从社会心理和文化心态两方面，对当代中国人的价值取向做出质疑。《寻找男子汉》重点讨论男性意识（masculinity）与社会文化的关系，把主体意识的建构置于话语与文化构成之中。这种处理很明显是一种后现代主体性的观念。高行健的《野人》对作为文化产物的现代人和人性作了嘲讽和质疑。他的《彼岸》更是对理念世界的理性和舞台上的理性做出怀疑和否定。老一辈的观众、剧作家和评论家习惯了现实主义的手法，对高行健在 80 年代发表的几部作品最不能接受，认为是形式的玩弄和主题的虚无。不过，对非现实主义剧作家来说，形式即内容。形式的非现实、非理性，正是其批判价值之所在。

从 90 年代开始，观众可以从两岸三地看到实验剧场的兴起。北京青年实验剧团和北京青年艺术剧院都有尝试用非现实主义的形式进行实验。一些新剧作，或以新形式对旧剧作重新演绎，都是多样式的尝试。在北京和香港两地都有演出的《彼岸》，就是以阿尔托的舞台动作理论作为基础，打破以戏剧作为思维的图解的旧观念。

王朔的电视剧和话剧剧本更以荒诞的手法、拼贴的形式处理人物与情节。在新一代的导演手法里，非现实主义的剧本更能发挥矛盾与不协调的作用。这种作用不但使形式能和内容配合，显示出世界的不协调，人生世相中的诸多无奈，而且更因为其形式的不协调而刺激观众的思考。

总括来说，80 年代以降中国剧坛上所见，是一种新的"角色主体"观，新的艺术观，其中充满无奈感、不协调、荒诞、拼贴与怀疑主义。这种种迹象都显示出中国剧作家与导演对剧作与演出的处理已有走向"后现代主义"的趋势。也就在这一点上，我们可以看到这种新话语的"后现代性"。

高行建对《彼岸》的演出曾做出说明，其中可以看到"后现代主义"演出的新观念。现摘录如下：

一、理想的表演应该是形体、语言、心理三者的统一，本剧企图找寻这样一种艺术表现，以便有助于演员的表演达到这种统一。也就是说，在找寻形体动作的时候，也给演员以语言的表现，让语言和形体动作同时去唤醒心理过程。因此，训练和排演的时候，不宜将台词与动作分开，既不要只背诵台词，或一般地对词，也不要剥掉语言当成哑剧。本剧有些段落虽然没有台词，但仍然有声音的表现，也可以视为一种有声的语言。

二、这尽管是一个抽象的戏，排演时却不要去表现赤裸裸的理念，当成哲理剧来演。本剧期待通过表演达到一种感性的抽象，即一种非哲学的抽象。它要求将表演建立在虚拟的前提上，充分调动演员的想象力，再去感触这种抽象。因此，这个戏的表演除了要求语言和形体的统一，也还要求思辨和心理的统一。

三、本剧的演出除了几件简单的道具，不必制作任何布景。剧中人物同环境与对象的关系应该处于一种活生生的对话与交流之中。在对方没有台词的时候，则可以诉诸音乐、声响、目光、动作、姿态的情势的张弛，不让环境与物变成死的布景或摆设。

四、本剧强调，通过表演，让人信服地确立剧场中那些并不真的存在的对象，比如一颗衰老的心，一条具体的或抽象的河流。应该说，这便是戏剧的表演和电影的表演本质上的区别。这种建立在虚拟的环境、关系和对手上的表演，开始时可以借助于非常实在的对象来达到。比如说，通过一条绳子来确立人们之间的关系，一旦演员具备了这种能力，随时随地可以找到一个并不存在的对手进行交流。演员凭借自己的想象力，可以让那个不存在的对手也活跃起来，并且同用他的想象力创造出来的那个并不存在的对手进行活生生的交流。

五、格罗多夫斯基（作者注：Jerzi Grotowski）训练演员的方法在于帮助演员发现自我，靠大幅度的运动来达到身心的松弛，从而把自我的潜能释放出来。他所以把这种表演称之为一种牺牲。本剧排演则在于帮助演员从发现对手的过程中去证实自我。演员如果总能找到他进行交流的对手，而不沉醉在自我之中，他的表演便总是积极的、活跃的，也就能把握到那个被行动唤醒了的、处在警觉状态中的、能够自我观察的自我。

六、本剧在排演中要求演员粉碎那种逻辑的，即语义上的思辨，最生动的表演恰恰是直观的、瞬间的、即兴的。演员在排演场上真正用眼睛看，用耳朵听，用活动的身体去捕捉对手的反应。换句话说，不是用头脑表演的时候，才生动活泼。因此，本剧排演中最好不要在排演场之外去作那种文学性的分析，也不要去发掘台词中的所谓微言大义。

（高行建，1986b: 251）

从意识形态工具到语言"表演性"

新马克思主义理论家阿尔都塞（Louis Althusser）在 1970 年发表文章《意识形态与意识形态国家工具》（"Ideology and Ideological State Apparatuses［Notes Towards an Investigation］"），于其中论述了意识形态如何作为国家工具对个人产生制约。这个论述指出主体意识的形成是受制于意识形态，而意识形态却又是机构化了的国家工具所制造出来的。从这个论点看，20 世纪 50 年代到 70 年代的中国话剧，无疑是阿尔都塞所描述的"意识形态国家工具"。阿尔都塞的理论原本是指出资本主义国家里意识形态的运作模式及其对主体性的塑造功能（因而使主体得不到解放），但这种意识形态的机构性运作（institutionalized operation）却在特殊的年代出现在中国。阿尔都塞的理论总结了第二次世界大战之后到 1968 年法国革命以前西欧资本主义下的意识形态运作形式。但是，70 年代以来所出现的全球化资本主义所带来的文化生产新形式，尤其是后现代主义在文化领域指出语言与话语对主体意识与认知所产生的功用，却不是阿尔都塞的理论所能涵盖的。

后现代主义理论引用了后结构主义的语言理论，指出语言有建构作用，并且可以虚构世界，人的认知存在于语言的虚构之中。物质世界的建构亦由语言主导。这个论述强调了语言的作用和主体的主导作用（agency），但却带出了主体亦为语言所虚构的概念。人的认知并不存在于语言之外，因而一切建构皆为语言的作用，主体的主导作用也无法跳出语言的框框。从这个论点出发，福柯指出话语是认知活动的基础，而又与意识形态连结，成为机构化的论述语言，对主体产生权力的作用，使其受制于话语。引申到文艺研究上，语言与话语对主体认知与主体意识的作用，就成了利奥塔（Jean-François Lyotard）在论述后现代主义文化形式时所提出的观念——"表演性"（performativity）。所谓"表演性"就是指文化本身亦是一种语言，文化由自身的"表演性"塑造。"表演性"的特点在于探讨话语的虚构作用，所以有"自身反思"和"自身批判"的功能（reflexivity）。后现代主义的表演艺术特征之一便是以表演艺术形式探讨和批判表演艺术的语言。在《后现代状况》

（*Condition-postmoderne*）一书里，利奥塔论述了后现代文化的形式，把语言的塑造功能引入文化讨论，并指出文化也是语言虚构的结果。后现代主义是一个反思的"后设"文化，其意义在于指出语言塑造文化并且是文化的基础，因而"表演性"亦有"自我塑造"和"复制"的功能。

从上述的理论看，八九十年代以来在中国出现的戏剧新形式，不单是对旧有形式的反动以及突破旧有意识形态的尝试，而更重要的是显示了后现代主义的艺术形式已在某种程度上出现于当代中国文化中。在 20 世纪 90 年代，后现代主义在中国剧坛的出现标志着一个全新的观念，即以演出本身作为演出的目的，而非作为某种社会存在（social reality）的表达，更非作为某些政治观念的表述。这种演出探索话剧演出本身是怎么一回事，同时亦探讨话剧的语言，所以带有"后设戏剧"（meta-drama）的性质。

与后现代状况联结在一起的是"后殖民状况"和"全球化"所带来的问题。后殖民状况与中国当前的文化政治关系，似乎并不像全球化所带来的问题显得那么急切和严重。尤其在话剧发展上，全球化所带来的后果就是打破疆界，把原本属于西欧或美国的一些观念和价值推向全球，作为一种"理所当然"的观念和价值。这些原本是地区性的本土价值和观念，一旦推广为"普世标准"，对亚洲地区究竟产生什么样的影响呢？在文化生产上（包括戏剧创作与演出和其他艺术生产，如电影制作），全球化是否会带来对本土文化的威胁并阻碍其发展呢？如果本土文化消失了或因之而变形了，是否也意味着民族文化认同意识的消失呢？

在中国出现的后现代文化生产，如果不立足于本土文化的开拓，带来的后果很可能是本土文化的消失。如此下去，中国戏剧界亦将面临更大的挑战。这个挑战，只能由中国的剧作家、导演和剧评家去迎接，并希望能找到一条出路。亚洲各国的文化工作者都已经醒觉到全球化所带来的威胁，并发出抗拒的呼声。中国的文化工作者是否也听到这种声音呢？

参考文献

王以人.沫若的戏剧.载黄人影（编）：郭沫若论.上海：大光书局，1936.

王瑶.中国新文学史稿（增订本）.香港，1972.

王晓明.旷野上的废墟.上海文学第6号（1993）.

田汉、宗白华、郭沫若.三叶集.上海：亚东图书馆，1920.

李以建.女性的追寻：20世纪中国女性文学纵观.朱卫国.中国女性作家婚恋小说选.北京：作家出版社，1988.

李春熹.谈两年来话剧结构形式的新探索.黑龙江戏剧1981，（2）期.中国戏剧年鉴1982.

李健吾.社会主义话剧的戏剧冲突.1956.戏剧新天.上海：上海文艺出版社，1980.

沙叶新.寻找男子汉.十月第3期（1986）.

_____.耶稣·孔子·披头士列侬.上海：上海文艺出版社，1989.

周扬.我国社会主义文学艺术的道路.北京：人民出版社，1960.

作者不详.易卜生.香港：上海书局，1975.

洪深.戏剧协社片断.田汉.中国话剧五十年史料集.北京：中国戏剧出版社，1958.

胡适.易卜生主义.新青年，1918，4（6）.

高行建.车站.十月第3期（1983）.

_____. 野人 . 十月第 2 期（1985）.

_____. 我与布莱希特 . 当代文艺思潮第 4 期（1986a）.

_____. 彼岸 . 十月第 5 期（1986b）. 国家出版事业管理局版本图书馆（编）.1949—1979 翻译出版外国古典文学著作目录 . 北京：中华书局，1980.

曹禺 . 日出 . 载曹禺文集第 1 卷 . 北京：中国戏剧出版社，1988a.

_____. 雷雨 . 载曹禺文集第 1 卷，北京：中国戏剧出版社，1988b.

郭沫若 . 卓文君 .1923. 赵家璧（编）：中国新文学大系 . 第 9 集 . 香港：文学研究社，1964.

_____. 写在《三个叛逆的女性》后面，1926. 载郭沫若剧作全集，第 1 卷 . 北京：中国戏剧出版社，1982.

闻一多 . 戏剧的歧途 .《晨报副刊》，6 月 24 日（1926）.

郑树森 . 欧洲三十年代的现代主义论辩 . 载文学理论与比较文学 . 台北：时报出版公司，1982.

鲁迅 . 娜拉走后怎样？ .1923. 载鲁迅全集，第 1 卷 . 北京：人民文学出版社，1963.

钱理群、吴福辉、温儒敏、王超冰 . 中国现代文学三十年 . 上海：上海文艺出版社，1987.

谭国根 .《玩偶之家》与中国 20 年代社会问题剧 . 初刊于宗廷虎编名家论学 . 上海：复旦大学出版社，1988. 转载于中国话剧研究第 7 期（1993）.

_____. 主体建构政治与现代中国文学 . 香港：牛津大学出版社，2000.

谭霈生 . 论戏剧性 . 北京：北京大学出版社，1981.

_____. 论社会矛盾与性格冲突 .1981. 转载于中国戏剧年鉴

1982（1982）.

顾仲彝.编剧理论与技巧.北京：中国戏剧出版社，1982.

Adorno, Theodore. *Negative Dialectics*. New York: Seabury Press, 1973.

Althusser, Louis. "Ideology and Ideological State Apparatuses(Notes towards an Investigation)." *In Essays on Ideology.* London: Verso, 1987.

Bertens, Hans. *The Idea of the Postmodern: A History.* London and New York: Routledge, 1995.

Brockett, Oscar G. and Robert Findlay. *Century of Innovation: A History of European and American Theatre and Drama Since the Late Nineteenth Century.* 2nd. ed. Boston: Allyn and Bacon, 1991.

Brunetiére, Ferdinand. "L'evolution d'un genre: la tragdie." In *Etudes critiques sur l'historie de la litterature francaise,* Vol. 7. Paris: Librairie Hachette, 1893.

Butler, Judith. *Gender Trouble: Feminism and the Subversion of Identity.* New York: Routledge, 1990.

Cahoone, Lawrence E. , ed. *From Modernism to Postmodernism: An Anthology.* Oxford: Blackwell, 1996.

Chow, Tse-tsung. *The May Fourth Movement: Intellectual Revolution in Modern China.* Stanford: Stanford University Press, 1960.

Connor, Steven. *Postmodernist Culture: An Introduction to Theories of the Contemporary.* Oxford: Blackwell, 1989.

Foucault, Michel. "The Subject and Power." Trans. by Leslie Sawyer. *Critical Inquiry* 8(Summer 1982).

_____. *History of Madness.* Ed. by Jean Khalfa; trans. by Jonathan Murphy and Jean Khalfa. London: Routledge, 2006.

Frosh, Stephen. *Identity Crisis: Modernity, Psychoanalysis and the Self.* London: Macmillan, 1991.

Giddens, Anthony. *Modernity and Self-Identity: Self and Society in Late Modern Age.* Cambridge: Polity, 1991.

Ibsen, Henrik. *From Ibsen's Workshop.* Trans. by William Archer. New York: Charles Scribner's Son, 1972.

Lau, Joseph S. M. Ts'ao Yü. *The Reluctant Disciple of Chekhov and O'Neill.* Hong Kong: Hong Kong University Press, 1970.

Lee, Leo Ou-fan. *The Romantic Generation of Modern Chinese Writers.* Cambridge, MA: Harvard University Press, 1973.

Lyotard, Jean-FranÇois. *The Postmodern Condition: A Report on Knowledge.* Trans. by Geoff Bennington and Brian Massumi. Manchester: Manchester University Press, 1984.

MacDonell, Diane. *Theories of Discourse: An Introduction.* Oxford: Blackwell, 1986.

_____. "Ibsen in China: Reception and Infiuence."Ph. D. dissertation, University of Illinois at Urbana-Champaign, 1984.

_____. "Ibsen and Modern Chinese Dramatists: Influences and Parallels." *Modern Chinese Literature* 2. 1(Spring 1986a).

_____. "Marxism and Beyond: Contemporary Chinese Reception of Ibsen." Edda, No. 3(1986b).

_____. "Postmodernist Performance in Contemporary Chinese and Japanese Theatre." *Performing Arts International* 3. 1(1999).

_____. *Ibsen in China 1908—1997: A Critical-Annotated Biblio-*

graphy of Criticism, Translation and Performance. Hong Kong: Chinese University Press, 2001.

Tung, Constantine. "Lonely Search into the Unknown: T'ien Han's Early Plays, 1920—1930." Comparative Drama 2. 1(Spring 1986).

异梦为何同床：
中文现代诗中现代主义诗学与国族再造的纠结

廖咸浩

一、翻译创伤：现代性为幻视，传统为病征

虽然一般都注意到中文现代诗的诞生与"五四"运动同时发生的事实，但诗既扮演"五四"的前锋又是其改革目标的矛盾现象，却未曾受到足够的探讨。诗在"五四"运动中的吊诡地位，不只设定了中国文化语境中现代诗的路径，也指出了诗在现代中国文化中所扮演的角色，有其令人玩味的一贯脉络（continuity）。这个脉络始于西方的现代主义革命（Modernist Revolution），经"五四"运动而持续不坠并再次浮现于 20 世纪 70 年代台湾地区的乡土文学运动。不过，这个脉络也历经了曲折的转变，并充分印证了"多重现代性"（multiple modernity）或"另类现代性"（alternative modernity）之说。

本文基本上依据查尔斯·泰勒（Charles Taylor）关于现代性的"文化性理论"（cultural theory of modernity），将论述立基于以下认知：中国现代性一如任何现代性，是"创意调整"（creative adaptation）的产物。而且，多重现代性或另类现代性的视界，把西方在

掌握现代性之天命上居于绝对优势的看法加以拆解；现代性不再被
视为"一个单一、连续的计划"，唯独"西北欧"是其发源地，且
"完全不受任何非欧地区的影响"（Kamali, 14-20）。进而言之，甚
至西方现代性兴起所赖的经济力量的扩张，也经证明是"运气的结
果，是各种奇怪状况结合下的产物，而非欧洲或英国天生的优点
或能力"（Kamali, 22）。若能将贝尔纳·雅克（Bernard Yack）所谓
的"现代性的拜物主义（盲目崇拜）"、也就是视现代性为"内在统
一的整体"（Yack, 7-8）的魔咒祛除，并体认到各种不同的现代性
因"特定的前提、传统及历史经验"而有不同的造形与路径（Eisen-
stadt, 2），我们就能将现代性视为多元或多重，而西方现代性便只
是许多现代性中的一个，而非其他现代性的绝对源头。

　　另类或多重现代性的观念立刻让我们想到此一时期翻译现象的
异常醒目。这不只是因为"文化方向大幅变动"的时期，翻译自然
会扮演起高能见度的角色（Macura, 70），更根本的原因是，文化整
体而言其实是一个不断翻译的过程（Paz, 154, qtd. in Bery, 18）。因
为，从客位语言／文化（guest language/culture）到主位语言／文
化（host language/culture）的翻译，总是已经牵涉到早先从主位语
言／文化译入客位语言／文化的成分。[1]甚且，文化并无所谓固定
本质（in-itself）或意识（for itself），因为它总是处在内在翻译的过
程中（Bhabha, 209-210）。用这种方式了解翻译让我们注意到巴巴
所称的"间隙"（interstitial），也就是"介于中间的、不确定的时间

---

[1]　此处以"客位"（guest）取代"源头"（source），以"主位"（host）取代"标
　　　的"（target）的译法借自刘禾（Lydia Liu）。因为就翻译"殖民中心的语言"
　　　（metropolitan languages）而言，这样的用词能更清楚地凸显其中的后殖民议
　　　题（Liu, 25-27）。跨文化来回转译的一个典型的例子就是现代文词汇的旅
　　　行。根据马西尼的研究，在九百多个借自日文汉字词汇的现代汉语词汇中，
　　　有超过五分之一比例的字是原先由新教传教士及本土的译者先译成中文，再
　　　由日本在 19 世纪下半借用（参见 Masini, 157-223）。

性"，必须给予特别的关注，才能形成"让新事物进入世界"的条件（Bhabha, 227）。准此，现代性应被解读为一方面总是已经"被延搁 / 分歧"（deferred / differed），另一方面总是已经"是翻译的"（translated）。

因之，从多重或另类现代性的角度观之，重要的不只是现代性是如何被"创造性地调整"（creatively adapted），还包括西方现代性从来也不曾是纯粹而未受外来影响的这个事实。如是，西方现代性是如何被非西方文化所调整与吸纳固然会是本文讨论的焦点，西方现代性自始受到非西方文化的影响一事则会复杂化我们的焦点，并且让我们得以确实运用不同于前人的另类视野。

另外一方面，把翻译理解为"创意增益"（creative enrichment），却不应让我们忽略翻译也掺杂着某种不平衡的权力关系（Liu, 21-22；Chakrabarty, 42-46；Bery, 6-22）。20 世纪初叶全球对西方文本的翻译，多半肇因于与西方殖民强权的"创伤性遭遇"（traumatic encounter）。由此出发对翻译进行的后殖民省视会发现两个互相勾连、用以面对此创伤的企图——一方面是臣服于西方现代性的企图，另一方面则是与之"冲撞"（confront）的企图——而后是复苏与重建后殖民"抵抗"的潜能所在。换言之，抵抗的可能与否，关键还在于能否正确诠释与西方现代性接触而产生的改变，也就是将这些改变多元化的理解为"冲撞"，而非只是单纯到达彼岸的"过渡"（transition）（Spivak, 197）。翻译现代性的成败，相当程度系于受到西方现代性冲击的社会在这两种欲望间协商的成效。

很显然的，促成中国对现代性进行大规模翻译的正是与西方现代性接触所造成的创伤。这个接触也是中文现代诗发展——甚至整体现代中国文化发展——的决定性时刻，而其关键意义正是来自于其创伤内涵。现代性的冲击让中国的自我想象一时沦为瓦砾，并使得知识分子群起呼吁以新的"形式"（form）予以拯救，用拉康的说法就是重新将破裂的"大义物"（Other）加以缝合。但创伤的经验在当下总是一个"错过的相遇"（missed encounter）（Lacan, 55），因此事后必然被重建为一个在大义物上的不透明的污点（stain）（Žižek, 1989: 75）。用拉康的术语来说，这个不透明的污点就是"病症"（symptom）；在创伤时刻爆发出来并随即被"幻视"（fantasy）所压抑的"真实"（Real）就经此不断地回返，骚扰主体／受害者并破坏幻视（Žižek, 1991: 72–73）。从此，中国人不断回返到这个时刻，并经此不断地（误）认识自己。这个潜意识的驱动力一直延续到了台湾地区的乡土文学运动，并具体表现在"中国性"与"现代性"应如何协商仍然莫衷一是的窘境中。

由于"国族形式"（national form）的危机自然会促成对新形式的追求（在本文的语境中乃指现代性），那个不透明的污点便是以新形式重整旧形式时所产生的"剩余"（excess）。换言之，这个不透明的污点具现的乃是现代性所无法同化的部分——中国传统文化。另一方面，如果西方现代性只是中国人为了掩饰那已然破裂的大义物，而借由泰勒所谓的"现代性的非文化性的理论"（acultural theory of modernity）所建构的幻视，那么，唯有透视此一幻视的"文化"本质，才能将此新的大义物（即现代性）的内在缺陷予以揭露。而也唯有主体对此有所了解，并做到拉康所谓的"认同病症"（identify with the symptom）——在本文的语境中也就是认同"传统文化"——为吾人唯一不变的意义（consistency），此病症才能化为救赎的力量（Žižek, 1991: 74–75）。否则，这个病症将会如鬼魅般毫不留情地继续骚扰我们。但华人知识阶层对"传统文化"的偏见，使得中国文化与现代性的协商呈现了一个特别迂回曲折且看似永不休止的过程，传统文化在其中不断地从负面被重新组构。

二、诗即革命：国族危机时刻诗的暧昧角色

由于"五四"时期传统文化这个污点（也就是传统文化所代表的文化衰竭）被认为是中国发展本土现代性的障碍，当时的知识分子遂认为文化改良（cultural reform）才能救此国族危机（Lin）。而危机之急迫性又使许多人都认为某种形式的"文化革命"（cultural revolution）才能毕其功于一役：把病症完全灭除。[2] 这个革命始于"切音字运动"，经戊戌变法，而于"五四"运动臻至高峰。这一系列的事件无一不是要以西方现代性从根本上改变中国，使得文化启蒙得以广播，最终方能重振中国社会的生机。[3] 而此中有一个令人玩味不已的现象："五四"对西方现代性的接受，竟是优先展现在一个文学事件上。

当胡适提倡以白话取代文言为主要的书写语言时，其目的表面上是要拉近文人与群众的距离，但终极目标实却是为了加速中国的现代化（1975a: 23–25）。虽然文学整体被用以普及文化启蒙，但胡适以诗的改革为其枢钥，仍让人有所不解。[4] 于是，现代诗虽如

---

[2] 关于革命话语的形成如何塑造了中国现代史的走向，陈建华有相当细腻的讨论。参见陈建华。

[3] 1900年发明官话字母的王照曾谓："富强治理，在各精其业各扩其职各知其分之齐氓，不在少数之英隽也。"1908年将王照的系统加以增补及改良的劳乃宣，则更为激进："今日欲救中国，非教育普及不可；欲教育普及，非有易识之字不可；欲为易识之字，非用拼音之法不可。"胡适又进一步指出精英使用的文言文与百姓的简易书写符号之间需有桥梁衔接。这点也许是前二者无法或不愿看到的。参见胡适（1975a: 12–23）。

[4] 白话文革命的想法始于一场即兴的辩论。胡适与几位友人在1915年的惜别聚会上作诗赋别，在不经意间展开了关于诗的语言的辩论。详情请参见胡适（1975b: 51–86）。

所有的中国现代艺术，是更大的文化革命中的一个副产品，但现代诗特别被视为其革命的缩影，表面上是因为诗采用了白话文而被认为具现了现代性。然而，如果我们检视这个文化革命的轨迹，便会发现诗在其中的角色其实甚为暧昧。

以诗为前锋的文化革命其历史其实比"五四"更早。梁启超早在 1899 年就呼吁展开"诗界革命"。但梁氏虽清楚诊断出古典诗已无法再现当代的现实（专集 22: 189–91），却未能提供合宜的解决之道。由于梁氏无法看清古典诗形式所构成的囿限，遂把改良重点都置于诗应再现当代内容的任务上，而忽略形式改变的需要："然革命者，当革其精神，非革其形式。"（文集 45[I]: 41）不过，他参与诗界革命时，从未将之与政治或文化整体做任何直接的连结。这或许是因为文类的关注（诗的艺术与其形式特色有密切关系）使然：梁氏既无法挑战诗的传统形式（杨晓明，264），遑论赋予诗大众文化启蒙的任务。

梁氏在几年之后对文类重予排序时，才把文学与协助启蒙划上了直接的等号。此时他认为"小说为文学之最上乘也"，因为"嗜他书不如嗜小说"乃是"人类之普遍性"（文集 10: 7–8）。他显然已经判定小说比诗更适于国族建构的工作。他在 1902 年的《论小说与群治之关系》一文中，开始力倡"小说界革命"。这意味着中国的知识分子在此时已开始认为小说更能胜任赋予国族新形式的工作（文集 10: 6–10）。小说被视为传播现代性的最佳文类一事，凸显出诗的影响力已趋衰颓，那么，为何诗又被赋予了"五四"革命的核心地位？要解释此一吊诡现象，我们必须先了解诗在此时的暧昧文化地位。首先，小说早有白话书写的历史，新近又被视为国族再造（national reform）的理想工具，因而已经成为晚清的主流文类（Yeh, 14），诗则仍然深陷于其中世纪的形式中，与现代生活似已无兼容之处。只是，尽管"五四"的知识分子一般而言视诗为群众最无法接近的文类，也是最迫切需要改造的文类，[5]诗却因为历史久远且始终位居文类之首，仍具有相当高的文化象征地位。于是，诗遂成为了"五四"知识分子爱恨交加的中国传统文化的象征。于是，作为文学建制之象征的诗便首当其冲，成为"五四"的文化革命优先改造的对象。但此举却不知不觉间把诗放回到文化革命的核心处（虽说时间也许不长），白话文运动对诗的改造，似乎意味着只要诗这个既是珍宝又是烂疮的东西采用了白话，就能重回乐府诗与生活结合的理想状况——既能演出，又为童叟所解——而中国文化整体也立即能随之还魂回春（胡适，1970: 13-23）。只是，在"五四"运动中，诗的身份的重构（re-formation of poetry's identity）与新国族身份的寻找便紧密地联结在一起。胡适本人之比喻即透露了这个关联："文学革命产生出来的新文学不能满足我们赞成革命者的期望，就如同政治革命不能产生更满意的社会秩序一样，虽有最圆满的革命理论，都只好算作不兑现的纸币了。"（1975a: 6）[6]

正如文化革命的逻辑乃是中国传统与西方思潮结合下的产物（参阅陈建华），将诗置于革命事业的核心，除了上述诗的传统地位，也有来自 19 世纪西方现代主义革命的影响。而且，因为这个跨大西洋的现代主义革命特别致力于自传统诗体及官方意识形态解放，而的确为"五四"的中国知识分子就诗在文化革命中的角色，提供了某种意义上的典范。

---

[5] 胡适自己强调，正是因为传统诗在形式与内容上的老旧，使得诗易于触发关于改良的想法（1975b: 49）。

[6] 胡适此处的"文学"一词所指其实是"诗"。

三、自由诗的反讽：从美学自由回到美学独立

跨大西洋的现代主义革命最初是诗的革命。它的出现肇因于西方社经情况的改变所造成的文化危机。这些改变的最关键者是市场主宰程度的快速扩张，而其最明显的症状就是诗的失势（Cornell, 5；Steele, 9）。由于市场对小说及新闻性报道的兴趣造成了诗的边缘化，同时诗也获致了一种它并不期待的独立身份（autonomy），使得诗人的所得及地位都节节下降（Bell-Villada, 36–56）。又因为法国当时的社经情况有利于"与旧思维决裂"及"对新事物的拥抱"，故此一边缘化的危机在法国感受最强，并产生了最激烈的反应（Bell-Villada, 58）。

一般都认为波德莱尔这位诗人兼评论家，以其对上述危机的睿智反应带动了西方"美学现代性"（aesthetic modernity）的开展（Bell-Villada, 139）。不过，虽然他对西方现代性的两个面向同感兴趣——布尔乔亚及其对立面——他对布尔乔亚霸权的深刻不安（来自市场及其造成的诗的边缘化），最终使得他对现代性的热情，同时表现为对该霸权的抵抗。[7] 波德莱尔认为现代性值得称许之处在于布尔乔亚现代性的反面：他称之为"现代生活的英雄感"（heroism of modern life），在"时尚生活的奇观及伟大城市的下腹处流浪的万千走失的灵魂——罪犯、包养的女人——中最具体的呈现"（Baudelaire, 43–44, qtd. in Bell-Villada, 139）。

但波德莱尔对现代性的态度最关键处在于，他所设想的艺术家与现代性的关系反映出一种"吊诡的创造潜能"（the creative potential of paradox），并具体呈现于他关于美的双重观念：一边追求

---

[7]　波德莱尔也写评论文章，因此他深知诗与散文的运作方式在市场主导的出版界命运各异，特别是后者在谋生与争取读者方面的优势（详 Bell-Villada, 46）。

超越及永恒（即永恒之美），一边细品临即与粗鄙（即现代之美）
（Calinescu, 53; Hannoosh, 261–268）。他分别以传统诗体及散文诗
（prose poem）来撰写两种不同属性的诗，相当程度而言正印证了这
个双重的美学思维。前者指向一个较为耽美倾向的欲望，后者则试
图将诗朝向更新且更赤裸的现实张开双臂（Johnson, 3; Hiddleston,
74–75）。这两种对立的倾向共同建构了西方现代主义诗革命内部
的双重性与紧张（Turnell, 33; Bell-Villada, 165）。波德莱尔之后，
这两种倾向分别发展成两种反布尔乔亚的运动，二者既相关又互为
对立面。

　　第一个倾向演化成耽美、颓废的世界观，并在象征主义运动中
臻至高峰。面对法国第三共和时期市场及市侩价值的所向披靡，象
征主义以其对"纯粹艺术"的追求反击之。其美学理念基于唯心
的哲学，但仍致力于以其独特方式带动社会改造（Shryock, 390–
391）。第二种倾向则试图超越布尔乔亚所加诸艺术（尤其是诗）并
无意间由象征主义强化的艺术独立体制（aesthetic autonomy），以
俾诗（也包括艺术）与"生活"重新结合（Burger）。虽然象征主
义诗已经对"自由诗"（vers libre）进行实验，以颠覆布尔乔亚所
仰赖的传统诗体，但整体而言，实验并不彻底，参与程度也因人而
异（Coffman, 91–94）。形式的全面解放稍晚的前卫运动才完成。前
卫运动为了与"生活"能紧密互动并震撼布尔乔亚，舍固定形式而
灵活运用各种可能性，从而促成了诗形式的全面解放（参阅 Burger,
48）。稍后，与上述自由诗运动类似的现象也出现在美国诗坛。非
韵文小说（prose fiction）主导美国文坛的局面引发了两种反应：

　　　　第一种反应是追求……纯诗。其诗艺诉诸不断远离人生、
　　甚且以此为荣。而资源及素材则舍外求内，以其媒介为主要对

象……第二种则企图夺回日渐由小说独占的素材……（Steele, 89–90）

第一种反应的典范是斯温伯恩[8]（Swinburne），而后者则受布朗宁（Browning）的影响，并展开了英美诗中的"自由诗"运动（Steele, 11–13, 89–95）。

然而，最终而言，不论是法国还是英美的主流诗坛，最后仍固守"激进化的耽美传统"（radicalized Aestheticist tradition），虽仍以反布尔乔亚为其宗旨，但却已逐渐放弃了现代主义革命当初的目标——以群众更易亲近的方式与当代生活重新结合。换言之，在上述两个案例中，诗对自身之身份的重塑始于借由解放传统形式以克服日渐边缘化的地位，但最终却产生了现代主义。这个结果不但确认而且强化了"艺术独立"的体制，而且日后第三世界（如中国）在进行国族形式之建构／重建（［re］construction of national form）时，对现代主义的效能有所质疑，与此也有密切关系。

四、误读现代主义："五四"运动对诗的形式的爆破与重建

以诗的身份重建为主轴的西方诗的现代性，很快就被胡适引为中国诗改革的榜样。一般都认为白话文运动多少受到了意象主义——跨大西洋现代主义革命重要的一环——的影响（段怀清，111–114）。胡适关于诗应效法散文的看法（"诗国革命自何始，要须作诗如作文"）（1975b: 57）也与意象主义诗人的看法紧密呼应，比如福特（Ford Madox Ford）所言："诗应关注真实生活，并且以

---

[8]　编注：阿尔杰农·斯温伯恩（1837—1909），英国诗人、剧作家、小说家、文艺批评家。1903 年至 1907 年以及 1909 年六次获诺贝尔文学奖提名。

写散文（prose）时的语汇书写。"（Steele, 96）但中国的状况又复杂许多。虽说诗人的不安全感以及随之而来的"使命感与方向感的不明"（Yeh, 14），的确局部来自小说阅读率的蹿升，但寻找诗的新身份并不是单纯的文坛内部的问题，而更有改造传统文化及救国等迫切议题的压力。

更重要的是，中国（及绝大多数第三世界国家）在急于进行现代化以寻求新的国族身份时，对现代性的吸收囫囵吞枣，无法清楚区分其不同的形构及阶段。而且不论是法国还是英美的现代主义，除了为胡适的"八不主义"提供灵感之外（段怀清，111-14），都未受到"五四"早期诗人的青睐。事实上，紧接着胡适将诗"现代化"的开创之举而涌现的，是一波受浪漫主义影响的"现代诗"，而非现代主义的产物（Li, 70-92）。对"五四"的革命家而言，在这个国族再造的历史时刻，同时需要爆破旧形式及塑造新形式。在这个前提下，浪漫主义诗从两个角度而言似乎比现代主义诗更具吸引力。首先，现代主义诗的能量模式不如浪漫主义诗的情感磅礴，而被认为无法提供在国族再造的初期所需的爆发性能量；其次，现代主义诗迂回而浓缩的语言，又被认为在促进国族再造所需的全面启蒙方面，远不如浅白的浪漫主义诗。

但西方现代主义的兴起，就相当程度而言可谓对浪漫主义的反动。由于浪漫主义逐渐形成的自我膨胀与自我耽溺，造成浪漫主义诗人的自我与外在世界的"关系隔绝"（disrelationship）（Sypher, 21），加之 19 世纪以来的一连串的挑战，包括快速的城市化、市场宰制的扩大、诗人与艺术家的经济窘境及（尤其是）浪漫主义被布尔乔亚阶级吸纳所形成的"无节制的人类中心主义"（inordinate anthropomorphism），遂促成了一种相对于浪漫主义的另类自我观的兴起。这种自我观除较为城市取向之外，其骨干思维就是米勒

（J. Hillis Miller）所谓的"对自我的独立性的扬弃"（abandoning of the independence of the ego）（Miller, 7-8）。这里所谓的"自我的独立性"指的便是纳坦·斯科特（Nathan Scott, Jr. ）所谓的（以"无节制的人类中心主义"为基础的）"人类化"（humanizing）倾向（Scott, 1969: 35）。这种以"反人类化"为核心的反布尔乔亚思潮，充分凸显了现代主义（不论各派别的细微差异）与浪漫主义的自我膨胀若非全然背道而驰，至少可曰大相径庭。

而且，一般都认为，现代主义之所以致力于发展一种大不同于浪漫主义的语言，是因为浪漫主义的滥情（sentimentality）已造成了表达上的松弛与被布尔乔亚收编的疑虑。无怪乎率先质疑浪漫主义滥情的帕尔那斯派[9]（the Parnassian school）大幅影响了象征主义诗人，而意象主义者则又受到象征主义的影响（Coffman, 74-103）。甚至参与历史性前卫（historical avant-garde）的诗人，虽然在惊吓布尔乔亚时可谓大鸣大放，其写作语言仍倾向晦涩。尽管"自由诗体"（vers libre）似是这些不同派别的共同基础，这种诗体绝非所谓脱缰野马般的自由。现代主义的语言虽然弥漫着一种（针对布尔乔亚霸权的）反抗精神，但其语言上的自制及晦涩，乍看确不宜于推动一般性启蒙及强化国族形式。

于是，在"五四"期间，诗的现代性几乎无可避免地被误读为浪漫主义，以便既能展现出反叛的精神又采用浅显的语言。故虽然中国白话诗所采用的诗体确实"自由"，但却不是以现代主义为范例。前文已提到，对"五四"的知识分子而言，由于当时之急务乃是把古典语言的浓稠与不透明化为白话的简单与透明，以便为大众所接近（"表达之清晰重于文学之修辞"）（胡适，1970: 12），故相

---

[9]　编注：又称高蹈派、巴那斯派，19世纪后半的法国浪漫主义诗派。

较于语言直接但情感奔放的浪漫诗的诗体，现代主义的自由诗体显然并不是最恰当的典范。换言之，对胡适及其同道，诗的现代性在于"白话化的语言"（vernacularized language）（但未必是"白话"）而非现代主义的自由诗体；前者振动着浪漫化的情感，而后者则被克莱夫·斯科特（Clive Scott）所称的"呼吸不顺之抒情"（phlegmatic lyricism）所梗塞（Scott, 1978: 363）。

总而言之，浪漫主义的转向显然更进一步危及了诗的地位。虽然浪漫风格的白话诗成功地让中国诗摆脱了传统形式的束缚，但也"变成了自身成功的受害者"。原因有二："首先，它缺乏可辨识的文类。其次，它夹缠了过度的浪漫主义滥情而沦为空洞的术语与口号。"（Li, 83）这种浪漫主义化的现代诗不但没有以其相对浅显的语言协助启蒙，反而让所谓的"国族形式"益加载沉浮于浪漫情感奔流所造成的"无形式"（formlessness）之上。这说明了为什么到中日战争之前，以某种规则来重建诗之形式的企图，未曾稍歇（Li, 82-92）。

现代主义在 20 世纪 30 年代曾短暂复兴，但立即遭到左翼诗人与论者的猛烈围剿，后来更遭到全面压制，直到 80 年代才渐获呼吸空间。[10] 虽然 1949 年后对现代主义的处置已为众所周知，但仍有一特殊的现象值得深思：崇奉布尔乔亚现代性的"五四"对现代主义诗学的反感，似乎与"文革"这种极端的反传统主义有一定的传承关系。换言之，马克思主义这种理论上彻底的反（布尔乔亚）现代性论述，与"五四"的布尔乔亚自由主义的秘密关系是什么？追根究底，乃是因为"五四"对现代主义诗的踌躇，出自对其反传统及国族再造能力的不信任。而马克思主义虽然反布尔乔亚现代性，

---

[10] 这些中国现代主义诗人要等到 1981 年，才得以再出版他们的作品，并在一定程度上重获文学史上的地位。参见沈用大（668）。

但其对"现代化"（modernization）的执着（虽然不同于布尔乔亚现代性）却毫不逊色，对反传统自然也是不遗余力（Chatterjee，170）。耐人寻味的是，战后的台湾文坛也对现代主义诗体之于国族形式的侵害有所疑虑，其发展有类前述的轨迹，但亦有形成有趣对比之处。下文将就此进一步讨论。

五、现代主义的诅咒：国族形式在乡土主义中的再造

虽在大陆受到压制，现代主义美学却悄悄来到了台湾地区，并意外找到发展的沃土。1949 年以前，中国现代诗主要是浪漫抒情诗或大剌剌的政治诗。而原是次要潮流的现代主义诗学，到了战后的台湾则发挥了不小的影响力，甚至说台湾的现代主义始于诗的现代主义也不为过。

台湾现代诗来自两个源头：一个始于殖民时期末期灵感来自法国超现实主义，一个是在 1949 年前后自大陆传入，是前卫与象征主义美学的混合体。二者在国民党来台之后合流。由于这时期台湾当局不但查禁左翼作品，也以严厉的检查制度管控艺文，多数诗人（不论本省与外省）都以现代主义美学为师，从而不知不觉促成了台湾现代诗由现代主义美学主导的局面。这也是现代主义美学在中文现代诗中的第一次高潮。[11]

战后台湾现代诗的第一个重要事件——1965 年"现代派"的成立，似乎显示出一种对现代主义美学的全心接纳。现代派的宣言中所言可兹佐证：他们自诩继承了现代主义诗的精神与要素，并且致

---

[11] 现代主义美学在文学领域的胜利是跨文类的现象。张诵圣称此为华文世界到目前为止"最精彩的艺术成果"（参阅 Chang, vii）。

力于"横的移植而非纵的继承"。[12] 这个松散的所谓派别为时极短，但最起码就初期加入的人数而言（包括本省与外省诗人），已显示出一个全新的时代即将来临。它让"现代主义"受到瞩目，并成功地使之成为模仿、追随的对象。虽然也有不少对其宣言的反动，尤其是"横的移植而非纵的继承"这个信念，但现代主义毕竟已成为一个广为采用的典范。借由这个典范，台湾地区的诗人发展出了一个中文现代诗中最具活力的传承，不但风格多变且影响深远。[13]

　　然而，在 1972 年，台湾的现代诗却遭到了空前的质疑。这波攻击是由具有（中国）民族主义倾向的知识分子所发动，并开启了乡土文学运动。虽然这波攻击一如"五四"运动出自于"国族危机"，但这一次，诗却因一套看似完全不同的罪状而遭此横逆。这次攻击的修辞与立场（属民族主义与低调的左翼）显然与战后台湾已发生的几次传统主义者对现代诗的批判颇有不同。[14] 对乡土主义论者而言，现代诗的问题是它对西方资本主义的屈从。关杰明 1972 年名为"中国现代诗人的困境"的文章虽然论述粗糙，却意外带动了 70 年代的现代诗辩论。关氏在文章中大肆抨击现代诗晦涩、耽溺与虚无，并指出其原因在于无法立足于现实，也缺少与人民的互动。虽则他对朴实语言的提倡有类"五四"对白话诗的提倡，他却

---

[12] 这份宣言包括六点。与我们的讨论相关的是前二点。"第一条：我们是有所扬弃并发扬光大地包容了自波德莱尔以降一切新兴诗派之精神与要素的现代派之一群。第二条：我们认为新诗乃是横的移植，而非纵的继承。这是一个总的看法，一个基本的出发点，无论是理论的建立或创作的实践。"《现代诗》13（1956），封面。

[13] 在现代主义的影响下，台湾地区的现代诗也发展出了属于自己的品种：从抒情的沉思到反战抗议，从传统情感的变奏到超现实的体悟皆有。不过，虽然现代主义美学独霸一时，但中国传统的抒情仍然在相当程度上影响着现代派成立后几十年的诗风。在"四人帮"垮台之后，渴望看到不同于教条诗的大陆现代诗人，从台湾的现代诗中获得了主要的灵感泉源，并开启了朦胧诗运动。

[14] 从战后到乡土文学运动之前的论战，主要由传统论者基于厌恶现代诗的"西化"所发动，参见萧萧（107-122）。

对现代诗的反传统主义颇不以为然。这点显然与"五四"的革命前辈迥异。而他提倡诗的"中国精神"，尤其与当时主流的现代主义诗学有所扞格。

1973 年 7 月，以少壮诗人为主要作者的诗刊《龙族》的主编高上秦推出了一辑现代诗评论的专号，以凸显此文类的当代病症。在该集的引言中，高上秦指出，这个专号起因于《中国现代文学大系》的现代诗卷及《现代文学》杂志的现代诗回顾专号所引起的争论。他强调这些出版物显示现代诗"似乎已失去它根植的泥土"，并且以下列可谓精确代表乡土文学精神的文字，言简意赅地指出台湾现代诗所需要的是对其身份的重整："就时间而言，期待着它与传统的适当结合；就空间而言，则寄望于它和现实的真切呼应。"（6）

但在这个专号，以及在这个时期的乡土文学运动，最引起讨论的是唐文标的文章《什么时候，什么地方，什么人：论传统诗与现代诗》。在这篇文章中，唐文标对当代诗人展开了毫不留情的抨击，既批其耽溺于古典诗的颓废，也批其被西方文学的精英主义与逃避主义所诱（228）。而与其他为此专号撰文的民族主义论者不同的是，前者多半提倡向古典诗学习质朴的语言，而他则把所有古典诗（除了《诗经》与《楚辞》及少数描写时弊的诗人如杜甫与白居易）贬得一文不值。因为他认为在后"五四"的时代里，中国已不再需要"封建的贵族文人"所传承的传统（222）。对唐氏而言，唯一具有正面价值的诗必源自"抗议和忧国的心情"（218）。唐氏指出，诗人的职责就是"承担了时代的挑战，活生生的要在人群里一起工作，然后才能忠实地反映了现实的苦乐"。（218）。唐文标的论点并未比关杰明的更细腻，但其略有不同的修辞，代表着这个运动正从一个一般性民族主义的立场，转向一个较为社会主义倾向的民族主义立场。在 1977 年，即第一场辩论开始五年后，民族主义／

社会主义论者再度发动辩论，并展开一场有计划的在理论上也更细腻的对现代主义文学的批判。从此，乡土文学的辩论便循着民族主义／社会主义对唯美主义／人文主义的轴线发展，并逐渐把焦点从诗转向了文学整体。[15]

正如上述讨论显示，虽然在 70 年代的国族危机中，诗再一次成为了主要的攻击标的，但攻击的原因却离开了"五四"时期所关注的诗与（保守的）传统文化之间的关系，而转向诗与现代性的关系。对早期的乡土文学运动者而言，"现代诗"[16]在美学上（不论就语言或内容而言），都是最西化也最精英取向的文学类型，因此是一个充满罪愆的文类。另一方面，因为诗在中国文化中犹有残存的文化地位，而仍保有其象征力道，故被认为对文化与政治的再生仍有一定的冲击（即使其冲击或许被视为属于负面）。[17]此一时期针对诗的改革一如"五四"运动时期，也是为了巩固与再造国族形式，但原因与"五四"则看似相类也有不同。我们在前面所引的文章中已看到，此次现代诗是因其语言晦涩、模仿西方及品位精英化而遭到抨击——而所有这些弊病又被认为源于现代主义美学。新而地道的国族形式则必须来自写实导向的诗：既采用朴实易解的语言，又能表达一般民众的情感，且具有强烈的社会责任感。

虽然乡土文学运动肇因于台湾被逐出联合国，但这里所呈现的危机却不是简单的"台湾 v. s 大陆"可以解释清楚的。虽然乡土文学运动呼吁回到乡土，但这个运动开始时却是统一取向的。对早期

---

[15] 关于乡土文学论战正反双方的观点与立场，可参见尉天聪编的《乡土文学讨论集》。

[16] 在此时语境下，"现代诗"常是"现代主义诗"的同义词。

[17] 高上秦在《探索与回顾》文中的这段话便是个典型的例子："许多时候，一个文化的腐蚀或社会的解体，正是从语文的浮滥与矫饰开始。有心为中国文学带来一个新前途的诗人们，在他们'为万物命名'的意兴飞扬的时刻，能不慎重吗？"（7）

既民族主义也"反共"的乡土文学论者而言，统一大业似应由国民党完成。然而，对后期的乡土文学运动者而言，基于民族主义／社会主义的立场，不惜代价的统一则似比维持现状更为可欲（这点我们随后会讨论）。换言之，对后者而言，国民党（而非共产党）才是造成危机的祸首，因为它已成为冷战架构中的西方傀儡。国族危机反而凸显了退出联合国的根本祸因乃是被西方宰制。[18] 要挽救这个处境，一方面必须把台湾文化中的亲西方意识形态涤除，另一方面则要与台湾的"中国土地"再结合。所谓中国土地指的是下阶层的民众（包括工与农），因为乡土文学论者相信这些民众因为受西方污染较少，才是国族本质的掌有者。尤其如今台湾土地又是他们唯一能接触到的"中国土地"。[19]

然而，"国族是什么"很快就变成了一个愈来愈困难的问题。"五四"白话诗的现代性最后被误读成浪漫主义，而台湾当时的（中国）民族主义／社会主义者所采用的马克思现代性，则不知不觉演变成了自身的反面：本土化运动——一个亲资本主义、亲美，且反大陆的台湾民族主义运动。这个奇怪的翻转来自于从"中国的土地"到"台湾的土地"这个无可避免的滑动。这种台湾民族主义的趋势不断持续至今、虽然是右翼的意识形态，但却仿佛复制了大陆 60 年代所循的路径——把反布尔乔亚现代性的马克思主义，变成了极端的反传统主义——台湾民族主义把理应重视传统的本土

[18] 可参阅如陈映真的《文学来自社会，反映社会》一文。他在文中强调，虽然冷战的结构即将结束，我们在台湾却浑然不知，而且还继续紧紧依附其上，结果便是遭到所谓"自由世界的堡垒"（如美国与日本这两个冷战时期的主要伙伴）遗弃。

[19] 例如陈映真在《建立民族文学的风格》中所言："必须首先和我们所日日居息的土地、和我们所日日相与的同胞有心连着心的感情，我们才和自己的民族血脉相通，才能在弥漫的外来影响中，为淡漠、漂泊甚至失丧的民族感情，找到一个稳固的、中国的归宿。"（336–337）

论，最终变成了与布尔乔亚现代性沆瀣一气的极端的反传统主义。两者在"去中国化"的狂热上不过一线之隔。

乡土文学运动者确也产生了结合写实主义与浪漫主义特色的作品。当民族主义受到强调时，浪漫倾向便趋强；若以社会关怀为主题，则采用写实主义。受到乡土文学影响的诗在 70 年代及 80 年代上半颇有展现，并修正了某些所谓现代主义诗离世索居或自言自语的窘况。但乡土文学特色的诗也因为其浪漫的模式易于倾向抽象，写实模式又不断重复，而快速丧失了吸引力。[20] 此外，乡土文学运动的"本土化"转向，造成了乡土文学诗方向上的混沌不明，也在各诗社的成员间制造紧张情绪。[21] 乡土文学诗的边缘化指出了它的两种不足：其国族模式的寓言倾向及其写实模式的反城市倾向。这两者严重妨碍了乡土文学诗对城市与后工业现实的响应能力。与本土化转向同时引进台湾地区的后现代美学就技高一筹，并成为本土化之外另一种面对文化及诗的方式（Liao）。但即使后现代的潮流吸引了不少的追随者，并且开始转化台湾的文坛，但从彼时起，诗（不论是哪一种派别）已不复能在台湾的文化场域扮演关键的角色，而只能拥有一种诗在其他高度市场化社会的地位：精英但边缘化。[22]

---

[20]　在乡土文学运动影响下出版的诗刊中，《龙族》可谓其原型。《龙族》的崛起始于反抗 60 年代的现代主义诗学及为其护驾的老一辈诗人。不过，虽然该刊宣称"我们敲我们自己的锣打我们自己的鼓／舞我们自己的龙"（龙族宣言），但其创作的实践却呈现一种结合浪漫与写实的风格。其他与乡土文学相关的诗刊多少都附和这种意识形态及创作实践，如：《主流》（1971），《大地》（1972），《后浪》（1972），《草根》（1975），《天狼星》（1975），《海棠》（1975），《神州》（1977），《诗潮》（1977），《阳光小集》（1979），《春风》（1984），《两岸》（1985）。

[21]　一个最典型的例子就是《阳光小集》的解散。原因据闻是因为内部对诗社及诗刊的未来走向因意识形态而意见不一所致（廖咸浩）。

[22]　到这个时候，现代诗的地位已经有一定的稳定性，但也渐渐淡出对社会议题的参与。虽然它获得了前所未有的独立体制，却也明确是个边缘化的自主地位。不过，另一方面，诗的元素对日常生活其他领域（如广告）的渗透却是空前的活跃。

六、从尴尬的联盟到另类现代性：超越现代主义诗学与启蒙计划的扞格

中文现代诗的命运反映了中国文学史上一些悬而未决的重大冲突：传统与现代、精英与可及性、美学与政治。虽然对这些冲突的响应似乎在法国的现代主义革命中已有先例可循，但在华人世界这条由梁启超滥觞、胡适定调的路径却大异其趣。从彼时之后，诗与重建国族所需的普遍启蒙的欲望便纠缠不清。这不只是因为国族再造一直被认为尚未完成，也因为这个与建国纠缠不清的诗学自始就与普遍启蒙格格不入。义无反顾地踏上自由诗（或白话诗）的不归路之后，"无形式"的潘多拉之盒就被打开了。现代诗一度被认为是现代性的象征，如今反而变成了身份日渐暧昧的文化指标。

然而，由于一般之所以认为诗的形式与国族形式之间能有所关联，主要在于相信采用白话的诗会有充分的可及性，因之，中文现代诗受现代主义的影响而形成的迂回表达方式，比其"无形式"更让论者担心奠基其上的国族形式不足为凭。虽然西方现代主义诗在民国时期从未被读者广为接纳，但中文现代诗只要有任何倾向现代主义诗学的征兆，就会立即同时被传统主义者与左翼论者抨击，因为它的表达方式愈迂回，它的可及性就愈受到怀疑，它在国族再造大业中的角色也就愈不可靠。[23] 在乡土文学运动中这个疑虑又愈形加深，因为彼时现代主义美学在台湾的诗坛似已意外形成了主导局面。

尽管在上述两个案例中，诗都因为前述纠结而被推到了社会改革的最前端，但平心而论，诗从来都没有被当作自己来了解，而只

---

[23]　现代诗学的争议性可追溯至李金发受到象征主义影响的诗。他的诗风与白话诗早期的浪漫主义风格大异其趣，以致遭到不少负面评价（Li, 10）。

是不断充当社会改革的工具。[24] 中文现代诗作为改革的哨兵并因此与现代性密切协商的结果是，不论是民国初年的案例或台湾地区的案例都引发了连锁反应，并改变了整体的文化生态。白话文运动的结果是，一种新的文化意识产生了，并从而带动了一场对文化意义的探索（soul search）；但因为一开始对现代性的态度拿捏未准，以致此一议题迄今仍困扰着台海两岸的知识分子。在 20 世纪 70 年代的大陆及 80 年代中期以后的台湾地区，这个困扰一度造成极端的反传统主义。虽然这两种运动对诗的态度乍看颇为不同，但又有某些关键的类似之处：两者都企图处理与西方现代性接触所产生的创伤；这个创伤迄今无法痊愈，且把传统变成了其病征。

不过，虽然上述的文化革命企图造成了不小的伤害，但两岸似乎都已经进一步了解到这种执迷的本质（虽然两岸对此的了解程度不一）：双方都被某种不知名的力量所驱策、盲目前进，这个驱力来自于对西方现代性乃是一切现代性起源的盲信，及因此误以为东西双方"无法并时存在"（the denial of coevalness）所造成的时不我予之感（参阅 Fabian, Chapters I and II）。若我们检视西方现代性在中国现代诗中翻译的过程，便可发现如果两岸便可能及早了解到现代性"向来已经"是翻译，从而能更妥善地运用翻译时产生的"第三空间"（third space），那么两岸社会理应能更恰当地处理本文开始时所提到的、来自两种欲望的拉扯（臣服于西方现代性或与之冲撞）。处理创伤是两岸社会都急需完成而尚未完成的大计，

---

[24] 比如，"五四"运动初期在形式上的解放，让诗能较自在地与诗体的现代性协商，也就是随内容变换形式，而不再依赖外在的形式元素。这样的解放工作也成为现代主义诗学在战后台湾地区复活的部分远因。另一方面，借由一种与"五四"相反的策略，即取乡土而舍现代（主义），乡土文学论者，如前述，也得以修正诗坛某种胡乱呓语的风气。同时（且不论利或弊）也对现代诗独立体制的建立有相当助力。

因此，我们需要对另类／多重现代性有一个更精确的了解，以谋善果。但更关键的是要能做到拉康所言的"认同病症"（identify with the symptom），也就是重新认识我们久被糟蹋的传统文化。

参考文献

沈用大．中国新诗史 1918—1949．福州：福建人民出版社，2006.

胡适．白话文学史上篇．台北：乐天出版社，1970.

＿＿＿．新文学运动小史．五四新文学论战集汇编（上篇）．台北：长歌出版社，1975a.

＿＿＿．逼上梁山．五四新文学论战集汇编（上篇）．台北：长歌出版社，1975b.

段怀清．胡适文学改良主张中三个尚待澄清的问题．浙江大学学报（人文社会科学版）37 卷 3 期（2007.05）.

高上秦．探索与回顾：写在龙族评论专号前面．龙族（龙族评论专号），第 9 期（1973.07）.

唐文标．什么时候，什么地方，什么人：论传统诗与现代诗．龙族（龙族评论专号），第 9 期（1973.07）.

梁启超．饮冰室合集．（含文集 16 册，专集 24 册）．上海：中华书局，1941．现代诗社．现代诗第 13 期（1956）.

陈映真．文学来自社会，反映社会．尉天骢编，乡土文学讨论集．台北：远景出版社，1978.

＿＿＿．建立民族文学的风格．尉天骢编，乡土文学讨论集．台北：远景出版社，1978.

陈建华．革命的现代性：中国革命话语考论．上海：上海古籍出版社，2000.

　　杨晓明．梁启超文论的现代性阐释．成都：四川民族出版社，2002.

　　廖咸浩．离散与聚焦之间：八十年代的后现代诗与本土诗．台湾现代诗史论．台北：文讯出版社，1996.

　　萧萧．50 年代新诗论战评述．文讯出版社编．台湾现代诗史论．台北：文讯出版社，1996.

　　关杰明．中国现代诗人的困境．"中国时报"副刊，1972 年 2 月 28-29 日．

　　_____．中国现代诗的幻境．"中国时报"副刊，1972 年 9 月 10-11 日．

　　Baudelaire, Charles. *Baudelaire as a Literary Critic: Selected Essays.* Trans. Lois Boe Hyslop and Francis E. Hyslop, Jr. University Park: Pennsylvania St. University Press, 1964.

　　Bell-Villada, Gene H. *Art for Art's Sake and Literary Life.* Lincoln & London: University of Nebraska Press, 1996.

　　Bery, Ashok. *Cultural Translation and Postcolonial Poetry.* Basingstoke & New York: Palgrave Macmillan, 2007.

　　Bhabha, Homi. "The Third Space." Interview by Jonathan Rutherford. In *Identity: Community, Culture, Difference*, ed. Jonathan Rutherford. London: Lawrence and Wishart, 1990.

　　_____. *The Location of Culture.* London & New York: Routledge, 1994.

　　Burger, Peter. *The Theory of the Avant-garde.* Trans. Michael Shaw. Minneapolis: University of Minnesota Press, 1984.

　　Calinescu, Mateo. *Five Faces of Modernity.* Durham: Duke

University Press, 1987.

Chakrabarty, Dipesh. *Provincializing Europe: Postcolonial Thought and Historical Difference*. Princeton & Oxford: Princeton University Press, 2000.

Chatterjee, Partha. Nationalist Thought and the Colonial World: A Derivative Discourse. Minneapolis: University of Minnesota Press, 1986.

Coffman, Stanley K. , Jr. *Imagism: A Chapter for the History of Modern Poetry*. New York: Octagon, 1977.

Cornell, Kenneth. *The Symbolist Movement*. North Haven, CT: Archon, 1970.

Eisenstadt, Shmuel N. "Multiple Modernities." In *Multiple Modernities*, ed. Shmuel N. Eisenstadt. London: Transaction Publishers, 2002.

Fabian, Johannes. *Time and the Other: How Anthropology Makes Its Object*. New York: Columbia University Press, 1983.

Hannoosh, Michele. *Baudelaire and Caricature: From the Comic to an Art of Modernity*. University Park: Pennsylvania St. University Press, 1992.

Hiddleston, J. A. *Baudelaire and Le Spleen de Paris*. Oxford: Clarendon, 1987.

Johnson, Barbara. *Defigurations du langage poetique: la seconde revolution Baudelairienne*. Paris: Flammarion, 1979.

Kamali, Masoud. *Multiple Modernities, Civil Society and Islam: The Case of Iran and Turkey*. Liverpool: Liverpool University Press, 2006.

Lacan, Jacques. *Four Fundamental Concepts of Psychoanalysis: The Seminar of Jacques Lacan*, Vol. XI. Ed. Jacques-Alain Miller and trans. Alan Sheridan. New York & London: W. W. Norton & Company, 1998.

Li, Dian. *Writing in Crisis: Translation, Genre, and Identity in Modern Chinese Poetry*. Ph. D. dissertation, University of Michigan, 1997.

Liao, Hsien-hao. "Becoming Cyborgian: Postmodernism and Nationalism in Contemporary Taiwan." In *Postmodernism and China*, ed. Arif Dirlik and Xudong Zhang. Durham: Duke University Press, 2000.

Lin, Yu-sheng. *The Crisis of Chinese Consciousness: Radical Anti-traditionalism in the May Fourth Era*. Madison: University of Wisconsin Press, 1979.

Liu, Lydia H. *Translingual Practice: Literature, National Culture, and Translated Modernity-China 1900—1937*. Stanford, CA: Stanford University Press, 1995.

Macura, Vladimir. "Culture as Translation." In *Translation, History and Culture*. ed. Susan Bassnett and Andre Lefevere. London: Pinter, 1990.

Masini, Federrico. *The Formation of Modern Chinese Lexicn and Its Evolution toward a National Language: The Period from 1840 to 1898*. Berkeley: University of California, Berkeley, Project on Linguistic Analysis, 1993.

Miller, J. Hillis. *Poets of Reality: Six Twentieth Century Writers*. Cambridge, MA: The Belknap Press of Harvard University Press, 1966.

Niranjana, Tejaswini. *History, Post-structuralism: and the Colonial Context.* Berkeley, Los Angeles, Oxford: University of California Press, 1992.

Paz, Octavio. "Translation: Literature and Letters." Trans. Irene del Corral. In *Theories of Translation: An Anthology of Essays from Dryden to Derrida,* ed. Rainer Schulte and John Biguenet. Chicago: University of Chicago Press, 1992.

Perloff, Marjorie. *The Dance of the Intellect: Studies in the Poetry of the Pound Tradition.* Cambridge: Cambridge University Press, 1985.

Scott, Clive. "The Prose Poem and Free Verse." In *Modernism: A Guide to European Literature 1890—1930,* ed. Malcolm Bradbury and James McFarlane. Harmondworth: Penguin, 1978.

Scott, Nathan, Jr. *Negative Capability: Studies in the New Literature and the Religious Situation.* New Haven: Yale University Press, 1969.

Shryock, Richard. "Becoming Political: Symbolist Literature and the Third Republic." *Nineteenth-Century French Studies* 33 (3–4, 2005).

Spivak, Gayatri Chakravorty. *In Other Worlds: Essays in Cultural Politics.* New York: Routledge, 1988.

Steele, Timothy. *Missing Measures: Modern Poetry and the Revolt against Meter.* Fayetteville & London: University of Arkansas Press, 1990.

Sypher, Wylie. *Loss of the Self in Modern Literature and Art.* New York: Vintage, 1962.

Taylor, Charles. "Two Theories of Modernity." In *Alternative Modernities*, ed. Dilip Parameshwar Gaonkar. Durham: Duke University Press, 2001.

Turnell, Martin. *Baudelaire: A Study of His Poetry*. Norfolk, CT: James Laughlin, 1953.

Yack, Bernard. *The Fetishism of Modernities: Epochal Self-Consciousness in Contemporary Social and Political Thought*. Notre Dame, IN: University of Notre Dame Press, 1997.

Yeh, Michelle. *Modern Chinese Poetry: Theory and Practice since 1917*. New Haven & London: Yale University Press, 1991.

Žižek, slavoj. *The Sublime Object of Ideology*. London & New York: Verso, 1989.

_____. *For They Know Not What They Do: Enjoyment as a Political Factor*. London & New York: Verso, 1991.

个人与地方的互动关系：
两岸三地三篇小说中的身份问题[*]

叶少娴

近年在经济、文化和政治各方面全球一体化（globalization）的趋势下，个人与地方的内涵意义和相互关联成为作家和学者探讨地方主义（localism）、全球主义（globalism）、民族／国家主义（nationalism）和身份认同（identity）的相关研究对象。传统看法认为，地方观念是有地域范围的、有界限的，有其固定或特有的身份意义，但这种观念近年受到很多学者的质疑（Robins, 12）。例如，梅西（Doreen Massey）在《空间、地方和性别》（*Space, Place and Gender*）一书中提出另一种方法来定义空间的概念，以及探讨空间、时间与身份的建构（identity construction）：

> 如果把空间放在时空的语境下来考虑各个社会层面的相互关系，它便是这些社会关系的某种特定表现形式……但是那些独特的地方特质以及其社会的相互关系，在实际上又不完全包含在地方本身的独特属性之内。重要的是，有关地方或

---

[*] 本文中文翻译初稿者李晶是香港浸会大学英文系研究生、中南财经政法大学外国语学院讲师。

地域观念伸延广泛，所谓全球性的也是本土性的一部分，所谓域外的也是域内的一部分。这种地方观点的重新界定，是对各种宣称地方身份具有内在历史性和永恒性论断的挑战。地方的种种身份或独特性都是不固定的、富有争议性的，并且都是多层次的。同时，任何地方的特质性，都不是通过设置边界来建构，或者通过设置超越它的相对面来界定其身份，而主要（或者部分）是通过该地方与"边界以外"的各种关系的混合与相互联系的特性来确立。由此观之，地方是开放的、多维的。（Massey, 5）

上述这样一种空间和地域观念可以跟个人身份建构紧密联系在一起，原因是时间与空间、无限与有限等二元对立模式也可引申其他传统的二元划分法，诸如男性特质与女性特质、流动与固定、全球性与地域性等，与之相提并论。此外，随着个别人士的移徙，身份的重新定义也就不可避免。本文旨在透过细读三个分别以两岸三地作为故事场景的作品，来探讨地方、身份以及其相互关系，目的是展现三个来自不同地域的作者如何阐释这些观念，如何在作品中呈现个人在其特定的地域空间、当个人面对全球主义和地方主义所引申的矛盾及交织关系。本文选了作家铁凝（1957—　）在 1982 年发表的短篇小说《哦，香雪！》中，描述一个年轻的乡村少女如何面对现代化下农村和自身的改变，详细分析少女香雪在接触到代表农村以外世界的火车后，引发的对自我身份的探究和后来的身份重建。而著名的台湾地区作家张系国（1944—　）在 1967 年发表的中篇小说《地》，所描述的是一位退休老连长在台湾对"家乡"的看法，表达他游移于个人身份重建与社会认同之间的心路历程。香港地区作者也斯（梁秉钧的笔名，1949—　），在 1990 年发表了一篇以英文为题的短篇小说 "Transcendence and the Fax Machine"，故事的主人公透过传真机来审视自我与地域空间之间的关系。本文所选三个中短篇小说的作者皆特意将他们故事的主人公设置在特殊的场境（site），来充分探索有关自我定位与异位（location and dis-location）、个人身份认同（self identity）和民族国家认同（national identity）以至全球主义所产生的乡村城市化与地方文化观念之间的微妙关系。就这三位作家而言，地方不再仅仅只意味着事件发生的地理性方位（geographical location）或者是故事中的外在环境（set-ting），而是代表一个考验个人的场地，一个代表人与地互相牵引的场境。三位作者以细心的观察、精巧的笔触和细致的描绘，表明他们对地方主义、民族主义与自我认同等多方面的观点和反思，以及呈现全球一体化下个人或一个地方所受到的冲击和挑战。

香雪对个人与本土／地方文化的重新确认

铁凝在短篇小说《哦，香雪！》中，仔细描绘小村的村民与村外世界的初次邂逅，从而带出 20 世纪 80 年代初中国在政治经济全面发展下，乡村和个人受到的前所未有的种种冲击。故事讲述一个名为香雪的年轻村女，如何逐步认识自己及成长的地方，从否定自我价值和本土文化，到其后的自我肯定、重新接受和认同本土价值的心理历程。香雪是整个村落唯一考上高中的人，她非常清楚自己在村中独一无二的地位。这种特殊身份促使香雪对知识不断追求、对她所在地域以外的事物产生强烈兴趣和好奇心，以及对自身价值和身份不断思考。她渴望拥抱村外世界，这不单指地理上的村外世界，也包括社会层面的拓展，以及知识层面的扩阔：

　　　有时她也抓空儿向他们打听外面的事，打听北京的大学要
　　不要台儿沟人，打听什么叫"配乐诗朗诵"（那是她偶然在同
　　桌的一本书上看到的）。（351）

　　香雪表现出强烈的自我发展欲望与挣脱环境束缚的愿望。她认
为家乡由于地理环境限制，成为一个封闭、落后的地方。它就像
"牢房"一样将村里的人都锁在局促不堪的乡村世界中，与外间世
界完全隔绝。同时，台儿沟这条小村庄也是一个物质匮乏的地方，
因此当地人同香雪一样，非常乐于接受任何机会去与外面的发达世
界相联系，希望借此来改善本地的经济条件，并丰富他们的精神文
化生活。所以当村民知道火车会驶经台儿沟并在村中停站时，都认
为是这条偏远小村之福，是一个契机，带给他们无限的发展可能
性。当地村民都渴望着火车的"临幸"，冲破小乡村地理环境上的
局限和精神"文化"物质上的贫困，成功与外面广阔世界"接轨"，
建立联系，创造一个无限的国度。

　　基于上述原因，台儿沟的村民欢迎火车的"入侵"（invasion），
尽管它扰乱了小村人民一直过着的安逸生活，扰乱了村中年轻女孩
恬静的心灵。每天火车短暂的来访，惊动了整条小村落，重新塑造
了村民的整个生活体验，将他们从慵懒而恬淡的隐伏状态唤醒，投
入到充满刺激和行动力、充满种种憧憬和期待的兴奋状态中：

　　　这短暂的一分钟，搅乱了台儿沟以往的宁静。从前，台儿
　　沟人历来是吃过晚饭就钻被窝，他们仿佛是在同一时刻听到
　　大山无声的命令。于是，台儿沟那一小片石头房子在同一时
　　刻忽然完全静止了，静得那样深沉、真切，好像在默默地向大
　　山诉说着自己的虔诚。如今，台儿沟的姑娘们刚把晚饭端上桌

就慌了神，她们心不在焉地胡乱吃几口，扔下碗就开始梳妆打扮……然后，她们就朝村口，朝火车经过的地方跑去。（347）

此外，故事中的火车还带出另一个含义，它可以被看成是一个男性的象征，甚至可以是一个父系阳性象征，代表着男性相对于女性的侵占和操纵，而台儿沟就是藏在深山的一片处女地，是大地之母的女儿：

> 如果不是有人发明了火车，如果不是有人把铁路铺进深山，你怎么也不会发现台儿沟这个小村。它和它的十几户乡亲，一心一意掩藏在大山那深深的皱褶里，从春到夏，从秋到冬，默默地接受着大山任意给予的温存和粗暴。
> 然而，两根纤细、闪亮的铁轨延伸过来了。它勇敢地盘旋在山腰，又悄悄地试探着前进，弯弯曲曲，曲曲弯弯，终于绕到台儿沟脚下，然后钻进幽暗的隧道，冲向又一道山梁，朝着神秘的远方奔去。（346）

故事中的火车一直与冒险、流动、渗透和活动等意念联系在一起，指涉的不单是个人层面或乡社层面，同时也涉及国家、生活、性别各个方面，与各个层次的主导性、现代化力量联系起来。作者将火车所代表的前进动力、侵略性、咄咄逼人的威迫感，与台儿沟村民的落后生活、胆怯性情和恬淡被动的民风并置，从而凸显全球经济强权在政治、经济、异域文化上的渗透和侵略，以致与落后地方在传统文化及自主独立精神之问题上产生矛盾。作者在探讨有关本土（local）、属地性（native）与少数者的边缘性（minority's marginalization）的深层意义的同时，带出个人（self）与地方（locality）的相关性思考问题。这些都是以生动的细节来展现的：

> 人们挤在村口，看见那绿色的长龙一路呼啸，挟带着来
> 自山外的陌生、新鲜的清风，擦着台儿沟贫弱的脊背匆匆而
> 过。它走得那样急忙，连车轮碾轧钢轨时发出的声音好像都在
> 说：不停不停，不停不停！是啊，它有什么理由在台儿沟站脚
> 呢……（346）

因此，火车对台儿沟的侵入，可以解释为全球化的价值观念对地方本土价值的冲击，使得地方那稳定、纯朴、顺从的本土价值及存在面貌，受到史无前例的冲击和改变。同时，作者又借着火车在这处偏远的小村落停站，建立起一系列二元对立模式的角力点，审视有关自我与他者、家乡与迁徙、本土／地方与异地／全球、扎根与漂泊、熟悉与陌生、自然与文明、乡村与城市、禁锢与自由等具争议性问题。这印证了汤林森（John Tomlinson）的看法，那就是全球化和地方化进程的相遇将创造一个充满契机（promises）和危机（predicaments）的境地（Tomlinson, 310）。危机源自这种相遇对这片处于深山中从来没有受到现代文明玷污的处女地的触动，使它不能幸免地投进变革的浪潮，受到城市化与经济文化殖民主义（economic and cultural imperialism）的洗礼。列车的来访，初看似是微风徐徐掠过一个世外小村落，但仔细看清楚却不仅是将台儿沟与方外世界联系起来，而且是把台儿沟那无污染世界彻底改变，导致当地人本土身份的沦丧，将他们从所属土地上连根拔起，重塑他们的价值观念和生存状态。从这个意义上来看，火车的入侵意味着对一个特殊群体身份及文化的威胁和侵略。

当然，从另一个角度来考虑，火车延伸到台儿沟这个小乡村，

除了带来烦扰与惊攘外，也为当地人带来希望。一直以来，台儿沟和"它的十几户乡亲，一心一意掩藏在大山那深深的皱褶里"（346），长期与外面世界隔绝。他们都认为火车的出现是进步与发展的必需过程。村里人对火车的短暂停留感到兴奋和荣耀，认为这是当地现代化的第一步，也是他们与世界相遇的初次经验。村民认为这是他们与外面世界相融合的好时机，希望这种融合能摒除他们地理上的隔绝和文化上的边缘地位。作者透过香雪的火车之旅、她对新颖铅笔盒的向往，以及在深山间的历练，把当地人渴望改变地方的强烈愿望外化（externalized）。他们坚信这些变化能够为村民带来各种机会和生活上的可能性，也能给年轻的姑娘带来更为光明的未来。作者透过香雪独自在深山夜行的经历，展现了台儿沟的村民对外部世界的一次文化层面的想象之旅。

以这种观点作参照，这个简单的故事也就包含了很多层次的意义。它既是香雪个人对知识和自我发展的追寻，也是她逐步发现自我和达到地方以及身份认同的心路历程。它可说是一个启蒙故事，透过意外地被火车带离熟悉的家乡，与火车短暂而亲密的接触，香雪无论在个人还是社会层面上都形成了自身的定位。在经历了一晚上独自漫行山间的痛苦磨砺后，香雪重新发现了家乡和它们代表的价值观，继而产生了一种对家乡一切事物的自豪感，更在这个基础上获得一种属地性认同。香雪与家乡的抽离（physical displacement）、疏远（distancing）或者异置（dislocation），让她有机会反思自身与他者的关系，以及地方美德和特性与外来的价值观念的关系。她认识到生命的复杂多重性（multiplicity），并且在自我与周边环境的关系上有了更深刻的了解和感受。她平生第一次有机会从远处，以一个旁观者／外来者（observer-outsider）的立场和角度，来审视自己的家乡。这种抽离的经验，使得香雪对自己的处境有了深刻的洞悉，同时也让她对台儿沟（相对于外部世界）那较为单调朴素的自然地理特质重新评价。她对自己熟悉的小乡村有了新的认识：

> （她）忽然感到心里很满意，风也柔和了许多。她发现月亮是这样明净。群山被月光笼罩着，像母亲庄严、神圣的胸脯；那秋风吹干的一树树核桃叶，卷起来像一树树金铃铛，她第一次听清它们在夜晚，在风的怂恿下"豁啷啷"地唱歌。她不再害怕了，在枕木上跨着大步，一直朝前走去。大山原来是这样的！月亮原来是这样的！核桃树原来是这样的！香雪走着，就像第一次认出养育她长大成人的山谷。台儿沟呢？不知怎么的，她加快了脚步。她急着见到它，就像从来没有见过它那样觉得新奇。（355–56）

香雪意识到自己过去常常认为家乡是一个典型的文化、经济落后，物质匮乏的地方，传统守旧思想根深蒂固。当地人都过着卑微而逆来顺受的生活。香雪因火车而引来的短暂"漂移"或异置，而体会到往昔乡村那种简单生活的优质和美态。因此，读者可以把香雪的回家历程，看作这个年轻女孩有意识地回归大地母亲怀抱的过程。这标志着香雪对本身文化根源的重新确立，以及对自己的在地性的重新肯定。这个肯定过程建基于她的启蒙经验，令她成功地重新建构自我身份。从此，香雪不再盲目地向往大山以外的世界，或者是外面城市的生活方式以及其新奇、丰富的物质生活。她开始可以用心灵去欣赏村中父老乡亲的单纯、平淡、诚挚、朴实、坚韧，以及充满生命力的生活。她开始意识到，这些本土特质正是她祈愿颂扬和保持的地方质朴特性。她最终接受了本地特性、本地的生活方式，并明确了自己与本土的关系以及自我的定义。

香雪借着与外部文明世界的接触，孜孜不倦地追求自我提升的精神，成功重建自我，对所生长的土地重新认识、适度接受和感到自豪，从而达到一种心态平衡。香雪认识到一个人或一方之地在全球化进程中所要面对的挑战，认识到必须重新审视和界定自己所处的位置。因此，铁凝在故事中描绘台儿沟的种种地理细节，志不在写地方风貌，而是着眼写这方土地的文化意味。台儿沟的地貌特色变成了人对于一种生活方式的暗喻，一种升华后与个人身份紧密相连的地方观。它既存在于社会文化层面，同时也针对个人。作者着力强调香雪精神面貌的改变和她的主体性。当这股不可遏止的现代化和全球化的浪潮，以难以置信的速度席卷不单是个人，而且是一个国家的时候，这种个人主体性就隐含了国家也经历了一个相似的过程，暗喻中国最边缘、最传统的地方也不能逆转这一历史潮流。它不单改变了个人的生活方式，使一个被动的顺受状态变成了积极求变的状态，同时更改写了一个国家的社会文化风貌。费瑟斯通（Mike Featherstone）曾经指出，全球化和地域化的相遇是当今世界必须经历的、不可避免的历史过程（Featherstone, 47）。

李明和父亲的寻根梦

如果说铁凝的小说主要致力于描绘主人公的内心探求，致力刻画地方与自我的冲突、本土意识与外地文化的相互牵引和矛盾，那么张系国发表于1967年的中篇小说《地》主要描写的是对地域观念和因移徙而引起的对国别观念、身份观念的重新探索，以及个人因疆域的界定或变化而产生的失落或焦虑。作者通过乡镇场景和文化象征，展示了一个充满张力和期待的世界。作者用正面手法来描写乡镇，带出李明希望回到家乡安居乐命的心意：

　　这次我上了船，到外头跑了快半年，各种地方，各样的人，差不多都看过了。可是我还是怀念我那小镇，以及镇上那些人们……那些美丽的城邦和海港，我总觉得不是属于我的，我不能够在那儿安身立命。只有我的那个小镇，即使它很平凡，却是属于我的一块地方。回到那里我就觉得很舒服浑身都自在。(15)

　　可是李明作为一个船员、一个与海为伍的漂泊者的渴望回到家乡的心态，似乎有别于他父亲对故乡的眷恋。前者向往的是他在台湾的家乡，而后者却经常与友人怀念昔日的家园。这部中篇小说详细描述李明和父亲因漂泊或移徙而在社会、文化和政治上失位（dislocation），而经历了一场"去地域化过程"（deterritorialzation）（Tomlinson, 107）。李明的父亲是国民党的一个连长，随着军队从大陆迁移到台湾。作者透过他想在台湾建立文化根源、开拓家园的经历，带出这批老兵在 20 世纪 60 年代的特殊心路历程。作者把李明父亲描绘成一个迷茫而失落的战后老兵，他完全未能对所在地方产生归属感，只感觉得自己好像被连根拔起移植到异地。但李明的父亲一直希望能够在台湾的土壤中落地生根，一直想将自己重植在这片新土地上。正如李明的朋友小禹所说，作为人最为重要的，就是要与土地相连，要与地方建立具有深层意义的地域归属感：

　　你们要到山上来办农场，我是很赞成的。我很觉得，我们的根是在土地上。离开了土地，我们绝不可能生出根来。现代人的许多痛苦、失落的感觉，我觉得都是离土地太远所致。(41)

　　因此连长毅然卖掉他的杂货铺，在山区买了一片土地，期望在这片新的土壤上移植自己，显示了他那种与地方或土地相连的强烈愿望。作者一方面呈现连长希望在新的土壤建造新家园的意愿和决心，另一方面又流露了连长希望重返故乡、重建失落天堂的潜意识。他天真地以为，只要拥有了一片土地就会有家乡的感觉，就能给他漂泊的灵魂一个栖息的地方：

> 我做了大半辈子军人，虽然有个家，老婆儿子，还不是跟着我到处跑，也一直没有安定过……种田虽然苦，人好像就有了根，就连在地上了，什么都有个寄托。我奔波了这几十年，就想找块地方，安顿下来，多吃点苦也情愿。（7）

连长在开垦他那片石头地时遭遇的失败，不仅说明他不适合耕种，而且让他深感沮丧和痛苦，因为他意识到自己与地方的割离，不单是指实质上的割离，更是精神上和心理上与大地"母亲"的分割。他平生第一次感受到自己已经完全远离心里所属的"地方"、家乡和母亲。这个意识对连长来说是一个巨大的打击。他逐渐了解到不论自己如何努力，都无法重建昔日自己与家乡故土的关系，因为他已经太久没有和家乡故土联系了。他明白，不论自己如何努力，永远无法像石头仔那样花费三十年时间"每天挖石头、挑石头，硬是把这地方开垦出来了"（40）。作者通过描绘连长尝试建立根基的努力和失败，来阐释一系列观念，例如民族身份、自我定位、异化以及精神放逐等主题。他指出，一个人的身份，无论是个人的还是民族的，绝不可能是买回来的，也不可能是他人所赋予的。它是一个人随着时间用心经营而得来的产物，是一种源于个人对一个地方的爱、所肩负的义务以及精神归依而衍生的东西。正如李明对周玫祖露心迹时所言：

你知道，那个小镇实在很平凡，也说不上有什么美丽。我认识的那些人也都是微不足道的小人物，在那儿都可以见得着的。但是我仍旧渴望回去。（15）

张系国小说中的小镇场景，正如铁凝故事中的台儿沟一样，充满暗喻意义，展示不同地方、不同性别、不同年纪、不同人生阅历的人，有着同样强烈的诉求，有着将自己与某个称为"家乡"的特有地方联系起来的愿望。这种强烈希望将某地变成为"家乡"的欲望，就是费瑟斯通论说中所指的"地方主义"（Featherstone, 47）。

此外，连长购买土地这个决定，更显露了他性格中浪漫的一面，展示了他对心底那一方属地的怀念和眷恋，是对过去生活、人生某阶段记忆的延续和维新。他所不能理解的是自己的"去地方化"，这不仅仅意味着个人在身份认同上的错乱，也代表自我从一个地方迁移到另一个地方时产生的异位感。它暗示一个人逐步与他先前所属的地方社会和文化联系的丧失或分割。连长和李明都竭力重建他们所渴求的本土性，但最终都一无所获。李明最后意识到，他的处境跟移居到台湾的父亲相类似。他在写给朋友小禹的信中，总结了许多出于各种原因移徙他地的人的命运，那就是很多人因为无法在新的土地上衍生归属的"故乡感"，而变成某种程度上的漂泊者，不得不有意或无意地自我放逐：

我们的地已经卖掉了，卖给了石头仔。地，是属于他那种人的。我们这种人，只配流浪和失落，不配去接近土地……（55）

这些"移植"失败的人跟石头仔的经历迥然，原因是后者是一个土生土长的本地人，他耗费大半辈子全心全意从土地上一点一点地搬除石头块，好把石头地建设成为自己的"家乡"。因此，石头仔可以看作是当地人和土生人的文化象征。张系国巧妙地通过连长和石头仔对待土地的不同态度和与土地的不同关系，来清楚表达身份建构的重要性。人们要获得个人身份认同，就必须融入本土生活和建立归属感，没有其他方法或快捷方式可行。作者透过不同的人与石头地的关系，展示个人要在一个新地方成功创设属于自己的一方土地，需要面对很多问题和承受种种压力；同时，人在开垦、挖掘、发展和驯化土地来实现个人目的时，也必须在开化过程中对这片土地投入感情、爱心、关怀、尊敬和自豪感。从上述观点来看，张系国这篇写在 20 世纪 60 年代的小说可以说是"寻根文学"的早期代表作，表现出一种人与土地的交缠和联系，在一方土地上追寻文化与社会根源的文学样式。此外，它亦可以被看成地方主义兴起的一个典型范例，是地方和人之间相互依存这种意识的兴起，是身心的相互依存，是漂泊老兵和故国家园依存的一种述说。

张系国的小说以李明代表的全球化时代普遍流动性与父亲依恋某一特定地方的根源性的互动为切入点，描述了地方主义的另一个面貌。有别于铁凝笔下主人公在现代化过程中消费主义的影响下，强烈渴望冲破身处地域的桎梏去拥抱世界，张系国在《地》中透过李明哀叹在移动与变革的过程中个人身份不可避免的沦丧。小说中值得关注的是，从大陆移居台湾地区的第二代都已经有意或无意地选择了自我放逐的生活。作者用这种巧妙而细腻的手法来描写地方与身份的互动，无论是个人还是国家方面，都让读者对这片土地上现存的种种矛盾和抗争有了新的认识和理解。作者精巧地运用扎根与无根、有家与无家、踏实与流动、乡间与城市、郊外与市内、本地与全球等一系列的二元对立方式，来表达他们在意义和内涵方面的多样性。张系国小说中人物所表现的失落感和不确定感，没有铁凝小说中香雪的遭遇来得那么强烈和明显。这正好清楚表示两岸社群在空间／地域与社会、文化、政治环境方面的区别。铁凝小说中的主人公带有"中国性"的意识，利用香雪站在一个解放自己、拥抱世界的临界点，表达 80 年代初在中国政治、经济、文化各方面对外开放的大气候下，会对个人以及本土文化带来的无可避免的极大影响，令人产生疑虑和不安感。而张系国小说的主人公则身处困惑的十字路口，竭力希望找寻前进的道路或者冲出迷宫的途径。张系国笔下这些人物被困于社会变化之中，其无助与困惑可以理解，容易牵引读者对这些老兵及其第二代的同情。他的小说特别关注第一代大陆移民在一个严格规范的特殊地域，如何追求自己的生活、重新建立家园。故事更带出另一个更为重要的讯息，那就是这些"移民"及其下一代所遭遇的身份问题，也可以概括为许多到处流徙的当代人必须面对的基本个人及民族／家国问题。当一个人从一个地方迁移到另一个地方、从一种生存状态转变成另一种存在状态、从一套价值观念转换到另一套价值观念时，都会面临种种危机和内心挣扎，而小说就是希望探讨这方面的深潜意义。

这种个人因社会变革而产生的焦虑和失落感，可进一步理解为当代人在现代化与全球化的道路上，一头扎进社会各层面的发展激流中所遭遇的精神危机。如张系国笔下的知识分子开始重新审视传统价值观念和文化渊源，重新评价个人的梦想和期望与身处地域的互动关系，并质疑全球主义的可取性。各种形式杂糅体的出现，正清楚表明了这种变革对当今社会的冲击。作者借着作品唤起读者对定居与流徙的关注，让他们了解到只要一个人选择移地异居，那就意味着他踏上了一条不归路，投入到"流动"的大河之中，义无反顾地开始其历险之旅。从这个意义上来考虑，李明就代表了当代中国文学中普见的精神漂泊者——那些因种种迁移和变革而永远困于漂泊状态下的人们。他们常为寻找更好的发展空间而到处迁徙，因为"买来的土地"很多时候有其规限性，限制了个人探求自我、发现自我、拓展自我和实现自我的空间。正如小禹在写给李明的信中，反思自己在美国的生活，他观察到当代人要在高度发展的城市或国家扎根似乎变得越来越困难：

> 在这里读书，最大敌人，便是寂寞……来美后，我参加过许多次郊游、旅行、野餐。每次主办人都煞费苦心地计划，节目必求其繁多，食物必求其丰盛，男女的比例必求其适中……总之，人力能够做到的全做到了……在这里快两年，还没有听到鸡叫呢。美国的鸡都生长在电灯底下……美国是什么呢？就是大量生产出来的汽车，人工培养出来的肉鸡，数百万里的高速公路的组合物。在这里人绝对不能生根的。试想，整天开着汽车在高速公路上疾驰，怎么可能生根呢？要想生根，要想不致失落，一定要靠近土地……（54-55）

张系国的小说更捕捉到流散文学（diaspora writings）的特征，对一系列的观念如地方与全球（the local and the global）、本土与异域（the native and the exotic）、私人与公共（the private and the public）等，都做了仔细研究和详尽描述。在世界各地以不可思议的速度互通讯息的时代，当人类惯于从一个地方漂泊到另一个地方的年代，我们对"家乡"这概念的确切含义，需要进一步地思考和探究。正如《哦，香雪！》里的火车和《地》中李明所工作的邮轮，总是把乘坐当中的旅客，从一个车站或港口移迁到另一个车站或港口，周而复始，川流不息。这些漂移中的旅人有别于其他群体，逐渐受到各方关注，因为他们是全球化下的产物，是超越地域界限和跨越文化传统的"新人类"，是新近形成的社会群体，代表着一群以四海为"家"，或者是无所归依、无根无家的人，选择终身过着迁徙和漂泊生活。美国一位人类学家吴燕和（David Y. H. Wu）曾精确地提出他的论点：

> 当今世界到处可见都是这些逾越了民族、文化和国别疆界的人们，但是他们往往被迫认为自己是不正常的，或者是不得其所的人。这些跨越边界和疆域的人们被描绘为游子、移民、混血人士，或者漂泊者……但事实是，在 20 世纪晚期，越来越多人士离开家乡故土，变成为外地永久移民、旅居国外者、难民、客席工作者、国际商务人士、流散放逐族群、居住海外族群，或者超越国界的族裔社群。（142）

一个"全球化"人士的噩梦

在铁凝和张系国的小说中，有一个值得注意的现象，就是在他们笔下有地域性的地方（localities）都绝不仅仅是故事发展或事情发生的场地，而是与主题、人物、叙事形式等重要小说元素融为一体，延伸故事的含义和暗喻的手段，从而带出作者在自我探索、身份认同、自我建构，或者是个人对本土主义和全球主义等课题上的思考。也斯的小说"Transcendence and the Fax Machine"正是另一个好例子。作者特别关注现代都市人企图通过科技，达到超越自身所处地理环境限制的愿望。小说描述的是一个香港的知识分子的思想和生活体验，故事的主人公被周边的人排斥，像一个为世所弃的学者。他总觉得自己和周边环境格格不入，渴望摆脱各种试图将他禁闭在一个特定社群、圈子或者地方的枷锁。作者以第一人称描写"我"这个学者，如何把自己看作为一个超越国界、跨越文化（transnationalized）的都市人，一个能够超越时空和地域界限的"超人"。他觉察到置身的学术圈子竞争激烈，导致互相排斥，局限了这类有地域性的学术圈子的发展潜力和空间。同一个学术领域的学者之间的恶性竞争和权力斗争，更使他感到不能充分发挥自己的潜能，因而变得沮丧和气馁。然而，他刚买回来的一部传真机，为他开辟了一个无限的空闲，为这位中年学者提供了无穷无尽的契机，让他展开一段人和传真机之间的亲密关系。诚如这个学者／主人公观察所得，他刚添置的传真机重塑了他的一生，改变了他整个生活模式和在世界上的位置，同时也改变了他和周围的人以及身处之地的关系：

> 我亦避开了人世的纷扰，不用从电话里听人的叹息、看涟涟的泪滴，小气和妒忌在纸上不若像在人的声音里那么容易纠缠上身，我也不用接听坏脾气友人的电话，不会被突然掷电话的举动震得耳膜发痛。真的，一具传真机重新调整了我在世界上的位置。我放心睡去，在梦中依稀听见她呻唔的声音，就像使我安心的音乐，令我觉得一切再没有后顾之忧。（107）

主人公过了一段短暂的美好时光，因为传真机为他带来无拘无束的自由新感觉和无边无际的空间。他觉得自己的肉身能超越地域疆界局限，完全是因为有了这部机器，帮助他延展自己到身属地域以外的世界，成功"拥抱"全球的信息和世界各地互相交流的信息。同时，传真机更让他重新界定自己与其他人的关系：

> 我踏出店门的时候就不再是单身的，我带着传真机回家

了。她的外貌也平平无奇，但不知怎么的越看越顺眼，大概是日久生情吧……不用像孤魂野鬼那样到处浪荡……不用在悠长的周末或周日发愁。即使外面的世界充满了欺诈，人际的传讯充满陷阱，至少我可以肯定，当我回到家里，她总是在那里，忠实地吞吐资料，是我与远方一个可靠的联系。(107)

学者主人公就是有了一部传真机，从此可以隐居于市中，在自己的私人世界里，在个人的思想和情感的私密空间中自得其乐。故事中的传真机是以女性化的身份（feminine identity）出现，清楚表明"她"和学者主人公之间的亲密关系，更泄露了主人公的心理状态，显示出学者主人公在日常生活中，未能成功与异性建立任何亲密接触或深厚的关系。正如主人公自己的叙述，他把传真机女性化（feminized）是要将其变成自己理想化（idealized）的"情人"，变成自己的红颜知己和绝对信赖的亲密女助手。主人公透过这个忠心可靠的"她"，便可以安全地开展与外部世界的接触而不必害怕受到伤害。这种以机器代替人与人之间的密切关系，尤其是将男女关系替换为人机关系，反映了科学技术对于人类生活以及人际关系的潜在威胁。这样看来，主人公所向往的似乎不仅是自身（physical self）能够超越地理上设置的位置（geographical locality），而是希望能够重置他情感和爱欲投放的地方，目的是把自己从对他人的依赖，尤其是对女性在感情和性的依赖，以及种种人际接触和关系中解放出来：

我保持独身只有一个理由：我与人在感情沟通方面不大成功。三十五岁以前，我碰上每个女孩子都看到各自不同的好处，把她们想得太好了，都找到可以爱她们的理由，结果当然

吃尽了苦头。三十五岁以后，作为补偿，碰上每个女孩子都看
到她们的许多缺点。在这样的情况下，我不再爱上任何人，心
湖平静，可以快快乐乐生活下去了。(106-107)

主人公这种害怕与他人建立关系的心理，尤其是害怕与女性建
立亲密关系的心态，不仅显示出主人公对别人的疏离以及对生命中
种种事情的失望，同时反映出他这个学者和一般有知识和思想的都
市人一样，害怕在亲密关系中丧失自我的恐惧心理。因此，他拒绝
跟任何人有精神上或情感上的联系，只选择跟传真机朝夕相对。传
真机确实为这个学者打开了一个实现自我的崭新空间：

> 而我与属灵世界的精神往还竟可以具体地留下物质性的存
> 底，令我对自己心灵的轨迹有一个传真／全真／存真的记录。
> 日后即使记忆力不佳，我也可以肯定地回溯心灵的留痕。(107)

作者透过中年学者选择与传真机相依为命这个素材，把现代
都市人一方面渴求生活现代化和个人"全球化"，而另一方面又极
力保护自我，以免自我身份在过程中失落那种不安和焦虑并置陈
述，让读者深思。不错，传真机让故事主人公达成个人全球化的愿
望，让他成功参与跨国别的学术讨论，可是主人公没有意识到在达
到这种成就时所付出的代价，那就是丧失了人类之间最珍贵的接触
和联系。这里所指的不单是实质方面或身体方面的，也是精神方面
和情感方面的沟通和联系。结果主人公还是生活在极端焦虑当中，
害怕接近他人，害怕在人际网络关系中迷失自我、迷失身份，以致
个人变得支离破碎。作家也斯运用具体的意象，刻画出20世纪晚
期都市人生活中彼此逐步疏离的异化感，以及在现代化过程中不可

避免的科技侵略。科技以不同方式和种种姿态完全渗入现代人的生活中。在这种环境下，个人与地域的关系、人与人的关系，以至个人身份、社会、文化、道德、本土观念等都必须重新审视、重新界定、重新评价。正如铁凝小说中火车对于山区人宁静生活的侵略和干扰一样，也斯小说中的传真机改写了学者主人公的生活，扰乱了他的身份，并且重新界定他在社会上的位置。同时，它亦暴露了人类对科技的迷恋和依赖，对全球化的含义和趋势甚至对个人的物化和异化过程中那种既喜且惊、既为之吸引又努力抗拒的复杂情绪。正如故事中学者主人公最初一样，都市人因科技发明所带来的便利而雀跃，例如传真机不仅提高了生活的效率和质素，同时也缩短了人与地方、民族、文化、国别等之间的时空距离。但最讽刺的是，这部传真机并没有改善主人公与他人的联系和沟通状况，也没有强化他与世界的联系，反而制造了更多他与别人之间的焦虑和误解，引发生活中困惑和沮丧：

> 我手足无措。截稿日期已经过了，我当然希望赶上，与我相信那美好的超越世界有个联系，把我的理想与人沟通。但另一方面，我很强烈地感觉，最重要的是照顾眼前这俗世的传真机……身处在超越和传真机之间，我所能做的也只有这些，我只能尽我的能力在我的限制中做最迫切的事，希望能从这里找出一条出路吧。（110）

主人公突然意识到自身危机，觉察到本身与世界的联系已完全依靠这部机器进行。这意味着他已失去自主性，他不再是自己的主人，因为他已经不能控制家中传真机所接收的信息或者发出去的数据。他甚至不能够自己决定什么时候与世界联系。他的一切事情似乎都被传真机这机器所操控，而她会在紧急关头罢工，在他最需要她帮助时拒绝工作。

也斯以传真机为故事的中心象征，用简明的语言、生动的描述来探讨科技"入侵"对人类核心价值的影响。诚如罗伯逊（Roland Robertson）和卢曼（Niklas Luhmann）所指出的，全球化的进程不仅激发了新的社会和文化空间的出现，同时也引发了新的交流模式（Robertson, 8–9；Luhmann, 175–190）。也斯笔下的主人公确实成功跨越了空间（space）和地域（place）的界限，但他同时也成了全球化下的牺牲品，牺牲了自己的人性（humanity）和其独特的地方文化身份（local cultural identity）。作者强调传真机的非人性（inhuman and impersonal nature），甚至是去人性（dehumanized）的特质，来呈现人类面临这个史无前例的全球化浪潮时的无助和恐惧。他更指出，当今世人对这个巨浪所带来的精神和生活上的质变缺乏危机感，普遍采取一种漠视不理的态度。也斯通过这篇小说，正视这个影响全人类的问题，并且重新评估现代科技对人际关系和人与人的联系的深远影响，特别提出要成为一个全球化的人所必须付出的代价。

美梦还是梦魇

从上述作品可以看到，现时有关人类是否能够从全球化的愿景中受益，或者能够消解其过程中所带来的威胁和危机，已成为一个迫切性课题，引起不少作者与学者关注，争相讨论。这不仅是当今世上每一个人都要正视的问题，更是每个国家必须认真看待的课题。上述这些作家，不约而同地提醒人们要认识有关问题的严重性和寻求出路的迫切性。学者汤林森明确地指出，20 世纪晚期是一个特殊的时代，"人们的日常生活越来越受到其他国家各方面的渗入和影响，与别国的经验互相交织"（113）。因此，本土身份，包括民族身份（national identity）的问题，不可避免地与"全球化"这个巨浪混在一起，其中的关系既暧昧又纠缠不清。人们是否能够像上述三篇小说中的主人公一样，可以在全球化大潮中奋斗、寻找出路、竭力保持自我的完整、不被巨浪吞噬，有赖他们对个人或民族国家的"本土性"的认识和肯定。这三个主人公个人的零乱心绪，心理上的忐忑不安，显示出他们在处理个人与所属地域之间的关系时所遭遇到的考验。香雪就是从经验中一步步走出迷阵，到最后成功认清自己与地方的互动关系，重新建立自我、重新认识和肯定所处的地方的重要性。李明和连长也有寻根之心，只可惜未能如愿，原因是移徙他地，漂泊多时，已无法与土地建立恒久的关系。

而也斯小说中的主人公，以学者身份尝试与所属的圈子或地域割裂，但与此同时又带出更多核心的问题。他以学者主人公和传真机的"情谊"，把个人决定放在一个社会、国家甚至是世界的层面来审视，让读者重新思考个人在全球化过程中的得失，并且提出一个重要问题，那就是如果各人都像故事主人公一样，全心全意投进"全球"的时空之中时，能否无损无悔。三位作家利用不同的人物置身特设的地方空间，从不同角度去思考自我、身份、地方、本土主义和全球主义等核心问题，一方面表达出一种对自我身份认同的浪漫追求，另一方面又呈现当代人那种渴望突破边缘位置，建立属于自己的空间的强烈愿望。这三位作家采用不同的写作策略，运用各自熟悉的社会、文化和政治环境作试验场（testing grounds），来描绘个人在变革大河面前的困扰、迷失、寻觅、反省和抉择，从而强调对本土的确以及地域相对于全球的重要性。他们以此作为出发点或关注点（point of reference），去思考或重新界定自我和个人的身份。

　　此外，三位作家同样选择用象征手法，来呈现核心问题所牵涉的一系列二元对立概念。铁凝小说中利用原始类型意象（archetypal images），带出自然与文明（nature and civilization）、本土与外来（local and foreign）、男性化与女性化（masculinity and femininity）、契机与危机（promises and predicaments），以及地域性与全球性（localized and globalized）等鲜明对比。例如，群山被描写成母亲的子宫，呈现女性化纯洁温柔的一面，拥抱着台儿沟这小村庄，孕育着当地的人。随后而来的火车，却带着充满男性化的特征（masculine attributes）入侵这片处女地。台儿沟被描述成一个令人向往的稳定、包容、关爱的"家乡"，而来来去去的列车则是一个男性化的意象，代表着社会要变化、要发展所必须具备的冒险性精神。张系国在《地》这篇小说中同样运用了一系列二元对立的概念，来凸显个人与国家（self and nation）、故乡与新土（mother / homeland and new earth）、稳定与流动（stability and áuidity）、往昔与现时（past and present）等概念，旨在提出个人想要在现今瞬息万变的社会中寻找安稳的"家"、衍发"家"所特有的温暖自在的感觉是何等强烈，那愿望是何等虚无。退役连长和儿子不懈地追求和建立他们的"家"，与家园故国重新相连的决心，就像孩子渴望回到母亲身边一样。母亲／家乡所给予的慰藉、保护和恬静，正是许多与生命浪潮搏击的旅人一直追求和向往的庇护所。他们身在台湾却未能成功生根发芽，是因为连长一直怀念往昔的家乡，未能全心投入新的家园。因此，连长的个人问题，也包含着民族国家的考虑，因为连长的个人命运在某程度上是与民族／国家命运互相交织，无法分割的。连长等未能在新土地上移植或重建"家乡"，深刻表现出连长那种"何处是吾家"的无奈；同时亦表现了现代人，尤其是漂泊者特有的焦虑和失落。连长的问题在于他忘记了自身已异置（dislocated）、已脱离母体／家乡多时，而个人与地域的关系亦随之而起了巨大变化。因此，他的美丽理想也就变成不能实现的梦想，甚至变成缠绕他们或是他们那一代人一生的梦魇。

　　至于也斯小说也是用二元对立的概念来讨论现代人与所属地域的关系（self and locality）、个人与他者（self and other）、人性与机械性（humanistic and mechanistic）以至私人空间与公共空间（private space and public sphere）等问题。学者主人公个人的遁世态度被提升到宏观层面，而他与那女性化的传真机的情谊，正好刻画出现代人精神生活的双重性（duality）：既热切希望透过"她"所代表的科技去探索无涯的世界，但又极度害怕与任何人任何事有亲密交流或接触，害怕自我受到伤害。他一方面期望超越地域局限去拥抱世界，而另一方面又瑟缩隐藏在私人狭小的斗室之中，不敢探头外望。传真机对于主人公就像母亲或妻子一样，是他的守护者。他隐藏在"她"背后就可以自由发表意见而又不会受到批评和伤害。可是他那梦魇般的经历，却表明了现代人要在当今社会建立一种地域性身份（localist identity）谈何容易。当大部分现代人都想试用种种方法，梦想超越时空、拓展个人的地方和文化疆域的时候，他们会发现其巨大代价，就是要摒弃个人独有的个性和身份。他们会不可避免地变成科技发展下的奴隶，生活上事事依赖科技或机械，而结果就会像也斯笔下的学者一样，被"卡"在这个全球化的巨轮中，不仅丧失自我，使个人身份面貌变得难以辨认、模糊不清，更重要的是把自我的"领地"及自主权也失掉了，变成全球化过程中的祭品，从此消失。本文讨论的三位作家对这个课题都表达了个人独特的看法：在全球一体化这个大气候下，一个人应该如何自处，一个国家或民族又应该如何面对。随之而来的种种变化是意味着美丽新生活的开始、美梦的来临，还是噩梦的源头，人与地方的联系、人与人的沟通和交流又会受到何等冲击，这些都是发人深省、每个人必须深入研究的切身问题。

参考文献

铁凝．哦，香雪！．铁凝文集：六月的话题．南京：江苏文艺出版社，1996．

也斯．"Transcendence and the Fax Machine"．布拉格的明信片．香港：青文书屋，2000．

张系国．地．地．台北：纯文学出版社有限公司．

Featherstone, Mike. "Localism, Globalism, and Cultural Identity." In *Global/Local: Cultural Production and the Transnational Imaginary*. Ed. Rob Wilson and Wimal Dissanayake. Durham and London: Duke University Press, 1996.

Luhmann, Niklas. "The World Society as a Social System." In *Essays on Self-Reference*. New York: Columbia University Press, 1990.

Massey, Doreen. Space, *Place and Gender*. Cambridge: Polity, 1994.

Robins, K. "Prisoners of the City: Whatever Could a Postmodern City Be?" *New Formations*, vol. 15 (1991).

Tomlinson, John. *Globalization and Culture*. Oxford: Polity, 1999.

Wilson, Rob and Wimal Dissanayake, eds. *Global/Local: Cultural Production and* the *Transnational Imaginary*. Durham and London: Duke University Press, 1996.

Wu, David Y. H. "Facing the Challenge of Multiple Cultural Identities." In *Emerging Pluralism in Asia and the Pacific.* Ed. David Y. H. Wu, et al. Hong Kong: Hong Kong Institute of Asia-Pacific Studies, The Chinese University of Hong Kong. 1997.

战争机器的普设性：谈川端康成的《名人》

廖朝阳

> 双棋未遍局，万物皆为空。
>
> 樵客返归路，斧柯烂从风。
>
> ——孟郊，《烂柯石》

德勒兹与加塔利在《千高原》第十二章的一开始使用棋戏的两种典型来说明"第一公设"（战争机器位在国家建置的外部）。西洋国际象棋的棋子经过"编码"，每个棋子完整自足，有固定的意义设定、移动方式、攻守特性。"每个棋子都像是一个所述主体［subject of the statement］，保有或强或弱的力量，很多力量结合起来就成为能述主体［subject of enunciation］，也就是棋手或者说棋戏的内在性形式"。（Deleuze and Guattari, 1987: 352）围棋棋子正好相反，每个棋子都没有自己的特殊性质，都只是"计算单位"，必须透过"第三人称"的集体操作才能发挥功能。它们是"非主体化机器组合的组件，不具内在性质，只有情境性质"（352f）。围棋棋子当然分黑白，但是棋子放在棋盘上之后能发挥什么功用，是随周围情境关系不断变化的，所以只需关键一子下在要害，就能决定一大片棋子的死活。国际象棋棋子则是按固定章法移动，可移动之处就可实现棋子的影响力，不受周边关系影响，双方按对话式的意义部署、交换来实现争战，一次最多也只能吃掉一子。所以国际象棋以"阶序"（striated）空间为架构，实现空间的编码，解编码，适合城邦定居，围棋则以"宽平"（smooth）空间为架构，实现空间的管领（territorialization）、解管领（deterritorialization），适合游牧到访（353）。

必须厘清的是，游牧所形成的空间被称为牧区（nomos），在这里的意思虽然与城邦（polis）并举，却牵涉复杂的语义关系：在希腊哲学里，牧区可以指介于城邦理法与自然冲动之间的文化完备状态，也可以指文化完备之后形成的习惯或"常法"，有别于明文设立的城邦律法（logos，以上参见 Holland, 2004: 21）。所以游牧指的主要并不是移动、流动，而是接近城邦但不受城邦管辖的居住形态。游牧者不是"迁移者"（the migrant），而是"开放空间"中的分散居住者。常法（nomos）的语义后来转为接近律法，"但那是因为其意原本就涉及分配，涉及分配的模式"（Deleuze and Guattari, 1987: 380）。所以游牧遵循的仍是"管领原则"：迁移者在环境变坏之后就会离开，游牧者则不会迁移："游牧者就是不离开的人，不想离开的人；在林地退离之后，草原或沙漠范围扩大，他们就要定了多出来的宽平空间，而且为了应付这项新的挑战而发明了游牧。"（381）

城邦的封闭空间按"阶序"取得意义，性质相对稳定；宽平空间则便于分散布设、再布设，性质模糊而多变，是"阶序"成立前（或取消后）持续存在的未然性（virtual）平面。从这样的角度看，战争机器是位于国家秩序外部的组织动力来源，定位接近本雅明（Walter Benjamin）所谓"纯粹暴力"。围棋与国际象棋的差异指向城邦与游牧的差异，并不是因为围棋不讲阶序，不求固定形态的延续，而是因为围棋触及更根本的层次，在常法不离变易的常性平面（plane of consistency）触及所有阶序与延续的成立基础。《千高原》由批判形神二分（hylomorphic）模型的角度来说明这个材料共性离不开特殊变异的常性平面（368f），大致符合棋戏对管领、解管领部分的描述（棋子性质不断变化，离不开关系平面），只有在提到常性延续的时候似乎无法完整说明自然常性与律法规范的不同。在说明围棋管领、解管领循环的时候，这个问题表现得特别明显：《千高原》说围棋除了设立、稳固己方领地、打入敌阵解除其管领之外，也不断地弃子、转换、自我解管领；但是围棋的目的是围地制胜，弃子、转换是不得已而行使，定位终究与成立己方管领、解除敌方管领并不相同。

也就是说，《千高原》的观念推演在理论上的确纳入了常性延续的重要考虑，但是其"所述"与"能述"似乎仍有落差，并不能完全排除庸俗理解里常见的，游牧就是不断破坏、不断变异的认知。常法与城邦律法不同，并不是说常法完全排除方向而使整个情境失去意义，而是说常法是有限情境的无限延伸：在"不离开"、"不想离开"的定位下，游牧接受有限空间（就像棋戏建立在棋盘网格线设定的有限范围上），但是不预设律法（用有限的棋子特性来对应预设的有限情境），而是透过实际对战时空间关系的演变来进行常性推演，穷尽既定空间里各种特性排列方式的无限可能。这正是巴迪乌哲学里的"普设性程序"：新事件的发生会扩大情境与知识的落差，使整体既存知识（相当于律法）产生无限多的"不确定"（indiscernible）知识组合，有待"忠实程序"来检验，而忠实程序以整体知识为对象，所以就这个情境而言是一种普设性（generic）程序（Badiou, 2005: 335–338）。以围棋而言，所谓关键着手就是可以启动普设程序的"事件"：新着手改变所有现有及未来棋子、空位之间各种关系，使棋手必须修正对棋局既存的有限认知。一方面，事件的出现要求忠实程序延续情境的常性以免失去纳入不确定部分的可能（关键着手决定未来着手）；另一方面"不确定"必然兼有已知及未知，所以也是过去的部分延续（旧着手并未被取消，只是进入新的关系网络）。普设性的说法与《千高原》的部分主张可以兼容，同时可以把战争机器的常性延续，特别是使常性延续带出的伦理意义呈现得更清楚。

以上的推论看似复杂，其实主要就是要指出不同的认知层次（内部、外部）之间如何接触才是问题的重点。《千高原》提出游牧与城邦或国家的区分，当然并不是要设立黑白对立式的简化思考。战争机器既然位于"外部"，当然不能为律法"内部"的读者直接掌握（《千高原》要求的是阅读，也就是早已落入文字的"编码"）。内部可以对外部有种种想象，但是在某些情境里如何想象会涉及伦理方向的选择。游牧、战争机器观念的提出都涉及事件的描述（如游牧的"发明"），涉及为某些历史现象"定名"，也因此必须进入"实相"（truth）检验的普设性过程。巴迪乌从"实相"成立的过程推论恶的三种意义，其中第一种就是把空白当成完满：

> 情境是由流通于其中的知识所构成的，而事件则是情境当中未知部分的定名，所以我们可以说，事件就是空白的定名……
>
> 如果有人相信事件所唤出的不是先前情境的空白部分，而是其丰足，这就是恶，也就是一种拟像［simulacrum］，一种施暴［terror］。（Badiou, 2001: 69, 71）

事件是空白的定名，并不是说事件没有内容或永远没有意义，而是说它不能为现有的知识妥善处理，有待进入普设性的忠实程序，不能立即用来扩大知识层面。此外，既然已经"定名"，知识的内部当然也就不是完全无法接触外部，而是本身就在常性的延续中形成某种遵循普设原则的游牧空间。由此看来，《千高原》喜欢用非黑即白的观念区分（高蹈科学与游牧科学，等等），应该视为叙述策略的操作而不是新救世观点的发现。如果因此而以为其中的洞见已经超越内部观点的有限性，可以拿来"应用"到现实世界，那就离不开拟像与施暴了。这也是"战争机器"的意思所在：机器脱离人为意志，具有抽象性与虚拟性（是"抽象机"），在情境的常性演变中可以呈现一定的轨迹，可以快速出现、消失，却不能招之即来，不能成为城邦生活的工具、附庸。

也就是说，律法与常法当然也无法截然区分，只是在不同程度的知识稳定性下会呈现为特殊偏向。事件的重要性在于它会带来大量的"不确定"，使律法（阶序化知识）底层的常性成立基础显露出来。以下我们可以回到现代性的历史框架（在多重意义下呼应回归"外部"的战争机器诉求），以川端康成的小说《名人》（1996）为例，看看在常性与阶序化的律法之间如何产生普设化的面向。

通常，川端文学以卫护日本古典的传统美学著称于世（所以常令人想到"含蓄"、"淡雅"、"凄婉"之类的形容），其实其中对传统的引用却往往涉及传统与现代的"断裂"（Washburn, 1995: 247f），而且以川端的立场而论，断裂、欠缺不仅是时代变迁的结果，同时也延续了"亡国之民"、地震"罹灾者"形象为中心的日本传统（久保田晴次，1969: 269），可以说明显是以划时代的大"事件"为念兹在兹的演练标的。就这一部分而言，《名人》在川端的小说里特别有其代表性，因为它是所谓"纪实小说"，其中所述根据的是川端为棋赛所写的报道，等于是想象与事实并置，直接呈现了肯定外部的后现代"此外"（ands）思维（Rajchman, 1998: 59ff）；同时情节主体叙述棋局的进行，既以棋盘空间的理性推演为本，也涉及职业棋士与日常生活的分离、传统技艺与现代路线之争等问题，而且是以在"不确定"当中选择知识系统的方式出现，呼应川端认为日本传统就是在"不安与危机"中寻求存活之道的认知（久保田晴次，1969: 279）。

《名人》的原始素材是 1938 年川端为《每日新闻》所写的名人本因坊秀哉"引退战"（退休前最后对局）的六十几篇报道（《观战记》）。小说在 1942 年至 1954 年间断续发表于各杂志。就小说内容而言，主要的焦点应该是在秀哉个人生命的回顾、总结以及整个日本围棋传统的世代交替。名人专心致志于棋艺，脾气古怪又病痛缠身，虽是棋艺的巨人，但"一副粗野的穷相"，而且"丧失了许多现实的东西，最后落得悲剧下场"（1996: 23）。最明显的是他并无子嗣，与对手大竹拥有包括弟子在内共十余人的大家庭，生活充满"生气、热与力"形成鲜明的对照（今村润子，1988: 113f）。此外，许多对局场所的描写也表示名人所代表的传统棋艺与正常世界之间有空间的内外区隔，如棋赛结束后叙述者离开伊东暖香园旅馆，坐车回家，见到"这个市镇的装饰跳入我的眼前，使我觉得像是从洞窟中解放出来似的"（7），箱根奈良屋旅馆的对局室也显得"鬼气逼人"，看见庭院里的"摩登小姐"都会，觉得"不相信那是同一个世界的事"（20）。这些都显示，小说希望将棋艺和现代生活讲求专业领域分化、隔离的问题相关联。就观念来说，职业围棋是一种高度理性化，与日常生活脱钩的现代分工，追求"纯一无杂的境地"（藤井了谛，1971: 132f），含有拉图尔（Bruno Latour）所谓"净化"的过程（Feenberg, 2000 引）。从一般人的角度来说，职业棋士完全投入这种"修罗场"，有"鬼气"是不足为奇的（今村润子，1988: 117ff; Feenberg, 1995: 198）。但是就川端康成的艺术观来说，这却是一休宗纯所谓"入佛界易，入魔界难"的"魔界"（今村润子，1988: 121–124；参见久保田晴次，1969: 278f）。

比较特别的是，这里的理性化其实已经是有限情境本身彻底知识化的要求，而且涉及外部动力的进入（"魔界"必须开放才能成为"战争机器"，但是"佛界"要普设化，也必须依附在专业的阶序知识上，才能透过分离纯净而彻底化，完成忠实程序）。小说描写现代专业愧人的（卡夫卡式）肃杀气氛，一方面是深化反复出现的死亡主题，指向秀哉名人的生命终结（小说一开头就写引退后一年多名人"与世长辞"），另一方面当然也在终结之中带出内外互侵式的中介，关合围棋传统的世代交替（以现代的启动为事件）以及名人面对旧传统终结所落入的尴尬（不确定）位置：

> 从各种意义来说，秀哉名人好像是站在新旧时代转折点上的人。他既要受到旧时代的对名人精神上的尊崇，也要得到新时代给予名人的物质上的功利，于是膜拜偶像的心理同破坏偶像的心理交织在一起。（川端康成，1996: 37）

名人受到尊崇，基本的理由当然是他抹杀自我，为技艺而奉献生命，追求棋艺的专业能力。从技艺普设化的角度来说，这样的"魔界"具有战争机器在"不离开"中穷尽无限可能的性质。另一方面，外界将棋手当成偶像，则是将特殊性质归结于个人，是知识"编码"固定意义的做法，显示这里的现代分工"超速"老化，尚未发挥颠覆传统的力量就被旧传统以个人为本，重视"精神"高度的价值同化了。

但是在另一个层次，所谓物质功利虽然可以表现为破坏偶像的要求，其实仍然离不开现代生活的阶序化理性安排。围棋的现代化大致是建立在规则的理性化之上，而规则的理性化（包括利用规则的操作）正是传统棋艺纯净性的反面：

> 人们绞尽脑汁制定规则，然而又在钻规则的空子。为了堵住狡诈的战术而制定了规则，年轻棋手就不见得没人耍滑头想出一种战术来利用这些规则…… 因此，作为作品的一局棋，就变得不纯净了。名人一旦面对棋盘，很快变成了"往昔的人"。（38）

所以，由川端的观点看，破坏偶像并不是"游牧"式的解管领，反而是对现代欠缺忠实，将规则（知识系统）的空白当成丰足的施暴行为。同样的，名人成为偶像是社会知识建构的结果，但是其背后含有棋艺的"纯净性"，其中的精神高度由棋艺内部看反而是常性平面管领化的结果，符合战争机器的性质。

当然，《名人》值得注意，正是因为这里不论俗世功利还是专业技艺都已经在现代观点出现之后陷入定位的"不确定"，使其伦理意义成为问题。一般人游移在崇拜名人与怀疑名人之间，已经无法决疑。就名人这边来说，在引退战之前，他与吴清源对局，曾因为生病打断棋局而"产生了可疑的流言蜚语"（指名人利用休战期间与他人研商着手，一群人打一个人），所以许多人希望引退赛采用严格的规则，"防止名人为所欲为"（38）。所以名人变成古人，并不是因为他完全不求胜或完全消去自我，而是因为他（被怀疑是）把"纯净"摆在规则之上，产生无自我的宽平空间与以自我为中心的求胜心无法分辨的问题。从这个角度看，他的求胜仍然可能驱使他引用"膜拜偶像的心理"，制造"拟像"以享有特权为理所当然。也就是说，"入魔界"虽然难，但是"魔界"如果完全与人间隔绝，反而会落入现实理性的单面向比拟，无法在更大的环境里启动普设性程序。所以"魔"的本身也必须再度"入魔"，战争机器也必须维持与现实律法世界的联结，才能落实战争机器的效力。

换个角度看，旧传统讲技艺的"纯净"，已经是理性分工精神的表现，虽然有其封建权威（讲究"精神"高度）的一面，较接近国际象棋的固定价值观，却仍然必须遵守技艺本身的形式理性（Feenberg, 1995: 215–18），而且围棋虽然是"纯粹行为"，其纯粹性却是以"无用之业"来衡量（小林一郎，1980: 149 引），因此也减少了理性工具化的可能，保有形式理性的抽象化、"机器"化的性质。新时代允许规则、私利的计算与互斗，引进个人地位平等无差的西方观念，却未脱离理性计算的表现，反而容易浅薄化而失去理性的纯粹性动力，比传统技艺的抽象理性更不彻底。所以在川端康成的想法里，现代理性的反面并不是非理性、不可沟通的纯粹真实，而是理性本身的另一状态。传统权威的反面也不是完全解除文化阶序的自然、盲动，而是与现代精神一脉相通，但又是由传统常法延续下来，建立在理性支撑上面的普设性框架的彻底化。这里新旧文化虽然有不同的偏向，两者之间却已经不是现代式的层次替代，而是像棋盘上黑白棋子的分散配置（也算是佛界与魔界），各占领域，互相侵分——双方的棋风、策略可能各成一格，甚至可能各拥私心，却都要遵守同样的常法与律法，共同以棋盘网格线所规定的抽象形式为宽平空间的底层，共同成就棋局的技艺展演。

不明白这一点，我们就很难解释小说里完全为记录事实而保留，与情节、人物、意义都没有关联的细节："列席这次开棋式的三位名人是：将棋名人木村 34 岁，名人关根十三世 71 岁，联珠棋名人高木 51 岁。都是虚岁"（26）；"启封白 88，大竹七段下了黑

89，是 10 时 48 分"（65）；"七段下黑 107，花了 1 小时 3 分。黑 101 侵入右下白模样，这手是先手十四五目……"（103）这些脱离想象与意义的部分就像棋局中的未经固定意义"编码"的"计算单位"，不断揭示无意义才是小说意义的真实。而且因为在无意义的空白之中仍然有内容（不是丰足而是虚拟、替代性的"定名"），反而透过意义悬置的未来性扩大了意义的框架，不但使小说体裁的运用与围棋传统的新旧交织产生关联，也直接透过解释框架的普设化引起其他意义的呼应。这样的意义结构是文学想象的特殊呈现，是现代性引发的具体反应，但也揭露了围棋本身可以关联到战争机器的理性基底，指向超越时空的普设意义。

巴迪乌的普设性着眼于现在与未来，但也可以类推到过去与现在或传统与现代的关系。概括来说，当艺术形式（包含大体固定的常法或规则）延续而形成传统，其中现实经验的累积就可能遵循普设化的轨迹而形成时间尺度极大的文化真实，并不一定会完全受制于特殊时空的小框架。当然，就《名人》来说，叙述的焦点不是在忠实程序的延续，而是在新文化条件出现之后，传统文化的普设化进程如何受到冲击，以及因此而产生的常性底层如何应变的伦理问题。在小说的叙述里，这个转折点出现在棋赛实录中引起争议的黑121 手。这个着手是当天的封手（在无法当天下完的棋赛中，最后一手按规则在决定后必须封存保密，不让别人看到，以免对手利用休息期间思考下一手）。实战中黑却利用类似打劫的手法，离开当时交战的焦点，下在一个白（名人）不得不应的地方，等于是预先决定了白 122 如何下，让黑可以利用两天的休息时间，思考真正的下一手要如何进行。这部分一方面是规则理性化产生的问题，与新旧时代的交替有关，而且当时的围棋是从将棋引进封盘规则（川端康成，1996: 36），等于是在一定程度上走向国际象棋化的律法设置，改变了整体情境。另一方面，这个问题也与整个围棋理性设计留下的缺陷部分有关系，因为这里开放空间的分散"居住"并不能完全避免时间轴联结而阶序化的要求：轮流着手在某些情况下本来就可能使棋局陷入同形反复，必须以打劫规定来解决；这是一个"逻辑缺陷"（Feenberg, 1995: 196），而黑 121 手所使用的正是由轮流着手形成，但固定规则无法规范的常性。这个着手的出现代表棋手突破规则的阶序条理，还原了理性空间的真实面（棋形分区构成的时间特性），使其借以对抗规则本身。这手棋带来明确的伦理冲击，却未必能成为游牧作战的典范，因为这样以空白（缺陷）为丰足，不仅涉及巴迪乌所谓"恶"，也已经是通过阶序化的意义操作来扭曲《千高原》所谓宽平空间。

不论是围棋规则内在的理性设计还是传统的专业理性，当然都可能转化为形式化的阶序条理，甚至与阶序条理没有根本的区别。如同上文已经点出的，分辨战争机器与国家建置的基础也不是在于理性与非理性、居住与反居住的二元分流，而是在于主体如何"使用"空间，阶序障碍是否会完全阻隔管领、解管领的层次进入意义。也就是说，宽平空间与阶序空间的关系不是互相排除，而是在忠实程序下不同层次之间形成的因果牵连。进一步看，小说意义与更大的文化框架之间也有类似的接转、连通关系。"不败的名人"在引退战到底还是败北——这样的事实不但象征日本传统艺术无法抵挡现代理性的勃兴（今村润子，1988: 116f），也暗示了日本军国主义的命运（藤井了谛，1971: 128f）。这里的文化指涉并不只是一种平行的类比关系，因为这里的艺术精神与艺术实践之间已经是互相影响、决定，而不仅是"象征"一下而已。军国主义的意识形态本来与日本传统文化的某些内容，特别是艺术境界与支配欲望的并存有关联，但这与日本文化是否属于"游牧"形态没有关系，因为宽平空间并不取消阶序空间，它是与阶序空间并置，可以透过忠实程序来互相链接的"外部"。不同文化之间的关系应该也是宽平空间，不受固定意义限制，所以宽平空间在任何文化应该都存在（而不可能是特定文化形态所专有），只是在不同的文化里进入知识的方式、开放程度各有不同。

这就是理性普设化的意义所在：名人所代表的传统技艺一旦脱离文化框架，也可以指向无限遥远的未来形态，帮助我们"催想"（force）不受西方（或东方）文化定型所局限，甚至更符合启蒙理性的另一种文化形式。无限未来的催想并不是空想，而是不落入丰足想象的伦理自制，面向宽平空间的理性延伸。外部的断离必然走向连通，所以普设性追究性质空白的"计算单位"并不是文化特殊性的弃绝，反而是承载特殊性的，文化变异可能性的基底。巴迪乌伦理的普设性催想可以指向善，也可以指向恶。同样的，《名人》所描述的专业领域外部化可能成立仙界（或魔界）的自得，也可能陷入鬼域的游离。其中技艺与整体文化、文化与普设性之间仍然是一种兼具含容、包纳与挤压、冲撞的（对局）关系。就本文的分析层次来看，不论是境界与支配还是自得与游离都是宽平空间中的开放可能，也都带有危险所在就是希望所在的意思。唯其开放，所以真实。

在小说里，名人秀哉面对黑 121 手，似乎无法维持旧经验架构的稳定，甚至可能因情绪激动而在稍后下出白 130 手的败着（113f）。这里的理性秩序建立在常性上面，却含有绝对律法的位阶，是非常传统却也是非常现代的：

> 名人一直把这盘棋当作艺术品来精雕细刻。倘使把这盘棋比作一幅绘画，那么他［对方］就是在兴致盎然、灵感涌现的时候，突然地在画面上涂抹了一层墨黑。围棋也是在黑白一连串相

> 间下子的过程中，包含了创作的意图和结构，如同音乐，反映了
> 心潮起伏和旋律。音乐若是忽然跳出一个古怪的音阶，或二重奏
> 的对手突然伴奏出离奇的曲调，这就是一种破坏。（111）

这段叙述特别的地方就是在强调个人"灵感"、"意图"的同时，也把个人放在更大的框架里（"精雕细刻"的技术、"相间下子"的团体协调、符合自然律的乐音），形成理性与特殊性合一的构想，而把外来干扰视为非理性（"一层墨黑"、奇曲异调）的反扑。这当然是现代思维自我合理化的反应。但是不论是秀哉还是川端，显然都知道所谓"破坏"已经超出非理性真实的局部回访，成为不可逆的过程。小说指出，名人在后来的讲评里承认黑121迟下可能会失效，所以有其急迫性（112）。乍看之下这好像是伤口的愈合，非理性的破坏经过理性的解释而合理化，抹除了画面上的污点，恢复和谐，其实就整体意义看，真正的破坏不但没有消失，反而早已成为常态。名人对黑121手的反应是有根据的，因为当时参加日本棋院升段赛的棋手早已有人为了在读秒阶段"延命一分钟"，下出类似的着手（112）。名人在对局当时的"合理"反应说明了诉诸外部拖延的求胜策略以及策略所引起的效应已经无所不在，棋局着手的计算已经不是唯一或主要的理性准据。也就是说，画面的污点尚未出现就已经离开画框，进入整个外在的环境。

所以，《名人》真正要描写的文化创伤并不是黑棋封手可疑所造成的无"意图"、无"结构"的非理性黑洞，而更是原有的经验架构无法面对时代变局，造成理性本身失去应变能力，陷入不确定的结果。从这个角度看，如果名人在死前确能克服创伤，恢复平静，那么这个过程只可能是再管领循环的启动，新经验架构（忠实程序）的建立，不可能是以传统美学得到完整保存来结束。这并不

是说棋局的计算以及着手、规则的合理化不重要，也不是说传统美学会就此失去常性的延续，而是说棋艺本身的形式理性可以帮助我们了解新的真实如何成立，如何遵循本身在宽平空间设立的普设性程序，进入新真实（由魔入魔）进行转型。

《名人》说"新的规则，产生新的战术"（112），指的当然是阶序化的律法可以决定战术层次的文化常性。新战术的产生也可能只是利害的计算与追求，未必含有战争机器的常法分散，但是常法所以能进入局部调整，总是表示阶序障碍的底下存在不受障碍限制的宽平空间。按战争机器不预设固定性质的原则来看，这个宽平空间自有其作用，但并不能预设只能表现为战争机器。这就是普设性延伸。没有这个性质不确定的空白预设，普设性的诉求就很难避免转向"丰足"，战争机器的虚拟也就很难进入实际经验的平面，成为开启历史变化的动力来源。

参考文献

小林一郎（1980）.『名人』論：その主題への考察を中心に.川端文学研究会編.鎮魂の哀歌：抒情歌·住吉三部作·名人.川端康成研究叢書 7.東京：教育出版センター，1988.

川端康成.名人（1951—1954）.叶渭渠译.名人·舞姬.北京：中国社会科学出版社，1996.

今村潤子.『名人』論.川端康成研究.東京：審美社，1988.

久保田晴次.优雅な実存：『美しい日本の私』を中心に.孤独の文学：川端康成の優雅な実存.東京：桜楓社，1969.

藤井了諦.『名人』：作者の狙いと文体.川端文學研究会，川端康成の人間と芸術.東京：教育出版社，1971.

Badiou, Alain. *Ethics: An Essay on the Understanding of Evil*(1998). Trans. Peter Hallward. London: Verso, 2001.

_____ . *Being and Event*(1988). Trans. Oliver Feltham. London: Continuum, 2005.

Deleuze, Gilles, and Félix Guattari. *A Thousand Plateaus: Capitalism and Schizophrenia (1980)*. Trans. Brian Massumi. Minneapolis: University of Minnesota Press, 1987.

Feenberg, Andrew. *Alternative Modernity: The Technical Turn in Philosophy and Social Theory*. Berkeley: University of California Press, 1995.

_____. "Modernity Theory and Technology Studies: Reflections on Bridging the Gap." 2000. < http: //www-rohan. sdsu. edu/faculty/feenberg/twente. html> (Accessed April 11, 2010).

Holland, Eugene. "Studies in Applied Nomadology: Jazz Improvization and Post-Capitalist Markets." Ian Buchanan and Marcel Swiboda, eds. *Deleuze and Music.* Edinburgh: Edinburgh University Press, 2004.

Rajchman, John. *Constructions*. Cambridge: MIT P, 1998.

Washburn, Dennis C. *The Dilemma of the Modern in Japanese Fiction.* New Haven: Yale Umiversity Press, 1995.

跨种族的两性关系与两代冲突：
雷祖威的《爱之恸》

何文敬

　　雷祖威（David Wong Louie）[1]的短篇故事集《爱之恸》（*Pangs of Love*）出版于 1991 年 6 月，赢得该年度两项大奖：《洛杉矶时报》的塞登堡（Art Seidenbaum）头本小说奖，以及《犁头》杂志（*Ploughshares*）的查克瑞（John C. Zacharis）处女作奖。《创造历史》（*Making History*）一书的作者邝凯琳（Carolyn See）认为雷祖威获颁第一届塞登堡头本小说奖实至名归，她赞扬雷以独特风格打破了华裔美国男子的沉默："他的文笔优雅、措辞巧妙、有格调、旁征博引。句句呈现凝练的痛苦（the agony of intense distillation），段段完美地调和了自信、自我怀疑和自我折磨。"（11）著名的亚美文学学者黄秀玲指出，《爱之恸》里的故事不仅"呈现当代内涵，也显示出与众不同的声音和感性。其文字犀利、时髦、优雅、流

---

[1]　雷祖威系第二代华裔美国人，1954 年生于纽约州的洛克威尔中心村（Rockville Centre），双亲经营洗衣店。雷祖威是长子，下有弟妹四人。他毕业于华沙学院（Vassar College），主修英文；后来在爱荷华大学取得艺术硕士学位，专攻创作；目前任教于加州大学洛杉矶分校。其前妻是名白人，两人育有一子；第二任妻子为亚裔。他的第一部长篇小说《野蛮人来了》（*The Barbarians Are Coming*）于 2003 年 3 月出版。

畅而间接，时常流露出黑色幽默和超现实的幻想。"（Wong，1995：182）任教于加州大学圣地亚哥校区的骆里山（Lisa Lowe）在其书评结尾亦赞扬雷祖威的故事"趣味横生且技巧优异"（256）。

《爱之恸》共收录十一个短篇故事，其中《惊天动地》（"Disturbing the Universe"）是一则寓言，以中国的万里长城为背景，其余十篇的故事情节都是发生在美国。这些故事的主要角色大多是男性，其中有些可以分辨出是华裔，有些则族裔身份不明。雷祖威在1991年初接受费德曼（Gayle Feldman）采访时，坦承他当初刻意隐藏小说人物的身份，因为"我认为没有人要阅读华裔美国人的故事。我没有看到很多华裔美国小说出版，我想我一开始就企图抹去族裔属性"（26）。后来，他在接受格雷伯（Laurel Graeber）访谈时，再度提到他创作初期的心境："在早期作品里，我刻意不去书写身为华裔美国人的事。由于关切作品的出版，所以我设法隐藏自己的身份。"（7）在十一个短篇故事中，除了《爱之恸》和《继承》（"Inheritance"）外，其余九篇均发表过；其中《漂泊》（"Displacement"）曾被选载于《1989年美国最佳短篇故事》（*The Best American Short Stories 1989*）。不过，故事中的男女主角都讲得一口流利的英语，而且熟悉里根时代的美国。他们观看宗毓华（Connie Chung）、约翰尼·卡森（Johnny Carson）、丹·拉瑟（Dan Rather）主持的电视节目，以及纽约洋基队对克利夫兰印第安人队的棒球实况转播；他们畅谈当代演员贝蒂·戴维斯（Bette Davis）、爱德华·罗宾逊（Edward G. Robinson）和小山姆·戴维斯（Sammy Davis, Jr.）。[2] 他们从

---

[2]　编注：宗毓华是首位亚裔美国主流电视网晚间新闻主播，登上主流电视网的第二位女主播。卡森是知名脱口秀"今夜秀"主持人。拉瑟是美国著名记者，报道过水门事件等重大新闻。洋基队和印第安人队都是美国棒球大联盟元老球队，两队之间颇有纠葛。三位演员的活跃时期多为20世纪中叶。小说人物关注的这些节目、比赛、演员正体现了下文所说的中产阶级身份。

事不同的行业，包括教授、作家、化学家、咖啡馆老板、广告艺术家、电玩程序设计师、尸体整容化妆师（dermasurgeon）。雷祖威在《爱之恸》中详细刻画这些中产阶级人士在结交异性（或同性）朋友时，如何遭遇代沟与跨种族爱情鸿沟的双重困境。

本论文主要是从移民、家 / 家庭的观念出发，检视七个短篇故事中的男女主角在追寻其人生或爱情的道路上所遭遇到的双重困境：一方面，他们在建构个人心目中的家 / 家庭时，虽然一再以白种女性为对象，却无法维持长久的爱情或婚姻关系；另一方面，他们对家 / 家庭的看法与内涵，往往跟父母的观点不同。论文分四部分。第一部分从移民的角度切入，铺陈家 / 家庭的理论架构；第二部分探讨《爱之恸》里的跨种族两性关系与华裔男子的成"家"问题；第三部分检视两代之间对家 / 家庭的功能与内涵存有何种认知上的差距；第四部分总结本论文的主要关怀：成年男主角虽然选择与白种女性为伴，却无法维持长久的关系；男女主角在追寻其心目中的家 / 家庭时，往往令其移民父母感到失望或难以理解，因为他们所（要）建构的家 / 家庭，成员除了白种女性外，还有白种女性和前夫所生的白种男孩；有清一色跨种族的同志，也有情愿不生小孩的华裔妻子。

一、移民 · 家 · 家庭

拉什迪在描述移民或漂泊离散者（the diasporic）的情境时说道："一位不折不扣的移民（A full migrant）在传统上遭受三重破碎之苦：他失去自己的身份地位，开始接触一种陌生的语言，同时发现周遭的人的社会行为和符码，与自己的大异其趣，有时甚至令人感到不悦。"（277–278）的确，一个人从熟悉的家园迁移到陌生的国度时，在心理上难免经历各种焦虑与不安定，因为他丧失了熟悉的环境的陆标，以及熟知的行为诠释的符码。拉什迪认为移民的现象提供了"当代最丰富的隐喻之一"。他进一步解释道："隐喻（metaphor）的词根源于希腊字，原意是载越（bearing across），它描写一种移动，将理念迁移成意象。移民——被载越过的（borne-across）人——在本质上乃是隐喻的人，而迁移——视为一种隐喻——则在吾人周遭比比皆是。"（278-279）移民为了在新环境中求生存，为了进一步了解新环境，尽其所能将熟悉的事物带进陌生的环境里。

由此观之，移民随身背负其文化遗产。斯皮瓦克（Gayatri Chakravorty Spivak）不赞成所谓寻根的观念，她宣称我们移居海外时即随身携带着根，进而强调文化遗产的可携带性（portability）（93）。斯特罗贝尔（Leny Mendoza Strobel）在谈论被殖民国家的漂泊离散的个体时，呼应斯皮瓦克的观点。针对本土化（indigeniza-tion），也就是在本身内部挖掘殖民前的过去，斯特罗贝尔说："本土化是……从某个角度而言认清'你不能再回家了'；不过，现在'不管你身在何处，都可以把家（home）带在身边'。本土化改变了意识。"（124）不过，在新环境中，离散族裔所背负的文化遗产并非一成不变，而是在主流文化的冲击下作某种程度的协商和调整。至于调整的幅度，则视其抗拒与接受主流文化的程度而定。

斯特罗贝尔所说的"家"是指无形的文化遗产，"家"也指涉众所周知的有形居住空间。不过，"家"对不同的人而言，具有不同的意义。的确，就美国白人而言，由于其身份（属性）比较稳定，所以"家"通常隐含温暖、甜蜜、舒适、安定、亲切、自然等正面意涵，诚如萨鲁普（Madan Sarup）所言，"家（往往）令人联想起愉快的回忆、亲密的情境，在父母、兄弟姊妹、亲人之间是个温暖、安全的地方"（94）。不过，对漂泊离散的有色人种来说，"家"的意义往往变动不居。韩国诗人高银（Ko Won）写道："对我们而言／出生地早已不是家了／我们长大的地方也不是／我们的历史，越过田野和山丘／朝我们涌来，才是我们的家。"（qtd. in *Francia*, 191）郑明河（Trinh Minh-ha）主张去疆域化，她认为"你迁移到哪儿，家就在哪儿"（89）。不过，朱莎华拉（Feroza Jussawala）在讨论英国的南亚裔离散作家时，曾暗示家的界定涉及权力关系，由于白种人无法完全接纳移居英国的离散族裔，因此，"对南亚裔的离散作家、理论家和移民而言，'家'势必要被界定为其出生地，根据其特征、外貌和口音"（19）。尽管慕克吉（Bharati Mukherjee）时常宣称自己是美国人，但是白种人仍旧把她视为南亚裔作家。换句话说，"家园之所在，系于观者的眼光"（"Home is in the eye of the beholder"）（Jussawala, 19）。同样，弗朗西亚（Luis H. Francia）也指出，"重新构思家的观念时，必须将权力视为基本要素，因为家的恩赐之一，乃是让居住的人有获得权力的希望"（200）。

可是，美国的白种人与有色人种的权力关系长期处于不平衡的状态。由于白种人基本上掌控了绝大部分的国家机器，所以移居美国的黄种人往往不被视为美国人，他们即使拥有美国公民身份，也无法享有同等程度的公民权。在这种情况下，家（园）对移民及其后代而言，"不再是自然继承的情境或地方，不再是毋庸置疑的有形或无形的地方，不再是彰显我们的背景。家（园）变成尚待协商的情境，亟须建立或重建的无形空间和隐喻空间，让居住的人觉得拥有此空间而得以自立，并引以为荣"（Francia, 202）。拉什迪在讨论奈保尔（V. S. Naipaul）时，曾一针见血地写道："移民必须发明自己脚下的土地。"（149）可是，对多数的亚裔移民来说，"发明自己脚下的土地"并非易事，因为他们在语言、文化和社交网络方面难以掌控自如，加上白种人根深蒂固的种族优越感，所以身为外邦人的亚裔移民如何在异地的世界建立自己的家（园），乃是亚美文学中屡见不鲜的主题。换言之，在移民如何想象自己和世界的关系上，"家"的观念一直扮演着重要的角色。诚如弗朗西亚所言，"世界可能还不是家的扩大，但是家通常是世界的缩影"（Francia, 192）。

后殖民理论家巴巴（Homi K. Bhabha）在反思世界和家的关系时，提出了耐人寻味的"家非家"（the "unhomely"）概念：

> "家非家"的时刻悄悄袭来，宛如你自己的影子，忽然间，你发现自己处于"难以置信的恐惧"状态……在这种流离失所的情况下，家和世界的界线变得模糊不清；而且，离奇的，私领域和公领域彼此交融，让人产生一种既分歧又困惑的异象。
>
> 在"家非家"情境的刺激下，另一种世界出现了。"家非家"的情境与其说涉及强行驱逐出境，倒不如说涉及强制的社会调适或历史迁移与文化迁徙的离奇的文学和社会效应。家不再是家庭生活的领域，世界也不只是家的社会对应物或历史对应物。"家非家"的情境乃是惊觉：原来家中有世界，世界中有家。（1992: 141）

对巴巴而言，"家非家"的情境乃是典型的后殖民经验（1992: 142）。他所说的"家非家"情境，正好点出不少美国华裔男子难以成家的困境，或在美国成家的"怪诞现象"（the "uncanny"，巴巴套用）。

在历史上，华裔男子所处的当代美国社会，虽然已经解除了法律、政治、经济和文化方面限制华裔美国人的禁令，但种族歧视

的阴影却依旧存在。著名的亚美历史学者高木（Ronald Takaki）在
《他岸来的异乡人》（*Strangers from a Different Shore: A History of*
Asian Americans）一书的结论中说道："今天，亚裔美国人所处的
美国和早期移民进来的美国截然不同。他们不再是反异种通婚法的
目标……尽管如此，他们在许多方面，仍旧痛苦地发现自己受到不
公平的对待，仍旧被视为'他岸来的异乡人'。"（473–474）尽管
他们一心一意想要透过跨种族的关系，进一步融入主流美国社会，
却往往由于种族歧视和代沟等因素而无法如愿以偿。

　　就代沟而言，移民父母和其子女之间对"家庭"的看法往往存
有重大的歧异。著名的人类学学者许烺光（Francis L. K. Hsu）在检
视中国传统的大家庭理想时，曾扼要地指出中国家庭的几个特色：
一、如果亲子关系是首要且恒久的，那么父母之命、媒妁之言这类
的婚姻就是合理的自然结果，而自由恋爱是不被接受的；二、儿子
有责任奉养父母，不是安置在任何机构，而是同住在一个屋檐下；
三、服从父母的权威，包括服从父母安排的婚姻，不违背父母的意
思，"父母在，不远游"，不做任何使父母蒙羞的事；四、对父母的
奉养和尊敬并不因父母死亡而结束（Hsu, 21–22 ／单，28–29）。[3]
可是，在移民父母和其子女之间，家庭显然代表截然不同的意义。
换言之，对成年男女及其伴侣或父母而言，家庭往往是个竞争而不
稳定的场域或观念。一般说来，以成年身份移民美国的父母，通常
英语表达能力较差；而在美国出生长大的子女，中文则往往无法运
用自如。除了语言沟通的问题之外，婚姻与爱情观念的差异也是不
仅由于华人在语言上可以和他们沟通，而且受过中华文化熏陶的华

---

[3]　本论文在引述许烺光的《美国梦的挑战：在美国的华人》（*The Challenge of*
　　the American Dream: The Chinese in the United States）时大致参照单德兴的中
　　译本。括号中的两种页码标示原文及中译本之出处。

人也能够延续家族香火。诚如许烺光所言："妻子只取悦丈夫是不够的，选择妻子时，必须视其如何善加服侍公婆以及生儿子延续香火来决定。"（Hsu, 21 ／单，28）相对的，深受美国文化价值观影响的子女则强调自由恋爱，他们无法接受父母安排的婚姻。移民父母认为成家的首要目的乃是传宗接代，子女则认为婚姻的主要考虑因素在于爱情，而他们所建立的小家庭通常不包括双方的父母。许烺光在《美国梦的挑战：在美国的华人》一书的第四章，曾简明地点出在美国的中国家庭的三个特征：一、华人父母很少和已婚子女住在一起；二、婚姻不再由父母安排；三、大幅降低祖先崇拜的情结（Hsu, 30–31 ／单，39）。

二、跨种族的两性关系

在第一个短篇《生日》（"Birthday"）里，黄姓男主角兼叙述者华莱士（Wallace Wong）经营一家意大利式咖啡馆，其成家计划中的女友叫西尔韦（Sylvie）。华莱士开始和西尔韦约会时，后者刚和前夫弗兰克（Frank）离婚，正在争取儿子韦尔比（Welby）的监护权。叙述者虽未明确说出她的种族身份，但读者从上下文中可以认出她是白人。当华莱士的父亲得知独子想和西尔韦母子共组家庭时，曾愤怒地说道："别傻了，有几百万个中国女孩可供挑选……只要你同意，我们就去中国替你找个好女孩。"（Louie, 6；嗣后引文页码直接在括号中标示）其次，华莱士指出，西尔韦在争取韦尔比的监护权期间，"男孩和他母亲住在市中心的一家旅馆……我父亲每天晚上打电话来问谁打赢了（官司）。当然他是在喝我们倒彩。我母亲则问，既然那女孩走了，我是否又吃起米饭了"（8）。他双亲的话显示西尔韦不是华裔或亚裔。此外，在故事接近尾声时，她来到弗兰克家，叙述者曾注意到她的"珊瑚色头发"（15）。

粉碎华莱士成家计划的西尔韦，在其前夫弗兰克眼中，"头脑有点糊涂"（"a touch loco en la cabeza," 12）。华莱士也觉得她有些古怪（quirky），因此对她的不告而别，虽然十分伤心，却不觉得诧异。西尔韦曾要求华莱士去偷取弗兰克的收音机，以证明他真的爱她，而华莱士当时并不晓得那位"体格像重量级拳击手的男子"正是她的前夫。他说："我跟随着（带）收音机（的男子）进入（健身俱乐部）时，想象明天报上可能出现的标题：华裔罗密欧趴在体育馆地板上。"（5）华莱士冒着挨揍的危险偷到收音机后，西尔韦却不要了：

> ……"你收着吧，"她说，"算是我送你的礼物。"
>
> 这我并不感激。我提醒她那个人的拳头比我的整个头还大。
>
> "弗兰克，"她说，有点怀恨在心地笑着，"不会伤害任何人，太太例外。"（5）

根据萨卡尔（Sheila Sarkar）的诠释，华莱士之害怕遭到痛打，显示弗兰克在体格上阉割了（emasculates）他（80）。事实上，西尔韦甩了华莱士之后不久，又回到前夫弗兰克身边。在亚美历史上，黄种男人常被再现为女性化的异类，他们"彻底缺乏男子气概、女性化、柔弱、没有胆识与创意、不够积极、缺乏自信与活力"（Chin, 56；Chin and Chan, 68；Chin, et al. 14）。

此外，如果西尔韦象征华莱士想要同化于主流社会的欲望（Cheung, 2000: 207），那么，华莱士的欲望显然无法实现，因为韦尔比终究不是他的儿子，更何况他在经济条件上难与弗兰克抗衡。在西尔韦离他而去的那天晚上，伤心的华莱士曾打电话给广播电台的心理医生，并和该节目的制作人交谈，制作人认为他的故事太复杂，劝他"如果要博得听众的同情，应考虑将'中国的东西'（the "Chinese stuff"）剔除"（9）。由于华莱士拒绝了对方的劝告，所以无法上电台倾诉其故事。这段插曲除了凸显白人的种族偏见与自我中心外，也暗示作家雷祖威的出版与创作焦虑；他早期"由于关切作品的出版，所以设法隐藏自己的身份"（Cheung; Graeber, 7, 2000: 196），直到出版了六个短篇后，从《生日》起才开始呈现男主角的种族身份，并使用第一人称叙述观点。[4] 由此可见，雷祖威在书写节目制作人的顾虑时，反讽地揭露出自己创作初期的心路历程。而华莱士的姓氏（黄），除了影射其族裔身份和肤色外，还意味着他是炎"黄"子孙，无论如何都跟中华文化脱离不了关系。雷祖威的人物虽然在第四篇（《触礁的爱情》）开始有亚洲人名，但是亚裔美籍男主角一直到《生日》才真正以自己的声音或第一人称的角度出现。《继承》和《爱之恸》对于决定故事集的亚洲轮廓意义重大；这两个短篇以前从未发表过，显然可以被视为作者跟克诺夫（Knopf）签订出版合约后，有意添加的族裔色彩（165）。根据张敬珏所编的《话语事关重大：亚美作家访谈录》（*Words Matter: Conversations with Asian American Writers*），雷祖威的《一个男人的歇斯底里》刊载于1981年12卷4期的《爱荷华评论》（Cheung, 213），而不是李磊伟所列的《堪萨斯季刊》（Li, 165）。

---

[4]　根据李磊伟（David Leiwei Li）的说法，《爱之恸》的目次以《生日》为首、《继承》为末，这样的安排显示作者想要以亚洲主题作为故事集的框架，然而十一个短篇的出版顺序却透露作者有意"清洗族裔身份"的心路历程：1.《一个男人的歇斯底里——真的或想象的——在二十世纪》（《坎萨斯季刊》，1981）；2.《数瓶薄酒莱》（《爱荷华评论》，1982—1983）；3.《惊天动地》（《科罗拉多州评论》，1983）；4.《触礁的爱情》（《采石场西方》，1983）；5.《搬运工人》（《美中评论》，1985）；6.《暖流》（《坎萨斯季刊》，1986）；7.《生日》（《艾格妮评论》，1987）；8.《漂泊》（《犁头》，1988）；9.《社会科学》（《图解未来史》，1989）；10.《继承》（1991）；11.《爱之恸》（1991）。

就像《生日》里的华莱士，《爱之恸》里的彭（Pang）姓叙述者也是结交白种女性，[5] 也没有结婚成家的可能，因为他所钟情的犹太裔女友阿曼达（Amanda, 昵称曼蒂 [Mandy]）移情别恋，而现任女友黛伯拉（Deborah）则和他母亲处不来。阿曼达不仅深受叙述者疼爱，而且和彭太太相处融洽，因为她在华沙学院就读期间学过中文，还可以用广东话和彭太太沟通。此外，曼蒂懂得和彭太太一起做中国菜，一同庆祝中国节日。最后，彭太太喜欢曼蒂的贵妇打扮：裙子、尼龙长裤、高跟鞋。她说："如果你想讨个外国太太，她看起来倒还像。"（80）叙述者为了维持和曼蒂的关系，在食物和饮料中添加他公司所生产的麝香（Musk）化学香味，以激发她的性欲（81）。事实上，曼蒂和叙述者订过婚，不料她后来却爱上一位叫伊藤（Ito）的日裔男子，因而解除先前的婚约。

相对的，叙述者的现任女朋友黛伯拉既不懂中文和广东话，也不会做中国菜。此外，首先她穿着随便："廉价的懒人鞋或运动鞋、斜纹棉布裤和男孩穿的衬衫。"（83）彭太太由于不会念她的英文名字 Deborah，乃用台山话戏称她 "Mah-ti"（马蹄），因为黛伯拉身材瘦长。其次，如果曼蒂需要借助香味来激起（jump start）其性欲，黛伯拉则不需要。有一次，她和叙述者在彭太太的床上做爱时，被后者撞个正着。更有甚者，黛伯拉要求他搬出他母亲的住处，还嘲笑他是"依赖母亲的男孩"（"mama's boy"），甚至在他们做爱时，还这样称呼他，让他觉得没有面子。黛伯拉所说的 "mama's boy"

---

[5]　"Pang" 在该故事的脉络中显然是双关语，除了字面上的意思外，也是叙述者的姓氏（笔者原来将 "Pang" 译为 "潘"，张敬珏指出在台山话中 "Pang" 应为中文的 "彭"）。由此可见，这个短篇故事的英文标题 "Pangs of Love" 不仅意味着心理的刺痛，也隐含彭家母子之间的情感挣扎与张力。此外，《爱之恸》乃是整本故事集中最具自传性的一篇，雷祖威坦承，《爱之恸》里的彭太太乃是仿效自己的母亲，他在撰写该短篇时，自己的婚姻亮起了红灯（Cheung; Mourges 15, 2000: 205-06）。

一词，在嘲笑彭姓男子长不大之余，也点出双方的家庭观念有别。对前者而言，三十五岁的彭应该独立自主；身为长子的叙述者则认为，自己有责任照顾、奉养年老的母亲，更何况他父亲刚过世不久。准此，彭姓叙述者在母亲的追问下，强调他不打算跟黛伯拉结婚。

如果彭姓叙述者尚无成家打算，其幺弟比利（Billy）则建构了跨种族的男人家庭，因为他是一名同性恋者。身为广告艺术家的比利和尼诺（Nino）、麦克（Mack）和杰米（Jamie）系两对同志恋人。他们都有不错的工作，分别是珠宝设计师、书本编辑和市府律师。就种族背景而言，叙述者只确认尼诺是白人；不过，他对幺弟"家"的"白"印象深刻：

> 焙果（Bagel）的房子呈白色。连橡木地板也漂成白色。一名穿着翻领白毛衣和打折白长裤的陌生人打开门。他碧眼金发、皮肤白皙、牙齿白得耀眼……我们握手，他说他名叫尼诺。尼诺带我们（叙述者和他母亲）到阳光洒了满地的客厅，然后把我们介绍给麦克认识，后者拿着《时报》躺在长沙发上。我妈妈轻声说：她警告过我弟弟不要买白色沙发，因为它"不耐脏"，然而白沙发看起来却非常干净，令她惊讶不已。（88）

比利家遍布的白色环境显然影射他被彻底美国化的情境，或者套用法农的话，他放弃了祖先"文化的独创性"，因为他内化了主流美国的价值观，"随着放弃其（黄）质、其丛林而变得更白"（Fanon, 1967: 18）；换言之，雷祖威笔下的比利乃是"黄皮肤，白面具"的具体例证。"Bagel"原意为圆形的黄棕色硬面包，但在故事的脉络里，这个词显然具有反讽的意味，比利虽然企图以"白人”自居，却永远无法摆脱其肤色。此外，就像香蕉一般，外表黄棕色的圆形硬面包里头却是白色，影射“焙果”内化白人价值观的情境。

首先，外黄内白的比利想要隶属于白人的男同志世界。一方面，他练就一身壮硕健美的体格，叙述者和他拥抱时强调“焙果身材魁梧……我觉得好像抱着一头小公牛一般”（89）；另一方面，他的打扮却与众不同。其他三个男人都穿着白色衣服，比利却身穿狗齿花样的宽松长裤和紧身的青绿色网球衫。换言之，他在这白色环境中的身份显得突兀而不自然。其次，彭太太不喜欢比利家的白色环境，因为白色在中华文化中乃是吊丧的色调，是不吉祥的象征。再次，小时候喜欢和家人观看摔角节目的比利，长大后却认为摔角很低级。当他看到自己的母亲和哥哥在卧房观看摔角节目时，一边招呼他们喝咖啡吃点心，一边关掉电视机。这时，叙述者指出他“知道（焙果）心里在想什么。他不想让朋友知道自己的母亲喜欢像摔角那样的低级节目”（97）。此外，当彭太太拿出她带来的烤鸭时，酱油从外带容器中滴到白沙发上。比利顿时大发脾气：“我邀请你们过来吃晚餐，你们却带晚餐来。”（89）显然他们无法容忍褐色闯入其白色世界，于是四个男人合力把沾在沙发上的褐色污渍擦掉：“在几秒钟内，尼诺、麦克、杰米和焙果用海绵、棕榄牌（Pal-molive）洗碗精、纸巾和一桶水一同清洗污渍。一个有八只手臂的室内装潢巡逻。”（89）如果擦掉褐色污渍意味着排除非白种文化，那么这样的动作似乎暗示着黄皮肤的比利不仅无法繁殖后代，也面临和祖先文化断绝的命运。这种生理与文化的灭绝，乃是雷祖威笔下的华裔男性所遭遇的双重困境。

就像华莱士无法和西尔韦维持长久的关系，《搬运工人》（“The Movers”）里的无名叙述者同样遭到女友的抛弃。他和女友苏西·特里（Suzy Tree）曾一起度过某些美好时光，但最近关系却出现了裂痕。为了和苏西重新建立感情，叙述者不惜辞掉工作、离开老友，在寒冷的冬天里从别州搬来，租下一栋没有家具的房子，等待救世军（the Salvation Army）[6] 运送家具过来。不料两人在等待时又起争执，苏西"要我们一起把床带进新家，等于是新娘入门仪式（the bride-over-the-threshold ritual），我一开始就反对这个计划，她把我的反对解释为我不要跟她共同生活的证明"（129）。于是苏西开始数落他过去的种种不是，然后驱车扬长而去，留下他一个人守着一栋没有电、没有瓦斯、没有电话的空屋。叙述者的可怜处境令人想起巴巴在《世界与家》（"The World and the Home"）一文中所揭示的"家非家"的观念。

叙述者虽然没有表明自己的种族身份，但是读者可以从上下文中推断他是华裔。首先，他遭到两名搬运工人的侮辱，他们迟到两个多小时才将他和苏西订购的家具送来，戴帽子的工人不仅没有道歉，还睁着眼睛说瞎话，明明没有下雪还说是下雪的缘故。作者透过叙述者的内心独白衬托出那个人的种族偏见："我知道，如果苏西在这里，这个家伙势必会为其迟到道歉。他会客气得很。"（128）可见苏西和叙述者的种族背景不同。此外，他们还开他玩笑，影射他是同性恋者，并且不相信他是苏西的男朋友，拒绝让他在家具清单上签名。令人感到反讽的是，救世军不但没有把他"救"出困境，反而使他的处境更加难堪，因为搬运工人趁天黑才送来的家具是一堆无法使用的烂货：

　　……［叙述者］将床垫靠在墙上时，床垫却缓慢地滑到地板上，

———————————

[6]　救世军系由卜威廉（William Booth）于1865年创立于英国之国际性宗教及慈善组织。在当代美国社会，救世军常以低廉价格租售慈善的二手旧货。

仿佛是填满了厚重的糖浆。我说："这不是我们订购的那张床垫。"

"我们只负责卸货，"司机说，"如果你不要，打电话给公司。"

"瞧，你摸摸看，这是果子冻。如果你是我的话，你愿意睡这样的床吗？"

……

那位戴帽子的搬来弹簧床面时，身体上下摆动着……"嗨，什么事啊？"

"他不要那床垫。"

"怎么回事？它对你来说太硬是吗？"

他们轻声笑着。（130）

叙述者之所以受到工人的刻意嘲笑与歧视，显然因为他是有色人种。稍早，叙述者在空屋中等待救世军的家具时，曾幻想自己已经归天："躺在中国的停尸间里……我有被放逐的感觉，死在异域，在那里人们不说苏西所讲的语言。"（122；楷体系笔者之强调）这段引文不仅暗示叙述者是位华裔，也点出他之所以受尽工人和救世军的屈辱与嘲弄，主因乃是种族歧视。李磊伟在分析这个短篇时，指出"雷［祖威］显然把他的亚裔美籍男主角定位为残缺而不地道的白种主体"（Li, 172）。

华裔叙述者之所以遭到歧视，显然与其肤色有关。他在等待期间，曾两度听到敲门的声音。第一次他还没应门就听到有人用钥匙开门，叙述者随即退到"苏西的角落"（123），以免被发现。原来前任屋主的儿子乔治（George）带着女友菲莉丝（Phyllis）到楼上主卧室做爱。后来敲门的是菲莉丝的父亲格雷（Grey），在天色转暗的情况下，格雷误以为叙述者是乔治的父亲，问后者有没有看到他女儿。叙述者顺势扮演起乔治的父亲，答道："我可以保证，你的女儿跟我的男孩在一起很安全。"不过，"我的男孩"（"My boy"）一说出口，叙述者顿时对自己的大胆感到讶异。三十来岁的叙述者知道自己的声音"缺乏父亲的权威"，所以随即"朝黑暗的屋子里退后一步，在这儿，要识破年龄，最好是透过皮肤的仔细接触"（125—126）。如果声音难以伪装的话，那么叙述者显然是企图不让对方看到他的"皮肤"（"skin"）。巴巴指出："皮肤作为文化与种族差异的主要意符，乃是恋物（fetishes）中最显明者，皮肤在文化、政治与历史论述里被视为'普通知识'（'common knowledge'），在殖民社会中天天上演的种族戏码扮演公开的角色。"（78）为了利用黑暗掩饰其皮肤，叙述者后来跟格雷交谈时，又"往屋子里后退一步"（126），因为"皮肤作为歧视的意符，必须被生产或处理为可看得见的"（Bhabha, 1994: 79）。雷祖威指出，"华裔美国人由于其眼睛形状、发肤颜色与质地，不可能隐瞒其种族事实。因此种族一直是个议题"（Mourges, 15）。

同样，《社会科学》（"Social Science"）的男主角亨利（Henry）也遭到白种女性的抛弃。故事一开始，亨利已经和他的棕发太太玛丽贝思（Marybeth）离婚，而且随时得搬出两人在离婚前所租的房子，因为屋主斯坦纳太太（Mrs. Steiner）决定抛售该房子。其中有位买主叫戴夫·布林克利（Dave Brinkley）和亨利一样在大学任教。教心理学的布林克利在博得斯坦纳太太的好感之余，也对亨利的前妻感兴趣；而教英文的亨利虽然扮装成布宁克利，企图赢回玛丽贝思，却发现屋主决定将房子卖给布林克利：

　　　　突然间，亨利明白布林克利的计划。当亨利依指示将信封交给布林克利时，等于把房子转手给对方："喂，我的家交给你了，还有它所保有的往日情怀；玛丽贝思也给你。"（74）

叙述者虽然没有表明亨利的种族身份，但读者可以从上下文中推测他是亚裔。[7] 斯坦纳太太似乎对有色人种存有偏见，首先，她不愿将房子卖给黑人（56）；此外，从她对亨利和布林克利的不同态度可以看出前者也不是白人。对老太太而言，没有人会把她的房客亨利和"出色的布林克利先生搞混"（64）。她还交待亨利要记得在周日当天将信封交给布林克利先生，并叮咛他最好"穿上西装，为了他打扮好看一点。我猜你结婚后就没再穿过西装"（71）。但是对亨利和读者而言，布林克利可能是爱情骗子。亨利的处境宛如《搬运工人》里的无名叙述者，他们虽然都想要融入主流社会，无奈种族偏见和文化差异让他们——陷入巴巴所谓的"家非家"情境。

在《触礁的爱情》（"Love on the Rocks"）里，跨种族的性别关系则以悲剧收场。男主角林巴迪（Buddy Lam）原来在一家叫未来欢（FutureFun）的电动玩具公司担任设计师，他娶了一名漂亮的白人库姬（Cookie）。毕业于华沙学院的库姬是巴迪的梦中情人，巴迪非常爱她。可是库姬的父亲并不赞成这桩跨种族的婚姻，显然他对有色人种存有偏见。根据他在第四节里的叙述，身材矮胖的巴迪根本不配和他的漂亮女儿成亲："当他们走在街上时，由于库姬比他高，人们引颈而望，仿佛看到杰奎琳·欧纳西斯[8]（Jackie O）牵着阿拉法特（Arafat）走过。"（105）在他的心目中，巴迪是个"野蛮人"、"怪物"，而中文则是一种"无法可循的语言"（"a lawless tongue"）："瞧，如果他们（他的姻亲）是法国人，至少我可以

---

[7]　和雷祖威是同事的张敬珏指出，雷祖威一再告诉她和她的学生："他的主人翁的族裔属性虽然未必都清晰可辨，但他心中所想的经常是亚洲人或亚裔美国人。"（Cheung, 1998: 196n15）

[8]　编注：即杰奎琳·肯尼迪。

使用字典。"（106）准此，他虽明知库姬红杏出墙，却未加以劝阻，反而嘉许她和白种男子私通："他听起来十全十美：耶鲁毕业生、高个子、蓄胡子、经济情况稳定。称之为通奸也好；不过，我告诉她不必存有罪恶感。她只不过是设法归根罢了。我说：'你所做的并没有错，只要你丈夫没有发现。'"（106）由于全球经济衰退影响到电动玩具的市场，结果巴迪遭到解雇。[9] 更糟的是，他发现了库姬的婚外情，找不到工作的巴迪于是将她弄死，把尸体存放在浴缸里，用冰块储存着。每天傍晚，巴迪开车到超市购买六罐装的 Tab 生啤酒和六袋冰块，面对库姬冰冷的躯体，巴迪试图和她交谈，仿佛她还活着一般。直到库姬生日那天（约两周后），巴迪的朋友决定给他来个惊喜，才发现真相。

在《数瓶薄酒莱》（"Bottles of Beaujolais"）里，叙述者暗恋一名叫佩格（Peg）[10]的白种女孩，却一直无法获得她的青睐。这位受雇于一家寿司料理店的亚裔叙述者，在十一月下旬的某个晚上，让佩格割破自己手指使鲜血滴进日本清酒（sake）里，以便制造女方所喜爱的法国薄酒莱："血缓慢地滑入漏斗，浓浓地溅进日本清酒里。我们终于把清酒转变成一瓶薄酒莱。"（49）可是，在两人刻意制造的夏天里，"血凝固成一片肉桂般的皮，封住了底下的清酒"（52）。此一种族混杂意象显示成果不佳，而他和卢娜在寒冷的冬天里所共享的"仲夏夜之梦"，也变成了一场"噩梦"（53）。尽管叙

---

[9] 在《暖流》（"Warming Trends"）里，失业的母题再度出现。男主角汉克（Hank）原来在一家殡仪馆担任整容化妆师，殡仪馆在负责人芒西（Muncie）过世后随之关闭。汉克的太太为了生计挨家挨户推销化妆品。有一天晚上，赋闲在家的汉克在准备烤鸡时，突然心血来潮，将鸡整容化妆成人头，戴上眼镜和假发后，居然与芒西生前的模样很像。他的女儿还误以为他杀了芒西："芒西先生的头在冰箱里摆多久了？"（179）。

[10] 叙述者称她为"卢娜"（Luna），而"Luna"在罗马神话中系月神之名，由此观之，叙述者试图将佩格幻想为仲夏夜里可望不可即的月姑娘。

述者割手指的行为乃是向女方示爱的表现，但身为金融分析师的佩格／卢娜却不为所动。

雷祖威在《生日》、《爱之劾》、《搬运工人》、《社会科学》、《触礁的爱情》和《数瓶薄酒莱》等短篇故事里，一再触及难以维系的跨种族的两性关系。这些故事的男主角都是中产阶级的成年华裔或亚裔，他们虽然认同主流美国文化，使用美国产品，讲得一口流利的英语，但是在结交白种异性时，往往无法维持长久的爱情或婚姻关系。他们不是遭到女友或太太遗弃，就是女友或太太移情别恋，如《生日》里华莱士·黄和西尔韦、《爱之劾》里的彭姓叙述者和阿曼达、《搬运工人》里的无名叙述者和苏西·崔、《社会科学》里的亨利和玛丽贝思、《触礁的爱情》里的林巴迪和库姬、《数瓶薄酒莱》里的无名伙计和佩格。他们所渴望建立的跨种族家庭往往无法实现，华莱士、亨利、巴迪和《搬运工人》的叙述者都经历过白人的种族歧视。如果上述的白种女性象征华裔男子的同化或统合欲望，那么雷祖威的故事一再暗示，那样的欲望在种族歧视的美国社会是无法实现的。这些华裔男子的遭遇令人想起法农的一番话：如果黑人生下来就必须承受"那个肉体诅咒的负担"（Fanon, 1967: 111），那么华裔的"肉体诅咒"显然与其外表（黄皮肤、黑头发、单眼皮等）有关。

三、两代冲突

就华裔的情况而言，在 1943 年排华法案废止前，华人小区基本上是个"光棍社会"，严苛的美国移民法不仅禁止华人和美国女子通婚，而且禁止华人之妻或单身中国女子入境。华裔移民在这些"灭种的法律与政策之压迫"下（Kim, 1982: 119; 1990: 156），再加上语言的障碍、政治上的褫夺公权、经济上的限制和地理上的孤立等因素，对主流文化往往采取抗拒远多于接纳的态度。于是他们所抛下的家园成为理想化的场所，因为原来的家在他们心目中保有其文化自我的本质。准此，他们虽身在美国，却心系遥不可及的中国。而中华文化的轨迹，套用霍尔的说法，则在其日常生活、习俗、语言、姓名、口述故事、精神生活里的宗教习惯和信仰、艺术、工艺、音乐中显露无遗（Hall, 1994: 398）。此外，他们把"中国"带进美国之余，也希望能将之传给下一代。

可是，第二代华裔往往视美国为其家园。在接受美国教育之后，如果不再使用中文，也不和小区的华裔小孩交往，他们长大之后自然忘记小时候学过的中文，进而抗拒父母所代表的父系中华文化。正如林英敏所言："在美国出生的华人跟白人一起上学后，接受美国的方式为正统，准此，他们……发现中国的方式不妥当且时常令人觉得尴尬。"（Ling, 123）相对的，他们认同美国主流文化，并使用其产品；他们讲一口流利的英语，结交白种女性或甚至同性。对第二代华裔而言，美国就是他们的家，他们所在乎的不是从未去过、见过的中国，而是生于斯、长于斯的新大陆。以身为第二代华裔的雷祖威为例，他在加州接受穆尔热（Denise Mourges）的电话访问时，曾谈到他双亲所住的长岛（Long Island）小区。当时东梅多（East Meadow）还有一些华裔和雷祖威父亲一样经营洗衣店，由于视之为竞争对手，所以身为长子的雷祖威与弟妹们不跟这些人的小孩玩。他进一步坦承："由于我小时候的朋友都是白人，所以当时把自己看作是几近白种人（I thought of myself as white almost）。我会告诉自己，不要想到你的父母。"（15）

"不要想到你的父母"这一句话，不仅点出第二代华裔的身份认同焦虑，也道尽华裔移民与子女之间的代沟问题。的确，雷祖威在《爱之恸》的故事里，一再透过家的意象，再现成年华裔在成家或择偶过程中所面临的种种问题，包括性别关系、种族歧视、身份认同、代沟、文化传承与绝种焦虑。

《爱之恸》里有三个短篇处理华裔移民与其子女之冲突，而冲突的主要关键在双方对家的功能与内涵存有不同的看法。以《生日》为例，尽管华莱士企图跨越种的藩篱，愿意接纳女友和前夫所生的白种男孩，却遭到双方家长的抗拒。他父亲说："儿子若不能认出自己父亲是谁，还有什么用呢？"（6）黄先生"不喜欢他的独子接纳一个二手的（used）家庭"（6），黄太太也反对和不同种族的西尔韦交往，她套用谚言说道："狮与羊相爱只有一种后果。"（6）其次是语言上的沟通问题。华莱士的父亲说："娶一个你妈妈可以交谈的女孩，而不必比手画脚。"（6）对于华莱士的父母而言，成家的首要目的乃是传宗接代与文化传承，而身为第二代华裔的华莱士则强调男女双方的爱情。在传统的中国家庭里，自由恋爱是不被接受的，因为"自由恋爱根据的是男女之间的性吸引，所以比较突然、多变"（Hsu, 21 ／单, 28）。许烺光进一步指出，对适婚的男女而言，"重要的不是浪漫的吸引力，而是责任、义务以及履行这些责任、义务的意愿和能力"（Hsu, 21 ／单 28）。

可是，弗兰克也不愿意失去自己的亲生儿子韦尔比。虽然华莱士也没有指明弗兰克的种族身份，不过，他两度使用"白色"来描绘其住家前面的景物：

> 因此我开车到那个人的住处，我第一眼看到那房子时，被它的面积慑住了……
>
> 那个人坐在前门旁一张铸铁的**白色**情人椅上，他伏在一本书上，好像在写字。我走上屋前的长条小径，两旁铺着一大片**碎白石**……（8；粗体字系笔者之强调）

除了颜色的联想外，弗兰克财产的"白"似乎非常宏伟壮观。这和华莱士对弗兰克身材的看法类似。华莱士使用种族术语，一方面暗示自己对弗兰克体力的恐惧（"华裔罗密欧趴在体育馆地板上"），另一方面则印证后者是白人。萨卡尔指出，叙述者华莱士设立一种种族等级，认为自己的"男性"（"maleness"）不如白人的（Sarkar，81）。

结果，弗兰克赢得韦尔比的监护权。法院的判决使华莱士无法扮演男孩的父亲，尽管他自认要比弗兰克更适合担任该角色。的确，弗兰克虽然是韦尔比的生父，但韦尔比跟他住在一起并不快乐。诚如弗兰克向华莱士所表白的，"你知道韦尔比来这里住时是怎么想的吗？他认为他拆散了我们的婚姻而受到惩罚"（11）；相对的，华莱士和西尔韦交往期间，则和韦尔比建立了深厚的感情，男孩喜欢和华莱士在一起，华莱士也视之如己出。弗兰克继续表白："对韦尔比来说，你是快乐时光。你好比活生生的电动玩具。有时候我无法忍受跟他在一块。他会说故事：'有一天，我和华莱士·黄做这做那。我从来没有出现在他的故事里。"（11）

有鉴于此，华莱士虽然在韦尔比生日当天，准备履行先前的诺言——带男孩去打棒球："我来看男孩。没错，除了出于爱心外，我没有权利来"（3）——可是弗兰克却不让他们见面。华莱士在无可奈何的情况下，先是把自己锁在男孩的房间里，设法透过图画和男孩沟通。在故事结束前，他到厨房做糖霜（frosting）（弗兰克虽然亲自为儿子烘焙生日蛋糕，却不会做上面的糖霜）：

　　　　我打一个蛋，把蛋黄和蛋白分开。这个动作再做三遍接着在蛋黄里加糖，用搅拌器将蛋黄打成泡沫。这感觉真好。然后我煮一锅水，把巧克力放在另一个锅子溶化。同时我打蛋

白……蛋白隆起成峰状，完美极了。我把巧克力混入糖和蛋黄里，然后拌进打好的蛋白。（17）

华莱士的糖霜制法隐喻了跨种族关系的历史发展：从强制性的种族隔离与禁止异种通婚到多元文化时代的种族混杂问题。"把蛋黄和蛋白分开"点出排华时期的意象——明确区隔华美男性与白人社会。至于华莱士所做的糖霜则是种族混血的意象：蛋白、蛋黄和巧克力（黑）掺杂在一块。这种混杂不仅引发了文化隶属与根源的问题，也松动了传统的家（庭）和家庭中的父亲身份等观念。对黄氏夫妇而言，血统乃是亲子关系的认定基础；华莱士所强调的则是双方之间的情感。

正如华莱士的父母敦促华莱士要讨中国女孩为妻，《爱之恸》里的彭太太也多次提议要带儿子到香港相亲。对七十五岁的彭太太而言，娶中国女孩为妻除了传宗接代外，最重要的乃是承续文化传统。她说："不久我就要躺在你（去世的）父亲旁边。你这糊涂的竹升仔（juk-sing），照我的话去做。以免后悔莫及（Before it's too late），娶个中国女孩，她会带着供品和纸钱到我的坟前悼念。留给你处理的话，我会饿死。"（88）根据许烺光的解释，父母过世后，子女必须将其牌位奉祀于本家和氏族的神龛中，遗骸必须安葬在家族墓园中善加照料，借着在祠堂和墓园定期举行仪式来表达这种追思和并提供持续不断的奉养。由于亡灵无法享受世间的美食佳肴，因此中国人也把自己对亡父亡母的尊敬和奉养象征化，在葬礼和扫墓时焚烧纸钱、纸屋、纸柜、纸船和纸车（Hsu, 22／单，29）。

彭太太也曾以次子彭瑞（Ray Pang）为例，催促三十五岁的叙述者结婚："阿威啊……你应该结婚。你看阿郁（Ah-yo），他多么满足。"（86）叙述者虽然没有直接反驳，却以旁白的方式暗示他不打算建构像彭瑞那样的家："可怜的瑞！但愿她晓得他一半的烦恼就好。"（87）在叙述者眼中，彭太太是"来自另一种文化，另一个时代的女子，她对针线感到自在，常和猪、马在一起"（86）。彭姓叙述者把母亲视为中国的象征，但其实彭太太和主流文化（例如她所喜爱的约翰尼·卡森的节目）接触过之后，已经不再是移民前的她。叙述者的弟弟比利也学他哥哥，屡次拒绝彭太太的提议：

> 我弟弟说："我太忙了，不适合娶太太。"
>
> "她帮你煮饭。"
>
> "我没办法跟她交谈。"
>
> "她们都很现代，都在学英语，如果娶个年轻的，你自己可以教她。"
>
> "我已经娶了我的猫咪。"
>
> "什么疯话，"她说，"那是什么样的生活，老是抱着一只猫。它会给你生小孩吗？"
>
> "算了（Forget it），"他说，"太麻烦。"（88）

母子之间的对话显示两代人对家的功能和内涵，存有相当大的认知差距。

此外，由于彭太太没有学过英文，而叙述者的中文表达能力亦差，所以母子之间沟通不易。故事开始时，现年三十五岁的叙述者一度想要向母亲解释报纸上有关阿富汗的新闻标题，却发现自己的中文只有五岁小孩的程度："上学之后，我的中文停止成长；我和母亲交谈时，是语言的侏儒。我讲中文时，充其量只是早熟的五岁小孩。"（78）叙述者开车载他母亲和女友前往比利家途中，彭太太把墨西哥人和墨裔美国人误以为波多黎各人，叙述者试着要解释其差异时，却发现自己连"Mexico"的中文都不晓得："就中文而言，我像我母亲一样拙于地理（geography-poor）。"（83）同样的，母子两人在主卧室看摔角节目时，屏幕上的日本武士（the Samurai Warrior）打败美国的阿诺德（Bobby Arnold）。经历过八年抗战的彭太太替阿诺德加油，她不相信那只是表演[11]；叙述者则想起旧日情人阿曼达和她的新爱人伊藤。他想要向他母亲解释阿曼达何以不再回来时，也是显得左支右绌，结果词穷的他令彭太太心中的一线希望完全破灭。他甚至不晓得"I am sorry"的中文怎么说："我是她鞋子里的小石头，肾脏中的结石。"（97）准此，叙述者认为他母亲无法理解同性恋的观念，再加上语言障碍与文化隔阂，所以他无法据实告诉母亲有关比利的性取向：

> "阿威啊，住在这栋房子里的男人都有不错的工作，他们都有钱，为什么都没有女人呢？你弟弟为什么会这样？他跟你说了什么？我真不懂。"……
>
> 我发现她眼中充满了泪水……
>
> "我不晓得，"我告诉她，我生平第一次由于欺骗她而张口结舌，"我不晓得为什么这里没有女人。"（97）

在《爱之恸》的最后一个短篇《继承》里，两代人之间的冲突不是环绕着成年子女的婚姻对象，而是在于结婚成家的方式与子嗣等问题。女主角兼叙述者艾德娜（Edna）排行老幺，但在哥哥、姊姊的一家四口和母亲相继去世后，成为父亲艾德塞（Edsel）心目中的宝贝女儿。艾德娜虽然嫁给一名中国留学生李（Li），却只在

---

[11]　编注：美式摔角的表演成分很大，其娱乐性质要强于竞技性质。

法院公证结婚，没有遵照她母亲的遗愿，举行盛大的中式婚礼：

> 艾德塞要给我们办盛大的喜宴，以告慰母亲在天之灵，那是
> 她身后对小孩的遗愿。有一天，我们带艾德塞出去吃午餐，到餐
> 馆途中，绕道前往法院，让法官替我们主持婚礼……艾德塞烦
> 恼母亲会怎么想……他甚至敦促我们再结一次婚，威胁说如果我
> 们不肯，就要去天国陪她，亲自抚慰她受伤的心情。（2009）

为此感到闷闷不乐的艾德塞，有一阵子没跟他女儿和女婿
谈话。

更令艾德塞失望的是艾德娜反对生小孩。艾德塞在女儿心目
中是"非常保守的中国人"（202），因此结婚生子对他而言乃是天
经地义的事。这正如许烺光所言："没有孩子的婚姻不太像婚姻。"
（Hsu, 23 ／ 单，30）由于大女儿艾兰（Ellen）的两个小孩也在车祸
中丧生，所以艾德塞把传宗接代的希望完全寄托在小女儿身上。抱
孙心切的艾德塞有一次送他女儿一双黄色的婴儿鞋，谎称那是从她
母亲的遗物中找到的。艾德娜知道她父亲的用意是期望她生小孩以
延续家族香火，可是在美国出生并接受大学教育的幺女却持不同观
点。艾德娜认为这个世界是个危险的地方，一旦核战争爆发或原子
弹爆炸，大人该如何保护婴儿呢？这位新女性所关心的是"锶 90
对食物链所产生的效应"、"铀 235 的半衰期"等问题（209）。[12]此
外，她还参加示威游行，抗议水牛城（Buffalo）市中心一家堕胎
诊所遭炸弹炸毁，并接受媒体采访，出现在当天丹·拉瑟的夜间新
闻中。艾德娜公开赞成堕胎的立场着实令艾德塞震惊不已："中国

---

[12] 除了艾德娜外，《一个男人的歇斯底里——真的或想象的——在 20 世纪》
（"One Man's Hysteria-Real or Imagined-in the Twentieth Century"）中的男主角
斯蒂芬（Stephen）也存有世界末日的焦虑。

人出现在电视上不是在煮菜时，"他说，"我们就知道出乱子了。希望他们（艾德娜的母亲、哥哥、姊姊）在黄泉之下没有新闻可看。"（204）艾德塞担心他们知道后一定会伤心欲绝，因为家族面临香火断绝的命运。

除了心存核子毁灭的疑虑外，艾德娜之所以不愿生小孩还有其他因素。首先，她担心自己继承了母亲的基因，导致后代也像她的哥哥和姊姊一样早逝："好几年来，我害怕自己身上有母亲的影子，因为有些事的确会代代相传。我们都英年早逝；谁能保证我的小孩的安全呢？"（224）[13]此外，艾德娜也担心自己继承了母亲那双会打人的手。根据叙述者的回忆，她母亲在美国的生活艰苦，生前非常节俭，死后却被发现私藏了好几千块美金在盒子里。由于不会说英语，也不取英文名字，加上子女陆续遭遇不幸，艾德娜的母亲在抱怨自己"一生坎坷"之余（223），出手打艾德娜以为发泄："我母亲打我……她藏了几千块，而我像她那样抱怨时她却打我。"（223-224）艾德娜一直担心自己的手得自母亲的遗传（222），她害怕自己会像母亲那样，动手殴打自己的亲生子女："我怎能确定我已驯服自己的手，已教好它要有耐心、要抚慰呢？"（224）

四、结论

就题材而言，雷祖威的《爱之恸》一再涉及跨种族的两性关系。萨玛斯（Manini Samarth）在其短评中表示："每一个故事似乎都是一种关系的开端或放弃。"（99）在成年男女和异性（或甚至同性）的交往互动当中，家或家庭的意象不断出现，该意象一方面

---

[13] 此段引文之英文为 "For years I feared my mother in myself, for things do run in the family. We died young; who could guarantee the safety of my children?"

指涉众所周知的有形居住空间，另一方面则涵盖无形的文化建构或变动不居的象征概念。在《爱之恸》里，有多篇故事处理跨种族的性别关系，包括《生日》、《爱之恸》、《触礁的爱情》、《搬运工人》、《社会科学》、《数瓶薄酒莱》等。这些故事都是以当代美国为背景，其主要特色乃是经济衰退、失业率偏高、人们对未来倾向悲观等。至于故事的主人翁则都是成年华裔／亚裔，他们基本上认同主流美国文化，使用美国产品，结交白人男、女朋友。但是，这些成年主角们的跨种族性别关系都是短暂的。换言之，他们在成家的过程中，虽然选择白种女性（或男性）为伴，却往往无法维持长久的关系。诚如《社会科学》中的第三人称叙述者亨利所言，他们"日复一日，永远不知道是否会有一个家"。（56）男主角亨利和白种太太离婚后，面临被屋主撵走的命运。《搬运工人》的叙述者被女友苏西遗弃后，他要跟她建立新家的梦想也随之破灭。在《触礁的爱情》里，男主角巴迪和金发太太库姬所建立的家，随着他的失业与太太的红杏出墙而宣告瓦解。《爱之恸》的叙述者和他所钟爱的曼迪已论及婚嫁，但后者的移情别恋却粉碎其成家的美梦。虽然他又结交了金发女友黛伯拉，但并不打算跟她结婚，因为她无法和他母亲沟通、相处。至于叙述者的幼弟比利（焙果），则是美国化的男同性恋者。相对于比利所建构的男人家庭，华莱士原先想和西尔韦建立的"家"，则可以容纳白种男孩。可是，法院的判决和西尔韦的不告而别粉碎了他的成家计划。正如黄秀玲所言，有问题的父系与无后的前景乃是《爱之恸》中特别明显的主题（Wong, 1995: 182）。

此外，华裔在追寻心目中的家时，往往和其移民父母抱持不同的观点。《生日》里的黄氏夫妇不仅反对异族通婚，更不赞成独生子接纳白种男孩。他们敦促儿子娶中国女孩为妻。除了语言上的沟通外，他们的主要考虑显然在于文化传承。就像黄氏夫妇愿意去中国替华莱士"找个好女孩"，《爱之恸》里的彭太太也一再向叙述者和比利提议去香港相亲，但在美国出生、长大的儿子显然无法接受没有爱情基础的婚姻，更何况还有语言沟通与文化差异等问题。如果观念保守的彭太太无法理解幺儿何以没有女人，《继承》里的艾德塞也无法谅解他唯一幸存的女儿结婚时没有宴请宾友，更令他难过的是艾德娜居然赞成堕胎并反对生小孩。对艾德娜而言，她不想生小孩，一方面是因为她心存核子毁灭的疑虑；另一方面，接受美国教育的艾德娜显然不赞成她母亲的管教方式，她担心自己继承了母亲的基因，害怕所生的小孩像哥哥、姊姊一样早逝，或她会像母亲那样动手打小孩。艾德娜所建立的家没有子嗣；比利所建立的家则没有女人；彭姓叙述者在心爱的阿曼达移情别恋后，并不打算和现任女友结褵；而华莱士原先打算建立的家则涵盖一名白种女性以及她和前夫所生的白种男孩，其成家希望更由于西尔韦的不告而别而随之破灭。

最后，容我引用《生日》的一段文字作为本文的结束，同时印证本文的两个相关主题，即跨种族的性别关系与两代之间的冲突：

> 我（华莱士）开车到这里（弗兰克的家）的途中，听到广播报道加州兀鹰即将绝种的消息。我想象自己是进化尽头的一只兀鹰……当我凝视同种的最后几只女伴时，全身的能趋疲体（mywholeentropicbulk）震颤着。我虽然晓得自己应该交配，至于如何交配却没有把握。是的，我可能得先选个配偶。但哪一只呢？我把她们——硕果仅存的三只——细看一遍；她需要有出色的基因。仔细考虑后，我终于选了尾巴羽毛呈金黄色的那只。随后我听到父亲的声音："不，不是那只，是那一只。"（7；粗黑体系笔者之强调）

虽然美国已经解除异族通婚的法律禁令，但华裔美国人立业后该如何成家，如何传宗接代呢？华裔美籍男子对父系传承的焦虑与绝种的恐惧，的确是《爱之恸》所关注的问题。雷祖威透过华裔在美国成家的困境，质疑"家"僵硬的传统结构（如需依血缘关系才能代代相传），暴露婚姻与法律制度对人的钳制，进而挑战家庭成员结构的"同质"（如皆属华人）及"异性"（如需结合男女）要求。《爱之恸》的男女主角不断显露成家的焦虑，但其成家的意图却始终未减，只是一而再、再而三地呈现华裔在美成家的"怪诞现象"，雷祖威作品的后现代性便也逐一浮现。[14]

参考文献

许烺光（Francis L. K. Hsu），单德兴译. 美国梦的挑战：在美国的华人. 台北：南天书局，1997.

Bhabha, Homi K. "The World and the Home." *Social Text*, 31－32 (1992).

＿＿＿. *The Location of Culture.* New York: Routledge, 1994.

Cheung, King-Kok. 1998. "Of Men and Men: Reconstructing Chinese American Masculinity." In *Other Sisterhoods: Literary Theory and U. S. Women of Color.* Ed. Sandra Kumamoto Stanley. Urbana and Chicago: University of Illinois Press, 1994.

---

[14] 的确，《爱之恸》是相当有趣的后现代文本。在技巧上，作者善于在现实中交织回忆，从而抹除过去和现在之间的时空区隔。有时作者也摒弃前后一致的叙述观点／声音，将第一人称和第三人称交错运用，由故事中的不同角色轮流担任叙述者（如《触礁的爱情》）。帕特西亚·林（Patricia Lin）在检视汤亭亭《猴行者：其伪书》（*Maxine Hong Kingston, Tripmaster Monkey: His Fake Book*）中有关现实的建构时，曾概括论道："族裔美国人本身的杂化经验，从某个角度看来，总是含有后现代的基本根源。"（334）

_____, ed. *Words Matter: Conversations with Asian American Writers*. Honolulu: University of Hawaii Press, 2000.

Chin, Frank. "Backtalk." In *Counterpoint: Perspective on Asia America*. Ed. Emma Gee. Los Angeles: UCLA Asian American Studies Center, 1976.

_____, and Jeffery Paul Chan. "Racist Love." In *Seeing through Shuck*. Ed. Richard Kostelanetz. New York: Ballantine Books, 1972.

_____, et al. , eds. *Aiiieeeee!: An Anthology of Asian-American Writers*. Garden City, N. Y. : Anchor Books, 1975.

Dong, Lorraine, and Marlon K. Hom. "Chinatown Chinese: The San Francisco Dialect." *Amerasia Journal* 7. 1 (Spring 1980).

Fanon, Frantz. *Black Skin, White Masks*. Trans. Charles Lam Markmann. New York: Grove, 1967.

Feldman, Gayle. "Spring's Five Fictional Encounters of the Chinese American Kind." *Publishers' Weekly* 8 Feb. (1991).

Francia, Luis H. "Inventing the Earth: The Notion of 'Home' in Asian American Literature." In *Across the Pacific: Asian Americans and Globalizatiion*. Ed. Evelyn Hu-Dehart. Philadelphia: Temple Unviersity Press, 1999.

Graeber, Laurel. "It's Hard to Explain to Mother." New York *Times Book Review* 14 July (1991).

Hall, Stuart. 1994. "Cultural Identity and Diaspora." *Colonial Discourse and Post-Colonial Theory: A Reader*. Ed. & intro. Patrick Williams and Laura Chrisman. New York: Harvester Wheatsheaf, 1991.

Hsu, Francis L. K. *The Challenge of the American Dream: The*

Chinese in the United States. Belmont, CA: Wadsworth, 1971.

Jussawala, Feroza. "South Asian Diaspora Writers in Britain: 'Home' Versus 'Hybridity'." *Ideas of Home: Literatures of Asian Migration.* Ed. Geoffrey Kain. East Lansing: Michigan State University Press, 1997.

Kim, Elaine H. *Asian American Literature: An Introduction to the Writings and Their Social Context* Philadelphia: Temple Unviersity Press, 1982.

_____. "Defining Asian American Realities Through Literature." In *The Nature and Context of Minority Discourse* Ed. Abdul R. JanMohamed and David Lloyd. New York: Oxford University Press, 1990.

Li, David Leiwei. *Imagining the Nation: Asian American Literature and Cultural Consent.* Stanford: Stanford Univesity Press, 1998.

Lin, Patricia. "Clashing Constructs of Reality: Reading Maxine Hong Kingston's *Tripmaster Monkey: His Fake Book as Indigenous Ethnography.*" In *Reading the Literatures of Asian America.* Ed. Shirley Geok-lin Lim and Amy Ling. Philadelphia: Temple University Press, 1992.

Ling, Amy. *Between Worlds: Women Writers of Chinese Ancestry.* New York: Pergamon, 1990.

Louie, David Wong. *Pangs of Love.* 1991. New York: Plume, 1992.

Lowe, Lisa. *Review of Pangs of Love*, by David Wong Louie. *Amerasia Journal* 22. 1 (1996).

Mourges, Denise. "Chinese-American Life in Its Broad Spectrums." *New York Times* 15 Sep. (1991) : LI 15.

Rushdie, Salman. *Imaginary Homelands: Essays and Criticism, 1981—1991*. London: Granta, 1991.

Samarth Manini Affirmation: "Speaking the Self into Being." *Parnassus: Poetry in Review* 17. 1 (1992).

Sarkar, Sheila. "Cynthia Kadohata and David Wong Louie: The Pangs of a Floating World." *Critical Mass* 2. 1 (1994)

Sarup, Madan. "Home and Identity." *Travellers' Tales: Narratives of Home and Displacement*. Ed. George Robertson et al. New York: Routledge, 1994

See, Carolyn. "Who Are the Barbarians?" *Los Angeles Times* 3 Nov. (1991) : BR11.

Spivak, Gayatri Chakravorty. "Postmarked Calcutta, India." *The Post-colonial Critic: Interviews, Strategies, Dialogues*. Ed. Sarah Harasym. New York: Routledge, 1990.

Strobel, Leny Mendoza. "A Personal Story: On Becoming a Split Filipina Subject." *Amerasia Journal* 19. 3 (1993)

Takaki, Ronald. *Strangers from a Different Shore: A History of Asian Americans*. Boston: Little, Brown, 1989.

Trinh, Minh-ha. *Woman, Native, Other: Writing Postcoloniality and Feminism*. Bloomington: Indiana University Press, 1989.

Wong, Sau-ling Cynthia. "Chinese/Asian American Men in the 1990s: Displacement, Impersonation, Paternity, and Extinction in David Wong Louie's Pangs of Love." In *Privileging Positions: The Sites of Asian American Studies*. Ed. Gary Y. Okihiro et al. Pullman: Washington State University Press, 1995.

破与立：
论史耐德《山水无尽》跨越疆域的想象

蔡振兴

　　旅行理论与主体性的建构有关。在后殖民论述的语境下，旅行理论是一种自我批判的论述，它试图反制西方霸权论述和对"异己"的驯服，进而剖析这种文化上、政治上、性别上或种族上等方面的相关歧视议题。本文拟以当代美国诗人史耐德（Gary Snyder）的另类旅行理论作为分析范例，试图探勘《山水无尽》（*Mountains and Rivers Without End,* 1996）中有关禅宗、日本及中国文化之间的跨文化交流，同时也尝试解释史耐德如何从东方思想中找到新的文学创作泉源，以及如何将东方的思想带回美国，并与美国本土的地方性和北美印第安文化融合，形成一种具有独特性的跨文化现象，进而改写美国原有的文化传统。有趣的是，史耐德在翻译文化他者（他者文化）时，并未将他者收编抑或视他者为自我超越的垫脚石。相反的，在史耐德的作品中，他不但将他者视为"灵感"的孕育者，也试图重建或修复他者的声音。也就是说，史耐德的诗作或散文所要追求的是一种没有宰制性的主体。

　　史耐德被很多批评家视为"垮掉的一代"（Beat Generation）的诗人（Parkinson, 136–156；Tonkinson, 6）。然而史耐德只同意自己是美国 20 世纪 60 年代"旧金山文艺复兴"（San Francisco Renaissance）的一员，他并不自认为是一位"垮掉派诗人"（a Beat poet）（Philips, 29）。诚如史耐德所言，他所表达的精神是一种"次文化"的精神（qtd. in Philips, 29）。用尼采的话来说，这是一种"酒神"的精神。用福柯的话来说，这是一种"逾越"的精神。从史耐德的角度来看，这是一种反对 50 年代主流文化的一种"反文化"精神。若是将这些观念综合起来，我们可以归纳出史耐德诗作的主要目的就是要追求创作上的"自由"。这与 60 年代的后现代小说家要挣脱巴斯（John Barth）所谓"贫困的文学"（"the literature of exhaustion"）是相似的。然而，在诗的创作上，史耐德系用何种方式达到这种目的呢？答案就是"追求野性"。追求野性就是"追求自由"的精神。从德勒兹和加塔利的精神分裂分析来看，这是一种"反隶属化"的实践。与后殖民论述相似之处在于，生态论述乃是重新检验西方文明中不平等的文化关系，并且主张新的平等关系。就史耐德而言，这种新的平等关系不只是适用于人类，也适用于其他物种。在扎伊尔德指出东方论述为文化歧视时，史耐德早已沉浸于东方文化"众生平等"思想中。因此，本文试图从史耐德旅行理论的架构来检视跨越疆域的主题，期能破除单音文化的封闭性。

一、史耐德与道元禅师

当代美国诗人史耐德在《山水无尽》一书的前文中引用了日本禅学大师道元禅师（Dōgen Zenji）的一则公案。这则公案记载如下：

> 古佛有言："画米糕不能充饥。"道元禅师评道："鲜有人

曾目睹过此'画米糕'，而且在这些人中亦无人能参透这句话
的禅意。画米糕的颜料与那些用来画山水所用的颜料是一样
的。如果你说绘画不是真的，那么现象界也不是真的，佛法也
不是真的。至高无上的顿悟是绘画。整个红尘和虚空只不过是
一幅画而已。正因如此，吾人若要解饥，除了画米糕之外，别
无他法。倘若无画米糕，吾人不可能成为一位真人。"（ix）

道元禅师这则"画米糕"公案表达的是顿悟前与顿悟后两种存
在经验的差别。顿悟前所见系"见山不是山"的现象与现实对立的
情境；顿悟后所表达的是一种具有综合性的统觉，超越对立认知的
平等观。后者既是一种"见山亦是山"的阶段，亦是一种跨越疆域
的灵视，它将现实与虚构一视同仁，因为两者均可通往明心见性之
道。在此，道元禅师的公案不但可以带来结构上的统一，更可被视
为是表达全书的思想精髓——跨越现实与虚拟的鸿沟。史耐德的序
诗"溪山无尽"（"Endless Streams and Mountains"）开宗明义，试
图点出松动想象与现实之间的界限，邀请读者进入"画中"世界去
体验"空"的境界：

> 清了心并溜进
> 画中空间
> 一缕清水流过岩石
> 雾气迷漫空中但无甘霖
> 从湖上小船遥望陆地
> 或从宽广河面上
> 慢慢划过。（5）

史耐德所谓"空"并非指"无物"，而是一种相互渗透、相互指涉、相互关联的观念（Smith, 6）。它是从有相进入无相，再由无相进入实相的开悟过程。从现实世界过渡到想象的世界，《溪山无尽》是一个重要的入口处。透过诗中的叙述声音——一个不确定的"你"——泛指读者、朝圣者、诗人、任何旅人或是一个空白主体。类似阅读梭罗（Henry David Thoreau）的文章《散步》，读者观赏《溪山无尽》的过程可谓是一趟"心灵散步"或"启蒙之旅"，它不但指涉身历其境的外在现实之旅，更结合内在的心灵之旅。由是观之，古佛所认为的"画米糕不能充饥"的命题有待重新诠释，因为想象或虚拟世界与真实世界具有同等功能。这种诗学经验类似青原禅师的顿悟经验：

> 老僧三十年前未参禅时，见山是山，见水是水。及至后来，亲见知识，有个入处，见山不是山，见水不是水。而今得个休歇处，依前见山只是山，见水只是水。（《五灯会元》，1135）

二、跨越时间上的边界

史耐德是跨越疆域想象的诗人。透过对生命世界的重新审视，他的诗试图改写我们长久以来习以为常的观念，如基督教线性时间观、人类中心的文化观、国族认同、地方性、自然、地理想象等。在他的诗作中，史耐德试图将体验化为纯粹经验。例如，"老骨头"（"Old Bones"）一诗指出食物与故事之间最基本的关系，即人类如何找寻食物便是故事的好素材。在标题上，"老"暗指过去的历史、传统。所谓"老骨头"也是指"他者"的骨头，已经死了的"动物"骨头。在此诗中，史耐德将"散步"与"追寻主题"结合，用来表达动物的求生本能：

> 在那里，在附近散步，在觅食，
> 这些可以维生的植物根茎、鸟叫和可以击碎外壳的种子，
> 摘、挖、设陷、捕抓
> 尚难糊口。

对史耐德而言，动物的生存过程是一场生与死的对抗，这是他们生命的讴歌，不管成功或失败，这些"老骨头"终将是见证者。这些碎片（废墟）将永远述说有关他们生命奋斗的故事：

> 在那里，某个地方
> 有一处供奉老骨头的神庙、
> 老骨头的尘土、
> 老歌和老——故事。

在这首诗中，现在时间、过去时间和未来时间是叠合的。诗人所表达的理念涵盖一种跨越时空的延展性。这种生态智慧认为"那里"和"这里"是没有分别的，作为动物的"人类"又何尝不是如此。这正与诗的结尾所言，"我们所吃的——这些东西又吃了什么／我们又如何存活"是相互呼应的。"那里"和"这里"互相连系，在生物圈中，生命世界所有的存在物通过食物链也彼此紧紧地环扣在一起。因此，凡是叙述有关生命存在链的故事皆能让读者感动不已。

《三世、三界与六道》（"Three Worlds, Three Realms, Six Roads"）作为诗的标题颇有谐拟佛教的旨趣。"三世"指过去世（past）、现

在世（present）与未来世（future）。"三界"指欲界（desire）、色界（form）、无色界（formless）。[1] "六道"又名"六趣"。"六道"则指天（delightful gods and goddesses）、非天（angry warrior-geniuses 阿修罗）、人（the humans）、畜生（the animals）、饿鬼（hungry ghosts）、地狱（the hells）（159）等六种心理存在情境。在这首诗中，"六道"指西雅图、波特兰、山上（做斥候）、旧金山、船上、京都。这六个地方不但是史耐德生活经验的一部分，也构成了他的学徒之旅。如果没有这些朝圣经验，史耐德就不可能成为一位诗人。也就是说，"六道"试图表达并界定（诗）人"与地方的关系"。就像史耐德所言，我们"切勿忘记……我们的'我们是谁'的'所在地'"（*The Old Ways*, 58）。

从广义的角度来看，诗人有能力（透过想象）穿梭于"三世"之中。诗人能拥抱过去，身处现在，指向未来，是因为他像预言家，可以跨越时间的三个向度——过去、现在与未来。批评家韩特（Anthony Hunt）认为，史耐德在这首诗中所要追求的理念与英国现代主义诗人艾略特（T. S. Eliot）的《四重奏》（*Four Quartets*）一样，即表达"寻根"之旅的重要性（*Genesis, Structure, and Meaning*, 78）。更精确地说，诗人的存在价值展现于时间——过去、现在与未来——的境域上。虽然"三世"、"三界"与"六道"是佛教术语，但史耐德却将这些观念运用于俗世中。诚如韩特所言，这首诗也表达了一种人与土地的关系：我们的寓居之处让我们变成我

---

[1] 根据《佛教大辞典》，"三界"梵文为"trylokya"。佛教认为在"生死轮回"的过程中，"三界"是有情众生生存的三种境界，包括：欲界，"为有食欲、淫欲的众生所居，涵盖'六道'中的地狱、畜生、饿鬼和人，以及他们所依存的场所"；色界，"色为有形之物质也。色界位于欲界之上，已离食、淫二欲的众生所居。其'器'（宫殿等）及'有情'仍为所困，即人乃离不开物质"；无色界，"更在色界之上，为无形色众生所居。此界无一色，无一物质，无身体，亦无宫殿国土，唯以心识住于深妙之禅定。故谓之无色"（97）。

们（*Genesis, Structure, and Meaning*, 76）。史耐德说，当你"找到你的地方，实践就开始启动"（*The Old Ways*, 25）。

三、思想上的跨越边界

史耐德在《地球家庭》（*Earth House Hold*）一书中的《佛教与未来革命》（"Buddhism and the Coming Revolution"）揭示了一个佛教愿景：要让以自我为中心或具有侵略性的"我"慢慢剥落。他认为人有智慧是不够的，因为"有智慧而无慈悲之心会使我们对社会的弊病没有痛感"（90）。因此，史耐德认为，佛教不应忽略历史及社会的脉动，它也须兼具社会功能。为了让佛教的慈悲之心扩大、更开放，他借用华严宗所强调的宇宙万物是相互连结的网络来说明他的信念，如此一来，宇宙万物才能用"启蒙之眼"平等地对待彼此。佛教所谓三学——戒（morality）、定（meditation）、慧（wisdom）——建议吾人抹去自我，涵纳众生（all beings）。由于史耐德强调众生平等，政府若有不公，必要时得采用梭罗所谓的"公民不合作"加以反制（92）。

《山水无尽》所表达的主题与法国哲学家塞尔（Michel Serres）在《自然契约》（*The Natural Contract*）所揭示的主题有异曲同工之效。所谓"自然契约"是一种用生态阅读的角度去补充卢梭的"社会契约"观念，并且用"新"的平等观念推广至自然界，试图让人与大地建立新的契约关系。卢梭的社会契约是人与人在自由和平等的基础上所制定的，塞尔的自然契约不是建立在人与人之间的规范上，也不是建立在以神或以人类为中心的理性结构上，就其理想而言，它的目的是要将人与自然、人与环境，或人与土地之间的关系纳入自然契约之中。

社会契约在虚拟的形式上让人成为法律上的主体。这种契约对自然世界抱持沉默的态度，其目的不外乎是诱导人类远离自然，去建构一个具有文化的社会。不可讳言，社会契约固然重要，自然契约亦是同等重要。自然契约试图打开社会契约封闭式的思考方式，它将社会平衡拓展至生态平衡。人类在社会化的过程中若全盘牺牲自然，这将导致自然或社会两者的能趋疲（entropy）。所以塞尔说，"爱我们两个父亲——自然的和人类的……爱人文、人类的母亲和自然的母亲——大地"（49）。长久以来，自然被视为他者已经是约定俗成的事实。因此，与大地重新建立契约可以让我们重新检讨人与人之间"目无他者"的狭隘观点；与大地重新建立契约可以让我们用慈悲心去对待他者作为一个主体的事实；与大地重新建立契约可以让文化更具包容性，让他者有发声及书写新文学史的空间；与大地重新建立契约可以让平等的观念落实到其他生命世界；与大地重新建立契约可以让共生的观念深植人心，削弱"第二种污染"（文化污染）的扩散能力。

塞尔的"自然契约"亦可运用于阅读史耐德两首描述兔子的诗：《杰克兔》（"Jackrabbit"）和《黑尾野兔》（"The Black-tailed Hare"）。第一首兔子诗写道：

> 杰克兔，
> 黑尾巴
> 在路旁，
> 跳、停。
>
> 大耳朵很耀眼，
> 虽然你认识我一点点，

你却比我认识你

还更多。（31）

另外一首诗是这样描述的：

有黑眼珠的杰克兔向我指着

灌溉渠道、铺好的大公路，

　　　　白色的线条，

到山丘上……

钟声　寒冷　蓝色　珠子　天空

　　　　　　　　　　旗帜

群山　歌唱

凝聚天空的雾气

带下来雪气

　　　　冰旗飘扬——

聚集水气

从唱歌的山峰

两旁和褶皱

流到小河和公路两旁渠道　水

为人使用，

是群山和刺柏

为众生所祈的雨

　　　　兔子如是说（73-74）

史耐德在以上两首诗均将动物（兔子）的角色提升至为可以充当人类导师的地位。在第二首诗中，史耐德更让动物（他者）发声，并充当叙述者，教导我们"降雨的循环"是由群山和长在山上的树林共同祈雨的结果。从精神层面来看，此诗亦教导读者跨越"人类中心论"的价值观。透过兔子的观点，有关降雨的创造故事（creation story）跃然于字里行间。从生态的观点来看，人和自然、人与动物之间的关系是对话的、共生的、互补的关系，而不是主人与奴隶之间的宰制关系。

史耐德的《峡谷鹪鹩》（"The Canyon Wren"）是一首挽歌，叙述者感慨环境变迁太快，因为新美浓水坝（New Mellones Dam）即将被兴建，如此一来，此地的"山水"会改变，连峡谷鹪鹩的生活也将受到影响。因此，这首诗将永远保存鹪鹩和"大地的记忆"："原本在这里的歌声／可以净化我们的耳朵／不见了，／不见了。"（91）另外一首论及环境的寓言诗是《老山鼠的臭房子》（"The Old Woodrat's Stinky House"），一只土狼奉劝人类培养乡土情，切勿弄脏自己的家：

> 长尾山鼠堆积。泥板岩薄片、念珠、羊的排泄物、
> 堆积了几世纪
> 在悬挂物之下——在岩洞里——
> 在底层，古代排泄的小丸子；
> 橘黄色的、琥珀色的尿。
> 长了八千年之久的灌木林残骸；
> 另一场雨、另一个名字。
> 兔男孩说："长尾山鼠让人作恶！"
> 竟在祖母的毛毯上大便——

让所有东西发臭——在所有东西上尿尿——

脏老鼠！

让家发臭！

——土狼说："你们人应该在此定居，学习你的地方，
做善事。我，我要继续旅行下去。"

　　在上面这一段诗中，长尾山鼠弄脏自己的家，土狼奉劝长尾山鼠和人类勿用脏乱向大地宣告其掌控权。

　　在时间上，《山水无尽》从 20 世纪 50 年代涵盖到 90 年代。在地理绘图上，《山水无尽》包括阿拉斯加（"Raven's Beak River at the End"等）、东亚（"The Hump-backed Flute Player", "Macaques in the Sky", "The Mountain Spirit"等）、北美（"Night Highway 99", "Night Song of Los Angeles Basin", "Walking the New York Bedrock"等）、地球（"Earth Verse"）等。他所处理的题材包括中国山水画、日本能剧、佛经、密宗、美国印第安文学等。因此，本书可谓是史耐德长诗创作的巅峰，其笔下所描述的"家"或"地方性"又可形成一种更丰富的"生物地区意识"：

　　　　生物地区意识（bioregional awareness）可以从许多具体而微的方面教导我们。光说"爱自然"或是"与大地相亲相爱"是不够的。我们与自然世界的关系是在地方上发生的，而且是植基于信息和经验上面。例如："地道的人"会对当地的植物有简易的熟悉度。这是一种非常特殊的知识；过去的欧洲、亚洲和非洲的人咸将它视为理所当然，但今天的美国人甚至不知道他们自己不懂植物，这简直是一种疏离。（*Practice*, 39）

"生物地区意识"是一种认同土地和土地上的"社群"，包括人的社群、橡树小区、松树社群和其他小区等，彼此立足点平等。史耐德告诉我们：我们是用我们"与地方的关系"界定我们自己……"（*The Old Ways*, 58）。史耐德在《荒野的实践》（*The Practice of the Wild*）中告诫我们，"自然不是我们拜访的地方，自然是我们的'家'"（7）。这是一种人与环境的关系。与同样来自加州的"非人主义"（inhumanism）者杰弗斯（Robinson Jeffers）不同，史耐德并不强调自然绝对"抽象的野性"（the abstract wild）。他强调野性的"实践"，并设法破除二元对立的迷障，填平自然和文明之间的鸿沟，让自然有家的感觉，也让家有自然的感觉。在史耐德笔下，"家"、"地方性"、"生物地区意识"并不是狭隘的"国族论述"，这些词汇也与大地相互连结、相互指涉，正如生态（ecology）一词的词根"eco"代表"oikos"，即"家"（home）之义。然而，对史耐德而言，"家"有二义：一是"居住的"家，另一是"大地"家庭。一如往常，史耐德将"现实"与"虚拟"捆绑在一起，丰富了"家"的意义。

《空中猕猴》描述史耐德与王庆华、红松、罗青和国田在南仁湖的小径散步时，树叶像天篷一样遮覆着天空，这时，他们在一空旷处——就在森林斜坡处，看见有只猴子像侦察员一样，双脚在制高点拱立着：

> 一只母猴正坐着哺育，
> 在栖息时，一对猴子彼此依偎着，有一张脸、粉红的脸
> 颊、炯炯的眼睛，从另一树林的叶幕
> 偷看着，
> 有一只老公猴，银白色的腹部，有皱纹的脸，

躺在叉枝上
　　　　粗糙的低音咳声回响着
树叶间一张张的脸，
　　　　就是树木的耳朵和眼睛
柔软的手紧握树枝与藤蔓

然后——哗！——跳向空中
小猕猴悬在母猴的腹部，
他们飘向彼岸
······
她
像银河般拱立着，
天空之母，
　　　　跨越星际疆界

正如在树下的我们
享受
她的飞跃
沐浴在她的光芒

台湾猕猴

　　诗人将母猴（"mother monkey"）、母性（"the 'milky' way"）、女神（"mother of the heavens"）等意象结合，形成一种"客观相对投影"（objective correlative），抹去动物和人类之间的距离。这只母猴的慈爱与密宗度母的慈心主题相扣，一气呵成。在《祭拜绿度母》（"An Offering for Tara"）中，绿度母被喻为"众佛之母"
（Mother of all the Buddhas）（Willson, 51）或"Lady Star"（Beyer,
7），正如这只母猴被视为"天空之母"（"mother of the heavens"）。
在这首诗中，诗不只是阅读的文字，也是一种口述传统、一种表演
的实践："然后——哗！——跳向空中／小猕猴悬在母猴的腹部，／
他们飘向彼岸。"此时母猴身体和精神上的跨越"彼岸"亦表达被
观者（猕猴）的活力和观者的赞叹。值得一提的是，此处"哗"一
字也有"当头棒喝"的音响效果，能带给作者或读者一种当下"顿
悟"，即母猴拥有一种跨越彼岸的智慧。

史耐德的《青天》（"The Blue Sky"）一开始引用佛语告诉曼殊
室利："东方去此过十殑伽沙等佛土，有世界名净琉璃，佛号药师
琉璃光如来。"史耐德的英译如下：

> "Eastward from here,
> Beyond Buddha-worlds ten times as
> Numerous as the sands of the Gangs
> There is a world called
> PURE AS LAPIS LASULI
> Its Buddha is called Master of Healing,
> AZURE RADIANCE TATHAGAT"（40）

这首诗像《溪山无尽》一样，让读者对于诗中的叙述者感到相
当困惑：只见引文，不见说话者。因此，读者必须不断地填补诗文
中的空白意义。根据《药师经》所载，曼殊室利即文殊菩萨，梵语
为 Manjusri, 其意译为"妙吉祥"（陈利权，19）。与母猴的慈爱与
密宗度母的慈心相似，文殊菩萨在此诗中虽然只是一位王子，但他

已接受药师佛当初发心修行与普度众生的宏愿，因此药师佛可谓文殊菩萨的人格典范。这种典范可以从"药师咒"得到更进一步的参悟：

Namo bhagavate bhaishajyaguru-vaidurya-

Prabharajaya tathagata arhate samyak

Sambuddhaya tadyatha om bhaishajye

Bhaishajye bhaishajya samudgate（41）

归命敬礼，世尊

药师琉璃光如来。

应供正等觉世尊。唵。药！

药！药！普度众生！

药师佛的梵文为"Baisajyaguruvaiduryaprabhasa"，全称为"药师琉璃光如来"，又称为"大医王"（King of Healing），能治众生的贪、瞋、痴，是东方琉璃净土的教主。[2] 药师佛的精神就是"自我牺牲"（self-sacrifice），一切为众生着想。因琉璃为青色，即蔚蓝色（azure），加上琉璃本身晶莹剔透，如天青色，散发出一种如天空之净光，因此读者不难发现史耐德在此诗中，除了呼应《驼背吹笛者》所揭示的"空"观外，也让空的意象，如颜色中的"青"、天空及其颜色、佛法中的"色即是空"等有形与无形，抽象与具体，本质与现象和内在与外在相互辉映、相互指涉。

---

[2] 药师佛的药有二类：一、物药，能治身病；二、法药，能治心病。物药治疗的身病包括老化、疾病和死亡，即 samsara；法药治疗的心病则指人的贪、瞋、痴心理三毒。物药包括动植物、矿物、处方配制的药、丸、散、膏、丹等。法药包括经、律、论等（吴信如，1: 5–6）。与绿度母（Tara）一样，药师佛也是大慈大悲的救世母。

《广被大地》（"Covers the Ground"）带有一种反讽的语气，配合对自然环境客观的深描（thick description），表现一种过去与现在、自然与文明的对比。诗的一开始，史耐德引用环境保育专家缪尔（John Muir）在其专著《加州的群山》（*The Mountains of California*）的第十六章《蜜蜂草地》（"The Bee-Pasture"）的第一行，将加州的野性描述为"甜美的蜜蜂花园"（234）。然而这种具有野性美的景象现在已被现代文明和科技取而代之：

> 沿着加州大中部河谷
> 几公亩开花的樱桃树
> 一行一行的树干
> > 在眼前——
>
> 整个大地覆盖着
> 一望无际的地下管线，
> 房子般高和六尺宽
> 望眼所及，电缆管道一个接一个……（65）

缪尔生于苏格兰，五十六岁才出版有关自然书写的专著。《加州的群山》是他的第一部作品，描述他在内华达喜悦山（Nevada Sierra）的爬山经验。虽然史耐德有意向这位自然动物保育专家献上他的致敬，但两者的思想背景其实大异其趣：缪尔是一位虔诚的基督徒，他将高山视为上帝荣耀的展现；相反，史耐德不言基督教的上帝，他对山的认识与缪尔相异，而且他也没有缪尔那种看不起土著的心态。史耐德的思想从北美印第安人和其他土著的文化中，获得诸多帮助。

在这首诗中，叙述者除目睹大地的自然变化外，也看到废轮胎

场以及新垦植的田地扬起的阵阵尘土和商业化的象征，如食品商标
（"Blue Diamond Almonds"），高速公路上的柴油大卡车（如 Ken-
worth, Peterbilt, Mack 等厂牌）呼啸而过。今日史耐德在加州大平
原上所看到的景象与缪尔的"蜜蜂草地"迥然不同。因此，史耐德
在诗的结尾处说："我们和我们的东西充斥大地"（us and our stuff
just covering the ground）。"（67）从"无常"的角度来看这首诗时，
读者可以感受到缪尔笔下自然的神秘性氛围（aura），俨然已被人
类日常生活的世俗性所取代。

《盘腿》（"Cross-legged"）将个人的情欲（色）和宗教（空）
结合。表面上这首诗对男女情爱有若干着墨，但是这种母题被宗教
的仪式淡化。也就是说，这首诗就是"色即是空，空即是色"的
写照：

> 盘腿于低垂的帐幕下，
> 微光，晚餐后
>
> 饮茶。我们住在
> 干燥又古老的西部
>
> 解衫露出肌肤
> 依偎着　碰嘴
>
> 旧的碰触
> 做爱、作诗、
>
> 总是新的，生生世世

皆然

如密勒日巴大师
重复盖石塔四次

就像每次都是第一次。
我们的爱混合着

岩石和溪水，
一个心跳、一个呼吸、一个眼神

在晕眩的退潮中各适其所。
过着这种古老的、清楚的生活方式

——灰烬和余火吱吱响。
微风吹着帐篷瑟瑟响
小啜一口茶，
隆起的身形，
我俩在此，今夕又何夕。（128-129）

　　这首诗表达"性"乃是自"古"至"今"的一项古老的仪典。在《绿度母》一诗中，绿度母盘腿而坐，男女之间的亲密行为同样被喻为一种宗教仪式。读者可以在这首诗中看出两性之间的那种原始的、野性的、宗教性的互动关系（yab-yum）。诗的结尾则暗指生命的"无常"，充满不确定性（"what comes"，今夕又何夕）。

　　"陌生化"的文学技巧是指一个诗人有能力在最平凡的事物中

找到最深刻的意义，这是史耐德写诗的特色。例如，在《指示》（"Instructions"）中，他要表达"不二"（non-duality）的哲学观。他的"指示"是：城市的石油是来自荒野，石油就是荒野的声音（the voice from the wilderness）。如果文明是由石油来界定的，而石油也代表文明，我们即可看出文明中有荒野，荒野中有文明。文明不应具有排他性机制，只强调不是"开"就是"关"两种选择：

> 关开
> 两处。永远，
> 或，不只有一个。（61）

同样的，史耐德在《泛舟》（"Afloat"）一诗中也表达超越二元对立的企图。他用小艇（kayak）在水上滑行的意象比拟空中展翅的鸟类，而且他也用泛舟的小艇来说明阴与阳、灵与肉、夫与妻的结合，开显一种具有存在统一性的精神生态观：

> 在漂流的漩涡中
> 我们是两个灵魂同在一体，
> 两对翅膀，我们挥动船桨
> 到陆地连接　河水　连接　天空……（132–133）

四、跨越认同政治的边界

在《山水无尽》中，史耐德表示对他对作为异文化的"他者"、从属阶级及少数族裔文化的尊重（如 Kokope'li），这与他的旅行理论有关。现在让我用《驼背的吹笛者》来说明史耐德的旅行理论：

驼背的吹笛者

　　　　四处漫游。

　　　　坐在大盆地边缘的石头上

　　　　他的驼背　　是一副行囊

　　玄奘

　　　　公元 629 年前住印度

　　　　公元 645 年返回中国

　　　　带回了 657 卷佛经，肖像，曼陀罗，

　　　　和 50 个纪念物

　　　　一个弯曲的背架行囊，加上一把洋伞，

　　　　有刺绣的，雕刻，

　　　　他行走时，香柱在香炉摇晃着

　　　　帕米尔高原　　塔里木盆地吐鲁番洼地

　　　　印度旁遮省　　恒河和亚穆纳河

恒河冲积平原，

斯威特沃特河，奎鲁特河，霍河

黑龙江，塔娜娜河，其更些河，老人河，

大角河，普拉特河，圣胡安河

他带回

"空"

他带回

"唯心"　　　　"唯识"

驼背的吹笛者

他的驼背是一副行囊（马永波译）

　　驼背的吹笛者就是可可波利（Kokopelli），他不仅是美国印第安文学的文化肖像，而且也是一位"旅人"。在《山水无尽》中，史耐德的旅行具有多样性的意义。在叙述结构上，叙述者不但是一位旅行者，也是一位心灵旅人。在三十九篇诗歌中，很多首诗是描述旅人的故事。在《山灵》（"The Mountain Spirit"）中，叙述者更是描述了一位流浪行者遇见山神的启蒙之旅。从本书的标题来看，"山"、"水"亦是旅人。史耐德甚至将阿拉斯加的冰河、新月舌（"New Moon's Tongue"）与苏东坡游庐山东林寺偈（《五灯会元》，1146）相呼应，"溪声便是广长舌，山色岂非清净身。夜来八万四千偈，他日如何举似人"（The stream with its sounds is a long broad tongue / The looming mountain is a wide-awake body / Through the night song after song / How can I speak at dawn）（138），赋予自然（溪声、山水）神性，使之不再只是肉眼所见那种具有工具性的山水而已。

　　在后殖民的情境中，有很多批评家的作品谈论旅行：扎伊尔德的《旅行理论》（"Traveling Theory"）、巴巴的"文化翻译"（cultural translation）、克利福德的《旅行文化》（"Traveling Cultures"）。扎伊尔德的《旅行理论》意在说明"理论或观念如何旅行"，也就是一个理论或观念如何从甲地流行传到乙地，它的可能性条件是什么？它从某甲到某乙的手上有何改变？在时间层面上，它又是如何从某个时代流传到另一个时代？在制度上，某个理论或观念如何被成功地移植？为了更具体阐述自己的想法，扎伊尔德提出四个有关"旅行理论"的重要看法：一、旅行理论有一个起始点可以让论述变成可能；二、它跨越了某种空间上的阻隔，让一个理论或观念在某地或某个时间点上出类拔萃；三、有一套可能性的条件让一个理论或观念被引进、移植、接受或拒绝；四、在一个理论或观念的移植后，它在新的时间和地点上会有新的用法、新的地位（226-227）。用解构批评家哈特曼（Geoffrey Hartman）来描述扎伊尔德，他的文学批评理念绝对是"修正性的"。克利福德的《旅行文化》把焦点置于旅行如何能成为跨越文化的研究领域。他的理论视"旅行"为一套论述，而不是"旅行写作"。旅行理论可以补充强调"定点"透视法的原乡观。在此，它强调一种跨越国家、跨越文化"漂泊离散"的经验与文化。这些漂泊者主要是来自加拿大、南非、牙买加、巴基斯坦、印度地区的等少数族裔作家。他们的作品表达"居民"与"移民"、"返"与"离"、"我们"与"他们"、"家乡"与"异乡／大都会"之间的龃龉、互动或整合，形成一种克利福德所谓的"差异性大都会主义"（discrepant cosmopolitanism），因为他们的作品所表出的"旅行"、"反隶属化"和"大都会"等主题能交织出更具特色的根与路（roots/ routes）（Routes, 36）。同样的，对巴巴而言，在大都会文学中，移民经验可以透过"翻译"表达其文化"间性"（in-betweenness）的尴尬，但又是一种（不可译性的）移民文化保存策略（"Traveling Theory", 224）。翻译作为文化沟通的实践行为必须瞻前又顾后，而且它所面对的是一种"文化杂糅"现象。因此，所谓的"文化翻译"必须把文化的尊卑层级概念消解，去除其原有神圣性，要求一种对话式的文化脉络关系。如此，文化与文化间的差异性才能被再现出来，而协商才能成为可能。当巴巴在审视旅行文化的移民经验时，他认为如同语言一样，移民作为"暗喻"可以透过"文化翻译"和"协商"被表述出来。克利福德的"现代都会"主题的概念亦然。事实上，巴巴的文化杂糅性，即"第三空间"，就是需要透过"文化翻译"的过程建构出来（"The Third Space", 207-221）。

史耐德诗中的旅人与好友克鲁亚克（Jack Kerouac）在《法丐》

（*The Dharma Bums*）中所描述的 bhikku（苦行僧）类似。"Bhikku"
这个词是巴利文（Pali），其梵文写为 bhikshu，意思就是"乞丐"
（beggar）或"和尚"（monk）（*The Encyclopedia*, 34）。他不仅是
一位对现存社会体制不满者，而且也是一位"精神上的流浪汉"（a
spiritual wanderer）（Schuler, xii）。史耐德在其诗作中所表达的理念
与扎伊尔德的《旅行理论》不同，他所表达的是"公共知识分子"
的良心及一种反对型的文化论述而后者则较强调异文化的同构型。
另外，与克利福德的《旅行文化》不同的是，史耐德不论及移民
的、都会的、差异性的漂泊离散（diaspora）经验；相反的，他主
张一种再定居（reinhabitation）的生活经验。

　　像梭罗一样，史耐德也不反对旅行（*The Practice*, 26）。广义
而言，《山水无尽》每首诗均碰触到与"山水"有关的主题，甚至
连"山水"都是旅人。在旅途中，每当叙述者（史耐德）与"他
者"相遇，他都能获得启蒙。这些"他者"包括山水画、老骨
头、路人、城市、杰克兔、河流、石油、天空、市场、石画、山、
鸟、羊、绿度母、母熊、台湾狝猴、植物、舞蹈、山神等。在史
耐德的笔下，这些重要的"他者"就像缪斯。（Muse）一样感动诗
人："广义来说，只要能触动你、感动你的都是你的缪斯。"（*Earth
House Hold*, 124）换言之，自我与他者并非是对立的，两者是共生的。

　　在《驼背的吹笛者》中，史耐德将东方文化（玄奘）和西方文
化（可可波利）结合。在这种文化差异的背景下，东方文化并没有
被收编、同化。在史耐德的笔下，玄奘到印度取经并将印度有关
"空"的哲学带回中国："他带回空／'空'／他带回／'唯心'／
唯识。"根据张力生的《玄奘法师年谱》，玄奘是在唐太宗贞观三年
（公元 629 年）动身前往西域取经，于贞观十九年（公元 645 年）
回到长安。后来他晋见唐太宗并取得支持，于是在长安弘福寺布置

译场，着手翻译佛经。然而，史耐德并未犯扎伊尔德所谓"东方歧视"（orientalism）的错误。

史耐德在书写他者时，在理论和操作上也有类似巴巴的"文化翻译"的地方。巴巴认为，文化差异之所以可以开展出来主要系端赖于"非主导性的自我"（"The Third Space", 212）。同样的，史耐德在面对他者的文化时，并没有投以异样的眼光，鄙视他者；相反的，他用虔诚之心与他者面对面：

> 在伽利峡谷北坡高地的山洞旁，驼背的吹笛者躺在地上吹笛。一条溪流，蜿蜒穿起过平坦多沙的峡谷，突破冰层，峡谷南坡，凿有弯角山羊的图画。他们站在两百英尺近的南坡，冰冷的影子里。我坐着，在阳光中脱去衬衫，面对南方，驼背的吹笛者就在我坐的上方。他低声叫着。我也喃喃低声叫着。峡谷中的回响可以清晰地被听见。（80；马永波译）

长久以来，所谓的"主流文化"与"异文化"就像是"看"与"被看的"、"前景"与"背景"之间的关系。对史耐德而言，文化与文化间的关系不是一种垂直式的宰制关系，而是互相尊重的关系。在美国原住民文学中，可可波利（Kokopelli）是一位"旅人"、"雨的祭司"、"勇士"、"音乐家"、"繁殖之神"、"残障者"、"昆虫"、"种子播散者"等。在印第安神话中，他是一位"变形专家"、"千面英雄"（Hill, 7）。它的神话故事主要源于美国西南部的四角地带（Arizona, New Mexico, Colorado, Uta），尤其是 Canyon de Chelly。在这四角地带，有三个主要的印第安部落民族：Pueblos, Zunis, Hopis, 而可可波利的石画是印第安部落共同的文化遗产。在上面的引文中，叙述者与可可波利两人进行面对面的心灵沟通，彼此用"呢喃"相互传心表意。在此，自我有无限性，他者亦有无限性。

五、结论

史耐德的《山水无尽》是理论旅行的体现：从谈论中国山水画《溪山无尽》到与他者相会，包括老骨头、路上见闻记、杰克兔、峡谷鷦鷯、土狼、台湾猕猴，以及对异文化的引介，如绿度母、药师佛、可可波利、玄奘等，他都能看到东西文化相通之处。在进行文化深描时，他打破文化与自然、现实与虚拟、这里与那里、文明与荒野、社会契约与自然契约、人与动物、自我与他者等之间的对立。在他的诗中，读者很明显可以看出一种交错式（chiasmus）跨越疆域的思想：文化中有自然、自然中有文化。由于深受东方思想的熏陶，史耐德的理论旅行是一种文化共通的原型，它与西方旅行理论所表达出来的"文化不平等"的内涵不同，因为他的诗强调一种"生态自我"观，一种摒弃"我执"的宇宙论。在众生平等的基础上，史耐德在《山水无尽》一书中所要凸显的是道元禅师"画米糕"公案的微言大义，进而追求一种普世的"生态潜意识"。

参考文献

任继愈主编. 佛教大辞典. 南京：江苏古籍出版社，2002.

吴信如. 药师经法研究. 四卷. 北京：中医古籍出版社，1997.

林耀福、梁秉钧编选. 山即是心：史耐德诗文选. 台北：联合文学，1980.

马永波译. 1950年后美国诗歌. 湖南：河北教育出版社，2002.

张力生 . 玄奘法师年谱 . 北京：宗教文化出版社，2000.

陈利权、竺摩释译 . 药师经 . 台北：佛光文化，1997.

普济 . 五灯会元 . 三卷 . 北京：中华书局，1984.

道元 . 正法眼藏 . 何燕生译注 . 北京：宗教文化出版社，2003.

钟玲 . 美国诗人史耐德与亚洲文化 . 台北：联经文化事业有限公司，2003.

Beyer, Stephan. *The Cult of Tara: Magic and Ritual in Tibet.* Berkeley: University of California Press, 1973.

Bhabha, Homi. *The Location of Culture*. New York: Routledge, 1994.

_____. "The Third Space." In *Identity: Community, Culture, Difference*. Ed. Jonathan Rutherford. London: Lawrence & Wishart, 1990.

_____. "Staging the Politics of Difference: Homi Bhabha's Critical Literacy." In *Race, Rhetoric, and the Postcolonial*. Ed. Gary A. Olson and Lynn Worsham. New York: State University of New York Press, 1999.

Clifford, James. *Routes: Travel and Translation in the Late Twentieth Century*. Cambridge: Harvard University Press, 1997.

Dogēn. *Moon in a Dewdrop*. Ed. Kazuaki Tanahashi. New York: North Point, 1985.

Faas, Ekbert. "Gary Snyder." In *Towards a New American Poetics: Essays and Interviews*. Santa Barbara: Black Sparrow Press, 1978.

Hill, Stephen W. *Kokopelli: Ceremonies*. Santa Fe: Kiva, 1995.

Hunt, Anthony. "'The Hump-Backed Flute Player': The Structure of Emptiness in Gary Snyder's *Mountains and Rivers Without End*."

ISLE 1. 2(1993).

_____. "'Bubbs Creek Haircut': Gary Snyder's 'Great Departure' in *Mountains and Rivers Without End.*" *Western Americam Literature* 15. 3(1980).

_____. *Genesis, Structure, and Meaning in Gary Snyder*'s Mountains and Rivers Without End. Renos and Las Vegas: University of Nevada Press, 2004.

Nordstrom, Lars. *Theodore Roethke, William Stafford, and Gary Snyder: The Ecological Metaphor as Transformed Regionalism.* Stockholm: Almqvist & Wiksell International, 1989.

Parkinson, Thomas, ed. *A Casebook on the Beat.* New York: Thomas Y. Crowell, 1961.

Phillips, Rod. "Forest Beatniks" *and* "Urban Thoreaus": *Gary Snyder, Jack Kerouac, Lew Welch, and Michael McClure.* New York: Peter Lang, 2000.

Said, Edward W. "Traveling Theory." In *The World, the Text, and the Critic.* Cambridge: Harvard University Press, 1983.

Schuler, Robert Jordan. *Journeys toward the Original Mind: The Long Poems of Gary Snyder.* New York: Peter Lang, 1994.

Schuhmacher, Stephan and Gert Woerner, eds. *The Encyclopedia of Eastern Philosophy and Religion.* Boston: Shambhala, 1994.

Serres, Michel. *The Natural Contract.* Ann Arbor: The University of Michigan Press, 1995.

Smith, Eric Todd. *Reading Gary Snyder's Mountains and Rivers Without End.* Boise, Idaho: Boise State University, 2000.

Snyder, Gary. *Earth House Hold.* New York: New Directions,

1966.

_____. *The Old Ways*. San Frankcisco: City Lights, 1977.

_____. *The Practice of the Wild*. New York: North Point, 1990.

_____. *Mountains and Rivers Without End*. Washington: Counter-point, 1996.

Thoreau, Henry David. "Walking." In *The Essays of Henry D. Thoreau*. Ed. Lewis Hyde. New York: North Point, 2002.

Tonkinson, Carole, ed. *Big Sky Mind: Buddhism and the Beat Generation*. New York: Riverhead, 1995.

Willson, Martin. In *Praise of Tara: Songs to the Saviouress*. Boston: Wisdom Publications, 1986.

Zimmer, Heinrich. *Myths and Symbols in Indian Art and Civilization*. New York: Harper, 1946.

待与客

"你能为我等候吗？"

我默默点点头。

女人拉高了平静的语气，毅然决然地说："请等我一百年。请坐在我的坟前一百年，我一定会来找你。"

我回答，自己将只是等待。

（夏目漱石，12）

我们如何分辨一位客人和一个寄生体？

（Derrida, *Of Hospitality*, 59）

爱斯特拉冈（Estragon）在《等待戈多》（*Waiting for Godot*）第一个说话。他说的第一句话，也是若看这出剧，会听到的第一句话，是"Nothing to be done"（529）。意思很简单，"啥事都没干"。这句话，如同预言。如果看完整出剧，可以想象布幕落下时，不免觉得爱斯特拉冈果然先知，他和弗拉季米尔（Vladimir）二人直到剧终，的确是啥事没干，净是等待，等个没完没了，等得一头雾水。这句话或许也可以这样解释，虽然啥事没干，啥事都没完成，却还是完成了什么。完成了什么？完成了 Nothing，完成了无。于是爱斯特拉冈与弗拉季米尔，在还搞不太清楚的状况下，帮助整出剧完成了无，完成了什么都没有。

这第一句话，如此更像极了预言："无将被完成。"

无、完成、等待，再加上预言这带有挺进／近未来模样的字眼，不免让人为之眩惑。无可以完成吗？完成了无，不等于什么都没完成？如同预言未来什么都没有发生，能算是预言？且这样的未来，能算是未来？而等待，该如何又能不能去等待这样的未来？因此我们多少可以体会爱斯特拉冈和弗拉季米尔会想用皮带上吊（虽然皮带断了，裤子掉了又没有绳子），并且是在明天。"明天咱们上吊。［停］除非戈多来。"（582）明天上吊，上吊明天。面对未来的无，什么都没有的未来，只剩死亡可选，只剩以拥抱死亡这种无来完成无，来吊死未来，并且以掉裤子之姿来完成。当然，除非戈多来。当然，戈多看起来不像会来。因此爱斯特拉冈和弗拉季米尔真的"停"住，停在"除非戈多来"之前，拉好裤子，让明天维持住可以上吊的可能，但没有真的去上吊，然后……"（他们没有离开）"（582）继续等待。或许面对什么都没有的未来，唯一能采取的姿势，并非脱了裤子上吊，而是穿好裤子等待，让明天成为不会到来，但一直有着可能性的明天。因此整出剧的最后一行文字（不是台词），"（他们没有离开）"并非是话语，而是以行动，以不动的行动，以拉上裤子的等待之姿，完成了那预言般的第一句话："无"，持续着"将被完成"，而不会真的完成。于是爱斯特拉冈与弗拉季米尔，这样子完成了无。

等待戈多，等待他者，等待一个未知体，这大概可以算是等待的原型。或许爱、弗二氏看起来毫无意义，荒谬又滑稽的等待，非如他们所言，将因戈多的到来而"被救"（We'll be saved）（582），反因戈多没来，让他们维持住等待，让他们的等待，真的是等待。因为戈多若来，将全盘覆写他们之前的等待，并赋予等待一个意义，于是等待就会如此消失，不会有等待戈多，只会有戈多。正因戈多（知道会不）会来，于是等待不会只有一个意义，不会只有戈多给予的那个意义，而是意义无限。无限的意义自然不免荒谬滑稽，因为其中妙处无以名之，因为莫名其妙。但等待却因此，不会是别的，就只是等待，"将只是等待"（夏目漱石，12）。等待或许便应是什么都等不到，等到了什么，等待就不再是等待，而变成了等到的那个什么。无尽的等待，没完没了的等待，不知道等待的会不会到来，不知道等的是什么，但还是呆呆地等。这样子等待，似乎不仅是等待的原型，也是一种"待"的原型。待什么？待一个他者，待非我之客。

然后德里达（Jacques Derrida）这样子说："待客（hospitality）这个问题，也是等待（waiting）的问题，是等待的时间问题，还有超越时间（或者是没完没了）的等待问题（waiting beyond time）。"（2002: 359）于是"待客"不尽然是招待周不周的问题，更是等待客人的问题，还有等多久的问题。爱、弗二氏的等待，于是开始有点像纯粹的"待客"之道（pure hospitality）。虽然他们看起来不属于"待不速之客"（hospitality of visitation），比较像"待受邀之客"（hospitality of invitation）（362），因为他们知道在等戈多。但又因为不知道戈多是什么，也不知道戈多会不会来，甚至什么时候会来，却还是一直等待，一直准备好等着那来的时候一定是不请自来（因为爱、弗二氏就算请了，也只会来个不知从哪里冒出来的小童），并且来得让人毫无准备。这样子"准备好"等着"那让人毫无准备"的等待（to be ready to not be ready）（361），也是种"待不速客"之道。于是他们在等的这个只有名字，没有（或者还不知道）内容的戈多，才会像在

等弥赛亚（the Messiah as hôte），因为那虽然是等，却不太有"预期
（expectation）（有相当确定性）的向度"（362）。于是他们才会有死的
念头，因为"死亡便是这样不请自来（visitation without invitation）"
的不速之客。德里达如是说："是在死亡，在死亡的边缘，并朝向死
亡，乃是待客必然指向之处。"（360）等待，预期，不能完成的无，
等不到却又一定会来的未来，还有死亡，以及死亡的边缘，这些
"待客"之种种，或许是，也不全然是，"在彼"（Da-sein）的"待"。

海德格尔（Martin Heidegger）在《存有与时间》（*Being and
Time*）一书中谈到"待"时，有这样的观察：

> 预期（expecting）某种可能之物，总是去了解并"拥有"
> （have）它，在乎的是这东西能不能、什么时候，又将如何才
> 能真的成为客体式的呈显（objectively present）。预期不仅是
> 偶一为之将目光从那可能的（the possible）移开，而转投注在
> 其可能的实现上（possible actualization），基本上乃是**等待实
> 现**（awaiting for that actualization）。预期时，一个人从那可能
> 的跳离，而在现实的（the real）上头取得立足点。所预期者乃
> 是预期得到这现实（reality）。由于预期的本质使然，那可能
> 的便被拖进了现实，虽生自现实却又回到了现实。
>
> 然而要趋近那可能的，如同趋近死亡（being-toward-
> death）应该要与那"死亡"产生关联，如此才能……启明自身
> 即为可能性（possibility）。就术语使用来看，我们应将此种趋
> 近可能性称之为"期待那可能性"（anticipation of this possibil-
> ity）（字体加强处为原文所有；242 / 262）。[1]

---

[1] 此处页码标示依惯例，前者为英译本页码，后者则为原文书页。

　　这里碰到了两个"待"，一个是期待，一个是和预期放在一块来谈的等待。英译用的这两个词，expect 和 anticipate，严格来说没什么太大差异，几乎可以视为同义词。韦氏字典里谈到前者的同义词时，虽然没有把 anticipate 放进去，不过在解释字义时，却用了这个词。不过回到海德格尔的文脉，再简单考察一下词源，似乎多少可以了解到，英译用这两个词还是有点道理。expect 的词源之一是 spectare，原意是看，加上 ex 便成了朝前看（look forward to），要看到未来的模样；此所以韦氏辨别同义词时，把 hope 拿来做了个鲜明的比较。expect 是带着高度的确定性，或者准备好迎接，或者清楚勾勒出那未来的模样；而 hope 则是确定性虽低，却对未来一定会来信心满满。未来虽然一定会来，但看到与看不到未来的模样，却是大不相同。使徒保罗说过："我们得救是在乎盼望；只是所见的盼望不是盼望，谁还盼望他所见的呢？"（《旧约·罗马书》，8: 24）希望一定会来的未来，与看到那未来的模样，基本上是不兼容的。此所以 expect 并非 hope，预期不是希望。至于 anticipate 的词源就比较单纯，其中 capere 指的是取得。那么先行取得未来？感觉和 expect 没太大差别，其实该词词义解释也用上了 expect 这个字，不过释义上倒是写出了"特别是愉悦的期待"，[2] 这点多少呼应了海德格尔后来提到对于那可能的未来，对于未来那纯粹的可能，其趋近的过程中虽有焦虑（Angst），与之相随者却是愉悦（joy）（286 / 310）。

　　之所以会说英译选词还是有点道理，在于海德格尔原来用的两个词分别是 Earwarten 和 Vorlaufen。前者指的是被动等待，后者则

---

[2]　韦氏字典部分，分别参考纸本与网络版本，详细数据见引用书目。

是向前跑，当然是跑进／近未来。因此后面一词用 anticipate，多少有主动趋近未来的意味。海德格尔这个时期思考存有的样态，所谓的"在彼"（Da-sein）也包含了对人存有情状的思考。在彼自然并非在此，非在此时此地，而是在彼时彼地，意在脱离笛卡尔的理论主体或无世界主体以及康德的逻辑主体（87/94; 295/320），重新找回主体与存在世界，以及与他人之间的关系，灌注主体动能，以开显未来的时间向度及拾回自由的涵义。因此，存在不能只是存于此时此地，不能固着于仅是明白在场客体化样态，而让主体丧失了可能性。从前述引文来看，可以了解海德格尔的"在彼"，关心者并非显现，而是那不显，那将显未显，甚至不可能显现的东西或向度。不能显现、不能实现、不能落于现实中，与之相映者，自然是可以实现、可以看见、可以落实于现实中的种种。此所以"在彼"是在乎那纯粹的可能性，那仅止于可能，而不能成为显／现实之物的什么。因此"在彼"的"期待那可能性"，只能仅止于期待，止于期待即可能性自身，而这可能性也即"在彼"自身（40／42）。因为期待向前，所以开展未来；又因为那不能成为现实，永远处于未完成式的可能性，所以"在彼"即自由，可以流动，不必固着。

若说"在彼"这种纯粹之可能，这种不能现／落实化的可能，乃是不可能的可能（the impossibility of the possible），如此"在彼"才能有无限可能，才是无限自由；那其中的纯粹与绝对性，也指出了另一个层次，即此一可能性还包含了可能的不可能（the possibility of the impossible），也就是存在的消灭，死亡（232／250; 244／264）。这个"在彼"死亡的可能性，"在彼"会死的可能性，划出了"在彼"自由的最终界限，也就是说在这个可能的不可能之前，"在彼"的可能性无限，一旦这个不可能成为可能，存在不再，

"在彼"不在，自由也不在。换言之，在死亡这个会"失去所有"的时刻之前，"一切都是可能的"（Levinas, 90）。这也是为什么海德格尔会说期待那可能性，和趋近死亡相同，因为死亡这个可能的不可能，这个终极（也终结一切的）可能性的不可能，是只能趋近，不能遇见的。并非不会遇见，而是遇见后，什么都将不剩。也因此，死亡的意涵指出了"在彼"的可能性，只能以不能落实、显现，不能成为现实的趋近样态，以维持其纯粹。

如此来看，期待那可能性，也即期待死亡。不过期待归期待，但不能真死。所以就某个程度上来说，自杀虽是体现自我意志的决绝之姿，并就某一角度观之，其不选择趋近，而是真的拥抱那可能的不可能，投身那终极的可能性，可以说是化身（或化骨）为绝对且纯粹的自由；但这种不趋近而体现死亡的方式，只是"终结于无，而非自由的存在"（Kojève, 48）。简单来说，人的"在彼"首先必然要能够期待死亡，如此才能因死亡此一终极之可能性，感受自身无限之可能。随之则是两种必然之感受：一是怕死，因为只能趋近死亡，不能去死；二是死不瞑目，因为一定会死，所以总是死得太早，让无限可能性因可能的不可能来到，提前断送。其实这两种感受基本上为一种心情，因不论何时死去都是早夭，均是提前终结了无限可能，都会死不瞑目，所以怕死，怕那无垠的"夜，永无法变成为光"（Althusser, 172）。因为死亡乃一种"硬式（hard）可能性"（Smith, 51），是那种不会变软，不会心软，一变为可能，就会消灭所有的可能性。所以人"在彼"的命运，基本上为一种致命之运，必须接受一痛苦的事实，即人"不可能去死"（Blanchot, 55–56）。

此种趋近死亡，而非真的去死的样态，为海德格尔所揭示"在彼"之死的存有意义，并非一般生物性生命的结束，或物体的溃灭。[3] 虽然死亡只能趋近，却非属于未来会发生的事。把死亡放在未来，基本上属于"他们"面对死亡，并以此逃避死亡的态度。因"在彼"的存有结构必然是被"丢进"（thrown into）"他们"的世界，并一定会与之产生关联，"在彼"很容易便忘记了自己死亡的存有意义，成为了"他们型塑的我"（they-self），就此固着，停止流动，不再自由。对海德格尔而言，趋近归趋近，死亡却非因此成为客体化时间范畴里的一件事，而是具有确定的不确定性，不确定何时发生，却肯定无时无刻都会发生，死亡基本上乃是"再清楚不过的即临"（an eminent imminence）（232/251）。[4] "在彼"只有重新确定死亡的不确定性（being certain of indeàniteness）（238 / 258），感受死亡这种无比清晰的即临性，才能拾回"在彼之死"，体会到趋近死亡的命运，及其中那终极之可能性所开展出的无限可能。因此趋近死亡才能跳脱"他们"因借着把死亡放在客体化时间的未来，以逃避死亡的方式。趋近死亡即面对死亡，面对随时会死的命运，但也因这样的面对，"在彼"才得以时间化时间（而非被时间时间化），时间化（temporalize）一开放的未来（因为是确定的不确定未来，所以开放），以使可能性不会固着，自由不会失去。

趋近或者面对死亡，心情（attunement, Befindlichkeit）[5] 必然是"焦虑"（Angst）。"在彼"的趋近死亡不仅"本质上即是焦虑"，

---

[3]　海德格尔除了"在彼"的死（Da-sein's dying），也在书中谈及其他的死亡样态以为分野。另两者分别为 perishing 和 demise。前者可说是一般生物或无机物的溃灭，后者则是不具有"在彼之死"这种样态的"在彼"之死（229/247）。

[4]　死亡这层意义，多少可以支持前面提到的英译选词多少有点道理的说法。若以 expect 来译 Vorlaufen，便带有太多的确定性。关于死亡唯一能确定者，无非是其不确定性而已。

[5]　英译者提道，之所以不用常见的 disposition，而以 attunement 来译 Befindlichkeit，是为了避免前者可能带有的心理（学）上的暗示（xv）。海德格尔书中如此说明 Befindlichkeit 这个词："此即最熟悉，并日常生活常见者：心情，带着某种心情。"（126/134）

并且与期待相关。期待那可能的，期待死亡，便是让（死亡这个）可能性成为可能，并使其解放，让其仅止于可能性，而获得自由（ 242 / 262 ）。因此焦虑有两个层次，一个是所焦虑者为"在彼"的"存于此世"（ being-in-the-world ），这虽然是"在彼"无法选择被丢入世界的命运（ thrownness ），却会让"在彼"逃避死亡，封闭未来，丧失可能性，而固着于"他们型塑的我"。"在彼"不会是快乐的主体，"在彼"会焦虑；焦虑之中，身处的世界急速隐退，"共存的他者"（ Mitda-sein, being-together-with-others ）也无法提供什么依靠，"在彼"因此能赤裸裸面对其存有的可能性（ 175 / 187 ）。另一个层次则在于焦虑也是期待。跳脱了失落于"他们型塑的我"，"在彼"焦虑中也正期待去面对，那于"热切又不安的自由趋近死亡中"，所开展的"在彼"之可能性（ 245 / 266 ）。趋近死亡的"在彼"，其实是孤独的主体，因为死亡，就海德格尔来说，不仅是确定的不确定，不仅是可能的不可能（因为怎可能说"在彼"不可能会死？），[6] 并且是"极个人"（ ownmost ）（ 223 / 240 ），并与"（他者或世界都）无所关联"（ non-relational ）（ 239 / 258 ）。

　　海德格尔的"待"（或说是"期待"），如此来看有两个可以注意之处。一是此种期待所关注（或目光所向）者，不在落实于现实中，而是仅止于可能的可能性，为非现 / 显实的可能性，如此才能与无拘的自由与开放的未来联动。这种不显现、不落实的样态，更能在趋近死亡（也即"期待那可能性"）见出。不能予以现实化，正是不可能的可能所示（不能死，只能趋近死亡）；可能之纯粹与终极性，正是可能的不可能之意涵（一定会死）。二则是"待"与可能性及死亡的关系，指出了"在彼"必然的孤立性。唯有在焦虑

---

[6]　但死亡其实也是不可能的可能，因为这个可能只能趋近、不能落实。这，当然是不可能的。

中，在"极个人"并脱离世界及他者的情态中，"在彼"才能面对及感受自身的可能性，并保有自由暨开展未来。

于是"在彼"的"待"，隐隐然和"待客"的"待"有了些关联。或可以说，"待客"的那种等待，其实便是"在彼"的"期待"（那可能性），是同样不带有预期的向度的等待。中文或可一并以"等待"称之，因为"期"这个字，金文时从"日"，后至小篆时从"月"，目的均是"要（邀）约必明指"，才以"月之圆缺以利记识"（《正中》，687），听起来总还是有着确定性的向度，并且像是"待邀约之客"，和不速之客无关。这种没有预期向度的等待，这种准备好等着，客来时还是会让人感觉永远准备得不够的等待，甚至不知来客是神是魔、是人是鬼，仍旧等待，等着招待，并且永远也招待不周的等待，这种真正的、纯粹且绝对的"待客"之道，如同趋近死亡，如同徘徊于死亡边缘，指向的是那终极之可能的不可能，于此才能开展出"待客"得以现实化的无限之道，才能流动起来"待客"无限的可能。这终极纯粹没有条件的"待客"，如同终极纯粹没有条件的死亡，开放出所有可能。任何有条件的"待客"之现实，在这终极界限之前，均可以改写、代换、甚至舍弃条件（谁说"待客"无须创意？）。然而也因此，纯粹的"待客"，如同死亡，只能趋近，不能实现，不能落入现实，为不可能的可能。所以"当待客发生，不可能成为可能，但却是不可能（的可能）"（Derrida，2002: 387）。

不过"待客"毕竟待的是"客"，是非我之他者，其中关切的自然不是这么孤立的"在彼"。德里达引用过列维纳斯（Levinas）这样一段话："（古典哲学）相信存在着一种灵魂能与其自身静默的对话，而低估了得以解放我们对话的他者之他性（alterity）。"（395）这不免令人感觉讲的就是"在彼"的样态，那焦虑孤绝，抽离了"与他者之共存"（Mitda-sein），及其存此的世界（the world of being-in），才能趋近死亡的"在彼"。当然，"待客"的主体（不是主人），其实也可以说是一种"在彼"，因为要真的去"待客"，这个主体就不再是主人。不仅真正的"待客"是一种不可能，一旦这样子去"待客"，这个主体的维系也成为不可能，必须以客为尊。客未来时，便继续准备着等待（那无法准备的什么）；客若来时，则永远也准备不够招待不周，永远都在亏欠请求原谅，原谅招待不周，准备不够，原谅不知该如何招待（381）。"待客"的我，自然无法继续维系着在此，而变成了"在彼"，变成了那被客代换进入，被客掳为人质（hostage）的什么，并且一直说着对不起（376）。真正的"待客"，那绝对的"待客"，因此具有这种脱离"交换逻辑"的代换（substitution）模式（387），此与彼，主与客，我和他，代换那不可代换的，所以都是亏欠，也都是原谅，原谅那不可原谅的。所以"待客"不是"接客"，因为连不能接的客也要接，才是真正的"待客"。

自然，面对没完没了的等待，面对等待几近荒谬的时间向度，也可以选择拒绝等待，选择不进入，也不接受那几乎非属人世的时间维度，不想再去准备接待那不知什么时候会来，也不知会不会来的不速之客。这样决绝的拒绝姿态所透露的，无非是一种人文主义的精神，传达了人存在的尊严。在《鼠疫》中，里厄（Rieux）医师在受鼠疫肆虐之后随即封城的奥兰（Oran），看见死亡确定的不确定性，看见确定会不断发生，确定迟早会发生在所有人身上，却不确定何时发生，或下一刻会发生于何人身上的死亡。终于在一位孩子的死亡过程中，里厄彻底放弃了等待。这甚且不是放弃，而是弃绝，拒绝等待。那孩子确定感染后，在已知药石均告罔效情况下，医生们开始投予新的血清，进行实验性治疗。换来的却是孩子超过四十八小时肉体的痛苦。血清的确有效，孩子撑得比一般人更久。神父帕纳卢（Paneloux）看着受折磨的孩子，颓然坐倒墙边，低声说："所以他若会死，将受苦更久。"（Camus, 194）的确若是。里厄医师等人，只能眼睁睁看着孩子一分一秒被折磨得不成人形，甚且痉挛成有如钉死在十字架上的诡异模样（193），但他们只能无助等待，直到孩子死去。这些人每日均亲见无辜的孩子死去，却第一次亲见并经历无辜孩子死去的过程，这是超过四十八小时的过程。此一"可憎之事"（193）不再抽象，如此具体，并且让人如此无助，如此让人愤怒，让里厄医师如此愤怒。

孩子死后，里厄医师与帕纳卢神父离开作为临时病院的学校教室，在操场漫步。医师告诉神父："你跟我一样清楚，那孩子是无辜的。"神父说："为何你语气中有着愤怒？"里厄说："有这样的时刻，其中我唯一感觉，仅是极端的厌恶。""我了解，"神父低声说，"那种事让人厌恶，因为人无法理解。但或许我们必须去爱我们无法理解之事。"里厄摇摇头："不，神父。我对爱有着与你很不相同的看法。直到我死去那天，我都拒绝去爱这种会让孩子受苦的事物安排方式。"神父悲伤地说："我刚了解到何谓'恩宠'。"（196-197）里厄医师愤怒拒绝让自己的处境沦为爱斯特拉冈及弗拉季米尔式的荒谬等待，如果这样的等待意味着必须接受如许荒谬的"事物安排方式"，必须接受无辜的孩子受苦如此至死，那毫无意义莫名其妙的死亡。不再站立于旷野中呼喊，神啊，为何弃绝我？里厄医师愤怒咆哮，神，我弃绝你。如果你的安排如此荒谬，我拒绝等待，也拒绝理解，即使这意味着我将于荒谬的人世荒野中，找寻属于人的意义。这是属世人文主义的悲痛，愤怒以及尊严。拒绝等待，拒待，拒客，拒绝成为人质，拒绝相信不速之客，不相信那不知何时会来或会不会来的不速之客，将会给予我或者死亡或者一切，任何意义。唯一的不速之客，唯一确定会来的，只有死亡。而医师，而医学的意义即与死亡战斗，即使打的是场必输的仗，即使自己最后也必将战死。

然而神父是悲伤的。他仍在等待，相信等待，等着待客。他悲伤因为医师无法去爱人无法理解之事，只能去爱已经相信或理解的事。神父相信应该要去"爱你不信之事两次"（Badiou, 52），如此才能待客，否则将无以为继。孩子死后，神父讲道，提及"神之爱是艰难的爱，要求全然弃绝自我，鄙弃我们属人的个性。然而唯此爱能使我们接纳苦难，接纳孩子的死亡，唯此爱能使其正当。因我们无法理解这些，我们只能让神的意志，成为我们的意志"（205）。神之爱（the love of God）既是神的爱，也是对神的爱，为艰难的爱（hard love）。多艰难？和死亡一样艰难，一样的硬（hard），不能理解，只能相信，只能等待，等着接待纳入这不速之客，并且因此成为人质，不再有我，以客为尊。因此神父也是神秘的。讲道之后，神父生病，开始衰弱，并且静默，仅是静默凝视着手中握着的十字架。里厄医师来诊视，温柔地说："我会在你身旁。"神父艰难地说："谢谢。但神父不能有朋友，他们把一切都给了神。"（210）一切都给了神，都给（give）了神作为礼物，那超越交换逻辑，没有回报的礼物（gift）。里厄医师不能确定神父是否感染鼠疫，无论如何也无法确定。最后神父吐出了卡在胸腔的块状物，红色块状物。临终圣体（Viaticum）（Cervo, 171）。神父至死双眼都"维持着茫漠的平静"，过世时，双眼"什么也没透露（betrayed nothing）"（Camus, 211）。什么也没透露，透露了无。神父病历卡上留下这样的纪录："可疑病例（a doubtful case）。"里厄医师无法理解的病例，无法理解的神秘，无法理解神父是否仍在等待，或者已经待客，又如何待客，又是否已成人质；而那爱以及意志如何艰难，又是否已不再艰难。神秘的神父，神秘的病例，神秘的客人，神秘的待客之道，以及那神秘的恩宠。里厄医师属世的尊严、悲伤以及愤怒，于此神秘之前，只能继续疑惑。

然而不论是继续荒谬的等待，或拒绝如此荒谬的等待，以及神秘的不知是否已经等到那所待的什么，不论不速之客让人如何毫无准备，似乎都还是没有来，都还是未来。若真的等到了那客，真的变成了客的人质，将会如何？于是有另一种神秘，另一位神父。神父杜雷（Duré）于宇宙世纪为复兴教会自我放逐，深入海伯利安（Hyperion）星球蛮荒一角，遭遇了毕库拉（Bikura）原始部落。[7]依神父留下人类学田野考察般的手札所述，毕库拉族人的数目永远维持七十位，一律光头，同样年纪，没有性别。晚后神父悄然尾随族人，进入每日黄昏祭仪之庙堂，赫然发现其为星球传说之神秘生物，刺屠（Shrike）暂驻之地。后来，刺屠造访，于神父胸前留下十字形，神父因此得永生。然神父深入探究，方了解此永生需付出何种代价。十字形的确是客，也是寄生体，可与宿主基因完美结合，成为宿主身体组织的有机部分。更甚者，此寄生体求生意志之强，可以击败任何死欲，死亡不复可求。宿主若欲离开部落一定半径范围，将会昏厥，于无意识状态下自动爬回安全半径。宿主若受伤疼痛，寄生体能自行切断痛感神经，甚让宿主昏迷，以使不死。宿主若伤重至难以修复之状，则送回庙堂由寄生体以基因复生。于是族人永远维持一定数目，同样年纪，没有性别，并渐渐丧失人智，终至僵尸般无限永生。神父手札的最后数条，提及完成部落里小教堂的建造，不再困惑于永生的诅咒，下定决心进行解咒之法，并向神忏悔请求恕罪，重新肯定神之爱与恩宠。杜雷如何进行解

---

[7] 编注：此段内容来自美国科幻作家丹·西蒙斯的著名小说《海伯利安》（Hyperion）。

咒，必须等到八年之后才会知道。

八年后，也是手札最后一条纪录时间七年后，神父霍伊特（Hoyt），也是当年陪杜雷航至海伯利安之人，回到该星球寻找早已失联的杜雷。霍伊特与搜救队深入杜雷当年冒险穿越的火林。火林季节性爆发，火电交加漫天红焰如末日，以此播种再生。非爆林季则因特殊林相及植物属性，不断引流星球云层电气，长年电闪雷鸣。霍伊特找到了当地人口中的"火焰之子（the Son of the Flames）"所在之处。霍伊特认出了那是杜雷，或是剩下来的杜雷。神父杜雷忍住痛楚与寄生体对抗，于爆林之季强行进入火林，于三四米高的树篷上建造平台，再以当年穿越火林时余下的避雷针棒，刺穿肉体，如罗马人钉死耶稣般，将自己钉在树干上。"那合金针棒仍然导引着电流……我可以看见……感觉电流……继续流窜在那肉体剩下的部分。那看起来仍然像是杜雷……生生地肉或者已经沸散。神经和看得见的其他……如灰与黄色的根。老天，那气味。但那看起来仍像是杜雷！……喔，老天……七年。活过来。再死去。那十字形……逼迫他再活过来。电流……穿越他全身，在那……那七年的每一秒钟。火焰。饥饿。痛苦。死亡。但那该死的……十字形……也许从那树，从空气，从剩下来的什么，水蛭般吸取物质……尽可能重建……逼迫再生，再一次感觉痛苦，一直一直如此反复……但他赢了。痛苦是他的盟友。喔，耶稣，不是只有那针棒和其他，然后仅待在树上几个小时，而是七年。但……他赢了。我取下他的挂袋时，他胸口的十字形也掉落下来。马上……就脱落……长长血红的根。然后那东西……我肯定是尸体的东西……那人抬起头。没有眼皮。眼珠烤成白色。失去嘴唇。但那东西看着我，然后微笑。他微笑。然后死去……真正死去……死在我怀里。死过了千百万次，但这次真的死去。他对我微笑然后死去。"（Simmons, 99–100）。

　　微笑永远是神秘的。霍伊特，或者任何人，将永远无法理解此一微笑的意义以及奥秘。因为长达七年的再生、痛苦及死去之循环，如同只能存于手札结束之后的空白，是属世符号无以理解与表达的极限经验。杜雷神父在这七年间，感受了什么，忍受了什么，感觉到什么，或者看见观悟了什么？肉体每秒每秒不断烧灼，烤焦，崩落，然后昏迷，再生，再继续一片片烧灼，烤焦，崩落。整整七年。痛苦是他的盟友，痛苦也因此成了寄生体的盟友，七年时间寄生体必须与痛苦共生，于是神父杜雷与寄生体也成了盟友。如许长期的肉体煎烤，如许孤独的接纳苦痛。那静默的孤独中，唯一让神父非唯一者，唯寄生体。那既在神父之内，也在神父之外，掳神父为人质，让神父无法维系其唯一，也无从化分为二的寄生体。面对以肉身与寄生体进行无言对话长达七年的神父，霍伊特，或其他任何人，如何能够领会神父最终的微笑？代表了胜利？赢得与寄生体战斗的胜利？终于成功维了人的唯一，人的尊严，彻底排拒了他者，剔除了异体的胜利？代表了某种体悟？在如此长期的无言对话里，如此极限的经验里，终于以身体感受到寄生体的存有之姿，以那对烤焦的白色眼球，照见了安排那寄生体存于此，于我之内，且于我之外，那宏大的"事物之秩序"？代表了衷心领会非属人世的待客之道，其赤裸裸的体现，以身体赤裸裸地展现？领会了必须先为人质，才能待客的意义，领会了寄生体其实也是盟友？并且虽然已无法，也无力再拔下钉住自己的避雷针棒，却满怀歉意向寄生体一直说着对不起，招待不周，让你不断受苦，请原谅我，并因着如此领会而微笑，只能微笑，只剩微笑，那无限且神秘的微笑？

　　那微笑或许是个答案，回答了德里达的提问："我们如何分辨一位客人和一个寄生体？"（Derrida and Dufourmantelle, 59）答案为何？唯神父杜雷知晓，唯杜雷知道如何分辨。非霍伊特，也非其他任何人所能知晓。霍伊特或其他任何人唯一能看见，甚至只能看见，却无从知晓的，仅有那抹微笑。如同神父帕纳卢"茫漠平静的眼神"，或者最后吐出的红色块状物，这微笑是可疑的，让人疑惑。属世符号无能予以穿透，无能理解其中那碰触极限，甚至越过界限，与客相遇，与之相待，其中那经验的诸种奥秘。甚且也无从知晓他们是否已经与客相遇，是否已经待客，而客又为何，又如何相待。他们留给属世的，是其符号系统无法纳入却又无法丢弃，无法去寻找，只能去相遇，无法建立参照，只能永远疑惑的姿势或裸物。较之于属世人文主义因悲伤愤怒而拒绝等待，而体认到的荒谬，并以此赋予荒谬意义，让面对荒谬时，仍得以挺立尊严之姿；那坚持等待，继续等待，等得没完没了等到时间之外，一直等到最后，甚至也不确定有没有等到，或等到了什么，这样的等待所呈显的荒谬，毋宁更为巨大，更不知所措，更莫名其妙。是让符号系统仅能静默以对，只能目瞪口呆的一条裤子，一根皮带，一个眼神，一块红色和一抹微笑。对客之待，荒谬的姿势与裸物。

待客之道是恐怖之道（Boersma, 164），让人惧怕（Holland, 134），永远不知来者是善是恶，是神是魔。"若事先剔除了来者会摧毁你的屋舍此一可能"，便无所谓纯粹、绝对、无条件的待客（Boersma, 165）。于是接待那超越其接待能力的他者或异体，正是接待那无限，"主体在接待中耗竭殆尽；主体于此之前不存在，于此之后，不生还"（Raffoul, 277）。想真心待客，得有心理准备，准备不生还，准备代换那不可代换的，准备好会毫无准备就被完全代换。"这他者之他性是什么？……必须如此保护，如同圣物？"（Reynolds, 38）无限的什么，未来的什么，这他性（alterity）是那"无限的（the infinite）"和"未来的（the futural）"，而非那"什么

（what is）"。那"什么"是他者，是异体，是非"我"，是"我"难以理解，也不能理解的"什么"。接待那什么，是接待那无限与未来，同时"我"不再生还，完全被"什么"代换，在能理解"什么"是什么同时，"我"也耗竭殆尽，因此那"什么"即使能够理解，也非被"我"所理解，因为"我"无法生还，唯存者仅为印记，无法理解的神秘印记，那莫名其妙的眼神或微笑。纯粹，无条件，绝对性的待客，是让不可能成为可能，与此同时，也让可能成为不可能。

若待客所待者为人类之客，为仍属人类之他者。纯粹的待客之道如同死亡，不可能显现于世，是不可能的可能。但唯此纯粹之道尚存，才能解放待客之创意，开启自由与可能性之向度，才有未来的政治，未来的朋友，未来的正义（Perpich, 69）。或者说政治、正义与友谊才会有未来，才不会有以普世标准，抹杀殊异性独特性（singularity）的现世之暴虐，如此政治、正义、友谊不仅有未来，更是向未来开放，即是开启未来。

至于若所待者，为非人之客，若真想以纯粹之道待之，或许需要的不仅是准备，更是勇气，一种觉悟，有不能生还、不再能生还为人的觉悟。因为在显现纯粹的待客之道，使其成为可能的不可能，发动代换那不可代换的，以致被完全代换。与此同时，主人，本为主之人，将成为非人之客，其生还为人之可能，将成为不可能。因此那纯粹的待客之道，也在显现之刻，在成为不可能的可能同时，复归于可能的不可能，复归于暗默，终至尘世符号系统所不可见。幸存者，唯无光之黑夜，和眼神，与微笑。

待客之道阻且长。面对那不能道显的夜之暗默，符号能够道说的，或许只是疑问——

"那深沉的午夜，宣告着什么？"（Nietzsche, 320）

参考文献

夏目漱石. 梦十夜. 张秋明译. 台北：一方出版，2002.

高树藩编纂，王修明校正. 正中形音义综合大字典.1949. 台北：正中书局，1958.

Althusser, Louis. "Man, That Night." 1947. *Louis Althusser Early Writings: The Spectre of Hegel*. Ed. Fran. ois Matheron. Trans. G. M. Goshgarian. London: Verso, 1997.

Badiou, Allan. *Ethics: An Essay on the Understanding of Evil*. 1998. Trans. Peter Hallward. London: Verso, 2001.

Beckett, Samuel. "Waiting for Godot." *Great Books of the Western World*. Vol. 60. Ed. Mortimer J. Adler. Chicago: Encyclopedia Britannica, Inc., 1990.

Blanchot, Maurice. "Literature and the Right to Death." 1947. *The Gaze of Orphaeus*. Trans. Lydia Davis. Barrytown, NY: Station Hill Press, 1981.

Boersma, Hans. "Irenaeus, Derrida and Hospitality: On the Eschatological Overcoming of Violence." *Modern Theology* 19.2 (April 2003).

Camus, Albert. *The Plague*. 1947. Trans. Stuart Gilbert. New York: Random House Inc., 1948.

Cervo, Nathan A. "Camus' *The Plague*." *The Explicator* 62.3 (Spring 2004).

Derrida, Jacques. "Hostipitality." *Acts of Religion*. Trans. Gil Anidjar. New York: Routledge, 2002.

_____, and Anne Dufourmantelle. *Of Hospitality: Anne Dufourmantelle Invites Jacques Derrida to Respond*. 1997. Trans. Rachel

Bowlby. Stanford, California: Stanford University Press, 2000.

Heidegger, Martin. *Being and Time*. 1953. Trans. Joan Stambaugh. Albany: State University of New York Press, 1996.

Holland, Nancy J. "'With Arms Wide Open': Of Hospitality and the Most Intimate Stranger." *Philosophy Today* 45.5 (Sp. Supplement 2001).

Kojève, Alexandre. *Introduction to the Reading of Hegel: Lectures on* the *Phenomenology of Spirit*. 1947. Ed. Allan Bloom. Trans. James H. Nicholas Jr. Ithaca: Cornell University Press, 1969.

Levinas, Emmanuel. Existence and Existents 1990. Trans. Alphonso Lingis. Dordrecht: Kluwer Academic Publishers, 1998.

Merriam-Wbster. Online Dictionary. < http: //www. m-w. com >.

____. *Webster's Ninth New Collegiate Dictionary*. Springfield, Massschusetts: Merriam-Webster, 1988.

Nietzsche, Friedrich. *Thus Spoke Zarathustra*. Trans. Walter Kaufmann. New York: Modern Library, 1995.

Perpich, Diane. "A Singular Justice: Ethics and Politics Between Levinas and Derrida." *Philosophy Today* 42 (Sp. Supplement 1998).

Raffoul, Francois. "On Hospitality, Between Ethics and Politics." *Research in Phenomenology* 28 (1998).

Reynolds, Jack. "Possible and Impossible, Self and Other, and the Reversibility of Merleau-Ponty and Derrida." *Philosophy Today* 48.1 (Spring 2004).

Simmons, Dan. *Hyperion*. 1989. New York: Bantam Books, 1995.

Smith, Robert. "Momento Mori." *Angelaki: Journal of Theoretical Humanities* 3. 3 (Dec. 1998).

创伤、记忆的内爆：电影与文学中的台北

廖炳惠

1908 年 1 月 23 日，《台湾日日新报》上刊出一篇文章，作者石川钦一郎是当时日本总督府的一位陆军翻译官。他刚到台北几个月，对城市风光所唤起的家乡记忆，心中有忍不住的兴奋：

今天，日本还有很多人一直不知道台湾，我希望至少让这些不幸福的人们知道"日本第一"的台湾风景。或许也有人觉得我说台湾是"日本第一风景"太过分了些，可是我却深信不疑，并且相信东京的画家友人看了也一定会这么想。仅拿台北来说，首先让人觉得与京都有些相似。淡水河可比于鸭川（又称加茂川）。媲美比睿爱宕的大屯，观音等群山围绕着城市。吉田白河就以圆山一带来比拟，和尚洲（河上洲，芦洲）附近好比嵯峨野，台北南区的古亭庄相当于京都南端的伏见。也不必要勉强在此一一类比，两地大体的山容水色相当近似，台北的色彩看起来还更加的美。红檐黄壁搭配绿林效果十分强烈，相思树的绿呈现日本内地所未曾见的沉着庄严感，在湛蓝青空搭配下更为美妙。空气中的水分恰如薄绢段包围山野，趣味极

其温雅。其他云彩, 阳光都是本岛特有的美, 内地怎么也无法相比。

但是后来, 石川也对台湾景色过度亮丽, 缺乏深度表现出些微的失望, 可能在台北久住以后, 已无新鲜感。不过, 他所指出的浓郁色彩在其生动豪放景观之下的"川流短促"困境却大致道出了台湾地区在土地、气候、人物、历史与政治之症结所在。

台湾四面环海, 有其开放的地理环境, 而且林木苍郁, 峡谷崎岖, 被葡萄牙人称誉为美丽之岛"福尔摩沙"(Formosa)。从早期的本地少数民族到明郑时代迁入的闽南汉人, 乃至 1949 年后来台的大陆同胞, 及 1990 年以降逐渐增加的东南亚新娘及劳工, 经历过多重的内外殖民与现代化的纠缠过程, 台湾交织出相当繁复而又彼此矛盾的族群冲突、政治创伤与历史记忆, 因此在"弹丸之地"压缩了各种时空累积已久的张力。由荷兰、西班牙的殖民到日本统治, 国民党来台实施戒严, 1987 年后本土意识抬头, 各种住民可说体验了参差不均的历史创伤与协商或苏醒。少数民族是其中最受排挤、剥削的一群, 他们被迫由原乡逼入高山, 成为"高山族"、"高砂族", 被日本统治者利用"雾社事件"加以分化, 之后又在汉人执政时期再遭边缘化, 沦落成为都市劳力与文化经济的底层。而闽客长期的械斗, 乃至国民党来台之后所导致的"二·二八"白色恐怖, 以及优待军公教新领导阶级、选择性支配与操纵科技大企业与媒体, 或各种势力透过选举政治去变相呼唤族群记忆, 汉人内部其实也弥漫着敌对、不满与焦虑的情绪, 因此在殊异的新旧"移民"、殖民、遗民经验多元交叉、相互角力的情况之下, 产生出长期累积的历史创伤及其"内爆"(implosion)社会以及心理机制, 而在政治文化上则显示其隐而不彰的内在化张力, 也就是斯科特(James

Scott）等人所说的"hidden scripts"，但更类似波德里亚（Jean Baudrillard）提出的"内爆"或德勒兹（Gilles Deleuze）和加塔利（Felix Guattari）的"分裂症结"，于"闷烧"的"郁悴"中吐露豪爽的孤注一掷（desperation）之举，尤其在政治、怀旧、压缩方面有特别的表现。

创伤、郁悴与出路：从《悲情城市》到《饮食男女》、《海角七号》

加州大学欧文校区的阿巴斯（Ackbar Abbas）曾以香港文化中心与台北中正纪念堂为例，对照两者在意识形态、建筑美学上的差异：香港是个"开放城市"，富于现代、后现代实验，并不主张一个固定的身份；而台北则以"合法政权"自居，强调"中华文化"，因此保守且传统。

阿巴斯大概只说对了一半。事实上，台湾是个"开放"而又被阻隔的地方，既四面环海，俨然四通八达，又因为种种政经因素，不断陷入被挟持（entrapped）的困境。由于它的开放，台湾的"头家"（中小企业老板）特别多，人人都有一套钻营、走漏洞的办法；不过，同时也常常有闷烧、爱拼的难言之隐，将许多精力放在室内装潢、卡拉OK或自家斗争上。也许从表面上看，台北的建筑不够多彩多姿，不像香港那么摩登，充满殖民与现代交织的色彩。比起香港，台北可说简直是一团乱，但细读之下，大家会发现台北都市景观的主要动力、玄妙是在巷弄的曲折、室内摆设的别出心裁，转个弯，便别有洞天。或者在其貌不扬、意想不到的地方，内部（interiority）居然富丽多元，充满本土与异国文化杂糅的创意。台北也许有点"拙且丑"，但内在的纵深却很丰富，这个内部不只在于装潢及摆设，而且也有其历史、文化的浓缩与交混之美：在闷烧之中，流露出诡异（uncanny）而内爆的豪放。

白先勇的《台北人》小说中的人物即是表面上华丽但内心漂浮而又极尽记忆奢华之能事的"内爆"典范。一群来自大陆的离散遗民在"游园惊梦"的片刻，陶醉于暂时的浮华之中，却更压抑不住"国破山河在"的历史创伤。不过在我们进行文本的论述推衍之前，也许我们得先交待一下"创伤"、"内爆"、"闷烧"的意涵。

首先是"创伤"（trauma）。[1]由于事件过于恐怖、强烈而一时无法理解或忍受，突然丧失言说记忆能力，反而造成空白、困惑、焦灼或痛苦，但却不明所以，以致留下不可磨灭但又不愿面对的记忆，不断演变为"创伤之后的失序"（post-traumatic stress disorder，简称 PTSD），形成无法纾解的忧郁、烦躁、恼怒及神经衰弱。从个人的家庭历史中，幼童见到父母亲做爱或被放到另一个房间所感受到的遗弃、孤独、黑暗及俄狄浦斯情结，进而以无意识的梦扭曲、转化为内心之伤痛，乃至车祸、事故、突然失业等。集体之创伤事件，如反犹太大屠杀（holocaust）、广岛长崎原子弹核爆、美国纽约市的"9·11"事件等，所引发的失忆、无端恐怖、生理或精神失调（如呕吐、暗哑或疯狂、分裂等），须透过医疗去重新厘清真相，唤醒其记忆及伦理秩序。目前，新世界秩序失控之实和创伤，以及许多事件之关联，乃是极其重要的研究课题。对台湾人而言，创伤是移居、遭受殖民及极权政治或内部殖民歧视等不同待遇，乃至于更大范畴中的巨变（如国共内战、"二·二八"或"九·二一"大地震，等等），这些多重累积的创伤往往不断地沉淀，在政治的迫害压力之下以自我检查（self-censorship）的方式保持静默、收敛，并

---

[1] Cathy Caruth, *Trauma: Exploration* in *Memory*（Baltimore: Johns Hopkins University Press, 1995）.

在半公共或私下的文化再生产领域，透过"转化"（transfiguration）及"升华"（sublimation）的机制去纾解或遗忘，直到更多的张力触发引爆点，在决定性的片刻，发出重要的声音，以便新的伦理可以脱胎成长。在台湾社会中，创伤的隐藏机制有很大的比例是以"内爆"或"分裂症候"的方式，去进行其文化政治的铺陈。此处我用"内爆"乃是引自波德里亚，指公共媒体过度饱和之后，个体是以内像虚应、模拟的抗争策略，去重新组合，也就是在"冷漠大众"的庇荫之下，做各种富于创意的"内部"拼装、变动、调整，在表面的宁静之下进行潜在的革命。[2] 一如德勒兹与加塔利所说的"块茎多点延伸联结"的衍生政治，这种内爆的情欲、分裂及其创发，[3] 在台湾的室内设计、巷弄小空间叙事和中小企业的"打拼才会赢"文化，最能凸显其精神。由于长期多重累积的创伤及内爆，台湾的建筑并不像香港的宏伟气派，而是在小局面的混杂之中表现脱序的美感与力道。因为从外在地理去看台湾环境，表面上看似开

---

[2] Jean Baudrillard, *Simulacra and Simulation*（Ann Arbor: University of Michigan Press, 1998）.

[3] Rhizome（块茎）这个词汇是由德勒兹和加塔利在其 1972 年著作《反俄狄浦斯》（*Anti-Oedipus*）中所提出的一个重要概念。德勒兹和加塔利认为，弗洛伊德（Sigmund Freud）的错误来自于将力量往下放在家庭与身体的垂直罗曼史中去找寻情节，而忽略力量也有可能多点扩散，以水平延伸的方式发展，在各地形成不对等的网络联系以及种种纠缠。因此，相较于弗洛伊德的统一、阶级分明且有核心的观念，德勒兹和加塔利认为，权力不是简单垂直的，不是由机制向下扎根，而是由下而上发展；不是直线性的发展，而是律动、水平且无计划的发展。因此，权力是透过无以得见的网络、心理内在化的过程，以及无意识的共谋协调和搭配来运作。利用这种观念，许多文化研究者与后殖民主义者发现，权力并非二元对立、有主奴之分，或从核心垂降，而是多点散播、吸收内化和拒抗，用新的形式来发展的交织纠缠的网状结构，而非垂直的线性结构。因此在不断流动却又多点散开的状况下，各地的权力会有所发展，去挑战一神论或某种殖民者、有钱有势者想要发展的神话，因此由根往下发展，所谓的正典、标准，乃至于直线的权威，都被质疑。在网状多点的块茎理论中，许多边缘的网络彼此不停重叠且相互纠缠，一方面联结，一方面又可以逃逸，形成具体的操作网。在这个方式下，权力的运作与拒抗，变成更加错综复杂的形式。因此，"多点延伸的块茎"这个观念，在后现代与后殖民的拒抗理论中，是一个相当重要的关键理念（231–232）。

放但又因为山岳阻绝、河川短促、地震频繁、土石松动等不利交通的因素，而使整个历史与政治虽然广纳移民，但又充满族群张力，弥漫着焦虑与妥协，不得不在多重的矛盾之中发展其幸存之道。其中又以台北市这个四面环山的盆地及其"闷烧"的处境最具代表意义。以下，本文即以"闷烧"及"豪迈"的思考框架提供一个审视当代台湾电影与文学的角度。

侯孝贤的《悲情城市》虽然是在台北县的九份[4]拍摄，但其主要的城市指涉及国家寓言（national allegory）切入点却是台北市，尤其以围绕着"二·二八"在台北市内的族群冲突，展开历史见证与女性幸存的叙事。在影片中，火车上及医院中所弥漫的剑拔弩张气氛，乃至家中兄弟或一些来作客的知识分子，都凸显出台湾地区不同族群对历史悲剧十分不平的论述立场。我在比较早的一篇文章里，曾经针对室内与门外的亲密与公共领域的对比，来阐述电影的暧昧主体位置。在本文可再进一步推衍的，则是此一电影对台湾的郁悴、闷烧及其封闭空间之中抗争与另类思考，其实有相当成功的美学处理。也许我以前以"既聋又哑"的方式去说明电影的无奈与两难，不如称这种策略象征了"聋哑闷烧"的无以发声的困境之中的内化律动，试图从心灵的创伤去寻找"见证历史创伤而未能出声"的记忆及未来想象，因此，在电影中，长镜头往往朝向远方的海景，也许是想在未来找到出路的憧憬。

相较之下，杨德昌的《恐怖分子》与《牯岭街少年杀人事件》则对台北市的日常生活的创伤所累积的莫名暴力及其闷烧情况，有精辟且令人不寒而栗的铺陈。《恐怖分子》以李立中夫妻为主轴，去勾勒台北人在现代公寓牢笼中的自我拘缚。一通恶作剧电话，说

---

[4] 编注：九份位于台北县新兆市瑞芳区，在台北市以东。

李立中有外遇且令对方有孕的只言片语，立刻激发了一连串的误解乃至枪杀悲剧，以魔幻写实的方式，彰显台北人在闷烧之中的莫名凶杀冲动。《牯岭街》更将此一冲动往前推进一步。侯孝贤、杨德昌对台北人闷烧、忧郁的表现已是典范，而蔡明亮在《爱情万岁》或《洞》中对人物心中的郁悴的展示，可说更加刻骨铭心。这几位导演对"闷烧"都有精彩的描绘，但通常表达的是没有出路的景象，而李安在《饮食男女》和《断背山》中，则从创伤与闷烧中提炼、升华出美食与情感的认同、互动及出路。老父为出国前的女儿做菜，透过厨艺及食物的记忆，家国的创伤逐渐在复苏之中被抚平、慰藉。在关锦鹏的《人在纽约》中，由张艾嘉所扮演来自台北的女人，也将台北都市文化政治的闷烧及创伤做了很好的表陈。三个女人的互动及流亡在外的另类出路，让她找到纾解之道。最近，造成不少回响的《海角七号》则是将本文所想凸显的"闷烧中的豪迈"做更具体的发展。日本殖民时期的记忆，透过信简加以关联，借此回味一段几乎被遗忘的家国往事。

不过，要仔细分析台北都市的闷烧性格，我们可能得从一些文学作品中去找线索。

闷烧的豪放：台北市的都市文学举隅

台北的天气及其人文地理环境与"闷烧"的心情状态是有一定关系的，尤其在六月天，诚如李昂所说：

> 盛夏的台北市，暑热在盆地形的都市里，充盈着，无处不在地弥漫。位于亚热带的近海都市，沉沉压罩着的，便是闷热与水湿。

　　盆地地形似乎更容易累积具压力的热，湿淋淋、闷闷地围住整个都市，像无色无味的透明浅胶，充填、裹住都市高层建筑、密集住家群、弯延街道，沉沉的永远溢不出盆地的范围，一切都有若胶着。

　　到了夜晚，太阳暂时失去热力，偶尔的，有微风来自都市边缘的小山间，那一锅盆地静止的热气略略的会动摇起来，却是刚离火的一锅滚水，表面微略有水波翻滚，热气仍深埋在地面，稳稳不动。

　　那热气永不止息。地处亚热带，白天、黑夜温差不大，白天侵占、盘踞着都市的热气，夜还是不肯退让，仍维持就近的守候。像一匹巨大的兽，吞吐着火气，昼夜不止，恒久的在盛夏的几个月间，永不退让，永不松手。

　　这种闷烧的氛围却同时带着纷乱杂沓之外的力道，如《迷园》从嘈杂的世界回眸一转，便来到"涵园"的高阁亭台及其中的悠游自得。杨照对中山北路的夜游，也可与李昂对台北的大致描写一起观赏。李昂说："在那夏夜，临近午夜，仍然高温、湿热的空气裹往那一段大街，一街车水马龙，喇叭声混着引擎轰轰声，两边霓虹灯汇聚成一条各色灯河，人行道摆设的小摊上，仍然人声嘈杂。而在这喧嚷、纷乱多色彩的台北市大街，一大面电视墙上，三十六个画面兀自有风吹动流水、翻动柳叶，兀自有亭台楼阁、飞檐绿瓦，重重复复、幻幻化化，似无止尽。"

　　杨照则写道："以为夜已经够深了。整条中山北路畅通无阻，妖冶炫丽的店招霓虹灯熄灭后，樟树棵棵相缠、叶叶厮磨的暗影成了景致的主角。偶尔一两辆轿车疾驶而过，车头大灯迅速排闼，照亮两边密实粗厚凸显年龄的树干，看着流光轰然向前闯撞，突然给人一种深处幽窈隧穴的错觉，繁华的中山北路似乎关闭了，把自己关成一座看不见尽头的隧道，神秘的气息在空中飘散。"

杨照以中山北路为台北历史文化地理的记忆缩影：从一些早期日本殖民的建筑，到孙逸仙纪念馆，到美军驻台新殖民时期的小品店，到圆山饭店、士林夜市，到天母的新合成文化（意大利餐厅、日本百货公司、本地的诚品书店、美国连锁店、华纳威秀、小衣蝶、小微风广场，等等），每一个巷弄角落都充满了重叠的历史轨迹，与殖民和后殖民交混的纹理。

一个既私密而又牵连国族记忆的都市，历史想象是由骆以军所提供；另一个更加隐秘、心酸的都市记忆，则出自小巷弄，特别是黑暗街巷的深处。其中有搬运工、雏妓，或出没在城市边缘的部落少年，还有不少是少数民族流放到台北，更成为瓦历斯·诺干笔下令人错愕、唏嘘的族人，或如他以另一个笔名柳翱所说的遗忘了森林记忆的族群：

> 我们部落的森林日渐缩小的时候，人群便大量以历史加溯的方式重回城市，回到劳力密集的镇集，依靠着强硬的臂膀，强健的体魄，寻求生存的基点。会不会，流落在都市的原住民兄弟会渐渐遗忘了对森林的记忆？会不会，逐渐失去了对祭典的尊崇？会不会，逐渐改变了原有的传统价值呢？这似乎是谁也不敢亦不能预料的事吧？森林，也许真有一天将成为原住民的神话哩！

"闷烧"型的都市文学之大宗当然是"眷村文学"，其次是"情色文学"。这两个小说类都以某种"族群托寓"的方式，将国族、情欲上的闷烧与台湾地区的历史、文化形成奇特的比喻关系。朱天心、张大春、林耀德、骆以军、成英姝等都是二代眷村作家的佼佼者，而李昂、朱天文、李永平、施叔青（尤其在《微醺彩妆》中）、邱妙津等则在都市男女情欲、文化政治上有很精彩的发挥。

林耀德的一首诗《城市终端机》，把台北这种闷烧的豪放的生活、情欲写得淋漓尽致，他是由现代主义（尤其波德莱尔式的）迈入后现代，而风格大致是晚期现代主义（late modernism），因此对计算机、科技、色情、欲求、核爆、国际政治等充满了兴趣。虽然他的《线性思考计划书》（1984）被称为是台湾地区后现代主义的宣言诗之一，但是从许多方面来看，后现代的加深反省与多元观点往往被无动于衷的数字、影像、政治事件、性爱暴力所取代，"后现代"这个词汇成为一个描述，甚至于预示台湾都市文化情境的方便标签，与"高解度画面"、"计算机终端机"同属明显指针，并借此暗示台湾的政治局面：

> 停电时计算机显示器中
> 台，湾
> ，崩溃
> 崩溃为
> 零散
> 　的
> 　光的
> 残像

罗门在《都市你是一部不停的作爱的机器》也说：

> 百货橱窗与眼睛作爱

　　　生出各种欲望

　　　休闲中心与无聊作爱

　　　生出结扎不住的色情

　　　人脑与计算机作爱

　　　生出千变万化的明天

　　对都市无聊作爱，"累得喘不过气来"的情况，有几分近似艾略特（T. S. Eliot）在《荒原》（*The Waste Land*）中的都市男女写照，但加入了"人机一体"的都市景观。

　　另一个例子是骆以军在《月球姓氏》中有关一群流亡转台而无法安顿的老兵，如月伯伯的大幢老房子。不过，叙事者对父亲巡视校舍的描写，更是有国与家一起入梦的诡异：

　　　　那个夜里我梦见我陪着我父亲巡视一间校舍，那三四十迭榻榻米的大通铺上，躺卧横放着一只只不知是冬眠还是搁浅受伤的海豹。我记得梦中那海豹宛如流浪汉胡须扎立着尖嘴还奄奄吐着白烟（是很冷的天吧），我父亲吩咐我往那些海豹带着异味的黑色身躯上泼水，让他们保持最起码的潮湿和清醒（一睡过去就再也无法醒过来啰）。但我分明看见那黑色鳍翼的下方，结了一层薄冰。每次泼水下去，在看不出细节的黑色肌肤上，总会像分泌出甚么般激起一阵轻微的痛苦痉挛……

　　骆以军这一段的描写，看似是对校舍（是军校吧？）之中，那些离开故土（海水对岸）饱受沧桑的士兵（他们变形成为海豹），以超现实的方式表现出他们垂死挣扎之落魄与异样，但是这些海豹与他在《月球姓氏》所叙述的月伯伯、父母乃至妻子（尤其产房的阵痛经历）息息相关，在一个小空间（校舍）之中、所有想象与真实、过往与现在之人物都有微妙的关联，在记忆的湿冷角落中串联形成搁浅的苦闷。

骆以军的近作《遣悲怀》是一部有关毁灭、死亡、压抑及变形的书写，视野、文字、主题，乃至叙事手法，都比《月球姓氏》更加突出。虽然有些人物、故事，又透过凹凸棱角镜重新现身，但是常常经过二度演义，显出前所未有的扭曲与交集密度，于亲身的苦痛之中，切入全球性的大灾难，从妻子的生产波折，梦见太空陨石，杀害生灵（如骆驼、病毒、无辜或生命复制），及看似不大相关的漂泊迷离往事，如在忆及母亲的回光返照那一片刻，想起了电影画面中，一艘沉沦于无垠深海的核子潜艇。

迷魅而莫名所以的联系，把发生于各地不同时间的灾难，纳入凝像记忆的多元画面，一方面扩大了小说的视域，另一方面则将原本功能模糊的角落给起死回生，譬如堆放空牛奶瓶的处所，洞隙的隐密空间，乃至昔日的迷恋、闪失、暴虐与接触死亡，都以灵光乍现的方式缝系在一起，然而，这不只是乔伊斯或卡夫卡式的。骆以军在这部作品里，大量运用新闻、电玩、生科医疗、流行文化的词汇，以至于让读者出入于尸体解剖式的严谨细节观察与无厘头的荒唐连续剧之间，面对突如其来的恐怖攻击，既有身不由己的痉挛，也不自禁地引起一种仿佛置身电子游戏般，或真幻莫辨的投入与解放感，如《第三书》、《折纸人》、《大麻》、《运尸人》等篇。

就是这种样态在日常生活的恐怖中，夹杂科技想象，情欲猥亵的雄浑，让叙事者以守尸人的身份去打破空间的死寂，不断与时间进行论述搏斗，试图化心底深处的哀鸣为生之欲的热情，或重新叙说故事的契机。因此，整本小说首尾照应，而又在遁走之际，可见变奏的身影光谱，中心穿梭产房灾难生态的再生产，每一篇看似断裂、无法承接，但是其实峰回路转，再度演绎下去。透过此一叙事逻辑，作者于小说的《后记》，举聚会、交通、伤害、故事及插入身上的管线、溜滑梯的爬上爬下重复动作，道出某种预知死亡、话别灾难、锲而不舍的单调悲情与智慧。

王德威说，骆以军先是师法张大春，后来又学朱天文及朱天心。他的说法引起不少争议，但是在某种程度上应该是言之成理。特别是我们将朱天心的《古都》与骆以军的近作一起观看，更会有此感。《古都》的叙事者将京都、台北对照，想在日本找到中国，另一方面则为台北正形成的族群政治感到莫名的疑惧，焦虑俨然在闷烧。在朱天心的作品里，我们看到这种回返。但是那是在京都所回映出的台北狂乱，或透过"梦中地图"，看到想象所经营的市镇的面目，"当它愈来愈清晰，清晰过你现有的世界，那或将是你必须——换个心态或该说——是你可以离开并前往的时刻了"。（《漫游者》，43）例如，在《古都》中，叙事者不断在日本发现原乡的影子：

> 车速以时速一百公里冲越关渡宫隘口，大江就横现眼前，每次你们都会非常感动或深深吸口河海空气对初次来的游伴说："看像不像长江？"
>
> 车过竹围，若值黄昏，落日从观音山那头连着江面波光直射照眼，那长满了黄槿和红树林的沙洲，以及栖于其间的小白鹭牛背鹭夜鹭，便就让人想起晴川历历汉阳树，芳草萋萋鹦鹉洲。

（《古都》，1997.153）

但是，叙事者在异地的旅游所见反而清晰衬托出台北中山足球场的族群暴力。不过，较生动有趣的是朱天心有关旅行方式的描写，尤其历史奇像的漫游，她显得对台湾有其批判距离或含混的感觉，是被排挤、斥责的错愕：

> 二十年后，同一个日子同一个晚上，你和丈夫参加一个号称十万人的聚会，你完全想不起来这么好大一个足球场是哪来的，未建之前原是哪里，困惑的不只这些，你本来只是想去捐些款，略尽能否把执政党借此拉下台的绵薄之力，像血书上的那一字的那一勾，后来当然你们出不去了，最重要的，你结婚近二十年的丈夫决计不会走了，你看到他与周遭几万张模糊但表情一致的群众的脸，随着聚光灯下的演说者一阵呼喊一阵鼓掌，陌生极了，终于有名助讲员说了类似你这种省籍的人应该赶快离开这里去中国之类的话，你丈夫乱中匆忙望你一眼，好像担心你会被周围的人认出并被驱离似的。（167-168）

或者，在异地突然想起本土文化政治的认同问题及其移居念头：

> 你简直不明白为什么打那时候起就从不停止的老有远意、老想远行、远走高飞，其实你不曾有超过一个月以上时间的离开过这海岛，像岛夷海寇们常干的事。好些年了，你甚至得时时把这个城市的某一部分、某一段路、某一街景幻想成某些个你去过或从未去过的城市，你才过得下去，就像很多男人，必须把不管感情好坏的妻子幻想成某个女人，才能做得了男女之事。（169）

　　学者往往就朱天心的文字世界、族群记忆、感官图像及其小说技巧去深入分析《古都》，如王德威、黄锦树等人可说是其代表（均收入《古都》），一般比较不注意的反而是这部作品最明显的文类表征，也就是其旅行文学的面向。事实上，朱天心近年来的著述是与"眷村兄弟"、台湾政治有某种微妙的关系（小说家本人后来也将其政治论述出版成册）。要了解《古都》中的许多联想片断，如将"大江"与"长江"模拟，或在淡水波光中看到晴川阁，我们难免要回顾台湾地区奇异的"后殖民史"，也就是脱离日本殖民之后的双重日本情结，一方面痛恨日本殖民文化，另一方面却热爱日本文化产品，因此，在网络上出现一些批评"亲日"族（以李登辉为首），而又支持"哈日"风的言论。[5]

　　在《古都》中，我们看到叙事者不断赞许日本交通工具（新干线）及其都市景观，借此指出台湾旅游在科技上的足资借镜。从叙事者到京都、东京旅游，并为初游者当导览，便可得知日本旅行所涉及的工具、同行与网络相当系统、科学化；而古都之旅尤其是历史文化之旅，透过京都的巷道、庙宇，仿佛又回到古中国，因此才会不断在旅行途中忆起昔日台湾风光，尤其大陆美景、古诗词中的相关描绘。对于台湾本地的族群政治，这个在异地旅游也挥之不去的问题，叙事者很明显常以含混的认同方式提出，叙事者是跨族群通婚的女性身份，当她望着丈夫在中山足球场参加政党选战的激情活动时，突然感到"陌生极了"，也在这个刹那发觉到自己的格格不入，尤其是丈夫的族群焦虑及其涉及的排外族群观："好像担心你会被周围的人认出并被驱离似的，"有趣的是，这种族群政治问题是在旅游，在另一个安静的古都作客旁观时，心理底层不禁涌

---

[5]　如 www. fg. tp. edu. tw/~d77352135/homework2. htm。

起的对照思考：以当地之宁静去映出故乡之动荡及本身之不安。但是，叙事者其实明白，旅居异地并非长久之计。尽管她不停有远走高飞的想法，但"不曾有超过一个月以上时间的离开过这海岛"。旅行成为一种短暂的寄托及替代隐喻，在共鸣、惊异及怀旧等情感结构中，被想象、书写为心理认同与排斥的双重叙说（double articulations），一方面将之压抑改换成异地，另一方面则加以体认，与之联结，并以情色幻想的形式，把日常生活中不易容忍的熟悉景观，转化为另一种生机："好几年了，你甚至得时时把这个城市的某一部分、某一段路、某一街景幻想成某些你去过或从未去过的城市，你才过得下去，就像很多男人，必须把不管感情好坏的妻子幻想成某个女人，才能做得了男女之事。"

在这个无奈又犬儒式（cynical）的段落之中，我们依稀看到旅行幻想这个流动的政治经济如何推动现实生活中不动的政治经济，也许正由于这种彼此牵连的心理机制，政治经济环境愈差，愈多人想到外头去散心，寻求灵感。旅行的概念及其在跨文化接触下所产生的情感、心理印记，也就让这种动与不动的政治经济学更加错综复杂了。但是在众多眷村焦虑与情欲闷烧之际，台北的都会广告牌上出现了另一种有点豪放又相当具有文化批判及政治现实感的广告文学。

在福冈的公共空间，往往会读到当地文学家的诗句，大多展示于墙壁上或广告牌，发挥其潜移默化的日常美感教育功能。而在台湾的大众文化领域里，广告所产生的作用，可能有些类似，特别是近年来，许多广告的叙述手法意象及其修辞相当可观，文学情节不仅值得细读，而且不多看几眼，竟无法体会其中蕴藏的文化政治意涵。尤其愈来愈多的广告用语，吸收来自各方面的词汇，将普通话、英语、闽南语加以汇集，交织出颇具创意的语言表达。例如，捷运文湖线于忠孝复兴站，有一幅广告是以"追我吧"为题，宣传统一四物鸡精，画面简单，不过，细看其中的话语，我们不禁要对广告中小女生的自白感到新鲜。她坦承，自己一副好脸色"都是四物鸡精害的啦"，以至于男生不敢上门："这，这，这是我的错吗？"口吻是新生代的语气，幽默之中，显出自信与俏皮的情欲主张。

在上方，以斗大的三个字"无利感"，道出小市民在经济不景气、政治乱纷纷的年代，如何把无力与无奈感，化为自保与平衡的消费智慧。从表面看，似乎是多音字的游戏与双关，但是，"利"与"力"一字之差，却将政治上的无能，转移为个人财务的幸存艺术，倘若我们不再多看一眼，可能就无法欣赏其语意创新，与有感慨及表情的政治经济观。

广告文学的诉求，是"请再看一眼"，这一方面，固然是图像引人注目，但是，更重要的是其中暗含的政治美学，也就是瞬息万变中，如何掌握念旧重温的契机，同时，以一再的注视，看出玄机，并随缘产生认同，乃至爱意，一如王文兴笔下的叙事者所谓"爱往往是在第二、三、四看之后才发生"。我认为，这种多看才能赏识，进而投入情感的做法，不仅可用来谈论台湾都市文学人物的"闷烧"爱情观，更能进一步说明广告的观赏之道，甚至于台湾人对本土社会现象的解读及认同：初始是一种厌弃或无奈，但经过细看，倒是可能被其动力所深深吸引，觉得在混乱之中，有其华丽，比起其他地方，更富于变化，较有人气。这些广告分明在诉说：对台湾闷烧与一切内在变化，得以多看一眼（love at the second sight），才能发现其可爱、豪迈之处。

本文提到不少汉人作家的都市文学论述，最后忍不住要再举少数民族的短篇小说作为结束。2007年第三届林荣三文学奖的短篇小说首奖由一位名叫塔塔攸的医师获得，他将都市计划的工地所挖出之原住民骸骨及其历史创伤，做相当魔幻的描绘：

> 这一切是那么真实，那么美好，直到邻近的先期工地挖出
> 一具骨骸。
>
> 那是农历六月的一个燠热午后。走出恒温空调的样品屋，
> 灼烫的阳光轰然倾泻过来，厚重却撼摇不出一丝风。在这空旷
> 的重划区，躁郁空气的唯一流动是向上浮升，之后向下沉落，
> 一种饱含水气、黏稠得必须沉淀的厚重。我缓缓步向工地，却
> 连吸一口气都觉得困难。
>
> 穿越过低矮的土堆，四周些微转暗，我抬头寻找天光，惊
> 觉迫近眼前的那座山峦原来是团乌云，正以排山倒海之姿，静
> 默涌来，刹时一道雷光，引爆天地共鸣的撼动，缩颈仰望，一
> 粒水珠正巧击中镜片，四周弥漫一种焦土清蒸雨霖的甘味，随
> 即响起渐强趋急的雨落奏鸣。
>
> 我快步跑到现场，浸水的地壤已成泥泞。工地主任匆匆递
> 上雨衣，指向挖土机旁的一团蓝白帆布。
>
> "那边。"
>
> 提拉着湿透的裤管，蹑脚走近。
>
> 灰黑的烂泥之间夹杂错乱交迭的枯黄骨骸。一阵雨水泄
> 入，冲去污沙，倾斜的颅骨突然露出深邃的眼眶，接着闪出一
> 道银光；还没听到雷声，我已全身打了一个寒颤。

这个令人不寒而栗的场景，大抵可说是台北的"闷烧"、"豪
放"下的酷异症候吧。

参考文献

白先勇．台北人．台北：晨钟出版社，1971．

瓦历斯·诺干．永远的部落：泰雅笔记．台中：晨星出版社，1990．

＿＿．迷雾之旅：纪录部落故事的泰雅田野书．台中：晨星出版社，2003．

朱天心．古都．台北：麦田出版社，1997．

＿＿．漫游者．台北：联合文学出版社，2000．

李昂．迷园．台北：麦田出版社，1998．

林耀德．林耀德诗集．台北：尚书文化出版社，1990．

杨照．文学、社会与历史想象．台北：联合文学出版社，1995．

塔塔攸．废河遗志．自由时报．自由副刊，2007年12月12-13日．

廖炳惠．关键词200．台北：麦田出版社，2003．

骆以军．月球姓氏．台北：联合文学出版社，2000．

＿＿．遣悲怀．台北：麦田出版社，2001．

罗门．有一条永远的路：罗门诗集．台北：尚书文化出版社，1990．

Abbas, Ackbar. *Hong Kong: Culture and the Politics of Disappearance*. Minneapolis: University of Minnesota Press, 1997.

Baudrillard, Jean. *Simulacra and Simulation*. Ann Arbor: University of Michigan Press, 1998.

Caruth, Cathy. Trauma: *Exploration in Memory*. Baltimore: Johns Hopkins University Press, 1995.

非图书部分

李安.饮食男女.台北："中央"电影公司，1994.

____.断背山.纽约：焦点影业（FocusFeatures），2005.

侯孝贤.悲情城市.台北：年代影视事业股份有限公司，1989.

杨德昌.牯岭街少年杀人事件.台北："中央"电影公司、杨德昌有限公司，1991.

蔡明亮.爱情万岁.台北："中央"电影公司，1994.

____.洞.台北：吉光电影有限公司，1998.

魏德圣.海角七号.台北：果子电影有限公司，2008.

关锦鹏.人在纽约.台北：甫学有限公司.1989.

作者简介
（依姓名笔画顺序）

叶少娴

伊利诺伊大学比较文学博士，现为香港浸会大学英国语言文学系教授。其研究成果发表在美国、东西欧、加拿大、日本、中国等地的学术期刊与论集。研究主要集中在中西文学关系、中英现代文学、妇女或性别研究等范畴。曾合编书籍多种，其中包括 *Gender, Discourse and the Self in Literature*（co-edited with Kwok-kan Tam）; *Shakespeare Global / Local: The Hong Kong Imaginary in Transcultural Production*（co-edited with Kwok-kan Tam and Andrew Parkin）; *Sights of Contestation: Localism, Globalism and Cultural Production in Asia and the Pacific*（co-edited with Kwok-kan Tam and Wimal Dissanayake）。

冯品佳

威斯康星大学麦迪逊校区英美文学博士，台湾交通大学外文系暨外国文学与语言文化研究所讲座教授，"中研院"欧美研究所合聘研究员，中华大学特聘讲座教授。研究领域包括英美小说、女性书写、离散文学与文化研究、少数族裔论述以及电影研究。曾获多种学术奖项，论文发表于《欧美研究》、《中外文学》、《英美文学评论》，*Contemporary Women's Writing, MELUS, Tamkang Review* 等期刊，著有中英专著数本，译有 *Love* 以及《木鱼歌》。

张小虹

密歇根大学英美文学博士，现任台湾大学外文系特聘教授，研究领域为女性主义文学、性别理论与文化研究。学术著作包括《性别越界：女性主义文学理论与批评》、《欲望新地图：性别同志学》、《性帝国主义》、《怪胎家庭罗曼史》、《在百货公司遇见狼》及《假全球化》等书。

何文敬

密歇根大学美国文化研究博士，曾任"中研院"欧美研究所研究员兼副所长，现任逢甲大学外文系教授、"中研院"欧美研究所兼任研究员、台湾师范大学英语研究所兼任教授。研究领域包括福克纳、凯特·肖邦、华裔和非裔美国文学等。著有《福克纳早期作品中的阶级议题》等中、英论文近四十篇；译有《神话与文学》、《天堂树》、《宠儿》等书，并与单德兴合编《文化属性与华裔美国文学》和《再现政治与华裔美国文学》等论文集。

余君伟

香港中文大学比较文学博士，曾任交通大学电影研究中心主任，现任该校外文系副教授。主要研究领域为比较文学、旅游文学及电影类型，包括犯罪片、爱情片和恐怖片等。论文散见 *Texas Studies in Language and Literature, Tamkang Review* 及《中外文学》等学术期刊。其最新周星驰研究将刊于 *Concentric* 学报，论文集 *East Asian Cinemas: Regional Flows and Global Transformations*（Macmillan）即将出版。

李有成

先后担任"中研院"欧美研究所研究员、所长，现任该所特聘研究员、台湾中山大学合聘教授。致力于研究非裔美国文学、亚裔美国文学、后殖民理论与英国当代小说等。曾获多种学术奖项，著有《在理论的年代》、《逾越：非裔美国文学与文化研究》、《文学的多元化轨迹》、《文学的复音变奏》、《他者》、《在甘地铜像前：我的伦敦札记》、《离散》、《记忆》等多本著作。

李家沂

台湾大学外文研究所博士，现任交通大学外文系副教授，热爱文学，研究多围绕科技想象与语言界限等主题。

郑树森

圣地亚哥加州大学比较文学博士，曾当选香港比较文学学会会长及国际比较文学学会执行委员，现为香港科技大学荣休教授、圣地亚哥加州大学荣休教授、香港岭南大学特聘教授。出版有文艺论评《文学理论与比较文学》、《电影类型与类型电影》等十多种，外国文学选本《当代世界极短篇》、《远方好像有歌声》等二十多种；另与黄继持、卢玮銮合编有《香港新文学年表》等香港文学史料十多种。

单德兴

台湾大学外文研究所博士，现任"中研院"欧美研究所研究员兼所长、《欧美研究》季刊主编、台湾比较文学学会理事长，曾任台湾英美文学学会理事长。研究领域包括亚美文学、比较文学、文化研究及翻译研究等。著有《铭刻与再现：华裔美国文学与文化论集》、《越界与创新：亚美文学与文化研究》、《翻译与脉络》、《与智者为伍：亚美文学与文化名家访谈录》等，译有《知识分子论》、《格理弗游记》、《权力、政治与文化：萨依德访谈集》等十余本专著。

廖咸浩

斯坦福大学文学博士，哈佛大学博士后，曾任西雅图华盛顿大学客座副教授、《中外文学》月刊社长兼发行人、*Studies in Language and Literature* 及《英美文学评论》总编辑、台湾大学外文系系主任暨研究所所长、台湾比较文学学会理事长及台北市文化局局长，现任台湾大学外文系教授兼该校主任秘书。研究范围包括文学与文化理论、现代性与后现代性、文化与文化产业政策、中西比较诗学、英美现代诗、后现代小说、《红楼梦》、电影诗学、台湾现代文学等。著有评论集《爱与解构》、《美丽新世纪》，散文集《迷蝶》，编有《八十四年度小说选》，译有《魔术师的指环》。

廖炳惠

圣地亚哥加州大学文学博士，曾任台湾"清华大学"外语系教授、台湾比较文学学会理事长等职，现任圣地亚哥加州大学川流台湾研究讲座教授。研究领域包括音乐与文化、比较文学、旅行理论、饮食文化、后殖民论述等。主要著作有《解构批评论》、《形式与意识形态》、《里柯》、《另类现代情》、《关键词200：文学与批评研究的通用词汇编》、《台湾与世界文学的汇流》及《吃的后现代》；编有《回顾现代文化想象》等书。

廖朝阳

普林斯顿大学东亚研究博士，现任台湾大学外文系教授。研究范围包括法兰克福学派的文化理论、精神分析理论、科技与文化、后人类理论、后殖民理论、电影理论、视觉文化、文艺复兴时期欧洲文学与思想、佛教思想、中国古典小说、台湾电影与小说等。

谭国根

伊利诺伊大学比较文学博士，现任香港公开大学人文社会科学院院长及讲座教授；曾任香港中文大学英文系教授、系主任及比较文学研究计划主任；美国东西文化中心博士后研究员及研究员。研究成果主要环绕易卜生研究、高行健研究、后殖民英语研究、主体／自我／性别与文学、现代／后现代戏剧等领域。编著书籍多种，包括 *Gender, Discourse and the Self in Literature*（co-edited with Terry Yip）; *English and Globalization*（co-edited with Timothy Weiss）; *Ibsen in China 1908—1997, Soul of Chaos: Critical Perspectives on Gao Xingjian*, A *Critical-Annotated Bibliography of Criticism, Translation and Performance*;《主体建构政治与现代中国文学》及 *New Chinese Cinema*（与 Wimal Dissanayake 合著）等书。

蔡振兴

台湾大学外文研究所博士，现任淡江大学英文系副教授与《淡江评论》编辑。主要研究领域为生态论述，任教科目包括英美诗选、英国文学、生态与电影、美国文学、生态文学与文化批评、全球暖化论述等。英文主要著作为 *Gary Snyder, Nature and Ecological Communication*; 近期期刊论文有 "Gary Snyder and the Nature of Nature"（*Comparative American Studies*, 2008）, "Gary Snyder's Poetic Homage to Native American and Asian Cultures"（*Neohelicon*, 2009）等。

索引

图书在版编目（CIP）数据

　　管见之外：影像文化与文学研究 ／ 李有成，冯品佳
主编 . —杭州：浙江大学出版社，2016.3
　　ISBN 978-7-308-15351-5

　　Ⅰ.①管… Ⅱ.①李… ②冯… Ⅲ.①文艺评论-文
集 Ⅳ.①I06-53

　　中国版本图书馆CIP数据核字（2015）第279258号

管见之外：影像文化与文学研究

李有成 冯品佳 主编

责任编辑	周红聪	
责任校对	叶　敏	
装帧设计	蔡立国	
出版发行	浙江大学出版社	
	（杭州天目山路148号　邮政编码310007）	
	（网址：http://www.zjupress.com）	
制　作	北京大观世纪文化传媒有限公司	
印　刷	北京中科印刷有限公司	
开　本	880mm×1230mm　1/32	
印　张	12	
字　数	270千	
版 印 次	2016年3月第1版　2016年3月第1次印刷	
书　号	ISBN 978-7-308-15351-5	
定　价	45.00元	

《管见之外：影像文化与文学研究》

李有成、冯品佳 主编

© 书林出版有限公司，2010 年 6 月一版

本书经台湾书林出版有限公司授权在中国大陆地区出版发行

浙江省版权局著作权合同登记图字：11-2015-194 号